강물처럼 흐르는 봄 Ⅲ

저자 비러 휘(飛麗 煇)

강물처럼 흐르는 봄 III

초판 1쇄 인쇄 2012년 8월 8일
초판 1쇄 발행 2012년 8월 14일

지은이 | 비려 휘(飛麗 煇)
펴낸이 | 손 형 국
펴낸곳 | (주)에세이퍼블리싱
출판등록 | 2004. 12. 1(제2011-77호)
주소 | 서울시 금천구 가산동 371-28 우림라이온스밸리 C동 101호
홈페이지 | www.book.co.kr
전화번호 | (02)2026-5777
팩스 | (02)2026-5747

ISBN 978-89-6023-950-0   04810
ISBN 978-89-6023-928-9   04810 (SET)

| 에세이 작가총서 431 |

저자 비려 휘(飛麗 煇)

비려 휘 장편소설

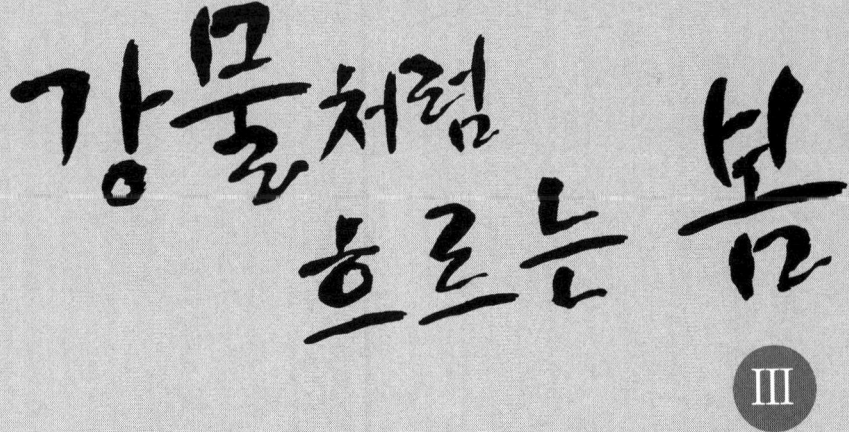

강물처럼 흐르는 봄

III

ESSAY

차 례

1. 준비된 이별식

민우와 은교는 시골 묘소 일을 계기로 해서 부쩍 가깝게 지내게 되었다. 은교 편에서 거의 이틀에 한 번 꼴로 민우에게 전화를 하는가 하면, 민우 역시 투석실 연수를 위해 서울로 올라오는 토요일 밤과, 다음 날인 일요일 오후, 인천으로 돌아가기 전에 예외 없이 은교를 만났다. 그래서 주말마다 연속 이틀씩이나, 그것도 아주 정기적으로 만나게 되었다

둘은 주로 저녁 시간에 만났기 때문에 간단한 식사 후에 극장을 찾거나, 아니면 봄꽃들이 만개된 고궁 등지에서 상춘을 하면서 시간을 보냈다. 창경원, 덕수궁, 남산, 홍릉, 종묘 등 시내 곳곳이 다 꽃 천지였고, 수백 년 된 거목들에서도 예외 없이 아기 손바닥처럼 하늘거리는 연녹색의 잎사귀들이 터져 나와 녹음을 준비하고 있었다.

바쁘게 하늘을 날며 짧은 하루를 투덜대는 새들처럼, 둘은 늦봄의 꽃 세상을 온갖 이야기로 즐겁게 재잘거리다, 인천 막 차 시간 때문에 아쉽게 헤어지곤 했다.

그렇지만 은교를 만나는 주말 저녁이 아닌 때에는 그는 마치도 사람이 달라진 듯, 심전도실이나 투석실에서 일하면서 종일 책 속에만 묻혀 살았다. 골치 아픈 논문 도 이미 다 끝낸 뒤라서, 결국 전문의 시험만 남은 셈이었다. 기초부터 튼튼하게 실력을 다져야 한다는 생각에서 하리슨과 세실(둘 다 내과학 교과서)을 아예 처음서부터 독파하는 중이었다.

1년 내에 중요한 부분을 한 번씩만 보려 해도 하루에 20페이지 이상씩을

독파해야 했다. 그러나 깨알 같은 크기로 2단 인쇄된 46배판의 영문서적이었으므로, 생각같이 그리 쉽지 않았다. 어떤 날은 이런저런 이유로 해서 단 5페이지도 보지 못하는 경우도 있었다. 그래서 거의 책에다가 코를 처박고 있지 않으면, 처음 결심은 도로아미타불이 될 가능성이 컸다. 밥 먹는 시간이나 화장실 갈 시간조차 아까울 정도였다.

그런데 그것 말고도 공부할 게 또 있었다. 신설된 혈액투석실에서의 실무가 곧 그것이었는데, 주말마다 서울 T대 병원에 가서 연수를 받았다. 서적만으로는 간단한 기계 조작조차 불가능했다. 어디까지나 책은 책이고, 실무는 실무였다.

T대는 물론이고 필요한 자료나 정보를 찾아 서울 시내 각 대학의 도서관들을 헤집고 돌아다녔다. 노력하는 만큼 실력도 늘어갔다. 마침내 인천병원 신장내과 분야에서만큼은 이론과 실무에서 확실한 인정을 받게 되었고, 병원 직원들조차 이제 그를 단순히 수련의로서만 대하지 않게 되었다.

또한 그는 매주 각과 의사들이 모여서 하는 원내 학술 집담회라거나 CPC(병리학 토론회), MGR(내과 대토론회), MSC(내과외과 토론회)에서도 발표와 토론을 주도했다. 예전 병원 선배들과는 달리 그는 후배들을 시키지 않고 직접 자기가 나서서 내과 단골 연자 노릇을 했다. 때문에 정말이지 시간이 없었다. 오로지 책과 공부뿐이었다. 달리 헛생각할 여유도 전혀 없었다. 사실 주말마다 잠시 동안이긴 했으나 은교와의 시간을 내는 것도 이런저런 사정을 감안해 본다면 대단한 희생이었다.

혈액투석이 서울을 가지 않고 인천에서도 가능하다는 소문이 꼬리에 꼬리를 물고 퍼지면서, 투석 환자 수가 기하급수적으로 늘어났다. 그래서 6월이 되기도 전에 적정 인원이 넘치게 되어, 부득이 예약 진료를 받지 않으면 안 될 정도로 대성황이 되었다.

시설은 한정되어 있는데 환자가 밀리다 보니, 고위직에 있는 사람들조차 일찍 봐달라거나, 혹은 잘 부탁한다며 그에게 부단한 청탁이 들어왔다. 비록 레지던트 3년차에 불과한 그였지만, 실무자인 이상 당연한 결과였고 그건 대단한 일이었다.

6월 초가 되자, 마침내 서울 T대 병원에서의 주말 연수도 끝났다. 그래서 예전처럼 은교와 서울에서 정기적으로 만날 수는 없었고, 이제는 부득불 은교 편에서 인천으로 와야 서로 얼굴이라도 볼 수 있게 되었다.

둘은 주로 목요일 밤에 만났다. 예전 그 호텔에서 저녁을 마치면 곧바로 헤어졌고, 예전처럼 스카이라운지로 가서 커피나 맥주를 마시는 일은 전혀 없었다. 물론 그건 그가 투석실을 총괄해서 관리해야하는 데다가, 공부가 바쁘답시고 도대체 짬을 내려 하지 않기 때문이었다.

어느새 6월 중순이었다. 책을 보고 있을 때에는 공부하는 재미로 잘 몰랐으나, 창밖을 내다보면 그게 또 아니었다. 날씨도 너무 화창하게 좋고, 녹음도 그렇고, 어떻게든 밖으로 나가 바람이라도 한번 쏘이고 싶었다.

이참 저참 해서 새로 지은 묘소도 돌아볼 겸, 시골이나 한번 다녀올까 싶었지만, 문제는 시간이었다. 하루라도 빠지면 그만큼 교과서 완독 기간이 늦어질 것이었다. 어쨌거나 내년 9월까지는 무슨 일이 있더라도 교과서 두 가지를 세 번 정도 정독으로 독파하겠다는 결심이었고, 그러자면 금년 말까지는 초벌 독파를 완전히 끝내야 할 것이었다.

그러던 중 토요일 아침 은교에게서 전화가 왔다. 인천에 와 있다며, 점심이나 함께 하자는 것이었다. 보통은 목요일에 항상 연락이 왔었는데, 최근 몇 주 동안 갑자기 소식이 없어서 그렇지 않아도 웬일인가 싶어 궁금했던 참이었다.

공부고 뭐고 오랜만에 그녀의 전화를 받고 나자 갑자기 몸이 달았다. 주말이 어떻게 될지 몰랐으므로 일찌감치 강 선생에게 투석실 주말 당직까지 떠넘겨놓고는 약속 장소로 달려갔다.

호텔 정문을 바삐 지나 식당으로 막 들어서려는데, 뜻밖에도 은교가 뒤쪽에서 그를 부르며 숨 가쁘게 쫓아오고 있었다.

"안 들려요? 입구에서부터 불렀는데……."

은교는 몸에 꼭 맞는 남보라색의 정장 투피스를 입고 있었다. 또 그런 것이 문제가 아니라 헤어스타일이 완전히 달라져 있어서 자세히 보아야 알아볼 정도였다.

"멋진데에? 이렇게 잔뜩 멋을 냈으니 몰라볼 수밖에."

"피이! 언제는 어땠나? 뭐."

원래부터 은교는 혜진이나 주리와는 달리 긴 생머리가 아닌 단발머리를 조금 길게 길러서 끝 부분만 웨이브를 만들고 다녔으나, 오늘은 마릴린 먼로의 머리 모양새처럼 온통 파마머리인 데다가, 몸에 꼭 끼는 엷은 여름옷을 입고 있었으므로 무척이나 생소하고 육감적으로 보였다. 또 어떻게 보면 갓 결혼식을 마친 신부 모습처럼 깔끔하고 청초하게 보이기도 했다.

"우리 오늘은 다른 데를 한번 가보자. 이 좋은 날 어두운 조명 속에서 식사할 수는 없잖아. 또 바빠?"

그렇지 않아도 어디론가 가보고 싶었다. 또한 매번 그 식당에서 그 메뉴로 배만 채우고 헤어지기도 그랬다. 또한 공부한답시고 그동안 그녀를 너무 소홀하게 대한 것 같아 미안하기도 했다.

"바쁘긴? 은교 씨가 가자는데 바쁜 게 다 뭐야? 수련 못 마치는 한이 있더라도 은교 씨를 따라가야지."

"진짜?"

"그러엄. 다 자란 남자가 헛소릴 할까?"

"진짠가 보네. 호호호! 그럼, 우리 서둘러야 돼. 공항까지 얼마나 걸리려나?"

"공항?"

비행기 타자는 이야기인가 본데 어디를 계획하고 있는지 궁금했다. 지갑이 든 바지 주머니를 손으로 확인해 보았다. 물론 경비야 항상 은교 차지였으나, 매번 그녀에게 신세만 질 수도 없을 일이었다. 지닌 돈 정도면 아마도 품위 있는 식사 한두 끼쯤은 걱정 없을 것 같았다.

생각보다 빠른 1시 20분쯤 공항에 도착되었다. 차를 세우며 기사가 말했다.

"가방을 어떻게 할까요?"

"지금 꺼내 주세요."

엉겁결에 가방까지 얻어든 채 차에서 내리면서부터 걸음이 무척 빨라진 그녀를 따라 거의 달리다시피 국내선 청사로 들어섰다. 가방이 결코 가볍지는 않았으나 다행히 바퀴가 달려 있어서 줄달음치는 그녀와 보조를 맞출 수는 있었다. 그런데 몹시 서둘러대는 품이 아무래도 예사롭지가 않아서 숨 가쁘게 그녀를 뒤따라가며 물었다.

"어딜 갈 건데?"

"수려 못 받아도 좋다고 했잖아? 그렇담 이젠 해외로 한번 나가봐야지."

그녀는 조금도 보조를 늦추지 않고 숨차게 걸으며 말했다.

"해외?"

그녀가 워낙 자신 있게 말했으므로 방금 전 보았던 국내선 청사라는 간판을 잘못 보았나 하고 헷갈릴 정도였다. 그러나 그래도 그렇지, 시간적 여유야 그렇다 치더라도, 여권도 없이 해외를 나갈 수는 없을 일이었고, 아마도 제주도를 그렇게 말한다는 생각에서 피식 웃음이 나왔다. 그런데 제주도라니!

"그럼, 이제는 좀 멀리 해외로 나가보자고."

"몇 시 비행긴데?"

"지금이 딱 좋은 시간이고."

예상대로 제주행 비행기였고 오후 2시 편이었으므로 그녀의 말마따나 딱 좋은 시간이었다. 바쁘게 서두른 덕분에 둘은 그래도 출발 15분 전에 기내로 들어설 수 있었다.

비행기는 300석도 넘게 보이는 점보 비행기였지만, 거의 빈자리가 없을 정도로 꽉 차 있었다. 그리고 더욱 놀라운 것은 거의가 다 갓 결혼식을 마친 신혼부부들로 보인다는 점이었다.

좁은 비행기의 창문을 통해 한낮의 햇살이 강렬하게 쏟아져 들어왔다. 이마의 땀을 찍어내던 은교가 눈부신 듯 창문을 내렸다. 그러자 갑자기 기내가 완전 실내 정원처럼 변해버렸다. 실내의 은은하고 엷은 불빛하며, 신혼부부들의 행복에 찬 얼굴들에서 묻어나오는 화사한 핑크빛하며, 더구나 좌석 전후좌우에서 배어나오는 달착지근한 여름철의 살내음과 진한 꽃향기라니!

오래 전 불국사에서 혜진과 신혼의 단꿈을 꾸는 듯 1박2일을 보내면서, 아름다운 여체의 살내음과 장미 향에 취한 나머지 정신을 못 차렸던 기억이 순식간에 떠올랐다. 그건 말할 수 없이 고통스러운 기억이었음에도 맞닿은 은교의 어깨에서 벌써부터 여성 특유의 부드럽고 따스한 열기가 느껴지고 있었다.

같은 나라 땅이지만 제주도는 서울과는 딴판으로 풍경부터 달랐고, 은교가 해외 운운했던 말이 전혀 근거 없는 말은 아니었다. 가로수도 육지에서는 결코 볼 수 없는 열대수목들이고, 그렇게 보아서 그런지 주위 경관 역시 이국적으로 보였다. 차마 은교에게 제주도가 처음이라는 말을 하지는 못했으나, 사람마다 신혼여행만큼은 제주도를 찾는 이유를 알만했다.

모처럼 바다를 건너 멀리까지 왔다는 흥분 때문인지 오후 3시가 되도록 배고픈 줄도 몰랐다. 호텔 방에 가방만 밀어 넣어둔 채, 애써 흥분을 가라 앉히며 은교의 제안에 따라 곧바로 제주 서부두를 갔다. 호텔 식사보다 바다를 보면서 회를 먹자는 것이 은교의 의견이었고, 그건 상식에 속했다.

하루 종일 비행기에서 퍼 내린 관광객들이 얼마나 많은지, 부두 전체가 도심처럼 바글거렸다. 바다가 내려다보이는 2층 식당으로 올라가 생선 모듬 회에 맥주를 시켰다 예전 강구항에서의 일들이 새삼스럽게 되살아났다.

횟집을 나온 둘은 팔짱을 낀 채 방파제를 따라 걷다가, 마침 부두에서 막 출발하려는 유람선을 발견하고는 재빨리 그 배에 올랐다. 이미 배에는 상당 수의 관광객들이 타고 있었고, 모두들 사진 찍느라고 여념들이 없었다.

배가 서부두를 한참 벗어나 비교적 육지에서 멀리 떨어진 곳까지 옮겨갔 다. 육지가 아스라이 보이는 반면, 반대쪽으로는 완전 망망대해였다. 내내 말없이 바다에 눈길만 주고 있던 은교가 갑자기 입을 열었다.

"참! 혜진 씨, 아니 새언니, 4일 전 출산했거든. 오빠를 쏙 빼닮았다며 집 에서는 정신들이 없어……. 사내아인데, 3.4킬로그램이라던가? 워낙 건강해 서 그런지 벌써부터 웃기도 한다는데 그럴 수도 있는 건가?"

"그런 건 금시초문인데…… 어쨌든 잘했군."

"집에서는 완전 아기 이야기뿐이야. 모레쯤 퇴원한대. 지금 E대 병원에 있 거든. 근데 민우 씨, 갓 태어난 아이인데도 진짜 너무 예뻐……."

"아이들은 다 예쁘지!"

혜진이가 아이를 낳았다…… 강철을 쏙 빼다 박은 사내아이를……. 만약 혜진이가 강철 말고 자신과 결혼했더라면 어땠을까? 그 아이는 결코 이 세상에 태어나지 못했을 것이다.

사람이 세상을 자기 마음대로 살 수 없고, 운명이라는 것이 있듯이, 태어나는 것도 아무렇게나 태어날 리는 없을 것이었다. 그렇다면 결혼이나, 출생에도 어떤 법칙이 있을까?…… 그런데도 혜진과 인연에도 없는 시간을 가지면서 어째서 그토록 까마득하게 몰랐을까?

혜진 대신 은교가 있기 때문인지, 공부에만 신경 쓰기 때문인지, 아니면 포기해서인지, 이제는 예전처럼 심한 가슴앓이는 없었다. 혜진의 출산 소식을 전해 들으면서도 솔직히 그냥 그렇고 무덤덤했다. 하지만 은교에 대해서만큼은 아니었다.

'참! 그리고 민우 씨! 나 얼마 전 선봤어.' 은교의 입에서 너무나 자연스럽게 나오는 말이라서 처음에는 무슨 이야기인가 했다. 선을 보았다는 말을 마치 새 소리나, 먼 곳에서 돌 구르는 소리 정도로 무심코 듣고 있다가, 마침내 의미를 깨닫는 순간 그는 경악을 했다. 마음을 간신히 진정시키고 떨리는 목소리로 한참 만에 물었다.

"오늘은 축하를 몇 번이나 받으려는 건가? 조카가 태어났고, 선을 보셨고. 여하간 축하에 축하를 거듭해야겠는걸! 그런데 어땠어?"

"글쎄…… 그쪽에서 오늘 다시 만나자고 했지만 친구랑 제주도 가기로 이미 선약되어 있다는 이유로 싹 거절해버렸지. 그러고서 진짜로 민우 씨와 이렇게 제주도에 온 거고."

은교와 선을 볼 정도라면 틀림없이 대단한 집안의 대단한 사람일 것이었다. 맥이 쑥 빠져버렸다. 무의식적으로 마시다 남은 캔을 입으로 가져왔으나 이미 다 마셔버린 빈 깡통이었다.

어차피 첨서부터 은교는 열 가지 중에서 단 한 가지도 서로 인연이 없을 사람이었다. 함께 어울려 지내면서 그 사실을 깡그리 잊고 있었을 뿐……. 그런데도 그의 머릿속과 가슴속에서는 천둥소리가 나며 온몸에 전율이 일기 시작했다.

'바보같이…… 혜진이를 봐서라도 은교를 멀리 했어야 했어. 이제 그 벌을 고스란히 받고 있는 거야.'

"추워? 우리 선실로 들어갈까?"

선실 안으로 들어와 뜨거운 커피를 마시니 다행히 한기가 훨씬 덜했다. 은교에게 선보았던 것을 다시 물어보았다. 하지만 그녀는 '그랬다는 거지, 그게 무슨 상관이야?' 하고 입을 다물어버렸다.

호텔로 돌아온 후 선본 일을 또 다시 물어보았다.

"에이! 또 그 이야기야? 그야 이제 집에서 날 슬슬 치우고 싶은 속셈이겠지 뭐, 별다른 것 있겠어?"

"농담하지 말구…… 혹시…… 혹시 나 때문에 서두른 건 아니었을까?"

"설마? 하기야 그런 심중이 다소 들기는 해."

정말로 작은 비중을 주며 혹시나 하고 물었던 것인데, 그녀는 야속하게도 거의 확실하다는 투로 수긍해버렸다.

"하지만 너무 마음 쓰지 마. 난 S대 나왔다는 그 거드름쟁이 의사보다 민우 씨가 훨씬 더 좋으니까."

갈수록 태산이었다. S대라면 대한민국 모두가 선망하는 최고 대학이요, 더구나 의사라면 더할 나위 없을 일이었다.

"지금 뭐 하는데?"

"곧 교수가 될 거래. 외과 전문의고……. 하지만 난 그 남자에게 진짜 관심 없어. 쓸데없이 괜한 소릴 했나봐. 내 말은 그랬다는 거지, 그게 뭐 어떻다는 것도 아니거든. 안 그러면 뭐 하러 내가 민우 씨랑 여기 왔겠어? 안 그래?"

하지만 은교가 어디 괜히 쓸데없이 지껄일 사람인가? 아직 오한도 남아 있고, 마음도 심란해서, 생각도 정리해볼 겸, 욕실로 들어갔다.

은교와는 첨서부터 이상한 인연이었고, 운명 밖의 일임이 분명했다. 혜진조차 인연이 없었는데, 은교야 더 말할 나위 없을 일이 아니겠는가? 벌써 잊었어야 했다. 하지만 참 괜찮고 말할 수 없이 고마운 사람이었다.

생각은 그랬지만 감정은 그게 아니고, '그녀를 멀리 날아 가버리지 못하게 하려면 어떻게 해야 할까?' 하는 오로지 그 생각뿐이었다.

샤워를 끝내고 주섬주섬 옷을 주워 입으려는데 문밖에서 노크소리가 났다. 무슨 일인가 싶어 문을 빠끔하게 열고 보니 내의와 잠옷을 건네주려는 은교의 희고 가느다란 손이 보였다. 마음 같아서는 그런 그녀의 손을 잡아 와락 끌어들인 후 으스러지게 한 번 안아보고 싶었다.

"야! 멋진데! 꼭 새신랑 같네!"

새 잠옷으로 갈아입고 욕실을 나오는 것을 건너다보던 은교가 만족스러운 미소를 지으며 말했다. 순간, 설령 뺨을 맞고 쫓겨나는 한이 있더라도 그녀를 한 번 으스러지게 안아보고 싶다는 충동뿐, 다른 아무 생각도 없었다. 그러나 그녀는 곧바로 욕실로 들어가 버렸고, 그의 마음을 꿰뚫고 있기라도 하듯 딸깍 소리 나게 문까지 걸어 잠가버렸다.

담배 생각이 났다. 잠옷 바람이라서 바깥으로 나가지 못하고 베란다로 나와 담배를 피워 물고는 한숨을 토해내었다. 은교는 선까지 봤다면서 왜 이렇게 여기까지 사람을 데려와서 고통스럽게 하는 것일까? 연속으로 담배를 두 대 채 피우고 있는 중인데 베란다 창문을 은교가 가볍게 두들기며 말했다.

"거기서 혼자 뭐 하고 있어? 또 고개를 흔들고 있는 거야?"

샤워 후 담배 두 대에 오한도 사라지고 두통도 한결 편해졌다.

은교는 냉장고에서 갓 꺼낸 주스와 함께 언제 챙겨왔는지 과일까지 깎아 놓고 젖은 머리를 한 채 앉아 있었다.

"이제 좀 나아? 의사가 아프면 어떻게 해?"

"누가, 뭐 아프고 싶어 아프나? 어디서 난 거야? 금시 사왔을 리는 없고?"

"서울에서 미리 싸왔지. 사과가 보관이 정말 잘됐나 봐. 아직 이렇게 싱싱한 걸 보면. 자! 들어봐."

민우는 군것질을 잘 하지 않는 성미였다. 하지만 은교가 가져온 성의, 자꾸만 권하는 성의에 못 이겨 인사로라도 조금 맛을 보았다. 그녀의 말처럼 과즙이 풍부하고 무척 달아서 먹을 만했다.

"오늘 밤 우리 잠자지 말고 그동안 자기가 제일 즐거웠던 걸 서로 이야기 해 주기로 하자. 예를 들면…… 어렸을 때 일이라거나, 무슨 에피소드 같은 것 말이야. 민우 씨는 언제가 제일 기뻤을까? 의사 시험 합격? 대학 합격?"

말을 마친 그녀는, 예쁘고 달콤하게 생긴 촉촉한 입술을 조금 벌리고, 그 사이로 사과 조각을 밀어 넣으며, 오물거리기 시작했다. 매혹적인 눈빛과 예쁜 입술 사이에 적당한 크기의 귀여운 코가 단정하게 놓여 있었다. 물론 대학이나 의사고시에 합격하고서 무척 기뻤겠지만, 어쩐지 그때는 기쁘다기보다 당연하다는 생각을 했었다. 가장 기쁠 때?

"글쎄에-, 은교가 믿어줄지 모르겠지만…… 아무리 생각해 보아도…… 묘를 새로 옮기고 나서 은교와 함께 갔을 때?"

"왜?"

"글쎄에…… 처음으로 확실한 자기편을 찾았다고나 할까?"

"매우 이기적인 발상이시네. 그건 그렇고, 그럼 지금 이 순간은?"

"나중에 생각해 보면 아마 똑같겠지."

"참, 민우 씨 첫사랑이 누구라고 그랬어? 별이? 한별이?"

"첫사랑? 하하! 정말 옛날이야길 하시는군. 그래, 맞아. 별이라는 여학생이 있었지⋯⋯. 왜, 그때 무교동에서 술김에 내가 다 말했다고 하지 않았어?"

"자세한 이야기는 하지 않았잖아."

"그래? 그 여학생과 대략 6개월 정도 사귀었을까? 마침내 1년 반의 시한부 절교를 하자는 일방적인 편지와 함께 자기 증명사진을 보내왔어. 근데 왜 그 이야기가 왜 지금 필요하지?"

"계속해 봐."

"이제 다 쓸데없는 소리야. 그보다 난 사실 첨서부터 은교를 무시해버리려 애썼어. 은교에게 마음을 뺏길까 봐 두려워서였지. 그런데도 은교 편에서 자꾸만 나를 끌어냈던 거야. 하지만 그럼에도 은교가 원망스럽기는커녕, 그렇게 하기를 잘했다고 생각해. 오히려 행복하고 즐거웠으니까."

"그 별이라는 여학생은 그 후로는 진짜 다시 못 만났어?"

자기 이야기는 뒷전이고, 그녀는 계속 딴소리였다.

"그 이야기는 나중에 할게. 그딴 건 지금 하나도 중요하지 않아. 지금 내가 말하고 싶은 건⋯⋯ 그리고 말이야, 난⋯⋯ 왜냐하면⋯⋯."

그는 자꾸만 말을 더듬으며 헷갈리는 단어들을 주위섬기기 시작했다.

"제발 내 말을 용서해주길 바래. 왜냐하면 지금도 내 마음속에서는 은교의 육체를 가져보고 싶다는 욕망 때문에 견딜 수가 없어. 물론 은교의 모든 것을 한꺼번에 몽땅 다 바라는 건 아니지만⋯⋯ 최소한 안아볼 수만 있다 해도 소원이 없겠어. 그것두 안 돼?"

"그러면 더욱 욕망만 부채질하게 되고 결국 우리는 나중에 둘 다 후회하게 될 거야. 학교 때 배웠어. 자신의 감정에 정직해야 한다고 말하는 사람들이 많지만, 그건 잘못된 거래. 감정에 따라 욕망이 시키는 대로만 살면 인간도 동물과 하등 다를 게 없을 거잖아? 우리 이제 그런 이야기 그만하자. 그보다 별이라는 여학생 이야기를 더 해 봐."

정직하게 감정대로만 산다면 곧 동물적인 삶이라고? 갑자기 그녀가 너무 어른스럽게 느껴졌다. 동물들처럼 본능에만 충실하다보면 이지적인 인간의 능력은 소실된다는 말은 맞겠지만, 현실적인 그로서는 몹시 버거웠다.

"은교가 언젠가 나에게 물었지? 죽도록 사랑해본 적이 있느냐고? 사실 난 그때 그 여학생을 죽도록 사랑해도 좋을 상대라고 여겼지. 영화에서처럼 사랑하는 여인을 위해서 죽는 것도 괜찮다고 생각했고. 그런데 그녀는 대학 합격 후 다시 만나자며 일방적으로 절교를 선언해 버렸어. 나중에 곰곰이 생각해 보니 아마도 내가 대학에 갈 처지가 못 되고 장래성도 없다는 생각에서 절교를 결심했던 게 분명해. 하지만 난 그게 아니었지. 오매불망 그녀가 보고 싶어 죽을 지경이었어."

"민우 씨는 퍽 조숙했었나 봐? 그리곤 혜진 씬가?"

"그 이야기도 듣고 싶은 거야? 무엇 때문에?"

"민우 씨를 보다 잘 이해하고 싶기 때문이지. 싫으면 안 해도 돼. 하지만 솔직히 말해서 난 그 이야기만큼은 아주 자세히 듣고 싶어."

"그렇담 다 말해 줄게. 지나간 이야기고, 오빠도 이미 다 알고 있는 이야기니까……. 별이를 잃고 난 후로 난 어떤 여자도 가깝게 하질 못했어. 물론 경제적, 시간적인 여유도 그랬지만 사실 그보다 두려움이 더 컸던 거야. 그런데 갑자기 주리 씨와 혜진 씨가 자기들 마음대로 내 가슴속을 파고 들어온 거야. 주리 씨에게는 자제할 수 있었지. 사실 주리 씨만큼 잘생긴 미인은 아직 못 봤어. 진짜야. 착하고 무척 똑똑한 여자였지. 그런데도 마음을 빼앗기지 않았어. 그런데 참 이상한 일이지만 혜진 씨에게는 그렇게 하지 못했어."

"왜?"

"나도 잘 모르겠어. 아마 운명의 장난이 아니었다면 조물주가 뭔가 잠시 착오를 일으켰던 게 분명해! 여하간 혜진 씨만 보면 난 정신이 없는 거야. 사귀고 나서 얼마 안 되어 혜진 씨가 잠시 날 멀리하려 했었어. 그때의 그 상실감과 슬픔이라니! 은교는 진짜 상상도 못할 거야. 그건 슬픔이나 노여움과 또 달라. 믿지도 않은 예수 상 앞에 꿇어 앉아 밤새껏 빌기도 했으니까……. 어떤 고통도 감내할 테니 제발 다시 볼 수만 있게 해달라고 말이야. 그러고 나서 그다음 날엔가 혜진 씨가 불쑥 다시 나타났어. 난 기도의 효과가 그렇게 빨리 나타나리라곤 꿈에도 생각하지 못 했었지……. 어쨌든 너무 기뻤고, 그녀 말고는 세상에서 필요한 게 하나도 없다는 것을 실감했어. 그러고 나서 은교도 잘 알다시피 내가 했던 그 기도 그대로 되고 말았고……. 그런데 이상한 건 말이야…… 혜진 씨가 오빠한테 가버리고 난 후로, 솔직히 그립기는 했지만, 이상하게도 예전에 느끼던 극심한 상실감은 없는 거야. 그리고 혜진 씨가 오빠를 선택한 게 문제가 아니라, 오히려 그런 내 생각에 문제가 있다는 쪽으로 마음이 정리되어 갔어. 정말이야. 그러고 나서는 공부에나 취미를 붙이며 살자고 마음을 달랬지. 정말이야. 또 다시 은교에게까지 마음을 빼앗길 생각은 추호도 없었어. 하지만 설령 은교조차 잃게 된다고 하더라도 지금은 은교를 만났던 것을 결코 후회하지 않아! 만약 다시 똑 같은 과거로 되돌아간다 해도 나는 그렇게 하겠어. 이건 진심이야. 담배 한 대 피우고 와야겠어."

베란다로 나와 담배를 피워 물고 길게 한숨을 내쉬었다.

은교가 누군가? 언젠가 한 번은 헤어져야 할 사람이고, 그때가 되었을 뿐인데 왜 이렇게 바보같이 구는가? 마음속의 어리석은 생각까지 모조리

다 고백하면서……. 은교는 제 마음을 전혀 내비치지도 않는데 오히려 남자인 내가 더 질질 짜고 있는 꼴이라니? 하지만 어차피 헤어질 시점에 와 있다면 자기 생각을 솔직하게 전달하는 것도 그리 나쁠 건 없을 거야. 앞으로 그럴 기회가 올 지 어쩔지 알 수 없으니까.

내친 김에 한경이 이야기까지 죄다 다 해버릴까?

"담배란 참 좋은 건가 봐? 내 친구들도 피우는 애들이 더러 있는데, 남자보다 훨씬 더 좋다고 하더라고. 진짜야?"

"그럼, 직접 한번 피워보시지. 한 개비 줄까?"

그녀는 가볍게 도리질을 하며 말했다.

"아직은. 참, 혜진 씨는 그렇다 치고 또 다른 여자는 없었나?"

"누구? 주리씨?"

"아니, 주리 씨 말고……. 그래, 한…… 누구라더라?"

"아! 김한경? 한경이 이야기를 들은 거야?"

그녀가 고개를 끄덕였다.

"누구한테 들었어?"

"아무튼. 얘기하기 싫으면 안 해도 돼."

"하라는 말보다 더 무섭군 그래. 누구에게 들었어? 은교는 참 대단한 사람이야."

"그마큼 관심을 갖고 있다고 생각하면 안 돼?"

"말을 들었다니…… 그럼…… 말을 다 해 줄게. 복잡한 이야기는 다 빼고 간단하게 말하겠어. 그 여자는 서울에서 혜진이에게 딱지를 맞고 인천으로 돌아오던 날 술집에서 만났어. 그날 난 솔직히 말해서……."

그는 몽땅 다 털어놓기엔 아무래도 주저되었던지 잠시 말을 끊고는 은교의 표정을 살폈다.

"생각나는 대로 그냥 말해 봐. 어차피 다 지나간 일이잖아?"

"그날 난 솔직히 말해서 우주가 끝나기를 바랐어. 지구라든가 세상 정도가 아니라 우주 전체 말이야. 은교는 아마 내 말을 잘 이해할 수 없을지 몰라."

"말해 봐. 이해가 가는 이야기이니까."

"술을 진탕 마셨지. 하지만 정신을 잃지는 않았어. 시기와 질투심 때문에 아무것도 안 보였어. 그 화풀이를 한경이에게 했던 거야. 그러다가 생각을 바꾸었지. 혜진이나 한경이나 의학적으로는 1억 대 1의 거창한 경쟁을 뚫고 태어난 거고…… 무슨 말이냐 하면."

"의사 아니라도 그 정도는 나도 알아. 이야기나 계속해 봐."

정자가 생성되려면 정낭에서 3-4주 동안의 기간이 필요한 것은 차치하고라도, 한 번의 사정을 통해 1억 마리 이상이 여자의 몸속으로 들어가지만, 그중 단 하나만이 난자와 결합해서 인간으로 태어날 수 있는 것이므로, 인생이란 태어나면서부터 1억 대 1 이상의 천문학적인 경쟁을 뚫어야 하는 귀중하고도 대단한 존재라는 설명을 하려던 참인데, 그녀가 말을 잘라버린 것이다.

"그래, 그럼 그 설명은 관둘게. 여하튼지 오빠를 선택한 혜진 씨나, 얼마간의 돈 때문에 술시중을 드는 한경이나, 같은 인간으로서, 50보 100보로 별반 차이도 없을 거란 이야기지. 흔히 우리 남자들 농담 중에 이런 게 있어. 다소 직설적인 어투가 필요해서 그런 거니까 용서해 줘. 그게 뭐냐면 말이야, 소위 '씨발, 어떤 놈은 ㅈ에 다이아몬드 박혔냐?' 또는 '저 여자라고 뭐 거기에 금테 두른 줄 아냐?' 하는 말이 있잖아. 인간이란 까놓고 보면 다 거기에서 거기일 거란 말이겠지. 그래서 말이야, 혜진이 대신 그 여자와 결혼해서 아이 놓고 살려 했었어. 하지만 그 여자는 어느 날 돈만 챙겨서

도망치고 말았지만⋯⋯."

은교가 이미 한경이 이야기를 들었다면 굳이 숨길 것도 말 것도 없었다. 이왕지사 말이 나온 김에 단숨에 다 불어버리고 궁금해서 물어보았다.

"그런데 그 이야기를 은교는 어디서 들었어?"

"병원 전체가 다 아는 이야기이던데 뭐⋯⋯."

"설마⋯⋯?"

"그럼 그딴 걸 내가 어떻게 알았겠어?"

"그런 걸 보면 나도 참 한심한 놈이야. 실망했을 텐데⋯⋯."

"음⋯⋯ 솔직히 말해서 실망스럽고 섭섭했어. 하지만 이제는 그런 민우 씨를 이해하려고 해. 자! 이제 우리 자자. 난 잠이 오는데."

"밤새 잠자지 말자고 한 건 누군데⋯⋯. 섭섭하다고 했어?"

"아니, 이해하려 한다고⋯⋯. 근데 잠이 와서 견딜 수가 없네. 민우 씨! 서독과 동독이 아직 평화협정에 충실하다는 것 잘 알고 있지? 우리도 마찬가지야. 여기 탁자 넘어 남의 영토로 한 발짝도 들여놓으면 안 돼. 알겠지?"

하품만 연신 하는 그녀를 붙잡고, 좋잖은 얘기를 계속해보아야 득 될 것도 없었다. 서독이고 동독이고 베를린이고 간에 지난번 그녀를 안아보려다가 거절당한 이후로는 더 이상 쓸데없는 짓을 할 생각도 없었다.

"그래! 잘 자!"

마침내 고단한 하품과 함께 자기 침대로 가서 이불을 뒤집어써버리는 은교를 두고, 그는 다시 베란다로 나가서 담배를 붙여 물었다.

그런데 은교에게 한경이 이야기를 너무 자세히 해준 건 아닐까? 아니, 그보다도 정말로 병원 전체에 소문이 자자할 정도일까? 참! 소문이란 무섭구나. 이제부터라도 정말 조심해야겠는걸!

확실히 은교는 부지런했다. 깨워서 일어나 보니 이제 겨우 새벽 4시 반이었다.

"민우 씨, 빨랑 일어나. 우리 오늘 한라산 가기로 했잖아?"

"뭐? 한라산? 언제?"

"제주도 왔으면 바다 다음 한라산이지, 그럼 또 어디 갈 데가 있어?"

한라산에서 '한' 자도 꺼낸 걸 듣지 못했으나 그녀는 당연하다는 듯이 몰아세웠다. 그녀가 표출해내는 행동들이 갑자기 엉뚱하기만 했다.

"한라산 등산을 가자고? 신발은? 옷은? 이대로?"

"여기 다 준비해왔으니까 걱정 마세요. 치수까지 다 맞추어 왔으니까."

아닌 게 아니라 서울에서 가져온 가방 안에는 새 등산복과 운동화가 들어 있었다. 은교는 벌써부터 계획을 확실하게 세워둔 모양으로, 모든 게 다 척척이었다.

"자! 빨랑 입어. 지금 지하 식당으로 내려가서 아침 먹고 도시락 준비해야 하니까……. 성판악에서 날씨만 변덕부리지 않고, 6시 전에만 오르기 시작하면, 틀림없이 백록담 구경까지 다 마칠 수 있대."

"그렇게 빨리?"

"그렇게 빨리가 뭐야. 왕복 20킬로라는데……. 서둘러야 돼."

그녀는 그가 옷을 재빨리 갈아입는 동안 거울에 자기 얼굴을 비쳐보며 말했다. 그녀를 따라 지하 식당으로 내려갔다. 아닌 게 아니라 그곳에는 모두가 다 한라산 등반을 하려는 사람들인지 대충 50여 명 정도가 울긋불긋한 등산복 차림을 한 채 식사를 하고 있었다.

"등산은 언제 결정한 거야?"

"지난 월요일 우리 직원에게 들었지. 물론 우리도 패키지여행이지만 여기 사람들과 달리 방만 별개로 잡았던 거야. 왜 등산 싫어해?"

"아니, 그런 건 아니지만······."

"왕복 20킬로 정돈데, 마지막 정상 부근에서만 힘들고 나머진 거의 평탄한 하이킹 코스래. 물론 나도 아직 가 보진 못했지만······."

호텔 입구에 대기하고 있는 버스에 타자, 안내자가 도시락을 하나씩 나누어주며 간단하게 주의 사항을 일러주었다. 성판악까지는 차로 20여 분 거리였다.

입구 매점에서 간단한 음료와 과자, 귤을 사서 배낭을 더 채우고 등산길에 올랐다.

은교 말대로 가파른 데는 한 군데도 없고, 마치도 밋밋한 동산을 올라가는 기분이었다. 맑은 개울가를 연해 하늘이 보이지 않는 숲 속 길을 걸어 올라갔다. 여름인데도 초가을처럼 서늘해서 땀도 나지 않았다.

은교는 생각보다 잘 걸었다. 물론 전혀 짐을 지지 않은 맨몸이긴 했으나 항상 앞장서서 걸었다. 세 시간이 조금 더 걸린 아침 9시 반쯤 '진달래 산장'이라는 산 중턱의 휴게소에 도착했다. 오랜만에 맑은 공기를 마시며 운동을 한 덕분인지, 피곤하다는 생각은커녕 오히려 날아갈 것같이 몸이 가볍고 기분 좋았다. 어젯밤 신열이 났던 것도 완전히 잊어버리고 마치 소풍 나온 개구쟁이 모양으로 마음이 설렜다.

"우리도 카메라를 가져왔으면 좋았을 걸······."

주위에서 모두들 멋진 경치를 배경으로 사진을 찍느라고 정신들이 없는 것을 보고 혼잣말처럼 말했다. 예전에 혜진이와 찍었던 사진들을 그토록 고통스럽게 처리했음에도 그는 그 사실을 벌써 까마득하게 잊고 있었다.

"귀찮아서 안 가져왔어. 근데 정말 경치 끝내준다. 그치?"

실인즉, 진짜 아쉬운 것은 경치보다 은교였다. 붉고 푸른 원색의 등산복에 하얀 모자를 쓴 은교의 모습이 너무나 멋져보였다. 그녀를 모델로 해서 한라산을 찍는다면, 그야말로 한 장의 멋진 그림엽서가 될 것이었다.

'진달래 산장'에서 과자와 귤을 죄다 없애고 커피까지 마신 다음 다시 백록담을 향해 산길을 올라가기 시작했는데, 거기서부터는 몹시 가파른 길이었다. 사뭇 가파른 곳에는 나무 계단이 연이어 놓여 있기도 했다.

둘은 손을 잡고 천천히 계단을 올라갔다. '진달래 산장'까지는 무척이나 쾌청한 날씨였으나, 정상으로 갈수록 구름이 많아졌고, 어느새 짙은 안개 속으로 들어서게 되었다. 어떻게 보면 그녀와 함께 초자연적이고 비현실적인 공간 속으로 걸어 들어가고 있는 듯싶기만 했다. 언제고 이렇게 함께 있을 수 있다면 얼마나 좋을 것인가? 한숨을 내쉬며 은교를 돌아보았다.

그러나 그녀는 얼굴을 토닥이며 땀을 찍어내느라고 자꾸만 손을 빼내며 걸음을 멈추었다. 바로 코앞인 듯싶은 백록담이 지독하게도 멀었다. 마지막 고개에 놓인 가파른 나무 계단은 아무리 올라가도 끝이 없었다. 그래서 이름이 그랬나, 지명이 큰 오름이라는 것이었다. 초반전과는 달리 은교의 걸음새가 눈에 띄게 느려졌다.

"그만 가?"

구슬땀이 송골송골하게 맺힌 이마를 화장이 지워지지 않도록 조심조심 닦아내면서 가쁜 숨을 몰아쉬고 있는 은교에게 물었다. 그러나 그녀는 힘들어하면서도 고개를 좌우로 내저었다.

예상보다 훨씬 늦은 12시쯤 마침내 백록담 남쪽 정상에 올라섰다. 큰 오름에서와 완전히 달리 구름 한 점 없는 맑은 하늘에 뜨거운 태양이 그대로 내리쪼이고 있었다. 온 세상이 죄다 구름으로 덮여 있어서 마치도 발아래 회색의 융단이 깔려있는 듯했다. 마침내 구름 위로 올라선 것이다.

백록담은 마치 썩은 어금니에 물이 반쯤 담겨진 형상이었다. 힘들게 올라온 수고를 생각해서 한동안 내려다보다가 바람을 등진 돌무더기에 자리를 잡고 앉아 차에서 받은 도시락을 풀었다. 멸치조림, 단무지, 튀김, 김, 김치 등이 조금씩 들어있는 도시락이었다. 음료수로 목을 축인 은교가 자기에게 너무 많다며 물어보지도 않고 밥을 반쯤이나 덜어주었다. 산을 힘들게 올라와서 그런 것인지 그녀의 얼굴이 다소 핼쑥하게 보였다.

"괜히 너무 힘들게 올라온 건 아닐까? 괜찮아?"

그녀는 걱정하지 말라고 했으나 힘이 없어 보였다. 식사를 마친 후 곧바로 일어서서 다시 '진달래 산장'으로 내려와 뜨거운 커피를 마셨다. 그녀는 안색은 많이 나아져 있었으나 표정은 여전히 어두웠다. 백록담은 다음 기회로 미루고 여기 '진달래 산장'까지만 올 걸 괜히 무리했다는 생각이 들었다.

"우리 맥주를 한 캔씩 할까? 소량의 알코올은 오히려 활력소가 되기도 하니까 말이야."

캔 두 개를 사왔다. 제주도에 와서 처음으로 써본 돈이었다. 가볍게 캔을 부딪치고 맥주를 마셨는데, 벌컥거리면서 게걸스럽게 마시는 민우와는 달리 은교는 겨우 맛만 볼 정도였다.

"당분간 우리 못 만날지도 몰라. 모레쯤 나 미국으로 떠나거든."

캔을 만지작거리기만 하던 은교가 정말로 난데없는 말을 꺼냈다.

"미국 지사를 돌아보라는 것이지만 다른 뜻도 있는 것 같아."

"?"

"물론 고통도 되겠지만 서로를 돌아볼 수 있는 좋은 기회도 될 거라고 생각해. 기쁨은 항상 그만큼의 고통을 전제로 하는 거잖아. 그동안 우린 너무 생각 없이 서로에게 빠져들었어. 하지만 그게 잘못되었다는 건 아냐, 다만 조금 더 고민하고 생각해 볼 필요가 있다는 거지. 민우 씨 손 좀 줘봐."

언제고 그녀는 민우의 손을 갖고 싶어 했다.

"손이 참 따뜻하네. 난 민우 씨 손이 좋아. 이 손으로 날 수술했을 거고,

이 손으로 날 사랑하고 싶은 거겠지. 민우 씨! 우리 조금 더 냉정하게 서로를 바라보기로 해. 그리고도 어쩔 수 없다면 우리 결혼해. 민우 씨를 사랑해."

그의 손이 따뜻한 게 아니라, 사실은 그녀의 손이 찼다. 그는 어제와 달리 매우 초연한 태도였다. 차가운 그녀의 두 손을 감싸 쥐고 보석처럼 빛나는 두 눈동자를 응시하며 말했다.

"고마워. 나도 은교를 사랑해. 은교가 없으면 정말로 재미없고 힘든 세상이 될 거야. 하지만 은교는 이미 내 가슴속에 심어져 있으니까 상관없어. 내 걱정은 하지 마. 은교는 현명하고 확실한 사람이니까 물론 잘 살겠지만…… 그래도 정말 행복하게 잘 살아야 해……."

운동 후 목을 축이며 마시는 달콤한 맥주가 아니라, 슬픈 이별식을 치러야 하는 쓰디쓴 술이 되었다. 그러나 그는 오래도록 천천히 그녀를 사랑스럽게 눈여겨보며 그녀가 남긴 것까지 모조리 다 마셨다. 그러고는 올라갈 때와 똑같이 다정하게 손을 잡은 채 산을 내려왔다. 서두르지 않고 천천히, 아주 천천히……. 비행기에 몸을 실으면 이것으로 이제 은교와는 영영 이별이 될 것만 같은 애틋하고 슬픈 예감 때문이었다.

하산하는 4시간 동안은 물론이고, 비행기 안에서도 둘은 말없이 서로의 눈빛만 살폈다.

은교네 기사가 벌써 공항에 와서 그녀를 기다리고 있었다. 그녀는 승용차로 그를 인천으로 데려다 주고 싶어 했으나, 그는 고개를 내저었다.

은교가 탄 승용차의 뒷모습만 눈으로 좇다가, 시내로 들어가는 좌석버스에 피곤하고 지친 심신을 실었다. 칼로 베인 즉시는 아무런 통증도 없고 피도 나지 않다가, 시간이 지나야 비로소 나타난다던가? 비교적 담담하게 은교를 잘 보냈던 것인데, 버스의 좌석에 앉자마자, 세상이 온통 황량한 사막처럼 느껴지면서, 마침내 걷잡을 수 없는 슬픔 속으로 빠져들기 시작했다.

그러나 그것은 영혼이 파 먹히고 창자가 에이는 그런 고통과 슬픔이 아니라, 오래 전부터 준비해온 필연적인 것처럼 비교적 감내할 만한 것이었다.

응급실에서 수술 직후 최초로 마주친 그녀의 눈빛에서 난데없이 전혀 상관도 없을 혜진의 눈빛이 떠올랐던 것이 생각났다. 그것은 혹 이런 이별의 슬픔이 예고되어 있기 때문은 아니었을까? 그녀를 철저하게 무시해 버렸더라면 물론 아무런 슬픔도 없을 것이었다. 그러나 그동안 그녀에게서 받았던 기쁨은 이별의 슬픔보다 백배나 더 컸고, 만약 이런 일이 되풀이된다 해도 서슴없이 다시 또 시작할 것이었다.

은교와의 일들을 회상해 보느라고 넋을 놓고 있었던 모양으로, 내릴 장소인 영등포를 훨씬 지나쳐버리고, 차는 어느새 서울역 부근을 지나고 있었다. 서둘러 차를 내려 인천행 전철을 타려고 서울역으로 들어갔다. 최근 서울역 근처에 있던 버스터미널이 없어지고 대신 전철이 생겼기 때문이다.

밤 8시쯤 인천에 도착했으나, 배고픈 줄도 모르고 그대로 죽은 듯이 잠들어버렸다.

2. 홍 애경

그러고 나서 정확하게 5일 후인 금요일 오전, 은교에게서 전화가 왔다. 서울인 줄 알았더니 그게 아니라 시카고라는 것이었고, 화요일 날 출국하면서 공항에서 전화했었으나 연결이 안 되더라는 것이었다.

생전처음으로 받아보는 국제 전화였는데 시내전화보다 오히려 더 감이 좋고, 말소리도 또렷또렷하게 잘 들렸다. 그래서 미국이라는 말이 처음에는 장난말인 줄 알았을 정도였다.

몸살 때문에 이틀 동안 누워 있다 일어났으나, 지금은 많이 좋아졌다며, 시카고에서 며칠 더 있다가 LA로 갈 예정이며, 해외 지사의 현지 사정이나 영업 실태를 단시간 내에 파악해야 하므로 당분간은 상당히 바쁘고 힘도 들 것이라는 것이었다.

"몸은 괜찮아? 몸살 나지 않았어? 꿈속에서 민우 씨도 아파 보이던데……."

"아냐, 난 괜찮아. 외국 간 은교가 걱정이지. 너무 무리하지 마."

"민우 씨도 건강 조심! 그럼 또 전화할게!"

그 후로도 몇 번 그녀는 전화를 해주었다. 그러던 것이 그녀가 출국한 지 4주일쯤 지난 7월 초부터는 웬일인지 소식이 딱 끊기고 말았다.

몹시 궁금했지만 그녀가 자기 연락 방법을 가르쳐주지 않은 이상 어쩔 수 없는 노릇이었다. 그녀 편에서 연락오기만 기다리다보니 어느새 8월 초가 되었다.

은교에게 무슨 미련을 두고 있는 것은 아니었다. 그리운 사람으로서 가슴속으로만 간직해두어야 할 것이기 때문이다. 하지만 그것은 생각일 뿐, 더러는 가슴 저리도록 그립고, 보고 싶을 때도 많았다.

모든 것을 잊고 살려면 결국 공부였다. 혈액투석실에 틀어박혀 오로지 공부와 환자 진료에만 매달려 있었고, 예전과 달리 술은 입도 대지 않았다.

착실하게 전문의 시험 준비도 잘해가고 있었다. 또한 인공신장에 관한 내용이라면 외국 저널(의학 잡지)이든, 국내 논문이든 부지런히 놓치지 않고 읽었다. 처음에 그가 계획했던 대로 세실과 하리슨 등 내과 교과서도 계획보다 훨씬 빠르게 진도가 나가고 있었다. 그래서 지난해와는 달리 더운지 서늘한지, 아니 그게 문제가 아니라 도대체 지금이 여름인지 가을인지조차 모를 정도였고, 공부벌레, 일벌레라는 별명까지 얻었을 정도였다. 물론 병원 내에서 매주 두 번씩 열리는 학술집담회에서는 여전히 내과 단골 연자로서 자리를 굳혀갔다.

박뚱 역시 전문의 시험 준비를 한답시고 제 방에 틀어박혀 공부만 하고 있었다. 그러다가 아주 가끔씩 심심하면 혈액투석실내 의사 당직실로 민우를 찾아와 욕지거리를 하며 스트레스를 풀었다. 그러나 민우는 예전과 달리 웃기만 할 뿐 도대체 상대해 주지 않았다.

"야! 이 시발 새끼야! 술도 안 마시고 그렇게 책만 본다고 뭐가 되냐?"

이상하게도 그렇게 그가 시비를 걸 때는 언제고 꼭 속도가 붙어 진도가 한창 잘나가고 있는 중이었다.

"야! 4년차 선생! 시험이 낼모레다. 제발 공부 좀 해라, 공부. 공부해서 남 주냐?"

"얼씨구…… 이 시발 놈! 철든 소리 한번 허네. 야, 이 시발 놈아! 그건 그렇구, 요새는 그 오래도록 잊지 않을 년은 어째서 안 만나는 거냐?"

은교를 두고 하는 말이었으나, 대답할 가치조차 없는 일이라서, 잠자코 눈을 책에 둔 채 거들떠보지도 않았다. 하지만 가만히 놓아둘 박뚱 새끼도 아니었다. 솥뚜껑 같은 손바닥으로 책을 확 덮어버리고는, 머리를 손바닥으로 쓰다듬는 듯이 툭툭 치며 불쌍해서 견딜 수가 없다는 듯, 긴 사설이었다.

"어이구! 불쌍헌 새끼! 또 버림받았구나. 쯧쯧쯧. 달릴 건 다 달렸는데, 왜 깔치마다 다 그 모양이냐? 그러길래 내가 뭐라든……. 어이구! 불쌍해서 이걸 어쩐댜?"

"아무렇지도 않는 남 생각하지 말구, 선생 일이나 걱정허쇼. 야! 이제 제발 지랄방정 좀 그만 떨어라. 깔치가 무슨, 뽀드(전문의 시험) 붙여 준다대?"

"시발놈! 이제 맛까지 완전 갔네. 정신 차려! 새꺄! 공부로, 시발, 재벌집 딸년 꿰 차냐? 대통령 뽑는 시험이라도 있다든?"

"왔따메. 됐네, 됐어. 야! 4년차 선생! 박뚱 씨! 공부 좀 하자! 공부! 제발 소금 뿌리기 전에 얼른 좀 사라져 주라. 자! 니 새끼 줄 담배 여깄다."

"야! 그러지 말구 술도 한잔 걸칠 겸, 몽둥이 청소나 하러 가자. 술은 술로 풀고 여자는 여자로 풀어야 허는 벱이 아니겠냐? 시발! 쭈그리고 앉아서 오래도록 잊지 않겠다던 년 생각한다고 뭐가 되냐? 그리고 얌마, 공부도 잘하려면 가끔씩은 심신의 이완이 필요한 거야. 더구나 지금이 8시 반…… 그렇지, 유식한 너그 형님 말씀으로 하자면 시방이 딱 술 마시기 좋은 술시(戌時) 아니겠냐?"

"지랄허네. 술시든 주시(酒時)든 난 상관없으니까 가서 네 몽둥이나 대표루다 열심히 닦아라. 내 껀 아직 깨끗하니까."

"이 새끼, 갑자기 불알을 잃었나? 시끄럽게 빽빽거리는 게?"

그러더니 박뚱 새끼는 그 커다란 두 손바닥으로 민우의 양쪽 귀를 잡고 제 얼굴 가까이 끌어오며 몹시 심각한 표정으로 물었다.

"너……? 혹시……? 그 오래도록 잊지 않을 재벌집 딸년 때매 어깨들한테 끌려가서……? 몽둥이 짤린 거 아니냐?"

턱도 없는 소리를 지껄이는 박뚱 새끼의 말이 너무 우스워 얼굴이 가깝게 있다는 것도 잊고 입을 벌린 채로 침을 튀기며 웃어재꼈다. 그러자 그는 침이 제 입안으로 들어갔던지 퉤퉤 뱉어내며 상을 찌푸린 채 중얼거렸다.

"시발놈! 진짜 맛이 좀 가긴 갔나 부네. 퉤퉤퉤!"

박뚱이를 쫓아버리느라 무진 애를 쓰고 있는 판인데 다행히 누군가가 문을 두드리는 노크 소리가 났다.

"네, 들어오세요."

문 앞에는 뜻밖에도 응급실 미스 홍이 쭈뼛거리며 서 있었다. 최근 시골 묘소 이장 문제와 은교와의 관계, 그리고 투석실 공부 때문에 한동안 그녀를 까마득하게 잊고 있었다. 갑자기 찾아온 이유가 몹시 궁금했다.

그렇지 않아도 시빗거리를 찾던 참인데 미스 홍이 나타나자, 박뚱은 신이 나서 그의 등록상표로 통하는 육담을 두서없이 늘어놓기 시작했다.

"으슥한 야밤에 시발! 처녀 총각이 의사 당직실 간이침대 앞에서 호젓하게 만난다? 거 좋네! 엑스레이 필름 한 장 소품으로 들고 말이야. 진짜 좋네! 얼싸 좋네! 요새 것들은, 시발, 거기허구 대가리 굴리는 것밖에 잘 하는 게 없다니까……"

그리고 보니 그녀의 손에는 필름 봉투가 쥐어져 있었다.

"미스 홍! 미스 홍 맞지? 나보다 이런 친구가 더 엉큼하다는 걸 모르나? 이런 야심한 밤 시간 이따위 엉큼한 친구에겐 사실 처녀 혼자서 오면 절대 안 되는 거야. 알겠어? 잘못하다간 줄 것 다 주고 고생만 톡톡하게 할 거니까!"

그러나 이력이 붙었다는 듯, 미스 홍도 가만히 있지 않고 맞받아쳐버렸다.

"그런 건 걱정도 하지 마세요. 난 줄건 주더라도 받을 건 다 받아낼 자신이 있으니깐 말예요. 난 한번 물었다 하면 받아내지 않고서는 절대루 놓지 않는 성격이니까. 아시겠어요? 미리 말씀드리는 거지만 앞으로 딱터 박두 조심해야 돼요."

그러자 허를 찔렸다는 듯 박뚱은 실소를 하며 민우를 돌아보며 물었다.

"야, 이가(李哥)야! 이 아줌마가 지금 뭐라고 좋알대고 있는 거냐?"

아무에게나 지랄방정을 떨더니만 결국 똥은 제가 뒤집어쓴 꼴이 되었으므로 낄낄대며 말했다.

"너하고 했던 말인데 내가 어떻게 아냐? 아무에게나 지랄방정을 떠니까 그렇지. 참, 미스 홍 갑자기 무슨 일이죠?"

"무슨 일은 무슨 일이겠냐? 시발! 내가 나가야 일이 제대로 치러지겠지."

하지만 박뚱은 했던 말과 달리 자리를 비켜주기는커녕 무슨 일인가 하고서 침을 흘리며 바라보고 있었다.

"사진 한번 봐 달라구요."

그녀는 손에 들고 온 엑스선 사진을 민우에게 건네주었다. 책상 앞 뷰박스(엑스선 필름을 보는 장치)에 즉시 확인해 보니 중등도의 폐결핵이었다.

"누구 사진이야?"

전혀 망가지지 않은 둥글고 실팍한 유방의 음영이 또렷이 보이고, 흉곽 구조로 보아 틀림없는 젊은 처녀 가슴 사진이었다. 미스 홍은 박뚱과 민우를 번갈아 쳐다보며, 침으로 입술을 축이듯 양 입술을 비비며 말했다.

"동생인데요…… TB(결핵) 맞죠?"

"글쎄? 퓌버(열)나 카핑(기침)은 없어? 일단 AFB 스테인(결핵균 도말검사)을 해 보아야겠는데? 이렇게 TB처럼 보여도 누모니아(폐렴)나 CA(종양)를 완전

룰아웃(배제)할 수는 없는 거잖아?"

"캔서(종양) 가능성도 있어요?"

"아니, 그런 건 학술적인 이야기이고 티비일 확률이 99퍼센트야. 다만 내성 문제도 있을 수 있고, 다른 디시즈(병)를 룰아웃해야 되니까 일단 에이에프비를 먼저 해야 한다는 거지. 혹시…… 미스 홍이 그런 건 아닌가?"

문득 그녀의 안색이 어쩐지 수척해 보인다 싶어 그렇게 말했던 것인데, 그녀는 고개를 거세게 흔들며 도리질을 했다.

"환잔? 그럼? 미스 홍과 함께 있어? 내일이래두 외래로 나오라구 하지?"

박뚱은 다행히 스트레스 해소 목적으로 입 나발이나 불려고 왔던지, 술 마시러 나가자고 더 이상 떼쓰지 않고 담배만 챙겨서 곱게 나가주었다. 마찬가지로 미스 홍도 응급실 근무 도중에 잠시 들렀던 모양으로 가져온 사진을 도로 챙겨 그와 거의 동시에 나갔다.

빠듯하게 꼭 끼는 하얀 가운 속에 감추어져 있을 엉덩이를 이리저리 흔들며 나가는 미스 홍의 뒷모습을 바라보자니, 문득 까마득하게 잊고 있었던 그녀와의 일들이 한꺼번에 떠올랐다.

은교를 걸고넘어지면서까지 자기도 만나달라면서 떼를 쓰듯 저녁식사에 난데없이 불러내던 여자! 이름이 홍애경이던가? 항상 제복의 불룩한 가슴 위에 플라스틱 이름표를 차고 다녔으나, 미스 홍이라는 칭호만 알면 되는 거라서 이름 따위는 한 번도 주의 깊게 살펴보지도 않았다.

그러고서 며칠 지난 토요일 오후였는데, 그녀가 다시 투석실내 의사 당직실을 찾아왔다.

"들어가두 돼요?"

"들어오시죠!"

또 무슨 일인가 싶어서 보고 있던 책에서 잠시 눈을 떼고 그녀를 맞았다. 이전에도 몇 차례 들어 왔으므로 새삼스러울 것도 없을 터인데도, 그녀는 방 안에 들어서자마자 주위를 세심히 휘둘러보며 정작 민우에게는 시선조차 주지 않은 채로 지나가는 말처럼 물었다.

"이 선생님, 혹시 오늘 저녁 한 끼 사실 의향 없으세요?"

"언제? 오늘 저녁?"

그녀는 의아한 표정으로 묻는 민우에게 비로소 일별을 주며 '네'라는 말 한 마디 내뱉고는 곧바로 다시 시선을 피해버렸다.

'그럼, 저두 한 가지 물을게요. 재벌집 따님은 못 되지만 제가 딱터 리를 초대해두 와주시겠어요?' '진짜예요? 그렇지만 내가 아니고 만약 재벌 댁 따님이 초청하는 거라면 갈 거죠?'

그녀가 했던 말들이 순식간에 떠올랐다. 또한 작은 우산 하나로 세찬 소나기를 맞서며 길 건너편에서 택시를 잡아타던 모습도 선연했다.

"그럽시다. 미스 인천께서 모처럼 이렇게 손수 오셔서 말씀하시는데 당연히 사야죠. 정말 영광인데요. 자! 그럼 시간도 얼추 다 됐고…… 나갈까요?"

민우는 보던 책을 덮어버리고 그녀를 따라갈 요량으로 즉시 자리에서 일어서며 가운을 벗어 걸었다. 그러자 방 안의 풍경만 눈에 담아두던 그녀는 금시 환한 표정으로 바뀌면서 모처럼 정면으로 그를 쳐다보며 말했다.

"진짜루요?"

"아니, 그럼 미스 홍이 지금 한 말은 무슨 말이야? 농담이었어?"

"농담이라뇨?"

그녀는 환하게 펴진 얼굴을 갑자기 붉히며 말을 더듬었다.

"근무 다 끝났죠? 그렇담 지금 나갑시다."

"잠시만요오. 옷 갈아 입구 금방 다시 올게요오."

무척이나 기쁜 표정이었다. 주위를 의식할 틈도 없이 그녀는 요란한 발걸음으로 급히 응급실 쪽으로 내려갔다. 그녀의 뒷모습에 눈을 주며 생각해 보았다. 어디루 갈까? 은교와 자주 만났던 호텔 식당도 좋지만 그보다 그녀가 말했던 한식집이 더 좋을 것이었다.

소문이야 나든 말든, 옷을 갈아입고 나온 미스 홍과 나란히 병원을 나서서 택시를 잡아탔다.

"예전에 미스 홍이 나오라구 하던 그 한식당으루 가 볼까? 이름이 뭐였더라? 우래정이었던가? 맞지? 그렇지?"

옆 좌석에서 상기된 얼굴을 하고 있던 그녀가 환하게 미소 지으며 대답 대신 고개를 끄덕였다. 그러고는 작은 기침을 몇 번 콜록거리다 물었다.

"그날 나오셨드랬어요?"

그녀의 기침 소리가 예사롭지 않게 들렸다. 며칠 전 그녀가 가져왔던 가슴 사진이 생각나서, 그녀의 얼굴을 주의 깊게 살펴보며, 고개만 끄덕여주었다.

"나두 꼭 그럴 것 같긴 했는데…… 워낙 바쁘다고 했잖아요?……. 그날 진짜루 나오셨드랬어요?"

대답 대신 웃으며 고개만 다시 끄덕여주었다.

젊은 남녀 두 사람만 들어서자 식당에서는 대뜸 2층 밀실로 안내해 주었다. 가로세로 2미터씩이나 될까? 됫박만큼 좁은 방에 흐리한 불빛을 이고 손바닥만한 상이 놓여있었다. 서로 마주보는 위치로 가서 상 앞에 정좌하고 보니 벽이 저절로 등받이가 되어버렸다.

사실 첨엔 간단한 음식이나 시켜먹으려고 했으나, 방으로 안내되고 보니 그게 아니었다. 그랬다가는 영락없이 창피만 당하고 쫓겨나든가 아니면 싸구려 손님 취급을 받으며 눈총이 따가울 것이었다.

"뭘 하지?"

"간단하게······ 아무렇게나요."

입으로 저녁을 벌었던 처지라서 그런지, 그녀는 부담스러워 하며 말했다.

"그럼······ 로스를 우선 2인분 시킬까? 술도 한잔 해야지? 시원한 맥주 있어요?"

기대에 어긋나지 않게 주문했기 때문인지 종업원의 표정도 밝았다.

"그럼요."

"그럼, 우선 한 병만······. 난 술을 잘 하지 않는 성미라서······."

그녀는 병원에서와는 아주 딴판으로 변해 있었다. 마치 사람이 달라진 듯, 아무것도 아닌 일에도 조심스러워했고 부끄럼을 탔다. 그리고 항상 하얀 가운 입은 모습만 보아서인지, 사복 차림이 상당히 낯설고 색다르게 보였다. 또한 근무 때와는 달리 그녀에게서도 장미 향이 났다.

"자! 모처럼 호젓하게 식사하는 거니까····· 건배라도 합시다."

그는 그녀의 잔에 맥주를 절반쯤 채워준 후, 자기 잔에도 술을 채우고 잔을 들어 '쨍그랑' 소리가 나게 부딪쳤다. 민우는 거의 반 컵 정도 마시고 잔을 내려놓은 반면, 그녀는 겨우 잔에 입만 맞추고 내려놓았다.

"자! 너무 익으면 맛이 없어지거든. 부지런히 들어요."

로스가 익으면서 지글거리는 것을 보며 재촉했으나 그녀의 젓가락질은 몹시 늦었다. 혜진이처럼 고기를 좋아하지 않아서 그런 것이라기보다 그녀는 뭔가 몹시 조심스러워하고 있는 듯싶었다. 그는 자기 젓가락으로 익은 고기를 집어서 그녀의 앞 접시에 놓아주며 말했다.

"저녁 사달라고 하더니····· 왜 이렇게 진도가 늦어? 다 타는데······."

"아이! 전 괜찮아요. 천천히 먹을래요. 이 선생님이나 어서 드세요."

"참! 동생은 치료 시작했나?"

아무래도 그녀 자신의 문제일 것 같았으나, 직설적으로 묻기가 그래서,

그렇게 물었던 것인데 그녀는 작게 고개만 흔들었다. 그러더니 마침내 참고 있던 잔기침을 기어코 몇 차례 토해내었다.

"내 생각으로는 미스 홍도 사진을 찍어보는 게 좋겠어. 책에서는 어덜트 티비(성인 결핵 환자)인 경우에는 오울드 인펙션(옛날에 앓은 결핵)이 엑살서베이팅(악화)된 걸루 되어 있지만, 뤼인펙(재감염)되어 오는 경우도 있대니까. 어쨌든 동생이 그런 거면 미스홍두⋯⋯. 참, 미스 홍! 카핑(기침) 얼마나 됐지?"

그러나 그녀는 그의 친절한 설명에도 불구하고 별로 주의를 기우리는 기색이 없었다. 대신에 그녀는 그를 쳐다보며 실로 엉뚱한 질문을 했다.

"참! 나, 이 선생님께 한 가지 부탁이 있는데?"

"뭔데? 말해 봐요."

"아뇨, 됐어요. 농담이에요."

"싱겁기는⋯⋯. 뭔데 그래요?"

호젓하게 둘이서만 식사까지 하는 게 아닌가? 말을 안 들었다면 몰라도 일단 들었던 이상에는 그냥 지나칠 수도 없었다.

"말을 해 봐요. 뭔데 그래?"

"아무것도 아니고⋯⋯ 그냥 한번 해 본 소리예요. 참! 내일 밤 11시쯤 어디 계실 거죠?"

"그게 부탁이야?"

"네."

그녀가 밝히지 않는 이상 더 캐물을 수도 없었다. 둘 다 과장된 웃음만 웃고 말았다. 웃음 끝에 다시 기침이 나서 그녀는 기침을 중단시키려고 한참 동안 애를 썼다.

식사가 끝났다. 그녀는 겨우 음식 냄새만 맡았을 정도라서, 결국 민우는 제 돈 내고 제 배불린 셈이었다. 그러나 그런 것에 상관이 없이 식사가 끝나자, 그녀는 커피를 사겠다는 것이었다.

"그렇게 뭘 먹지두 않구서…… 배고프지 않겠어?"

"낮에 과식했었나 봐요."

낮에야 병원 근무 중이었을 테고 그렇다면 과식할 이유도 없었다. 하지만 더 이상 물어볼 수도 없었다.

식당 근처의 아담한 다방을 찾아 들어갔다.

"참, 미스 홍은 여기 집 아니죠? 고향집은 어디에요?"

"네, 여기는 언니네 집이고요. 고향집은 전라북돈데…… 이 선생님은요? 혹시 무진장이라고 들어보셨어요?"

"글쎄…… 난 전라남도 N군. 하지만 뭐, 남도나 북도나 거기가 거기 아니겠어?"

갑자기 두 사람은 남쪽이 고향이라는 동질감을 느끼면서 보다 친숙하게 느껴졌다.

"혹시 장계라고 아세요? 장수군 계내면 장계리인데, 모두들 계내보다 장계라고 해야 더 잘 알지만요."

그러면서 그녀는 농담처럼 제 고향 이름에 얽힌 우스갯소리를 했다.

"전주 금암동 시외버스 터미널에서 장계로 갈 버스 승객들을 어떻게 호객하는 줄 아세요?"

"글쎄?"

"자! 돈 없어서 장계(장가) 못 간 사람! 이리 다 모여요오! 장계 한 번 가는 데 단돈 200원!, 장계! 단돈 200원! 여러 번 장계 갔던 사람도 상관 없어요오! 다 모여요오! 하는 거예요."

"풋풋! 진짜 말 되네"

민우는 웃음이 갑자기 터져 나오는 바람에 얼굴이 벌게지면서 입에 든 커피를 내뿜지 않으려고 입을 손바닥으로 막았다. 그녀 역시 깔깔거리고 웃다가, 결국 다시 기침이 터져 나오는 바람에 한참 고생을 했다.

둘은 그런저런 이야기를 나누다가 10시가 다 된 늦은 시간에 다방을 나와 각자 버스를 타고 헤어졌다.

다음 날은 일요일이었다. 특별히 불러내줄 사람도, 어디 나갈 일도 없는 편안한 휴일이었다. 숙소에서 모처럼 느긋하게 늦잠을 즐기다가 11시쯤 병원으로 와서 이른 점심을 먹고는, 투석실에서 하루 종일 책에 매달려 있었다. 시니어레지던트로서 과장 대신 내과를 총괄하는 위치에 있었고, 또 투석실 일을 배우고 있는 1년 아래의 강 선생 피어리뷰를 해주다 보니 공부는 조용한 도서관보다 당직실이 오히려 여러모로 더 편했다.

강 선생에게 되도록 빨리 업무를 인계해줄 필요가 있는 것이, 그의 무의촌 파견 근무가 임박했기 때문이다. 무의촌 파견 근무란 누구나 수련 도중 의무적으로 6개월씩 나가야 하는 것인데, 대체로 2년차 때 나가는 것이 보통이었다. 그때가 지겨운 레지던트 생활에서 잠시라도 해방되기를 가장 바라는 시기이기도 하지만, 수련 단계에서 제일 지장이 없는 시기이기 때문이다.

그러나 민우의 경우에는 당연히 있어야 할 바로 위 레지던트가 없는데다, 신설된 혈액투석실을 맡고 있었으므로, 3년차가 되도록 아직 나가지 못했다.

하지만 그렇다고 마냥 연기만 할 수 없는 노릇이고, 어쨌든 시험 준비에 바쁠 4년차 전까지는 반드시 마쳐야 할 것이라서, 이번 3년차 가을 학기 때에 나가려고 이미 신청을 해놓은 상태였다.

그러나 그가 없으면 투석실은 당장 마비될 것이 명약관화했다. 그래서 어떻게든 2년차인 강 선생에게 서둘러 일을 가르쳐야 하는 것이다. 주말마다 서울로 가서 받았던 연수를 이제는 거꾸로 강 선생에게 해 주고 있었다.

밤 11시쯤이었나? 가운을 벗어 던지고 막 일어서려는 참인데 미스 홍이 다시 나타났다.

"어제는 잘 얻어먹었어요."

그녀는 예전처럼 방 안을 두리번거리지 않고 눈길을 똑바로 맞추며 말했다. 저녁 한 끼만 함께 해도 그만큼 가까워지는 것일까? 그런 그녀가 전혀 낯설게 느껴지지가 않았다.

"뭘…… 제대로 먹지도 않았으면서……."

"퇴근 안 하세요?"

"응, 이제 가려구……. 무슨 일 있어?"

어제 저녁 잘 얻어먹었다고 사례하러 왔을 리는 만무하고, 식당에서 무슨 부탁 말을 꺼내려다 말던 일이 새삼스럽게 생각났다.

"참! 어제 무슨 부탁이 있다고 하지 않았었나?"

"화를 낼까 봐서……."

퇴근 책상 정리에 바쁜 것을 뻔히 보면서도 어색한 미소만 흘리며 미적거리기는 그녀의 행동이 굼뜨고 답답했다.

"못 들어주면 하는 수 없는 거지, 뭐. 무슨 화를 내? 걱정 말고 말이나 해 봐요."

"진짜 화 안 낼 거죠?"

"무슨 소리야, 자꾸만……. 진짜라구 했잖아?"

"이 선생님 무릎 위에 이렇게 한 번 앉아 보고 싶다는 부탁을 드리려구요."

말뜻을 깨닫기도 전에 그녀는 불쑥 다가와 제복을 입은 그대로 자기 엉덩이를 척 그의 두 무릎 위에 올려놓아버렸다. 세상에! 누가 보면 영락없이 애인 사이로서 그가 무릎 위에 그녀를 올려 안고 있는 모습일 것이었다.

기가 막혔지만 그렇다고 그녀를 차갑게 밀어내버릴 수도, 화내지 말라고 몇 번이나 다짐까지 시켰던 것이라서, 화를 낼 수도 없었다. 그녀는 민우의 무릎 위에 앉아 얼굴을 민우 쪽으로 돌리고는 혼잣말처럼 중얼거렸다.

"야! 참! 좋다. 진짜 좋으네요! 정말이지, 이 선생님 무릎은 생각보다 훨씬 따뜻하고 포근하네요? 나, 무거워요? 괜찮죠? 참! 나 오늘 병원 휴직계 냈어요. 물론 지난번 보신 그 필름 때문이죠. 당분간 집에 가서 쉬어야 할까 봐요. 부탁을 들어주어서 고마워요."

그녀는 말을 마치자마자 언제 그랬더냐 싶게 무릎에서 일어서더니, 뒤도 돌아보지 않고 순식간에 방을 나가버렸다. 제멋대로 허락도 없이 남의 무릎 위로 올라앉았다가 또 제멋대로 인사도 뭣도 없이 그렇게 사라져 버린 것이다. 황당하다는 생각에서, 그녀의 뒷모습만 쳐다보며 앉아 있다가 입맛을 다시며 일어서서 방을 나왔다.

휴일이나 늦은 밤 시간에는 정문이 잠겨 있으므로 직원들도 퇴근하려면 반드시 일층 응급실 앞을 지나가야 했다. 열린 응급실 문틈 사이로 그녀는 언제 그랬느냐 싶게 환자들 침대 사이를 바쁘게 오가며 일하는 중이었다.

뭐랄까, 기분이 영 착잡했다. 숙소로 돌아오는 길에 구멍가게에 들러 오징어 한 마리와 맥주 두 병을 샀다. 그러고는 아무도 없는 빈방에서 혼자 자작으로 술을 마셨다. 혜진이나, 한경이, 그리고 은교에 이르기까지 두서 없는 생각들을 해보면서 술을 찔끔거렸다. 물론 미스 홍에 대해서도 생각해보았으나, 말 그대로 두서없이 난삽한 생각뿐이었다.

3. 생일 파티

다음 날 월요일 아침에 출근해보니, 그의 당직실 책상 위에 곱게 포장된 작은 선물 상자가 하나 놓여 있었다. 처음에는 환자가 건넨 것인 줄로 알았으나, 불현듯 미스 홍이 번개같이 떠올랐다.

박스를 풀어보니 예상대로 미스 홍이 놓아둔 것이었다. 붉은색 줄무늬 실크넥타이였고, 메모도 함께 들어 있었다. 병원에서 사용하는 36절의 흔한 메모지에 파란색 수성펜으로 또박또박 쓴 글씨였는데, 예술적으로 보인다고 할 만큼 멋지고 여성스러운 필체였다.

〈식사 고맙고, 부탁 들어주셔서 고맙고, 그동안 다 고마웠어요. 일단 병가를 내고 6개월간 휴직하는 거지만…… 알 수 없네요. 내년에 건강한 모습으로 다시 볼 수 있었으면 좋겠지만……. 간단하고 흔한 것이지만 고심하며 골랐어요. 작은 것이긴 해도 그 정성만큼은 소중하게 여겨주세요.〉

그리고는 줄을 바꾸어서 영어 필기체로 〈from AeKyung Hong〉이라고 작게 휘갈겨 놓았다.

미스 홍, 홍애경! 아주 예쁘다거나 매력적인 모습은 아니라 해도 곱상하고 괜찮은 얼굴이었고, 키나 체격도 표준적인 그만 그만한 여자였다. 다만 그녀는 심성이 남달리 착하고 부지런하다는 느낌이었다. 아마 그녀 편에서 그에게 특별히 잘해주어서 그랬는지 모르지만…….

아무래도 그녀는 이미 병원을 떠나고 없을 것 같았으나, 혹시 몰라서 응급실로 가보았다. 응급실 수간호사가 모처럼 응급실에 들른 민우를 보고는 반갑다는 뜻으로 시비부터 놓았다.

"대 내과 치프 레지던트 선생님께서 웬일이세요? 후배들 다 놓아두고 몸소 응급실까지 왕림하시게?"

"미스 홍 그만두었어요?"

"네. 휴직하구 오늘 아침에 집에 내려갔는데……. 왜, 무슨 일 있어요?"

"아뇨, 그냥……. 티빈(결핵) 것 같던데……."

"글쎄 그렇다드라구요. 닥터 린 그걸 어떻게 아셨죠?"

"아! 필름을 봤었거든요."

돌아서려는데 수간호사가 민우를 다시 불러 세우며 물었다.

"참! K그룹 따님과는 잘 되가나요?"

대답 대신 실소를 내보이며 돌아서고 말았다.

다음 날인 화요일, 관리과에서 찾기에 가보니 무의촌 근무지가 공문으로 와있었다. 인천에서 가까운 경기도 무슨 도서 지방일 것으로 예상하고 있었는데, 뜻밖에도 전북 장수군 천천면 보건지소였다.

어째서 그런 엉뚱한 곳에 떨어졌을까, 하는 의아심에서 공문을 자세하게 읽어보았더니, 가능한 한 출신 지역에 가까운 곳으로 임지를 결정했다는 내용이었는데, 그렇더라도 그렇지, 이건 사실 이것도 저것도 아닌 정말로 터무니없이 황당한 처사였다. 장수군은 같은 호남지방이라는 것 외에는 전혀 상관도 없는 곳이 아니겠는가?

그러나 다시 생각해 보니 결국 그게 그거였다. 6개월은 금방 지나갈 것이고, 설령 고향인 N군으로 간들, 특별히 좋을 것은 하나도 없을 일이었다.

9월 1일부터는 정식으로 근무해야 할 것이며, 8월 31일 날 전북 장수읍 보건소로 가서 신고하라고 되어 있었다.

참! 전북 장수군이라면? 순간, 미스 홍이 장수군이 고향이라면서 장계 한 번 가는 데 200원이라고 하던 우스갯소리가 대번에 생각났다. 천천면과는 거리가 얼마나 되는 걸까? 한 번도 가보지 않은 완전 객지라서 불안하기도 했지만, 미스 홍을 떠올리는 순간 다소 위안이 되기도 했다.

이렇게 먼 시골로 갈 바에야 차라리 예전에 근무하던 성당병원 근처로 떨어졌더라면 얼마나 좋았을까 하는 생각도 해보았으나, 그건 그의 바람일 뿐이었다.

8월 31일이라면 이제 불과 열흘 후였다. 퇴근하는 길에 서점을 들러 지도를 샀다. 임지의 위치도 확인해볼 겸, 미스 홍의 고향이라는 장계리와 얼마나 상거가 되는지 알아보고 싶었기 때문이다.

장계리와 근무지인 천천면과는 축적률로 계산해보니 4-5킬로밖에 안 되는 지척이었고, 군청과 보건소가 있는 장수읍과도 대략 그만 한 거리였다.

전주에서 장계까지 200원이라고 했으니까 전주에서도 그리 먼 거리는 아닐 것이었다. 서울 전주간은 고속버스로 4시간 거리라니까, 당일 인천을 출발한다 해도 새벽에만 나간다면 장수에는 밝은 낮 시간에 도착될 것이었다.

잠자리가 어떨지 모르지만 우선은 하숙집을 얻든가 아니면 며칠간 여관 신세를 지면 될 것이고, 어디든 사람 살긴 다 마찬가지일 것이었다. 다만 적응할 때까지가 문제일 뿐……

임지를 지도로 확인해본 후 이사를 어떻게 할 것인지 궁리해보며 방 안을 휘둘러보았다. 사실 말이 이삿짐이지 혼자 사는 살림살이라서 책 한 보따리, 옷 몇 벌과 이부자리, 그리고 접었다 폈다 할 수 있는 포마이카 상 하나가 고작이었다.

옷과 이부자리, 그리고 필요한 책이나 챙겨서 수화물로 부치고, 나머지 당장 필요하지 않는 것은 병원의 심전도실이나 아니면 투석실의 의사 당직실에 맡겨두면 될 것이었다. 가져 갈 책을 고르며 혹 맡겨둘 책 속에 무슨 개인적인 메모나 중요한 편지 같은 것은 없는지 살펴보려고 책을 한 권씩 두서없이 넘겨보고 있는 판인데 뜻밖에도 밖에서 문 두드리는 소리가 났다.

누구지? 처음에는 주인집 아낙이 방 기한 문제로 찾아왔나 했으나, 그 아줌마 성격으로 보아 밖에서 큰 소리로 사람을 부르지, 결코 이렇게 점잖게 문을 두드릴 사람은 아니었다.

"누구세요?"

"나야. 잘 지냈어?"

뜻밖에도 은교가 생글거리며 서 있었다.

"아니! 은교 씨? 언제 왔어? 어떻게 여기까지? 일단 들어와."

더운 여름이었지만 혼자서 잠만 자고 나가는 방이라서 선풍기 한 대도 없었다. 한심하고 누추한 방 안으로 들어오라고 하기도 뭐했지만, 그렇다고 귀한 손님을 밖에 세워둘 수도 없었다.

"웬일이야? 이 시간에 집에까지?"

"뭐, 난 민우 씨 집에 찾아오면 안 될 사람인가?"

벙글거리는 민우를 쳐다보며 그녀 역시 눈을 빛내고 있었다.

"언제 왔어?"

"일주일 전쯤."

"그럼 전화해 주잖고?"

"민우 씨 놀래켜주려구……"

"취미두 참 고약하구 별스럽네. 참, 저녁은 먹었어? 우리 나갈까?"

방에 들어오긴 했으나, 은교는 몹시 덥고 답답했던지, 눈으로 방 안을 이리저리 훑어보다가, 말이 끝나기도 전에 즉시 따라 일어섰다.

한길 쪽으로 나와 택시를 잡고 그녀와 늘 함께 갔던 호텔 이름을 댔다. 그러나 은교는 뜻밖에도 기사에게 서울을 갈 수 있겠는지 물었다. 그러더니만 대답도 듣기 전에 민우에게 다시 뜻밖의 질문을 했다.

"참, 낼 몇 시까지 출근해야 돼?"

"글쎄…… 요사이는 아주 늦지만 않으면 상관없긴 한데……."

"그럼, 하루 땡땡이 칠 수도 있나?"

갑자기 기사가 그들의 말 사이에 끼어들었다.

"서울이요? 서울 어디죠?"

"반포 주공아파튼데 갈 수 있겠어요?"

"반포? 거긴 또 왜?"

난데없이 반포를 가자는 말에 어안이 벙벙해서 그녀에게 물었으나, 그녀는 눈만 찡긋하고는 그만이었고 기사의 대답을 재촉했다.

"어때요? 갈 수 있겠어요?"

"반포요…… 보자…… 지금 시간이 8시 30분…… 길만 안 막히면 금방이긴 한데…… 잘못하면 통금에 걸릴 거고……."

기사는 가고는 싶은데 여러 가지로 계산을 더 해보아야 하는 눈치였다.

"시간이 아직 충분히 있지 않나요?"

"아니죠. 아무리 총알같이 갔다 온다 해도 3시간은 걸릴 텐데요. 돈이나 많이 주시면 모를까? 안 되겠는데요. 잘못하면 저도 서울에서 여관 신세를 져야 할지 모르거든요."

"메타 요금에 2만 원을 더 얹어 드릴게요."

"좋습니다. 그럭허죠."

차가 경인고속도로로 들어섰다. 기사는 총알처럼 차를 내몰기 시작했다. 무심코 대시판을 넘겨다보았더니, 세상에, 시속 160킬로미터였다. 자기도 모르는 사이에 어깨에 힘을 잔뜩 주며 앞 의자를 버티고 있었는데, 손바닥에서는 식은땀이 났다. 그러나 은교는 운전할 줄 알기 때문에 그런 것인지 의자에 뒤통수를 붙인 채 아주 태연하게 앉아 있었다.

기사는 앞서 가는 차들 사이사이를 미꾸라지처럼 빠지면서 추월해갔다. 얼마나 차가 빨리 달리던지 차 뒤쪽에서 종잇장 우는 소리가 났다. 혹시 사고라도 나면? 여차하면 순간적으로 그녀를 감싸 안고 보호해 주어야 한다는 생각에서 눈도 깜박일 수 없었다.

하지만 걱정과 달리 차는 아무 일 없이 영등포에 이르렀고, 시내로 들어서자 자연히 속도도 줄었다. 반포의 한 아파트 앞에 내렸을 때는 인천에서 출발한 지 겨우 40분 걸린 밤 9시 직후였다.

"어딜 가는 거야?"

궁금해서 아파트 단지 안으로 서슴없이 걸어 들어가는 그녀에게 물었다.

"민우 씨네 집."

"은교는 지금 무슨 소리를 하는 거야?"

그녀의 말이나 행동은 종잡을 수 없었다. 하지만 그녀는 평소처럼 아주 단호하고 자신 있게 그를 인도했다.

5층짜리 아파트였는데, 그녀는 서슴없이 계단을 올라가서 402호 대문을 따고 들어갔다. 어두운 현관으로 들어서자마자 익숙하게 스위치를 찾아내어 현관과 마루에 불을 켰다. 단박에 집 안이 드러났다. 최근에 새로 단장한 모양으로 벽지에서부터 바닥, 천정, 조명등에 이르기까지 모든 것이 다 아주 깔끔하고 산뜻했다. 또한 새 살림 도구가 적재적소에 놓여 있었다.

어리둥절해 하며 마루에 들어서는 민우에게 은교가 "호호호! 놀랐지?" 하고 웃으며 호들갑을 떨었다. 그러고는 마루 에어컨을 틀면서 말했다.

"아휴 더워라! 민우 씨 먼저 샤워할래? 난 시간이 걸리니까. 참! 욕실에

내의, 잠옷 다 있어."

미국에 가 있을 은교라서, 현실이라기보다 아무래도 꿈속 일인 듯싶었다. 덥기도 했지만 워낙 실내가 깔끔하고 깨끗해서 주눅이 들었던 나머지, 좋지 않은 냄새라도 날까 봐, 군소리 없이 욕실로 들어갔다.

아닌 게 아니라 욕실장 안에 새 속옷과 잠옷이 포장된 그대로 놓여 있었다.

그와 교대로 욕실을 들어서려던 그녀가 말했다.

"아직 아무 방이나 함부로 들어가면 안 돼. 알았지? 엄연히 여기에서도 서독과 동독 간 협정 준수를 해야 하니까."

서늘해진 냉기를 쫓아 마루 에어컨 앞으로 다가갔다. 마루에 적절한 크기의 소파가 놓여 있었고, 소파의 탁자 위에는 아직 개봉도 하지 않은 담배와 고급 라이터가 놓여 있었다.

빈집은 아닐 것이고, 그렇다고 은교 혼자 살았던 집도 아닐 것이고, 누가 사는 집일까 하고 차가운 냉기를 뿜는 에어컨 앞에 선채로 사방을 두리번거리며 생각해 보았으나 이해되지 않는 건 마찬가지였다.

평소와 달리 은교는 욕실에서 무얼 하는지 한참을 기다려도 소식이 없었다. 입고 왔던 옷에 담배가 들어있었는데 혹시 나쁜 냄새라도 날까 봐 욕실에 그대로 개켜놓아 두었던 것이 얼마나 후회되는지 몰랐다.

마침내 은교가 욕실에서 나왔다, 그런데 이런! 놀랍게도 그녀는 그가 입고 왔던 속옷까지 말끔히 빨아 손에 들고 나왔다. 다행히 어젯밤 새로 갈아입을 옷이기는 했지만 창피하고 당황스러웠다.

"무슨 짓이야?"

"민우 씨에게 실제적인 봉사를 한번 해보고 싶었거든. 호호호! 왜, 싫어? 내 것도 있고…… 이왕 손에 묻힌 김이잖아?"

그녀는 재미있다는 표정으로 그를 살피다가 베란다로 나가더니 손에 든 옷가지를 두 손으로 털며 빨랫대에 아주 익숙한 솜씨로 널었다.

"집에서도 그렇게 빨래를 하는 거야?"

"대체로 간단한 자기 건 자기가 하는 거지."

그녀가 널고 있는 두 사람의 속옷을 야릇한 감정으로 건너다보고 있는데, 그녀가 뒤돌아보며 갑자기 버럭 소리를 질렀다.

"저리 가. 남자가 별걸 다 보고 그래?"

핀잔을 주며 민우를 내몰았던 것이 미안했던지 그녀는 다시 부드럽게 말을 덧붙였다.

"참! 탁자에 민우 씨 선물 사다놓았는데…… 봤어?"

"그게 내 선물이었나?"

마루로 쫓겨 나와 탁자 위에 놓여 있던 담배와 라이터를 주워들었다. 던힐 담배와 세트로 나온 라이터였다. 담배에 불을 붙여 물고 아예 대문 앞 계단 쪽으로 나왔다. 에어컨 앞에 있다 나와서인지 더욱 후덥지근하고 더웠다.

그녀의 말을 되새겨보며, 무엇 때문에 서울까지 데려왔나 싶어 이런저런 추리를 해보고 있는 중인데, 현관문이 열리며 은교의 목소리가 들려왔다.

"민우 씨! 이리 와 봐. 시원한 맥주가 있거든."

그녀는 그를 식탁으로 데려갔다. 두 사람이나 혹은 세 사람이 식사하기 딱 좋을만큼 작고 앙증스런 식탁이었다. 식탁 바로 위 천정에는 붉은 색조의 등이 은은한 빛을 발하며 매달려 있었다. 식탁 위에는 과일과 함께 맥주 두 병과 유리잔 두 개, 그리고 딱 한 송이의 붉은 장미꽃이 작고 좁다란 장식용 유리병에 꽂혀 있었다. 간결하면서도 부족할 것이 없는 풍경이었다.

과일은 씨알이 굵은 딸기와 그녀의 피부처럼 희고 탐스런 복숭아였다.

냉장고에서 방금 꺼냈는지 차갑고 신선한 냉기가 고스란히 그대로 남아 있었다.

은교 편에서 먼저 민우의 잔을 채웠고, 그도 그녀의 잔을 채워주었다.

"자! 건배! 호호호!"

그녀는 매우 기분이 좋은 듯 민우의 잔에 자기 술잔을 쨍 부딪치며 즐거워했다. 그러고는 평소와는 달리 거의 반 컵 정도를 한꺼번에 쭉 들이켰다.

"자! 들어 봐. 딸기 맛이 여간 아니거든. 진짜 며칠간 병원 안 가도 되면 정말 좋겠는데. 그럴 수 있어?"

"왜? 무슨 일 있어? 사실 이달 30일까지만 인천 병원에서 근무하구 시골루 무의촌 파견 나가게 돼 있거든. 며칠 먼저 손 턴다고 문제될 건 없을 거야. 다만 과장 허락이 필요하긴 해."

"그래, 그럼, 그렇게 한 번 해 봐. 근데 무의촌 파견이 뭐야?"

수련의 필수적인 한 과정으로서 6개월간 지정된 곳에서 진료 봉사를 하는 것이라고 설명하자, 그녀는 대뜸 발령지부터 먼저 물었다.

"전북 장수군이라는데……."

"잘 아는 곳인가?"

"아냐, 완전 객지야."

"재미있겠는데……. 민우 씨가 지원했던 곳은 아니지?"

"그야 그렇지. 그런데 뭐가 재미있을 것 같애?"

"잠시 동안이지만 완전 새로운 생활이 될 거잖아?"

그녀를 찬찬히 들여다보는데, 새삼 그녀의 얼굴이 다소 검어진 것 같았다.

"더운 지방에 있었나? 미국 어디?"

"차 안이나 실내에서는 정말 좋은데 밖은 완전 땡볕이야. 미국 서부, 동부, 그리고 멕시코까지 갔었는데, 그늘 밖에서는 진짜 한국은 류도 아니야."

그러다가 그녀는 갑자기 말끝에 정색을 하며 물었다.

"우리 제주도 갔다 온 이후로 혹시 달라진 거 있어? 없지?"

"달라진 거라니?"

"혹시 좋아하는 여자가 생겼다거나…… 뭐, 그런 것! 호호호."

그녀는 말끝에 까르르 웃음을 달았다. 그런 그녀에게 직설적으로 대답해주는 것보다 여운을 두어야 재미가 있을 것 같아서 반문하듯 넌지시 물었다.

"어째서?"

"알 수 없잖아? 내가 지금 혹시 실례를 하고 있는지."

"혹시가 되었건, 역시가 되었건 그냥 계속 실례해도 돼."

부엌보다 에어컨의 냉기가 직접 오는 마루가 더 좋아 보였다. 더운 날 술을 마셨기 때문에 열이 나는지도 몰랐다.

과일과 마시던 술을 가지고 마루에 놓인 소파로 나와 텔레비전을 켰다. 이미 정규방송은 다 끝나고 AFKN만 나왔다. 무슨 쇼 프로인 모양인데 은교가 흘긋거리며 열심히 보는 눈치였다.

"알아들을 수 있어?"

"알아듣긴…… 방송이 이거밖에 없으니까, 하는 수 없이 대충 보는 거지. 참! 민우 씨는 텔레비전 안 봐?"

환자와 공부에도 바쁜 나머지 아직 생각도 못했던 일이었다.

"가끔…… 아주 가끔씩……. 참, 해외 일은 다 끝난 거야?'"

그녀의 최근의 행적이 궁금해서 화제를 바꾸며 물었으나 '그럭저럭.' 하고 자세한 설명 대신 어정쩡하게 얼버무렸다. 12시가 넘자, 피곤한 듯 은교는 하품을 하기 시작했다.

"우리 자자. 저 방에 민우 씨 자리를 봐놓았어. 저 방에서부터 욕실 앞까지가 동독이구, 그 외는 다 서독이야. 알겠지? 마루는 공동경비지역이고……. 아, 참, 널 몇 시쯤 나가? 여기서 인천가려면 영등포로 가서 버스든 기차든 갈아타야 할 텐데."

"가지 말랬잖아?"

"저녁에 다시 오겠다는 약속만 하면 보내 줄게. 여기가 어디쯤인지 알겠어? 영등포에서 오자면 터미널 직전 반포전화국 앞에서 내리면 되거든."

그러면서 그녀는 동 호수를 잊지 않도록 다시 한 번 가르쳐주었다.

"잘 자."

하품을 하면서 그녀는 자기 방으로 들어가 버렸다. 베란다로 나가 담배를 붙여 물었다. 하얀색 브래지어와 꽃무늬가 찍힌 앙증맞은 팬티가 그의 팬티와 함께 널어져 있었다. 밤 1시가 넘은 시간이었지만 아파트에는 더러 환하게 불을 밝히고 있는 집들도 있었다.

지난번 제주도를 다녀오면서 이미 이별식을 다 끝냈었는데, 어쩌자고 은교는 다시 찾아온 것일까? 얼마간이라도 함께 지내는 거야 정말 꿈같은 일이고, 더없이 좋기는 하지만, 어차피 이별식을 또 다시, 아마도 지난번보다 훨씬 더 힘들게 치러야 할 것이라서 마음이 심란해졌다. 도대체 은교는 뭘 바라고 이렇게 하는 것일까?

은교가 동독이라며 지정해준 방으로 들어와 보니 작은 옷장, 책상, 그리고 싱글침대가 놓여 있었는데, 모든 것이 다 한 번도 사용하지 않은 새것인 것 같았고, 침구도 그랬다.

모든 것이 다 새것이라서 산뜻한 기분이었으나, 잠자리가 달라졌기 때문인지 쉽사리 잠들지 못하다가 새벽녘에서야 잠이 들었다. 그런데도 눈을 떠보니 아직 새벽 5시였다.

은교는 벌써 일어나 화장실에서 세수를 하고 있었다. 그녀는 세수를 하다 말고 새삼스럽게 화장실과 겸한 욕실의 문을 닫으며 말했다.

"조금만 기다려. 금방 나갈게."

마루 텔레비전을 켰다. 방금 전에 정규 프로가 시작된 것인지 채널 모두 애국가만 나오고 있었다.

"민우 씨이~ 다 끝났어~."

환경이 바뀌면 용변 습관도 바뀌어서 대체로 힘든 때가 많았지만, 밤늦게 들었던 맥주와 과일 때문인지 시원스러운 쾌변이었다. 세수를 하고는 거울에 얼굴을 비추어보았다. 수염이 듬성듬성 자라 있었다. 순간 선반에 올려져있는 전기면도기가 눈에 들어왔다.

마루에서는 어느새 텔레비전 대신 오디오에서 은반 굴리는 피아노 선율이 흘러나오며 잔잔하게 온 집 안을 채우고 있었다. 그녀는 화장대 앞에 앉아 열심히 얼굴을 다듬고 있는 중이었다.

"면도길 써도 되나?"

"그럼, 일부러 민우 씨 쓰라고 준비해둔 거잖아."

일을 다 마치고 나왔더니 그녀는 부엌에서 토스터에 빵을 굽고 있었다. 따끈한 토스트에 딸기잼을 발라서 우유와 함께 마셨다. 빵은 한식에 비해 간편해서 좋았다. 마루 오디오에서는 어느새 바이올린의 힘찬 선율로 바뀌어 있었다.

"민우 씨, 오늘 틀림없이 다시 일루 와야 돼. 동 호수 잊지 마. 참! 열쇠 갖구 가. 혹시 나 늦드래도 조금 기다려."

얼마나 시간이 걸릴지 몰라, 아파트를 일찍 나선 덕분에, 7시 반쯤 너무 이른 시간에 병원에 도착되었다. 반포에서 겨우 한 시간 반쯤 걸렸을 시간이었다.

투석실로 올라가서 책을 폈으나 자꾸만 은교의 얼굴만 어른거렸다. 뭐하려고 다시 나타났을까 싶었고, 도대체 책이 눈에 들어오지 않았다. 간신히 8시 반까지 시간을 죽이며 앉아 있다가 병동으로 올라가 과장 아침회진에 끼어들었다.

병동 회진이 끝나고 외래로 함께 걸어 내려오던 중에 김 과장이 그에게 불쑥 물었다.

"닥터 리! 언제 내려갈 거야?"

"8월 31일까지 시골 보건소에 신고하고 1일부터 근무를 해야 된다니까, 이사 문제도 있고, 정식 근무는 오늘까지만 할까 싶은데요."

"그럼, 과 회식을 오늘 해야겠네?"

은교와의 약속이 있었으므로 그럴 수 없었다.

"다음에 하죠, 뭐. 오늘은 일이 있어서요."

현경애 과장을 찾아가 임지와 날짜를 이야기하고 짐도 꾸릴 겸 오늘까지만 근무하겠다는 희망을 피력하자, 불과 3~4일 사이라서 그런지, 흔쾌히 승낙해주었다. 그러면서 김 과장과 똑같이 회식 건을 꺼내었다.

"오늘은 제가 선약이 하나 있는 데요……."

그러자 그의 말이 끝나기가 무섭게, 그녀는 그런 건 마치도 과장인 자기 권리라는 듯이 일방적으로 통보를 해버렸다.

"오늘은 주인공께서 약속이 있으시다니까 할 수 없구, 그럼 낼로 합시다."

여자 과장은 곧잘 쓸데없는 일에 고집부리거나, 아무것도 아닌 일에 자기주장을 내세웠다. 날짜를 아예 29일로 조정하고 싶었지만, 그러자면 다시 말이 여러 번 오가야 할 거라서, 귀찮았던 나머지 입을 다물고 말았다.

이제는 그가 하던 일을 모두 다 강 선생이 인계받은 뒤라서 하루 종일 할 일이 없었다. 하지만 책을 볼 수도 없었다. 은교의 얼굴이 자꾸만 떠올랐고 무의촌에서 6개월을 보낼 일이 걱정스럽고 심란해서였다.

투석실 내 의사 당직실조차 강 선생에게 물려준 후라서 심전도실에서 시간을 죽이고 있다가, 점심을 일찍 끝내고 숙소로 가서 짐을 꾸렸다. 시골로 보낼 짐과 병원에 갖다 놓을 짐을 따로 골라 포장한 후, 주인집 아줌마를 만나 보름정도 빠른 30일 날 방을 비워주겠다고 말했다.

병원으로 되돌아 갈 필요도 없어서, 일찍 인천을 출발했고, 오후 3시쯤 반포 아파트에 도착되었다. 벨을 눌러도 소식이 없어서 은교가 준 열쇠로 문을 따고 들어섰다. 물론 아무도 없는 빈 아파트였다. 낮잠이나 자려면 모를까, 빈 아파트에서 혼자서 할 일도 없었다.

어떻게 저녁까지 시간을 죽일까 생각에 생각을 거듭하다가 아파트를 나와 눈에 보이는 대로 극장을 찾아들었다. 사람은 뭐니 뭐니 해도 일이 있어야 하고, 조금은 바빠야 한다는 새삼스러울 것도 없는 사실을 그는 처음으로 실감나게 깨달았다.

영화는 적당한 줄거리에 적당한 정사 신이 들어간, 그야말로 그렇고 그런 국산 에로물이었다. 그럼에도 불구하고 볼 만하다는 느낌과 함께 에로틱한 분위기에 취한 나머지 자꾸만 바지 속에서 힘이 솟아올랐다.

극장에서 돌아와 아파트 벨을 누르자마자 은교는 완전 새내기 주부 티를 내며 앞치마를 두른 채로 달려 나왔다.

"아까 아파트에 들렀었나 봐? 어디 갔다 온 거야?"

"은교도 없고 해서 극장에 혼자 갔다가……. 그런데 그건 어떻게 알았어?"

"증거가 도처에 있던데 뭐……. 무슨 영화였어?"

"국산 영화인데…… 그냥 잠만 자다 나왔어."

에로틱한 분위기에 취해 열심히 시청했음에도 불구하고 거짓말을 했다.

"이리 와 봐."

그녀가 이끄는 대로 부엌으로 가 보니 식당에서 갓 배달된 음식 접시와 술, 그리고 케이크까지 놓여 있었다. 처음에는 그녀의 생일인 줄로만 알았으나, 그게 아니라 그의 생일이지 않느냐는 것이었다. 놀랍게도 케이크에는 양초 3개가 꽂혀 있었고, 그렇다면 그의 생일을 준비한 것이 분명했다. 그러나 사실 오늘은 그의 생일이 아니었다. 8월 26일로 날짜는 정확했지만 그건 음력이기 때문이다.

강화도에서던가?, 여하간 생일을 집요하게 묻는 그녀에게 음력이라는 건 밝히지 못하고 날짜만 말했는데, 그녀는 그걸 지금껏 잘도 기억한 모양이었다.

"불어서 꺼야지. 아참! 잠시만…… 음악이 있어야겠네."

그녀는 재빨리 일어서서 마루로 가더니, 생일 축하 노래를 틀어놓고 다시 돌아왔다. 여느 다른 사람들 같으면 지겹도록 들었을 생일 축하 노래이겠지만, 굵은 남자 목소리로 〈Happy Birthday to You〉라는 노래가 몇 번이나 반복해서 흘러나오자, 그는 감회 깊게 경청했다.

"생일 축하해요. 자! 이제 불어서 꺼."

짝짝짝! 그가 촛불을 끄자, 그녀가 박수를 쳐주었다. 생일이라고 일부러 준비했던 모양으로, 술도 역시 샴페인이었다.

오디오에서는 어느새 '사랑의 기쁨'이라는 크라이슬러의 곡이 흘러나왔다.

"민우 씨도 클래식 좋아한다구 그랬지?"

"실은 뽕짝을 더 좋아하거든. 그런데 지금 들으니까 이게 훨씬 더 좋네."

"그래? 그렇담 뽕짝으로 준비할걸 그랬나? 호호호!"

다음은 예스터데이, 고엽, 리멘시타 등 분위기 있는 팝송이나 샹송이었다.

"달콤하다고 너무 많이 마시면 안 돼. 과일주는 깰 때 머리가 아프거든."

두 병째 터서 자작으로 잔을 채우자 은교가 그렇게 주의를 주었다. 술이 들어가서 그랬던지 마침내 제주도에서 들었던 일이 궁금해서 물어보았다.

"선보았던 건 어떻게 되었어? S대 GS(일반외과) 교수라구 했었지?"

그녀는 순간적이긴 했으나 갑자기 짜증스러운 표정을 지었다. 일껏 좋은 분위기를 망치지 않으려 곧바로 '미안'을 연발했다. 다행히 그녀는 그 문제에 대해서 더 이상의 언급이 없었다.

"미안! 미안! 술이 들어가서 그러나봐! 미안, 미안!"

아닌 게 아니라, 마루에 에어컨이 열심히 돌아가고 있는데도 술이 들어갔기 때문인지 온몸에서 열이 나고 몹시 더웠다.

"나! 먼저 샤워를 하구 나올까?"

"속옷 챙겨두었으니까 괜히 세탁하지 말구 그냥 갈아 입으세요오! 아시겠어요오? 더구나 오늘은 자기 생일날이잖아."

그러나 어제 일이 생각나서 그녀의 손을 다시 빌리는 일이 발생하지 않도록 샤워 전 속옷부터 빨았다.

차가운 냉수로 몸을 씻자, 술도 거지반 깼다. 그녀의 정성을 고마워하면서 새 옷으로 꿰어 입었다.

시원한 에어컨의 냉기를 찾아 마루 소파에 앉아 있다가, 담배 생각이 나서 베란다로 나왔다. 아파트나 상가 모두 다 환하게 불이 밝혀져 있었고, 길에서는 귀가를 서두르며 종종걸음을 치는 사람들이 내려다 보였다. 집안에서 불을 밝히고 있는 사람들도, 눈앞에서 종종걸음을 치는 사람들도, 모두 사랑하는 자기 가족들 때문일 것이었다.

가족, 사랑! 사랑이란 곧 완전한 믿음일 것이다. 가족이라는 것은 거기에 덧붙여, 동질감이라거나 같은 배에 탔다는 소속감일 것이고……. 비록 혼자서 부평초같이 떠돌아다니는 신세이긴 했지만, 어쨌든 본인도 기억하지 못하는 생일날까지 챙겨주는 사람이 있는 한, 가족이 있는 거나 마찬가지였다.

아무튼 은교 덕분에 할머니가 돌아가시고 나서 첨으로 다시 찾은 생일날이었다. 추석 후 딱 열하루만 지나면 그의 생일이라서, 추석 때부터 그의 생일까지는 가히 축제 기간이었다. 열흘 상관으로 쌀밥에 고깃국을 또한 번 먹을 수 있기 때문이다.

에어컨을 찾아 마루로 돌아오니, 음악은 어느새 로드리고의 아랑페즈 협주곡으로 바뀌어서 기타 선율이 감미롭게 흘러나오고 있었다. 소파에 등을 기대고 편안하게 앉아서 눈을 감고 아름다운 선율을 따라가기 시작했다.

갑자기 그의 무릎에 갑자기 적당한 무게의 둥글고 부드러운 물체가 실려 와서 깜짝 놀라 눈을 떠보니 은교였다. 은교가 분홍색의 부드럽고 얇은 비단 잠옷만으로 몸을 감싼 거의 맨살 감각 그대로 스스로 자진해서 그의 무릎에 엉덩이를 붙이고 안겨 온 것이다.

세상에, 그동안 얼마나 그녀를 안아보고 싶었던가? 그것은 결코 유치한 욕망 때문이 아니라, 그녀와 언제까지라도 가깝게 지내고 싶다는 간절한 바람 때문이었다.

그동안 육체적인 접촉을 몹시 기피하던 그녀가 갑작스럽게 예고도 없이 안겨 오는 것이라서, 어느 정도까지 가져도 좋을지 알 수 없었다. 하지만 그런 것은 사실 상관도 없었다. 그녀 편에서 먼저 그를 찾아왔다는 것 자체가 우주의 역사가 새로 시작되는 것만큼이나 돌연하고 확실한 분수령이될 거니까……

뒤돌아 앉은 그녀의 어깨만 만지작거리기만 하자, 세상에! 그녀는 제 편에서 먼저 얼굴을 돌리고 자기 입술을 가져왔다. 진한 꽃향기와 함께. 이제는 아련한 기억 저편에 남아 있던 여자의 살내음과 달콤한 혀의 감각이 되살아났다.

"날 가져도 돼."

그녀는 부드럽고 감겨오는 목소리로 그렇게 턱없는 말까지 했다.

"우리 저리 가자!"

시키는 대로 그녀를 안고 방으로 막 들어가려 하는 판인데, 무엇이 잘못되었는지 갑자기 넘어질 듯 중심을 잡을 수 없었다.

깜짝 놀라 눈을 떴다. 꿈이었다. 술기운에 잠시 잠들었던 모양으로, 그녀는 과일 쟁반을 두 손으로 받쳐 든 채, 잠을 깨우기 위해 발끝으로 그의 발을 지그시 밟으면서 미소와 함께 서 있었다. 당사자인 그녀조차 알지 못할 방금 전의 달콤했던 일을 생각하면서, 그는 몹시 난처한 표정이 되어 그녀를 쳐다보았다.

"그렇게 쉽게 잠드는 사람이 어디 있을까? 오늘 몹시 피곤했나 봐? 극장에서도 내내 졸았다면서……."

"아닌데……. 생일 술이 과했나?"

겸연쩍게 씩 웃고 말았다.

오디오에서는 차이코프스키의 〈백조의 호수〉 중에서 '꽃의 왈츠'가 한창이었다. 그녀는 민우 곁에 엉덩이를 부리고 앉아 복숭아를 깎기 시작했다. 희고 탐스런 과피 속에서 또 그만큼 아름다운 분홍색 속살이 드러났다. 복숭아를 깎고 있는 그녀의 희고 매끄러운 손을 바라보면서 방금 전 꿈속에서 보았던 그녀의 가슴이나 손, 그리고 복숭아가 모두 다 똑같이 희고 곱다는 생각을 했다.

호젓한 아파트로 남자를 불러 놓고, 마치 신혼의 아내처럼 함께 나란히 앉아 과일을 깎고 있는 그녀의 저의가 궁금했지만, 그보다는 머릿속에서는 방금 전 꿈속에서의 그녀와의 일과 아까 보았던 영화에서의 에로틱한 장면

들이 자꾸만 떠올랐다. 어떻게든 오늘 밤에는 그녀를 한 번 안아보기만이라도 했으면 소원이 없을 것 같았다. 더 이상 참지 못하고 그녀에게 말했다.

"부탁이 하나 있는데 말이야…… 화내지 마. 화내면 안 돼?"

"뭔데?"

"은교를 한 번만 안아보고 싶어서……."

미스 홍이 그랬던 것처럼 대답도 듣지 않고 그녀를 덥석 안아서 꿈속에서처럼 자기 무릎 위에 올려놓고 힘껏 껴안아 버렸다.

꽃향기와 함께 달착지근한 살내음이 뿌듯한 충만감으로 질주하듯 달려왔다. 그녀는 처음에는 몹시 놀란 듯 순간적으로 몸을 빼치려 했으나 곧 곱게 순응해 주었다. 그러나 속마음은 결코 그게 아닌 듯, 가슴이라든가 여성적인 부분이 그에게 전해질까 봐 등을 잔뜩 움츠리고 허벅지를 꽉 붙인 채로 몸을 사리고 있었다.

"이젠 됐어?"

"음."

잔뜩 움츠린 상태로 몸을 둥그렇게 말고 있는 은교의 등에 얼굴을 갖다대고 힘껏 안은 채로 말했다.

"그런데…… 은교는 왜 이렇게 하는 거야? 안지도 못하게 하면서……. 마치 신혼부부나 되는 듯이 이렇듯 혼란스럽게 말이야."

그녀는 그의 포옹에서 벗어나며 체머리를 한 번 크게 흔들고는 대답했다.

"그렇지만 민우 씨두 싫은 건 아니잖아?"

"그렇지……."

"그럼, 된 거 아닌가?"

초저녁 잠이 많은 그녀는 하품을 연달아 하다가 자리에서 일어서며 말했다.

"자야겠어. 민우씨도 잘 자."

"그런데 동독과 서독 정상이 베를린쯤에서 언제쯤 만날 수 있나?"

"무슨 뜻이야?"

"평화협정은 유효한 채로 놓아두고 같은 방에서 지내자는 거지."

"좋아. 그럼 잠시 기다리고 있어."

그녀의 방은 안방이라서, 그의 방보다 훨씬 더 넓었다. 장롱과 화장대, 그리고 더블침대까지 놓여 있었다. 그녀는 민우를 위해서 이부자리를 가져다가 방바닥에 깔아주고 자기는 침대 위로 올라가 누우며 말했다.

"침대 위는 서독이야."

소낙비가 시작하는지, 천둥 번개가 치며 굵은 빗줄기가 창문을 때리는 다급한 소리가 났다. 담배 생각이 났고, 아무래도 잠이 쉬 들 것 같지도 않아서 담배를 챙겨들고 베란다로 나왔다.

비가 사납게 몰아치고 있었다. 조금 열려진 틈새로 새어 들어오는 비바람에 빨아서 널어놓은 속옷들이 춤을 추고 있었다. 새시 문을 닫은 후, 담배를 붙여 물었다.

가슴 깊은 곳의 아직 해결되지 못한 욕망을 씻어내려는 듯, 그는 힘껏 연기를 빨아들인 후 다시 힘껏 내뿜었다. 그러면서 천지를 모조리 다 삼킬 기세로 시원스럽게 쏟아지는 빗줄기의 거침없는 양태를 부러운 듯 바라보았다.

은교는 방안 침대에 미동도 없이 누워 있었다. 하지만 아직 잠이 든 것은 아닐 터였다. 머리 위에서 세상을 온통 다 때려 부술 듯이 무시무시한 소리를 내는 천둥소리와 하늘을 찢으며 대낮처럼 환하게 세상을 드러내는 번개 때문에라도…….

하지만 번개 불빛에 드러난 그녀의 모습은 아무런 요동도 없이 반듯하게 누워 있는 처음 모습 그대로일 따름이었다. 그녀가 허락하지 않는 한 육체

만큼은 멀고 먼 타인이었다.

이튿날 아침에도 은교가 틀어놓은 클래식 음악 방송 소리를 듣고서 눈을 떴다. 그녀는 여전히 빵을 구어 우유와 함께 식탁을 차려주었다.

"오늘은 못 들어올지 몰라……. 무의촌 근무 나간다고 과에서 회식이 있거든."

출근을 서두를 필요도 없을 터인데 습관이 되어서 그런지 아무래도 불안해서 평상시처럼 이른 아침에 아파트를 출발했고, 인천 병원에는 7시 20분쯤 도착하였다. 그러나 쓰던 방들을 모두 강 선생에게 양보했기 때문에 시간을 보낼 만한 마땅한 장소도 없었다. 심전도실 역시 담당 간호사가 아직 출근하기 전이라서 관리과에서 열쇠를 받아와야 하는 번거로움이 있었다.

하는 수 없이 단간 숙소를 찾아가서 잠시 시간을 죽이다가 8시 반쯤 다시 병원으로 돌아왔는데, 일도 없고 책임도 없는 만고강산이었으나 허전하기 그지없었다.

회진을 끝낸 김 과장이 물었다.

"닥터 리! 오늘 일 없지? 개인적인 일루 그러는데, 오늘 내 오전 외래 좀 봐줄 거야?"

그렇지 않아도 오후까지 어디에서 시간을 보낼까 싶었던 차에, 김 과장의 제안은 오히려 솔깃했다.

김 과장 대신 외래를 보고 있는 중인데 뜻밖에도 미스 홍이 나타났다. 물론 그녀도 처음에는 민우가 외래에 앉아있는 걸 보고서 깜짝 놀라는 눈치였다. 그러나 처음 거짓말이 다 드러나고, 이미 민우도 다 알고 있는 상황이었다. 오늘 새로 찍어온 사진과 예전 사진을 비교해 보았다더니 무척 좋아져 있었다.

결핵 치료약으로 쓰는 약제들이 간장과 시력, 청력 장애를 초래할 수 있는 것이라서 엘에프티(간기능 검사)와 씨비씨(혈액 검사), 유리날리시즈(소변 검사) 등 기본 검사를 시키고서, 안과와 이엔티(이비인후과)에도 가보도록 컨설트를 내주면서, 오후 지낼 일 걱정 때문에, 그녀와 즉흥적인 점심 약속을 하고 말았다.

물론 그녀도 역시 대찬성이었다. 식당에 도착해 보니 그녀는 얼마 전에 들었던 바로 그 방에서 그를 기다리고 있었다.

"이 선생님! 오늘은 내가 살게요. 원수도 빨리 갚아야 한다지 않아요?"

"그럼, 커핀 내가 살까?"

지난번과 똑같이 로스를 시켰는데, 저녁때 과 회식을 해야 하고 오후에 다시 병원에 들어갈 요량이었으므로 술은 시키지 않았다. 그녀는 이제 기침도 거의 하지 않았고 다소 살이 찌고 얼굴빛도 좋아 보였다. 그래서 그런지 먹는 것도 속도를 냈다.

다방에서 커피를 마시면서 마침내 무의촌 이야기를 꺼냈다.

"장수군 천천면 보건지소로 결정되었는데, 미스 홍 고향집과 얼마나 될까?"

"어머머! 그래요? 아유! 잘됐네요. 집에서 금방인데…… 정말 잘됐네요. 그럼 언제부터죠?"

"이달 말일부터……"

"그럼? 낼모레네요?…… 참! 숙소는 어떻게 하실 거예요?"

"가보면 좋은 방법이 있겠지"

"그렇긴 하겠지만……. 아유, 잘됐네요."

그녀는 몹시 기쁜 표정으로 잘되었다는 말만 연발했다. 임지가 생경한 곳이었지만 그녀의 말을 듣고 보자 얼마나 안심이 되는지 몰랐다.

그녀와 헤어져 병원으로 돌아왔으나 마땅히 할 일도 없었다. 병동의 빈 방에서 빈둥대다가 과 회식을 따라 나섰다.

강 선생에게 의국 살림까지 모조리 다 넘겨준 후라서 이제는 과 회식비를 계산할 책임조차 없었다. 9시쯤 식사가 끝나자, 두 과장들은 먼저 돌아갔고, 레지던트들은 연락책으로 인턴 한 사람만 병동으로 보내놓고서, 한꺼번에 색시 술집으로 2차를 갔다.

통금이 가까운 시간까지 퍼마시다가 어쩔 수 없이 일어섰는데, 시간적 여유가 없었으므로 모두들 근처에 있는 여관으로 우르르 몰려가서 방에 들었다. 강 선생은 민우에게만 따로 방을 얻어주면서, 그동안 수고하셨다면서 파트너가 되었던 여자를 불러다가 한사코 방으로 밀어 넣어주려 했다. 의국 살림을 맡는 의국장이 된데다, 민우가 시골로 가버리면 2년차 레지던트인 주제에 내과에서는 취프 노릇을 하게 된 것이 여간 기쁜 모양이었다. 강 선생은 술도 많이 했고, 말도 많았고, 여하간 모든 게 다 오버액션(과잉행동)이었다.

"강 선생! 그냥 보내! 난, 됐어."

"되긴 뭐가 됐습니까? 꺽! 명색이 그래도 우리 K병원 내과 취프인데, 꺽! 안 그렇습니까? 꺼억! 에이, 취한다."

"진짜야! 난 요새 그게 잘 안 돼. 괜히 돈들일 필요 없어."

"안 될수록 더 연습이 필요하지요. 꺽! 안 그렇습니까? 꺽!"

똥이 되도록 마신 강 선생과 더 이상 실랑이를 벌일 수도 없었다. 그렇지만 강 선생은 술이 취한 간에는 챙길 건 다 챙겨 줄 심산인지, 비록 혀 꼬부라지는 소리이긴 했으나, 빠트리지 않고 여자에게 다짐을 받는 품이 가히 또 일품이었다.

"하여간, 꺽! 잘 모셔야 돼. 우리 취프야. 알았지?"

얼마나 잤을까? 몹시 목이 타서 눈을 반쯤 감은 채로 일어나서 욕실을 찾아들어갔다. 세면대에 붙은 수도꼭지에 입을 대고 물을 벌컥벌컥 들이마셨다. 타액으로 끈끈하게 말라붙은 입안에 물이 적셔지자, 타는 듯한 갈증이 한결 가셨다. 그러나 전신이 땀에 젖어 끈적거리는데다가 1차, 2차에서 얼마나 술을 퍼마셨는지, 본인조차 싫을 정도로 술 냄새가 났다. 욕실에 들어온 김에 전신을 씻어내고는 입안도 열심히 헹구어내었다. 그러고는 마지막으로 속옷까지 대충 비벼서 빨아 널었다.

잠을 더 자둘 요량으로 벌거벗은 채 방으로 돌아와 드러누우려다가, 방 구석에 누군가가 쭈그리고 앉아 있는 것을 보고는 기절할 듯이 놀랐다.

여자였다. 여자는 구석 쪽 벽에 등을 기댄 채, 두 무릎에 얼굴을 파묻고 앉아있었다. 여자가 잠도 자지 않고 그렇게 혼자 쭈그리고 앉아 있었다는 것을 보고서는 갑자기 동병상련의 가여운 마음과 함께 미안한 마음이 들었다.

여자에게 다가가서 어깨를 흔들며 물었다.

"뭐 하구 있는 거야? 여태껏 잠두 안 잔 거야?"

실오라기 하나 걸치지 않은 남자의 나신이기는 했으나, 그런 데에는 이력이 나 있을 여자라서, 불부터 컸다. 여자가 무릎 사이에서 얼굴을 꺼내 그의 나신을 잠시 훑어보다가 다시 얼굴을 묻었다. 잠을 자지 않아서 그런 것인지, 아니면 울고 있어서 그런 것인지 여자의 눈이 붉었다. 여자를 달래어 곁에 눕히며 물어보았다.

"왜 잠을 안 잤어?"

"나두 자존심이 있잖아요?"

내력이야 알 수 없지만, 이 여자도 결코 괜찮은 패를 갖고 세상에 태어난 것은 아닐 것이었다. 그리고 그가 그렇듯이, 여자 역시 소 힘줄보다 더 질긴 자존심 하나만 목숨처럼 달고 사는 모양이었다. 여자를 안아 눕히고 옷을 벗겨 가슴에서부터 사타구니 안쪽까지 손으로 내리 더듬어보다가 물었다.

"콘돔 가진 거 있어?"

여자가 표정을 풀며 고개를 끄덕였다.

"그럼 이리 꺼내 줘."

순간, 번개같이, 후회스럽기 짝이 없는 한경이와의 일들이 생각났다. 또한 요 며칠사이로 함께 지내는 은교의 얼굴도 자꾸만 떠올랐다. 무엇보다 은교에게 죄를 짓고 있다는 생각만 들었다. 하지만 욕망을 참는다는 것은 불가능한 일이었다. 최근 은교와 함께 지내면서 해결되지도 않을 욕망에 불만 질렀고, 또한 핑계 같지만, 여자가 이처럼 기다리고 있는데 어떡하겠는가?

그녀의 몸속으로 일단 들어가자, 그는 자기 자신이 아니고 전혀 딴 사람으로 변했거나, 아니면 마치 무슨 자동인형으로 변한 듯, 오로지 본능적인 한 가지의 일밖에 생각나는 것이 없었다.

그렇지만 역설적으로 의식 속에서는 욕망을 쏟아내기 전에, 어서 빨리 남성을 거두어들여야 한다는 생각뿐이었다. 그러나 일단 한 번 제 맘대로 일을 시작해버린 남성은 이미 자신의 것이 아니었다.

마침내 거친 숨이 토해지면서, 그토록 고통을 가져다주던 욕망의 찌꺼기들이 순식간에 빠져나가버렸다. 놀랍도록 짧은 한 순간의 일에 불과했으나, 몸과 마음이 날아갈듯 가볍고 시원해졌다.

고맙고 신기한 마음에 여자를 매만져보다가 이왕지사 욕망의 잔해를 씨도 없이 말려버리기 위해 그는 한차례 더 천둥을 일으켰다. 그러자 여자 역시 눈을 감은 채로, 맞고함을 내질렀다. 돈을 주고 잠시 샀던 값싼 육체이긴 했으나, 이 순간만큼은 결코 소홀하게 대할 수 없는 고맙고 소중한 상대였다.

아침이 되자 두 남녀는 마치 교접이 끝난 동물들처럼 말없이 서로를 한번 쳐다보기만 하고는 방을 나와 돌아서버렸다.

4. 행복과 희망의 여정

숙소로 가서 짐을 쌌다. 시골로 가져갈 짐과, 병원에 맡겨둘 짐을 구분해서 포장했지만 겨우 서너 뭉치에 불과했고, 택시로 화물회사와 병원을 한 차례씩 오가고 나니 그것으로 끝이었다.

투석실 의사 당직실과 심전도실에 짐을 분산해서 맡겨두고 외래로 가서 두 과장들에게 인사를 했다. 그러고는 박똥을 찾아갔는데, 그는 시험 준비하느라 서울로 가고 없었다.

숙소도 비워주었고, 이제 갈 곳이라고는 부득불 은교네 아파트밖에 없었다. 서울 은교네 아파트를 찾아가면서, 은교랑 처음 했던 말들을 생각해보았다. '어딜 가는 거야?' '민우 씨네 집.'

지당한 말이었다. 저 혼자 살아가는 부평초 신세라서, 몸뚱이를 담그고 있으면, 그곳이 곧 자기 집이 아니겠는가? 수련이 끝나면 뭐니 뭐니 해도 맨 먼저 살 집부터 구해서 가족과 가정의 뿌리를 내릴 준비를 해야 할 것이었다.

집을 생각하다보니 불현듯 시골 묘소가 생각났다. 아무래도 며칠간 시간적 여유가 있을 때 가보는 것이 좋을 성 싶었다.

아파트에 도착해 벨을 눌렀으나, 아무도 없었다. 열쇠로 문을 따고 들어가서 땀과 술로 찌든 육신을 씻고 나서, 가방에 넣어온 옷 중에서 물세탁이 가능한 것은 모조리 다 빨아 널었다.

일을 마치고 만족스러운 기분이 되어 베란다에서 담배를 피워 무는 판인데, 은교가 양손에 뭘 잔뜩 든 채 저만큼에서 걸어오고 있었다. 반갑기도 하고, 짐을 들고 계단을 힘들게 올라올 수고를 덜어주려, 부리나케 아파트 입구로 뛰어 내려갔다.

"이게 다 뭐야?"

빼앗듯 짐을 받아들고 보니 부피에 비해 무겁지 않는 것으로 보아 모두 다 옷 종류들임이 분명했다. 은교가 환한 웃음을 지으며 물었다.

"일찍 왔었나 봐?"

그녀는 현관을 들어서기가 무섭게 마루 에어컨을 작동시키며 말했다.

"9월이 다 됐는데도 무척 덥네……. 좀, 틀어놓지 그랬어?"

"집 안에만 들어 있어서 그런지 난 잘 모르겠더라구……. 참! 이게 다 뭐야?"

"아! 민우 씨 생일 선물. 사이즈가 잘 맞을지 모르겠네. 일단 한번 입어 봐. 어제 가져오려 했는데, 안 들어온다고 해서……."

하복, 춘추복, 동복 해서 각 1벌씩, 와이셔츠 3벌, 지갑, 벨트, 넥타이에, 구두까지 아예 4계절 일습이 종이가방 속에서 쏟아져 나왔다. 이제 사람만 그대로 두고, 껍질은 송두리째 다 새것으로 바꾸어질 판이었다.

"이렇게 많은 걸 언제 다 샀어? 돈도 많이 들었을 터인데……."

아무리 돈 많은 재벌집 따님이라고 해도 부담스러운 건 마찬가지였다. 그녀를 피해 방으로 들어가서 바지와 셔츠를 한 벌로 해서 입고 나왔다.

"야! 멋지네! 민우 씨는 날씬해서 기성복이나 맞춤이나 똑같아. 호호호! 멋쟁이 되셨네. 나머지도 같은 사이즈긴 한데, 그래도 한 번씩 다 입어 봐."

예전에 혜진의 부친에게 겨울 양복 선물을 받으며 모델 노릇을 하느라 땀을 뻘뻘 흘렸던 기억이 아직도 새로웠다. 와이셔츠 3벌에 양복 3벌을 모두 다 입어보게 한 후, 그녀는 다시 목에다가 넥타이를 갖다 대며 색깔을 맞추어보았다. 옷이 여러 벌이었던 것만큼, 패션쇼를 벌이는 시간도 그만큼 길어졌고, 그럭저럭 하다 보니 어느새 저녁때였다.

"우리, 오늘 저녁은 상가로 나가서 먹자."

그녀의 선물들은 라벨도 선명한 백화점 종이 백 속에 들어있었지만, 아파트 상가를 들어와서 보니, 백화점 아니더라도, 식품, 옷, 문방구, 약국, 전자제품, 시계, 등등······ 없는 것이 없었다. 이미테이션들을 잔뜩 진열해둔 가게 앞에서 발길을 멈추고 잠시 살펴보았다. 여자들이 쓰는 장식품에 대해서는 전혀 아는 게 없었으나, 값이 싸더라도 은교가 좋아할 만한 것이 한 가지쯤은 있으리라는 생각에서였다.

"은교 눈에 들 만한 건 아직 내 능력 밖일 터이지만, 혹시 이미테이션 하나쯤은 살 수 있지 않을까 싶네?"

"어머! 그래! 호호호! 그럼 한번 볼까?"

다소 과장된 어조로 그녀가 흔쾌하게 응낙을 했다. 그리고는 한참 동안 진열장 안을 살피다가 마침내 파란색 유리가 박힌 작은 난형의 펜던트가 달린 목걸이 하나를 손으로 가리켰다. 어이없게도 그건 단돈 3,000원짜리였다.

"시작이 좋네."

내용물보다 오히려 포장이 훨씬 더 값질 첫 선물을 받고서 그녀가 하는 말이었다. 한식집으로 가서 로스를 시켰다.

"이것도 내가 내면 안 될까?"

"그럭허고 싶으면."

아파트로 돌아온 두 사람은 은교가 손수 만든 냉커피를 마셨다. 혜진과 달리 은교는 늘 냉커피였는데, 뜨거울 때와는 맛이 완전히 달랐다.

"내일이나 모레쯤 시골 묘소를 갔다가 그 길로 장수군 임지를 갈까 싶은데."

어제 밤 강선생 덕분에 욕망을 다 풀어버린 탓인지, 그녀만 보면 안달 나던 것이 이제 견딜 만했다. 그녀는 잠시 뭔가 생각해보더니 곧 자기 의견을 말했다.

"그럼, 우리 이렇게 해. 모레쯤 함께 K시를 가는 걸로……. 내일은 민우 씨랑 내 차로 동해안을 가보자고 할 참이었거든. 거기서 서울로 되돌아오지 말고 아예 시골 묘소로 가지 뭐. 오는 건 기사를 시키든지 하면 되는 거니까."

운전을 할 줄 모른다는 것이 그렇게 미안할 수가 없었다.

"그럼, 오늘 밤에는 민우 씨 혼자서 집 잘 보구 있어. 내일 아침 엄마가 올 때까지 말야…… 후후후! 잘 자!"

은교가 가버리자 적막강산이 된 듯 아파트 안이 갑자기 고즈넉하고 쓸쓸해져버렸다. 그동안 들고양이처럼 혼자서 잘도 살아왔으면서 ……

냉장고를 열어보니 시원한 맥주가 몇 병 들어있었다. 쓸쓸하고 심란한 마음에 두어 병 비울 요량이었으나, 어제 과음했기 때문인지, 입이 소태처럼 썼다. 아까워서 마개를 딴 한 병만 간신히 비우고는 잠을 청해버렸다.

그녀는 약속대로 다음날 7시쯤 다시 나타났다. 마치 소풍 가는 사람모양 운동화와 반바지 차림에 긴 챙만 있는 플라스틱 모자를 쓴 모습이었다. 차는 낯선 청색 마크파이브였는데, 새로 꺼냈는지 시트에 비닐이 아직 남아 있었다.

"아침 전이지? 배고파?"

"아니…… 괜찮아. 냉장고 안에 빵이 있길래 조금 먹었지."

"잘했네. 그럼, 적당한 데서 이른 점심을 하기루 하고…… 아 참! 짐은?"

짐이라고 해보아야, 기껏 은교가 선물해준 종이봉투 두 개와 작은 옷 가방 하나뿐이었다.

"에게게! 이게 다야?"

"응. 수화물로 미리 다 부쳤거든."

차는 남쪽이 아닌 동쪽을 향해서 달렸다. 그동안 말로만 들었지, 아직 한 번도 가보지 못한 양평, 여주, 원주, 횡성을 거쳐 동해 바다가 그대로 내려다보이는 강릉까지 왔다. 바닷가에 위치한 식당에 들어가 늦은 점심으로 회 안주와 함께 맥주도 조금 마셨다.

식사 후에는 해수욕장이 있는 백사장 쪽으로 슬슬 걸어갔다. 휴가철이 지나서인지 사람들이 별반 없었다.

백사장이 끝나는 곳쯤의 높다란 바위 위에 둘은 약속이나 한 듯 올라앉았다. 동해 바다는 언제고 가리는 것이 없이 항상 탁 트인 시야로 먼 바다까지 잘 보이고 푸르러서 좋았다. 제법 싸늘한 느낌이 들 정도로 바람이 강하게 불었다. 그녀가 먼 바다 쪽에 눈길을 주며 한숨과 함께 독백처럼 말했다.

"9월 초면 나 또 미국 들어가야 돼."

"금방 가나 봐? 이번엔 얼마나 있다 오는 거야?"

그녀는 민우의 얼굴을 응시하며 농담처럼 말했다.

"아마 민우 씨 결혼할 때 틀림없이 다시 올 수 있을 거야. 빚 갚아야 하잖아? 호호호! 거 농담이구. 민우 씨가 좋아서, 나 스스로 미국으로 가는 거야. 집에서는…… 결혼하라고 성화고…… 그래서 당분간 시간을 벌려는 거야. 또 솔직히 말해서 민우 씨와의 관계를 다시 정리해보아야 할 것도 같고. 민우 씨는 어때?"

그가 담배를 꺼내 물었다. 그러고는 길게 연기를 내뿜으며 말했다.

"난 은교와의 관계에 대해 생각해 볼 게 전혀 없어. 은교가 곁에 있으면 좋은 거구, 없으면 보고 싶구 그래. 그뿐이야⋯⋯. 은교는 내가 그렇게 부담스러워?"

"그래, 솔직히 말해서 그래. 어떻게든 민우 씨를 잊어버렸으면 좋겠어. 그런데 그게 잘 안 되는 거야. 민우 씨는 날 가깝게 하지 않으려 했다고 그랬지? 난 완전 반대야. 민우씨를 도저히 잊을 수 없어."

바닷바람에 날리는 머리칼 때문에, 그녀는 성가신 듯 한사코 머리를 쓰다듬으며 말했다.

"솔직히 그건 내가 할 말이야. 은교를 보면 은교의 눈빛에 갇혀버린 채, 난 진짜 아무 것도 할 수 없어. 하지만 그러면서두 자신은 없구⋯⋯. 그래서 마치 덫에 걸려들지 않으려 애쓰는 짐승모양 은교를 가깝게 하지 않으려 했을 뿐이야."

한 무리의 갈매기 떼가 시끄럽게 하늘을 날아서 지나갔다.

"그럼, 민우 씨는 앞으로 어떻게 할 거야?"

"글쎄⋯⋯ 지금으로서는 뭐라고 할 말이 없네? 형편대로 살면서⋯⋯ 기다리는 데까지 기다려보겠다는 말 외엔⋯⋯."

"그게 무슨 뜻이야? 기다리는 데까지 기다리겠다는 말이?"

"은교도 잘 알다시피 난 은교에게 주장할 게 아무 것도 없잖아? 은교 편에서 살갑게 대해주면 기쁜 거고, 없을 땐 보고 싶고, 그런 거지, 뭐⋯⋯. 내가 은교에게 바랄 수 있는 게 뭐가 있겠어? 다만 은교 부친을 만나게 된다면 이렇게 말해드리고 싶어. 은교를 변함없이 사랑하면서, 아버님 눈에 결코 부끄럽지 않게 살겠다고 말야. 그뿐이야. 난⋯⋯. 내 마음을 이해할 수 있겠어?"

그녀가 고개를 끄덕이며 말했다.

"이해는 되지만 그렇더래도 민우 씨는 너무 소극적이라고 생각해. 민우 씨는 어떻게 보면 꼭 무슨 먼지로 만들어진 사람 같애. 사랑하는 사람이 있으면 목숨이라도 걸어야 하는 거잖아?"

"그건, 그래……. 하지만 그건 때로는 진정한 사랑이라기보다, 이기적인 욕심이 될 수두 있다구 봐. 내가 은교에게 그렇게 하지 않으려는 건…… 은교를 너무 사랑해서라고 생각해 주길 바래. 만약에 이루어질 수 없는 거라면…… 나 혼자만의 고통으로도 충분해. 그렇게 해서 은교가 행복할 거라면 말이야."

"그건 말이 다르다고 봐. 민우 씨랑 함께 하는 게, 고통도 되지만, 기쁨도 되는 거니까…… 그래서 이렇게 함께 하려 애쓰는 거잖아?"

"그래…… 다 알겠어……. 우리 일어설까?"

다른 것은 다 좋은데 바람이 너무 심하게 부는 것이 탈이었다. 고개를 끄덕이다가 그녀도 재빨리 일어섰다. 바람을 타고 '쏴' 하고 파도가 밀려들 때마다 높은 파도가 일었고, 갈매기들은 마치 제 세상이나 만난 듯이 '꾸르륵 꾹' 거리면서 하늘을 바쁘게 날았다. 둘은 손을 맞잡은 체, 백사장을 걸어 나왔다.

"너무 은교가 피곤할 것 같애. 여기에서 그냥 서울로 돌아가는 게 더 좋지 않을까? 묘소는 다음에 가도 그만이니까."

"아직은 괜찮으니까, 걱정하지 마. 참! 여기에서 두 시간 정도 내려가면 유명한 온천이 있는데…… 백암온천이라고…… 혹시 들어봤어?"

동해 바다를 끼고서 해안도로를 지루한 줄 모르고 달리다 보니, 어느새 평해가 나왔고, 거기에서 잠시 더 들어가니 곧바로 백암온천지구였다.

백암에 도착해서 맨 먼저 호텔 커피숍부터 찾았다. 냉커피를 하고 싶다는 은교의 말도 있었고, 방을 구해야 하기 때문이다. 휴가철이 아닌 주중이었으나, 호텔을 위시해서 길거리에 강릉 해안가와 달리 아직도 많은 사람들이 있었다.

은교는 커피를 다 마시고 나자, 피곤한 듯 의자에 뒷통수를 붙이며 눈을 감았다. 그리고는 다소 지치고 가라앉은 목소리로 말했다.

"민우 씨 이름으로 비싸도 상관없으니까 되도록 좋은 방을 얻어. 물론 방은 하나만 얻어도 돼. 숙박부에 내 이름은 절대로 적지 말고."

엊그제 받은 봉급과 강 선생에게 별도로 받은 환송금도 있었으므로 아무리 비싼 방이라 할지라도 상관없다고 생각했으나, 예상 밖으로 방값이 너무 턱없이 비싼 것이라서 우선 주눅부터 들었다.

방에 들자마자 은교부터 먼저 욕실로 들여보냈다. 피곤을 풀고 조금이라도 더 쉬게 하고 싶었기 때문이다. 은교와 교대로 욕실에 들어 평생 처음 온천수라는 것을 경험해보았는데, 비누를 쓴 것처럼 물이 부드럽고 미끈거렸다.

샤워를 마치고 나와 보니, 은교는 벌써 잠을 청하고 있었다. 여름의 긴 해가 아직도 중천에 걸려있을 시간이기는 했지만, 혼자서 달리 할 일도 없었다. 그녀처럼 잠시 눈을 부친 후 저녁을 먹을 요량으로 침대에 몸을 눕혔다. 피곤할 사람은 교대도 하지 못하고 운전했던 은교일 터였으나, 그 역시 몹시 피곤했던 모양으로 은교가 저녁을 하러 가자고 깨우는 바람에 겸연쩍게 깨어났다.

은교가 시원한 국물이 있는 식사를 원했으므로, 일식집으로 가서 복어국을 시켰다. 은교는 무척 피곤한 모양으로 입맛이 없는지 젓가락질하는 시늉만 했다. 아까 들렀던 커피숍을 다시 들렀다.

"피곤해서 어떻게 해? 도와줄 수두 없구 큰일이네."

"괜찮아. 이 정도는 아직 끄떡도 없어. 미국에서는 기본이 8시간이야. 고속도로도 잘 되어 있지만 땅도 엄청 넓잖아?"

그러나 실제로는 상당히 피곤했던 모양이었다. 예전처럼 나이트를 가자거나, 술을 더 마시자거나 하지도 않았으니까. 저녁 9시가 되는 것을 보고서 둘은 방으로 올라왔다.

그녀는 자기 침대에 엎드려 누운 채로 텔레비전을 보면서, 수영하듯 자꾸만 무릎을 구부렸다 폈다를 계속했다. 그녀의 침대로 옮아가서 피곤했을 종아리를 두 손으로 문질러 주었다.

"아유! 시원하다! 의사선생님 손이라서 확실히 솜씨가 다른가 봐. 호호호! 이왕이면 허리께도 한 번 해봐."

오래된 서부영화 리바이벌이었는데도 그녀는 텔레비전 화면에다 눈을 박고 있었다. 운전을 할 줄 모르는 이상, 운전사의 안마사라도 되어야 했으므로 그녀의 요구대로 종아리에서 손바닥을 허리께로 가져가며 열심히 문질러 주었다.

무릎을 꿇고 엎드린 자세로 허리를 한참 열심히 문질러주고 있는데, 그녀가 텔레비전에서 고개를 돌려 그를 올려다보며 말했다.

"의사 손이 역시 다르네. 진짜 피로가 다 풀리는 것 같애."

그녀는 말끝에 까르르 웃음을 달았다. 그러고는 엎드려 있던 자세에서 반듯이 돌아누우며 민우를 지그시 올려다보았다. 무릎을 꿇고 내려다보고 있는 민우와, 반듯이 등을 대고 누운 그녀의 시선이 맞부딪쳤다. 은교가 작게 속삭이듯 말했다.

"민우 씨! 한번 안아줘."

뭐라구? 지금 뭐라구 그랬어? 정말이지 그동안 단 한 번만이라도 얼마나 그녀를 안아보고 싶었던가? 오죽했으면 꿈속에서까지 그녀를 안아보려 했던 것일까? 그런데 마침내 그녀가 자신을 허락하며 다가오고 있는 것이다.

흑진주처럼 아름답고 매혹적인 눈에서부터 시작해서, 그토록 갖고 싶었던 입술에 이르기까지 슬로우비디오처럼 천천히 손끝으로 애무하며 입술을 가져갔다. 그러면서 그녀가 허락해 준 보물들의 감각을 하나도 놓치지 않으려고 온 신경을 다 집중했다. 결국 그녀의 입에서도, 그의 입에서도, 거친 호흡을 견디지 못하고 동시에 똑같이 신음이 터져 나왔다. 그것은 한숨 소리 같기도 했고 탄성 같기도 했는데, 그것보다 마치 우주가 운행을 잠시 정지하며 내는 소리 같기도 했다. 그녀의 가슴에서 느껴지는 감각을 조금이라도 더 자세히 가져보려고 팔에 힘을 주어 힘껏 안아보다가, 자연스럽게 그녀의 가슴 속으로 한 손을 가져갔다. 부드럽고 따스한 유방이 손안에 가득 들어찼다.

갑자기 그녀가 그의 손을 가슴에서 빼내고는 자리에서 발딱 일어서 버렸다. 그러고는 흐트러진 머리칼을 바로 세우려는 듯이, 가볍게 쳇머리를 흔들며 말했다.

"됐어. 이제…… 이제 우리 그만해."

보랏빛 꽃구름이 세상을 뒤덮으며 우주의 운행을 막 정지시키려는 순간, 그녀의 말 한마디가 차가운 작은 바람이 되어 행복의 너울을 순식간에 걷어내 버렸다.

돈을 주고 샀던 여자에게 욕망의 찌꺼기까지 몽땅 다 배출해버렸으므로, 이제는 욕망 따위로 고생할 일은 없다고 생각했던 것은 정말로 잘못된 것이었다. 은교에게서 새로 옮아온 것인지 그의 가슴속에서는 불덩어리가 다시 생겨나서, 머릿속과 온몸을 타고 돌면서 몸과 마음을 견딜 수 없도록 태우고 있었다. 은교의 손을 잡았다. 그러고는 까칠하게 말라버린 입안에 침이 돌도록 혀를 굴리면서, 그녀를 안타깝게 쳐다보았다. 그녀의 마음을 어떻게든 다시 돌리고 싶었으나, 입안이 어찌나 까칠하게 말라버리는지 말조차 나오지 않았다. 그녀가 그런 그를 바라보며 말했다.

"우리 나이트 가자."

"피곤하다면서? 허리도 아프고?"

"의사 안마를 받았더니 금시 좋아졌어. 자! 얼른 일어나!"

그녀는 무엇이 그리 바쁜지 자리에 앉지도 않고 허리를 구부린 채, 거울 앞에 서서 입술과 머리를 매만지고는 재빨리 나갈 준비를 했다. 그녀의 뒷모습을 원망스럽게 쳐다보다가 그 역시 하는 수 없이 따라 일어섰다.

지하 나이트로 간 두 사람은 미진한 욕망의 찌꺼기를 모두 털어버리려는 듯, 맥주와 기본 안주만 시켜놓고 시끄러운 음악과 춤에 몰두했다. 춤을 추다가 목이 마르면 자리로 돌아와 술을 마셨고, 그러고는 다시 또 스테이지로 나가 춤을 추었다.

춤이란 역시 육체적인 욕망을 잊게 하는 데는 최고의 방법이었다. 오후에 두어 시간 정도 눈을 부쳤기도 했지만, 피곤한 줄 모르고 춤에 몰두하다가 새벽 1시쯤 방으로 올라왔다.

피곤한 와중에서도 잠을 청하지 못하고 뭉그적거리며 그녀의 침대를 훔쳐보다가 결국 그녀의 침대 앞으로 다가갔다.

"잠이 안 와. 아무래도 엄마가 있어야겠어."

그녀 역시 쉽게 잠이 들지 못했던 모양으로, 자다 깬 목소리가 아닌 또렷한 목소리로 말했다.

"그럼 이리 들어와."

그녀가 몸을 조금 옮겨서 자리를 만들어 주었다. 그녀의 곁을 파고들며 천천히, 아주 천천히 그녀에게 다가갔다. 싱글침대라서 두 사람이 눕기엔 다소 비좁았을 것이나, 그런 것은 안중에도 없었다.

가슴으로 옆구리로 자꾸만 손이 들어오자, 처음에는 그렇게 하는 민우의 손을 자꾸만 밀어냈으나 나중에는 결국 그가 하는 대로 내맡겨주었다.

휴! 마침내 그녀의 가슴을 가져보면서 민우가 한숨을 내쉬었다. 그를 눈빛으로만 바라보며 은교가 사연을 물었다.

"아니야! 아무것도 아니야."

그러나 5분이 채 못 되어 그가 다시 한숨을 내쉬며 말했다.

"은교를 만나지 않았더라면 좋았을 걸. 이제부터 난 어떻게 해야지?"

"그렇게 날 못 믿어?"

"아니, 세상의 기준을 못 믿는 거지. 은교가 아니라⋯⋯."

그녀의 가슴은 희고 고운 색깔만큼이나 따스하고 부드러웠다. 예전에 그가 구멍을 뚫고 바람을 빼냈을 오른쪽 가슴 뒤쪽 역시 매끄러운 피부만 만져질 뿐이었다.

"걱정 관두시고 제발 민우 씨나 잘 하서. 다른 여자에게 또 빠지지나 말고. 물론 지난 일은 어쩔 수 없는 거니까 죄다 용서해주겠어. 하지만 지금부터는 실망시키면 끝이야! 알겠어? 요, 요 바람둥이 아저씨!"

그녀가 그의 코를 잡고서 비트는 시늉을 했다.

몹시 부끄러웠지만 한편으로는 솔직하게 모든 걸 다 말해준 것이 얼마나 다행이었느냐 하는 생각에서 안도감도 들었다. 그리고 그녀와 아파트에서 함께 지내면서까지 의국 회식날 밤 여자를 탐했던 것을 후회하기 시작했다.

은교가 허락해 준 부분보다 조금 더 가져보고 싶다는 욕망과, 아직 그래서는 안 된다는 억제의 양 극단을, 마치 시계추에 올라앉아 있는 것처럼 쉴 새 없이 오가며 번뇌를 계속하다가 마침내 잠이 들었다. 얼마나 피곤했던지 깨어보니 어느새 9시가 넘은 시간이었다. 그 부지런한 은교조차도 운전과 나이트에 얼마나 힘들었던지 곁에 누운 채 곤하게 잠들어 있었다.

눈은 떴으나 은교 곁에서 선뜻 일어나기가 싫어 은교의 가슴과 얼굴과 머리칼을 손끝으로 만져보며 뭉그적거렸다. 마침내 그녀 역시 깨어났는데

그녀는 눈을 뜨자마자 자리에서 벌떡 일어나더니만 체머리를 크게 한 번
흔들고는 침대에서 내려가 버렸고, 화장실을 다녀온 뒤로는 아예 거울 앞
에 앉아버렸다. 그러나 그는 여전히 침대에 누운 채로 그녀의 뒷모습만 아
쉬운 듯 쳐다보았다.

"난 오래 누워 있으면 허리가 아프던데…… 민우 씨는 안 그래?"

"응, 난 오래 누워 있을수록 더 좋아."

"별스럽네. 병원 일이 힘들어서 그런 건가? 배 안 고파?"

그녀의 말에 갑자기 배고프다는 생각이 났다. 9시가 넘은 시간이라
니……. 식당으로 내려와 그녀와 똑같이 토스트와 우유로 아침을 해결했
다. 온천수가 부드럽고 좋다며 그녀가 자꾸만 권유하는 바람에 샤워를 한
번 더 하고서 평해로 다시 나와 포항으로 가는 해안도로를 달렸다.

평해에서 한 시간도 채 안 되어 H면과 축산을 지났다. 그리고 나서 다시
20 여분쯤 더 가자 강구였다. 짧은 기간이었지만 사연도 참 많은 곳이었
다. 은교와 함께 있음에도 불구하고 새삼스럽게 자꾸만 혜진 생각이 났다.

장사해수욕장 입구에서 은교가 점심을 먹을 겸 잠시 쉬어가자고 해서,
바다를 끼고 있는 식당으로 들어갔다. 장사에서 조금만 더 내려가면 내연
산 관음폭포와 보경사라는 유명한 절이 있다는 것이었으나, 시간 관계상
생략하고 포항을 거쳐 오후 5시쯤 부산 동래에 도착했다.

둘 다 몹시 피곤했으므로 부산에서는 저녁 후 간단한 샤워만 하고는 일
찍 자리에 들었다. 어젯밤 일을 생각한 민우가 은교의 침대로 다가갔으나
은교는 그를 가볍게 밀쳐내었다.

일찍 눈을 부쳤던 관계로 다음 날엔 일찍 일어났으나 계속되는 여행 때
문에 몸이 무거웠다. 운전까지 해야 하는 은교는 얼마나 피곤할까? 그녀에
게 물어보았다.

"허린 괜찮아? 또 안마를 해 줄까?"

"이제 괜찮아. 식사하고 금방 출발해야겠는데?"

아침을 끝내고 곧바로 체크아웃해서 부산을 출발해 남해고속도로를 달렸다. 중간에 섬진강 휴게소에서 잠시 쉬었을 뿐, 차를 계속 달려 오전 11시가 갓 넘은 시간에 K시에 도착되었다.

예전부터 자주 들렀던 K관광호텔을 찾아들었다. 점심이 다소 이른 것 같았으나 일찍 해결해버리고 커피숍을 들어가 시원한 에어컨 앞에 자리를 잡았다. 장시간 그것도 여러 날 비좁은 차 속에 갇혀 여행했기 때문인지, 휴식을 취할 수 있는 안락의자가 너무나 편하게 느껴졌다.

"묘소엔 민우 씨 혼자 갔다 와. 난 아무래도……."

그녀는 피곤하기도 하겠지만, 자기네 공장이 있는 묘소 근처에는 가고 싶은 생각이 없는 모양이었다.

"그러지 않아두 그렇게 하려구 했지. 너무 피곤할거야. 내가 운전을 도와줄 수 있었다면 얼마나 좋을까 하면서 내내 걱정했어."

"진짜 하구 싶은 일이 아니래믄 꿈도 못 꾸었을 거야."

그녀를 편히 쉬도록 방에 남겨둔 채 버스 편으로 고향 마을을 찾았다. 그러나 정류장 근처 한길에는 도시처럼 각종 상가가 줄지어 들어차 있지를 않나, 공장으로 가는 새 신작로 변을 따라서 즐비하게 주택들이 들어서 있지를 않나, 이제는 예전의 고향마을이 아니었다.

공장도 이제는 완전히 제 모습을 갖추고 있었고, 공장의 넓은 마당에는 대형 화물차와 승용차들이 여러 대 주차되어 있었다.

볼일이 있는 것은 아니었지만, 사연이 깊은 곳이라서 그냥 지나치지 못하고, 자연히 공장 정문 앞에서 내부가 기웃거려졌다. 그러자 수위실 안에 들어있던 수위 두 사람이 유리창을 통해서 그를 의심스럽게 내다보았다.

이제는 공장 안으로 들어갈 이유도 없었다. 공장 담을 끼고 난 길을 따라 새로 조성한 묘지가 있는 산으로 올라갔다.

7기의 묘지가 새로 입힌 풀 옷을 입고 양지바른 언덕에서 그를 기다리고 있었다. 가까운 곳에서 꿩 우는 소리나 들릴 뿐, 정말로 고즈넉하고 평화로운 안식처였다.

눈 아래로 멀리 동네와 공장과 한길, 개천이 그림같이 놓여있었고, 지금 막 대형 트럭 한 대가 짐을 가득 싣고 공장 안으로 들어서고 있었다. 역시 묘지를 옮기기를 백 번 잘한 것 같았다. 묘소를 옮기게 해준 은교와 이렇게 평화롭고 양지바른 곳을 골라준 김이대 씨가 고맙기 그지없었다.

호텔로 되돌아 와보니 은교는 샤워를 끝내고 잠시 오수를 즐기던 모양으로, 다소 부숭부숭한 눈으로 문을 따주었다.

"엄만 잘 만나보고 왔어?"

"엄마? 자기가 엄마라더니?"

저녁식사는 양식당에서 비프스테이크로 했는데, 그녀는 하루 종일 먹기만 해서 소화가 안 된다며 자기 몫으로 나온 음식을 절반 이상이나 그에게 덜어주었다.

"겨우 그것 먹고 어떻게 살아?"

그녀는 대답 대신 작은 미소를 지어 보이다가 엉뚱한 것을 물었다.

"묘소 주위에 혹시 무슨 달라진 건 없었지?"

"달라진 것? 글쎄……."

"3필지 모두 민우 씨에게 소유권이 돌아갔잖아? 등기를 가져왔으니까 잘 보관해 두어야 해. 그리고 아무리 자기 땅이라 해도 주인이 돌보지 않으면 다른 누군가가 장난질을 치는 거야. 자기 땅이 어디에서 어디까진지 확실하게 알아두어야 하는 것은 물론이고, 자기 땅에 무슨 변화가 생겼는지 자주 가서 살펴봐야 해. 더구나 거긴 민우 씨 가족들 안식처잖아? 그리고 이 담에 만약 우리가 결혼하면 우리 두 사람 모두 그곳에 묻힐지도 모를 일이고. 잘 알겠지?"

자기 가족들을 다 놓아둔 채 죽으면 그와 그의 가족 곁으로 오겠다는 그녀의 말에 그는 놀란 눈으로 쳐다보다가 말했다.

"고마워……, 난 솔직히 은교가 그런 말까지 할 줄은 몰랐어……."

다음 날은 헤어져야 하는 날이라서 마음이 심란하기만 했다.

"S대 병원 외과 의사 선생님 말이야."

마침내 그녀는 선보았던 남자 이야기를 꺼냈다.

"이름이 이 정우래. 민우씨랑 이름 한 글자만 달라. 엄마 친구 아들이래는데, 내가 의사만 좋아하는 줄 알고 의사를 골랐나 봐. 금년 안에 결혼하라는 거야. 내년 초쯤 미국으로 연수를 떠난대는데, 이왕 결혼할 거면 금년 안에 하자는 거지."

"그럼 집안에서는? 다 결정된 거야?"

"무슨 말이야? 민우씨가 더 좋다구 했잖아. 그래서 여기까지 따라 왔고."

"그러면 왜 그래? 싹 거절해버리지."

"엄마가 워낙 강력하게 권하니까 그렇지. 나나 오빠 모두 아직 엄마를 거역해본 일이 없거든. 친엄마는 아니지만 친엄마나 똑같아. 고집 부리기가 더욱 힘든 거야. 그래서 미국을 가려는 거야. 시간을 벌어보려고……. 가장 큰 이유는 솔직히 민우 씨 때문이야. 그리고 그 '이 정우'라는 사람이 어떤 사람인지 아직 잘 모르겠어. 잘 모르는 사람과 서둘러 결혼할 수는 없다고 봐."

"그럼, 미국에는 언제까지 있을 거야?"

"엄마를 계속 설득해야겠어, 하지만 그렇게 길지는 않을 거야……."

흘러가는 이야기처럼 단편적으로 해주는 말이었으나, 그것은 그의 입지가 송곳 끝에 올라선 것보다 더 좁다는 것만 알려줄 뿐이었다. 더구나 은교 역시 이정우라는 의사를 완전히 배제하는 것도 아닌 듯싶고……

"내가 물러선다면 은교에게 도움이 될까? 은교를 사랑한다면, 은교가 쉽게 선택할 수 있도록 해주는 게 맞지 않느냐는 뜻이지."

"혜진 씨 경우처럼?"

그는 심란한 표정으로 말없이 고개를 끄덕이다가 다시 말했다.

"그때와는 경우가 다르다고 봐. 우선 혜진이는 가난한 나보다 은교네 오빠를 선택하는 게 여러 가지로 좋았겠지만, 은교는 이미 재력을 가진 사람이니까 그럴 필요까지는 없지 않을까 싶어. 부에 부를 더한다고 해서 월등하게 좋아질 것도 없을 터이니까. 그래서 이야긴데…… 어쩐지 이번만은 끝까지 노력해서 은교를 뺏기지 않았으면 해. 하지만 나와 그가 절반이 아니고, 나보다 그가 월등하게 좋아진다면…… 얘기 해…… 은교 마음이 편하도록 해줄게."

"그 말 유효기간은 언제까지야?"

"영원히……. 지금 심정은 그래."

그녀는 미소를 띠며 그의 말을 듣고 있다가 반문했다.

"그럼, 민우 씨도 나보다 다른 여자가 월등하게 좋아진다면 언제든지 가버리겠네?"

"그런 일은 없을 거야. 난 그렇게 단언해……."

갑자기 담배가 피우고 싶어서 방에서 나왔는데, 다시 들어 와보니, 은교는 그 때까지도 두 눈을 감은 채 탁자 앞에 그대로 앉아 있었다.

"기다릴게, 난 얼마든지 기다릴 수 있어. 얼마 전까지만 해도 여건이 되면 제일 먼저 해야 할 게 결혼이라구 생각했어. 그런데 지금 다시 생각해보니까, 그게 아니야. 은교 마음이 그러는 한, 참고 기다리겠어."

"민우 씨는 나의 어떤 점이 좋아?"

"모든 게 다! 돈만 빼면 모든 게 다 좋아. 성격도, 판단력도, 변치 않는 마음까지…… 이상하게 들릴지 모르지만 은교네 집이 가난했으면 정말 좋겠어."

"우리가 부자인 게 그렇게 싫어?"

"그래. 싫어……."

"그렇담 난 민우 씨와 절대 결혼 안 할 거야. 돈을 미워하는 사람은 거짓말쟁이이거나, 정신병자일 테니까. 그리고 기업가를 무조건 나쁜 눈으로만 보는 것도 문제야. 기업이 없이는 국가 경제가 존립할 수 없는 거야. 좋은 기업은 좋은 일자리를 창출하고, 해외에 국위를 선양하게 되는 거잖아. 다른 사람들은 어떻게 생각하든 기업가 스스로는 애국자라고 생각하고 있어. 사람들은 대부분 국가적인 득실에 상관없이, 무조건 기업을 무너뜨리거나, 뺏고 싶어 호시탐탐 혈안이지. 가깝다는 민우 씨조차 그렇게 생각하고 있다면 이건 큰 문제야. 다시 생각해보기 바래."

"미안, 미안! 내 말은 그런 뜻이 아니고, 무슨 말이냐 하면……."

"말해 봐."

"만약에 은교 네가 부자가 아니라면 결혼하기 쉬울 거라는 거지, 다른 뜻은 없어. 그리고…… 아냐! 결국 그 말이 그 말이야. 그만 두겠어."

돈 이야기가 나오자 그는 알레르기 반응을 일으키며 담배를 들고 다시 밖으로 나가버렸다. 그러더니 한참 만에 다시 들어와서 고백하듯 말했다.

"은교가 지적한 대로 난 거짓말쟁이인가 봐. 돈을 끔찍이 숭상하면서 돈이 싫다고 말하니까. 그렇지만 뭐 다른 뜻은 아냐. 아까 말했던 대로 은교가 큰 부자 집이 아니라면 아마도 집에서 나를 그토록 반대하지는 않을 거라는 뜻이지."

은교가 피곤해 했으므로 그날 밤에도 별다른 일없이 일찍 잠을 청했다. 그러나 다음 날은 거의 체크아웃해야 하는 시간까지도 민우는 그녀와 쉽게 헤어지지 못하고 미적거리고 있었다. 아침식사를 10시 반쯤 했으므로 새삼스럽게 다시 점심까지 하고 헤어질 일도 아니었다.

"시골까지 들어가려면 너무 늦지 않겠어?"

전화벨이 울렸다. 은교가 받더니 알았다는 짤막한 대답을 하고 일어섰다.

"체크아웃이 늦었대. 자! 우리 일어서자."

"잠시만……."

그는 자리에서 일어서는 그녀를 힘껏 안아버렸다. 그리고 그녀의 입술을 훔치며 말했다.

"난 기다릴 거야. 알아서 해!"

방밖에서 노크 소리가 연달아 들렸다. 청소를 하도록 빨리 방을 비워달라는 신호였다. 미진한 아쉬움 속에서 그녀를 자유롭게 놓아주며 다시 말했다.

"전화나 편지 꼭 해야 해! 알았지? 부탁이야…… 약속할 거지?"

그녀가 웃으면서 고개를 끄덕였다.

5. 하늘 아래 첫 동네

'하늘 천' 자에 '내 천' 자를 더한 천천면이라는 곳은 오지도 보통 오지가 아니었다. 전주를 출발한 시외버스는 1시간 정도 비포장도로를 털털거리며 달리다가 하늘을 가릴 듯 높은 산 하나를 만났고, 그 산허리를 안간힘을 다 쓰며 돌고, 돌고, 또 돌아서 하늘과 산꼭대기가 마주 붙은 곳까지 올라 갔다. 그리고 나서도 또 다시 흙먼지를 일으키며 좁은 신작로를 따라 한 시간 이상 더 가는 아주 산촌 오지였다.

산을 빙글빙글 돌아 오르내리게 비탈길을 깎아 만든 비포장도로였고, 차 가 간신히 비낄 수 있을 만큼 좁은 길이라서, 만약 버스가 길을 조금만 벗 어나게 되더라도 몇 백 미터 산길을 굴러 곤두박질칠 것이 분명했다. 손에 땀을 쥐며 좌석에 붙은 손잡이를 놓지 못했다. 그런데도 옆 좌석의 중년 사내는 너무도 태평스러웠다.

차가 고개를 별 탈 없이 다 넘은 것을 확인하고 겨우 숨을 돌린 민우가 그에게 어떻게 그렇게 태평스러울 수가 있느냐고 물어보았다. 그는 민우더 러 초행길이냐고 묻더니만, 사고도 여러 번 있었던 위험한 길이긴 하지만, 그렇다고 걸어갈 수도 없지 않느냐는 것이었다. 말 그대로 비행기재라는 이 름에 걸맞은 곳이었다.

임지인 천천면을 경유하는 차였으나, 신고를 하려면 부득불 장수읍 보건 소를 먼저 들러야 했다. 차 안에서 보니 천천면은 하늘아래 냇가라는 이름 그대로였다. 산과 산 사이가 너무 가까워서 간신히 낚싯대 하나 내걸 정도로 좁다란 하늘이 올려다 보일뿐, 밭 몇 자락과 산과 개천밖에 눈에 보이는 게 없었다.

장수읍은 작은 마을처럼 생긴 아담한 소도시였는데, 정류장에서 골목 하나 지나면 곧바로 보건소였다. 담당 직원은 여름 오후의 오수를 즐기고 있었던 모양으로, 눈에 아직도 잠이 가득 들어 있는 모습이었다.

〈고생이 심하실 게요.〉라고 운을 뗀 그는 보건지소 건물에 방이 있긴 하지만, 사용이 가능할지 모르겠다며, 연탄아궁이 대신 전기장판을 써도 된다고 알려주었다.

다시 천천면에 도착해보니 해가 서산에 설핏 걸린 오후 7시쯤이었다. 열쇠를 받으려고 면사무소를 들렀다. 그러나 모두 다 퇴근해버린 후라서, 숙직 직원밖에 없었다. 그는 담당이 아니었던 모양으로, 몇 군데 전화해보더니만 겨우 열쇠를 찾아내어 건네주며 말했다.

"오늘 밤 주무실 수 있을지나 모리겄소. 청소나 됐능가 모리것고……."

그러나 내부는 예상보다 깨끗했다. 지소 건물은 면사무소 곁에 20여 평 남짓 지어진 단층 벽돌집이었는데, 비좁은 공간을 최대한 이용해서, 진료실, 대기실, 내실, 창고 방을 각각 한 칸씩 만들었고, 아궁이 재래식 부엌도 있었다.

겨울철이 아니라서 진료실 진찰대 위에서라도 잠을 잘 수는 있겠다는 생각으로 건물 내부를 다시 돌아보고 있는데, 문을 두드리며 40대쯤과 20대쯤의 여자 두 사람이 들어섰다. 보건지도요원들이고, 지소 내 물품을 인계해주려 들렀다는 것이다.

비치된 물품과 약품을 대충 확인한 후 여자들의 안내로 근처 식당을 갔다. 처음 만나는 그녀들과 인사도 할 겸, 함께 식사를 하려 했으나, 두 사람 모두 저녁 준비를 해야 한다며 한사코 사양하고 가버리는 통에, 결국 혼자 늦은 저녁을 했다.

이제부터는 하루라도 빨리 적응하는 것이 급선무였다. 저녁 식사 후 여관을 찾지 않고 지소 건물로 되돌아왔다. 그리고는 아무도 없는 보건지소의 진찰 침대에 엉덩이를 붙이고 앉아 담배를 피워 물었다. 며칠간 은교와 함께 지낸 시간은 꿈속 같은 일이고, 현실은 또다시 적막강산이었다.

부엌에 있던 커다란 고무 통을 화장실로 옮겨놓고 먼저 샤워부터 했다. 그리고는 주사기 등 기구를 전기소독기에 넣고 끓이면서, 당장 쓸 약으로 어떤 것이 있는지 조사해 보았다. 비치된 약 종류가 너무 형편없어서, 더 구해 오지 않고는 기본적인 진료조차 어려울 것만 같았다.

피곤한 몸을 진찰대 위에 눕히고 잠을 청했는데, 우선 제일 고통스러운 것은 모기떼였다. 모기떼들은 시골이라서 더 왁살스러운 것인지, 고달픈 육신을 잠시도 쉬게 하지 않았다. 날이 밝는 대로 맨 먼저 모기향과 모기장부터 사야 할 것이었다.

다음 날은 몇 가지 필요한 약도 더 구할 겸, 장수읍을 다시 나갔다. 비누나 치약, 퐁퐁, 락스 등 생필품 등은 어느 정도 가능했으나, 막상 병원 약품은 보건소에서조차 구할 수 없었다. 난감해서 물어보았더니 보건소 직원의 대답은 너무나도 간단명료했다. 비치되어 있는 약으로 해결하고, 안 되면 환자를 장수나 전주로 보내라는 것이기 때문이다.

그럼 당장 복통 환자라도 오면? 진통제 주사가 준비되어 있지 않으니, 전주로 가는 게 좋겠다고 말하라고? 심란한 마음에 천천면 면사무소를 찾아가 보건지도요원에게 다시 물어보았다.

하지만 그녀들의 말도 똑같았다. 의료 시혜 환자일 경우에는 보건소에서 주는 약만 사용해서 해결해야 하고, 본인에게 진료비를 전혀 부담시켜서는 안 되므로, 만약 약이 없으면 장수읍 보건소나 전주 타 병원으로 이송시켜야 한다는 것이었고, 그 외 일반 환자라면 의사가 직접 약을 구해 진료해 주면 되는 것이고, 물론 이런 경우에는 본인에게 진료비를 전액 부담시켜도 된다는 것이었다.

결국은 무슨 말인고 하면, 의료 시혜 환자를 무료로 진료해주는 대가로, 정부로부터 무료로 장소를 제공받아 자기가 개업하는 것과 똑같은 이치라는 이야기였다. 그러면서 예전에 근무했던 어떤 산부인과 의사는 거액을 벌어갔다는 말까지 덧붙여 주었다.

그날 오후부터는 아닌 게 아니라 환자가 한 사람씩 지소를 찾아오기 시작했다. 그러나 보건요원의 말과는 달리 거의가 다 무료 환자들이었다. 사실 그들은 병원을 찾아도 그만, 안 찾아도 그만일 것 같은 사람들이었는데, 자기들이 의사 노릇까지 다하며 소화제 주쇼, 감기약 주쇼, 하는 식이었다. 그리고 아무리 무료라고 해도 약을 적당히 주면 안 된다는 듯이, 지어준 약봉지를 의사가 보는 앞에서 일일이 풀고 알약이 몇 개나 들었는지 헤아려보면서, 지난번 의사보다 약 개수가 훨씬 적다는 둥, 분홍색 알약이 하나 빠졌다는 둥 시비가 보통이 아니었다. 소위 의사 길들이기를 하는 모양이었다. 그들과 시비해보아야 입만 아플 터이고, 소화제 한 알 더 주었다고 해서 문제될 것도 없을 것이라서, 원하는 대로 약을 더 얹어주고는 재빨리 보내버렸다.

아침에 장수읍에 갔던 길에 모기약과 모기장을 사왔으므로, 그날 저녁은 비교적 편하게 잠을 잘 수 있었다.

다음 날은 장날이나 되는 모양이었다. 아침부터 환자들이 정신없이 밀어닥치기 시작했다. 혼자서 진찰 하랴, 주사 놓아주랴, 약 지어주랴, 정말이지 넋이 다 빠질 지경이었다. 말 그대로 북새통이었다. 그렇다고 해서 혼자서 하기 바쁘니까 다른 데로 가라고 할 수도 없었다. 면내에 병원이라고는 오로지 보건지소 한 군데뿐이기 때문이다. 물론 약방이 한 군데 있었으나, 약사가 아닌 약종상이 운영하는 곳이라서 그곳은 열외였다.

아침 지소 문을 열기 시작한 순간부터 담배를 피울 여유도 없이 북새통 속에서 환자 진료에 곤욕을 치르고 있는 판인데, 뜻밖에도 그를 찾는 낯익은 목소리가 들려왔다.

"이 선새앵님! 바쁘시네요오."

미스 홍이었다. 구원병을 얻은 듯 반갑기 이루 말할 수 없었다. 그녀는 도착하자마자 서슴없이 일을 하기 시작했다. 그가 진찰하며 차트를 쓰는 동안에 그녀는 벌써 주사를 놓아주고 약을 지어 환자들을 내보냈다. 혼자서 하는 일과 둘이서 하는 일은 확실히 하늘과 땅 차이였다.

대기실을 입추의 여지없이 빼꼭하게 채웠던 환자들이 어느덧 썰물처럼 빠져나갔고, 점심 먹으러 나갈 만큼 여유가 생겼다.

대다수 환자들은 장을 보려오는 김에 병원까지 들리는 모양이었다. 갈까마귀 떼 모양 계속해서 몰려들던 사람들도 오전이 지나자 점차 뜸해지더니 마침내 오후 4시가 넘자 완전히 끊겼다.

미스 홍과 함께 차트를 살펴보며 소모한 약과 수입을 계산해 보았다. 소화제 등 처방이 많은 약은 벌써 바닥나서 보건소에서 다시 타오거나, 전주 가서 사와야 할 판이었고, 수입금 역시 일반 환자들의 경우에는 약에 상관없이 실비에 가까울 것으로 짐작되는 500원씩만 받았으나 생각보다 상당했다.

미스 홍은 심심하던 차에 조금 도와주었던 것뿐이라며 극구 자기 집으로 가겠다는 것을 억지로 식당으로 끌고 가서 함께 저녁식사를 했다. 그래 보았자 시골 식당에서는 삼겹살구이가 최고급이었다.

식사를 마치고 나오자, 오후 8시 반쯤으로 땅거미가 내린 직후였다. 버스 정류장 앞에서 그녀와 헤어진 후 보건지소로 돌아오면서 생각해 보니, 이렇게 정신없이 바쁜 생활을 하다가는 앞으로 6개월간 책을 단 한 줄 보기도 어려울 것만 같았다.

밤 10시쯤이나 됐을까, 예전처럼 화장실에다가 고무통을 가져다 놓고 한참 샤워를 하고 있는 판인데, 문을 두드리는 요란한 소리가 났다. 비누칠을 한 알몸이라서 곧바로 뛰어나갈 수도 없는 일이었다. 그러나 밖에서는 문이 부서져라 하고 쉬지 않고 두들기고 있는 중이었다. 게다가 전화까지 울어댔다. 씻는 둥 마는 둥 하고 간신히 옷만 걸치고 나와 문을 열어주고 보니 머리를 다친 환자였다.

함께 온 사람들의 말로는 장을 보고 돌아가던 길에 싸움이 붙었다는 것이었는데, 환자는 30대 초반쯤의 젊은 사람이었고, 술이 아직도 깨지 않은 상태라서 천지 분간을 못했다. 기구 소독이 되지 않았다는 핑계를 대고 그냥 보내버리려다가 전주에서 오면서 몸소 경험했던 비행기재를 생각해 보고는 고개를 흔들었다.

다행히 함께 온 사람들이 세 사람이나 되었으므로, 욕설과 함께 천방지축으로 날뛰는 환자를 그들에게 붙잡게 하고서는, 간신히 여섯 바늘을 꿰맨 후 주사와 함께 약을 지어주었다. 그러나 술에 취한 환자는 물론이고, 함께 온 사람 누구 하나 돈을 내려는 사람은 없었다.

그들이 가고 나니 그야말로 난장판이었다. 진찰 침대는 말할 것도 없고, 대기실과 진찰실 바닥이 온통 피범벅이었다. 물론 돈이 중요한 것은 아니겠지만 돈 한 푼 못 받고, 고맙다는 인사조차 없이 병원을 온통 난장판으로 만들며 실랑이를 치게 한 환자에게 친절을 베풀었던 것이 얼마나 후회되는지 몰랐다. 그러나 자기 혼자서 의사에서부터, 간호사, 약제사, 청소부, 수위, 소독실 직원, 거기에다가 혹시라도 전구가 나가면 갈아 끼워야 하는 전기 기사 일까지 해야 할 것이라서 도리가 없었다.

　혼자서 피 청소를 모두 마친 후, 샤워를 하면서 피 묻은 가운도 빨아 널었는데, 모기장 안으로 들어와 시계를 보니, 세상에! 더도 덜도 아닌 딱 새벽 3시였다. 5시간 동안 미친 짓을 하느라고 수고를 아끼지 않은 셈이었다.

　다음 날 아침, 잠에서 깨보니 두들겨 맞은 것처럼 머리가 무겁고 전신이다 뻐근했다. 그래서 이미 날이 샌 지 한참이나 되었는데도, 아침 먹을 생각조차 못하고 게으름을 피우는 중인데 누군가가 또다시 문을 두드리기시작했다. 시계를 보니 아직 7시 40분이었다. 오죽했으면 이른 아침부터 의사를 찾을까마는, 그러면서도 마음속에서는 짜증부터 일었다. 간신히 일어나 문을 열어주고 보니 그건 환자가 아니라 뜻밖에도 미스 홍이었다.

　"어제 환자가 많아서 힘드셨나 봐요? 아무래도 기구 소독도 해두어야 할 것 같아 일찍 왔어요. 이 선생님 식전이시죠? 난 아침 먹고 왔는데……."

　그러면서 그녀는 '무엇이 어떠냐?'거나 무엇을 어떻게 해달라는 말도 없이 자기 집처럼 익숙하게 기구 소독과 청소를 하기 시작했다. 그런 그녀가 고맙기 그지없으면서도 다른 한편으로는 조금은 부담스럽기도 했다.

　청소를 하던 그녀가 물었다.

　"어젯밤 트로마(외상) 환자가 왔었나 봐요? 이 선생님이 명의라는 게 금시소문이 다 났나 봐. 호호호!"

　돈 한 푼 받지 못하고, 밤새 청소만 했던 것이라서, 아직도 화가 치미는데, 그녀는 남의 속도 모르고 계속해서 싱글벙글이었다.

　"두 번만 명의가 되었다가는 밤새며 청소하다가 6개월을 다 보내겠어."

　"어젯밤 청소하시느라 고생하셨나 봐요? 호호호! 그래두 보람 있는 일이잖아요?"

　그러면서 그녀는 어설프게 도회지물만 먹지 않았다면, 시골 사람들은 대

개가 의외로 순박하고 건실해서 고마움을 고맙게 생각하는 사람들이라며, 다음에 틀림없이 다시 나타나서 고맙다는 사례를 할 것이라는 설명이었다.

아침 식사를 하면서 생각해 보았다.

'봉급을 주어야겠어. 그러면 되겠지. 어차피 나 혼자서 할 수 없는 일이니까. 얼마나 주어야 할까? 어쨌든 봉급을 주자면 일반 환자를 많이 보아야 할 텐데…… . 전주 도매약국에서 약을 사다가 열심히 진료하면 되겠지.'

아침 식사를 하고 와서 미스 홍에게 말했다.

"아무래도 약을 좀 사와야 할 텐데…… 미안하지만 미스 홍이 오늘 바쁘지 않으면 전주를 좀 나갔다 왔으면 싶어. 도매약국이 있을 텐데…… ."

"그러죠 뭐."

환자 패턴이 어떻게 될지 알 수 없었으나, 인천 병원과 H면에서의 경험을 토대로 약들과 소모품, 주사기 등등을 선정해서, 부족하지 않을 만큼의 현금과 함께 그녀를 전주로 내보냈다.

"돈만 먹고 나타나지 않으면 어떻게 하려구요?"

"어제 오늘 해준 일만 해도 그 돈 되겠는데?"

"그래요? 호호호!"

아침 10시 버스로 전주를 나갔던 그녀가 오후 3시쯤 다시 돌아왔다. 원했던 물품을 빠짐없이 다 사오긴 했으나, 일부는 유사제품이었다. 그렇지만 서울이나 인천이 아닌 다음에야 어쩔 수 없는 일이고, 그것도 고마웠다.

물품 확인에만 정신을 쓰고 있다가, 빠듯하게 전주를 다녀왔다는 생각에서 그녀가 혹 점심조차 굶고 일을 보아 온 아닌지 불현듯 미안하고 걱정스러웠다.

"참, 점심 어떻게 했어? 아직 못했지?"

"난 괜찮은데…… 이 선생님은요?"

"미스 홍이 오면 함께 하려고 기다리고 있었지."

"어머! 그래요? 아이, 그래도 그렇지, 이 시간까지…… 시장해서 어떡허죠?"

그러나 그건 새빨간 거짓말이었다. 5시간 중에서 왕복 버스 타는 시간 4시간 이상을 빼면 결국 1시간도 못 되는 시간에 모든 일을 다 보아야 했을 테고, 틀림없이 점심조차 굶고 동동거렸을 것이라서, 너무 미안했던 나머지 어쩔 수 없이 거짓말을 했던 것인데, 결국 이른 저녁 먹는 셈을 치고 점심을 두 번이나 먹었다.

그녀가 고맙기도 하고 앞으로는 이 일을 어떻게 해야 하나 싶어 걱정스럽게 물어보았다.

"미스 홍이 있으니까 망정이지…… 혼자뿐이라면 어쩔 뻔했어? 그런데 앞으로도 약을 사려면 전주를 매번 다녀와야 할 텐데 보통일이 아니네?"

그러자 그녀는 아직도 코끝에 땀이 송골송골 맺힌 상기된 얼굴로 핸드백을 뒤지더니 명함 한 장을 꺼내어 건네주며 말했다.

"아! 그건 걱정하지 않아도 돼요. 앞으로는 직접 가지 않고 전화만 해도 바로 버스 편으로 보내주겠대요. 아까 명함을 받아왔는데?"

"어떻게 잘 알지도 못하는 사람에게 외상 거래를 터주려고 할까? 혹시 그 약국을 미스 홍이 잘 아는 건가?"

"호호호! 사실은 사촌 오빠가 전주 대학병원에서 근무하거든요. 그 오빠 소개로 거래를 튼 거죠. 호호호! 역시 민우 씨는 머리가 보통이 아니셔."

그녀는 기분이 좋은지 웃음을 그치지 못했다.

그날은 어제와 달리 늦게까지도 환자들이 왔기 때문에 늦은 점심 후에도 환자를 꽤 보았다. 그래서 오전에 그 혼자서 처리한 숫자와 합하면 결코 어제보다 작은 숫자가 아니었다.

"이 선생님 소문이 금방 다 났나 봐요."

"무슨 소리야? 그게?"

"시골에서는 소문이 금시 퍼지거든요. 이제 장수군에 명의 한 사람 생겼다고 소문났으니 여간 바쁘게 생겼네요. 호호호!"

"별소릴……. 미스 홍이 있으니까 그러나 본데, 뭐."

"간호사가 어디 진료해요? 다 이 선생님 덕분이지! 안 그래요? 호호호!"

환자가 늘어나면서 그녀의 의견에 따라 대체적인 수납의 원칙을 세웠다.

감기약 하루 분은 주사가 있으면, 700원, 약만 주면 400원, 고가 주사를 놓아줄 때에는 약값 플러스 500원 즉, 900원, 약을 하루 분 더 주면 300원 추가, 다친 환자 봉합술은 한 바늘에 500원 등등으로, 보통 병원 수납 방식이었는데 다만 거의 실비에 가까운 아주 저렴한 비용이라는 것이 일반 병원과의 차이점이라면 차이점이었다.

"너무 싼 건 아닌가?"

그의 볼멘소리에 미스 홍이 오히려 놀랍다는 듯이 그를 쳐다보며 말했다.

"여긴 인천 같은 대도신 아니잖아요? 돈을 버시려고요?"

"그래. 돈을 벌어야지."

"그래서요?"

"그래서는 무슨 그래서야……. 나는 보건소에서 수당이 나오지만 미스 홍 고생은 어떡할 거야?"

무의촌 파견을 나오면 수련 병원에서는 봉급이 없어지고, 대신 해당 보건소에서 수당이라며 봉급의 절반 수준인 쥐꼬리만 한 돈이 나왔다.

"나야 고향에서 봉사하는 거죠, 뭐."

"아무리 봉사라고 해도 버스비, 밥값은 생겨야지. 안 그래?"

그래서 장수읍에 있는 의원의 대략적인 수가를 물어서 그 절반 정도를 적용하기로 했다.

그 후로도 계속적으로 환자 숫자가 꾸준히 늘어났다. 미스 홍이 수납하는 일에서부터 간호사 노릇까지 톡톡히 해주는 것이라서 큰 무리 없이 일반 의원 수준의 진료를 하게 되었다. 그래서 그랬는지 모르지만, 그만큼 또 환자도 많아졌다. 그러나 그런 것보다 사실 더 중요한 것은 책을 펴볼 수 있는 여유가 생겼다는 점이었고, 그것은 더없이 기쁜 일이었다.

그녀는 8시쯤이면 어김없이 출근해서 마치도 자기 일처럼 기구 소독과 청소를 시작했고, 환자가 오는 죽죽, 접수에서부터 주사, 투약, 수납까지 모조리 다 해결해 주었다. 그리고 나서 저녁때가 되면 여일하게 돈을 받은 명세표와 현금을 건네주고는 퇴근을 했다.

저녁을 하고 가라고 해도 그녀는 자기 집에 가서 먹겠다며 한사코 고집을 피웠다. 그래서 그 이유를 따지듯 물어보았다. 그러나 그녀의 대답은 의외로 간단했다. 일껏 고생해서 번 돈을 쓸데없이 그렇게 함부로 낭비해서 되겠느냐는 것이었다. 기가 막혔다. 그래서 그렇다면 집에 가서 저녁 먹는 건 돈이 아니냐고 따져 물었다. 그랬더니 그녀는 웃기만 할 뿐이었다.

그러던 어느 날이었다. 8시쯤이면 그녀가 나타났기 때문에 언제고 아침에 일어나는 즉시 현관문을 열어두었는데, 다른 때와 달리 그녀는 택시를 타고 왔고, 차에서 뭔가 짐을 내려서 부엌으로 옮기고 있는 중이었다. 뭘까 싶어 물어보려다가, 개인적인 일일 수도 있을 것이라서 모른 척하고 말았다.

그리고 나서 점심때가 되었으므로, 늘 하던 대로 그녀와 교대로 식사할 요량으로 먼저 일어서려는데 그녀가 머뭇거리며 말했다.

"동생이 천렵해 온 걸 이 선생님 갖다드리라고 집에서 싸 주었는데……
민물고기 좋아하세요? 안 하세요?"

"민물고기?"

"네에. 생각보다 먹을 만하더라고요······."

시골 온 지 아직 2주일도 안 되었으나 한 가지도 바뀌지 않고 매일같이 똑같은 단골 메뉴만 내어놓는 식당 음식에 벌써 식상하고 뉘가 나던 참이었다. 그렇다면 굳이 번거롭게 식당을 찾을 이유도 없었다.

"그래애! 미안해서 어쩌지? 고맙긴 하지만."

"미안하긴요······, 그럼, 잠시만 기다리세요."

아침에 택시에 싣고 왔던 것이 바로 그것이었던 모양으로, 그녀는 제법 깔끔하게 상을 보아 방에 들여놓아주었다. 밥과 반찬 몇 가지, 민물고기 찌개.

'함께 하지?' 말은 그렇게 했지만 미혼의 청춘남녀가 내실에서 서로 마주 보고 앉아 식사한다는 것도 겸연쩍을 일이었다. 식당에서야 호젓한 방이든 홀이든 거리낌 없이 둘이서만 그렇게 마주보고 앉아 잘도 먹었을 터이지만······. 다행히 그녀가 나중에 먹겠다며 자꾸만 사양했으므로 굳이 억지로 권하지 않아도 되었다.

저녁 퇴근 시간이 되었는데도, 그녀는 부엌에서 무엇인가를 하고 있었다. 그러더니 평소보다 한 시간이나 늦은 밤 8시쯤 진찰실로 들어와 말했다.

"그릇 정리를 하느라고 조금 늦었어요. 아무래도······ 그릇은 놓고 가야겠어요. 가끔 필요할 테니까 말예요."

"그릇이 집에 여유가 있을까 몰라?"

"그릇 몇 개 갖다 놓았다고 집에서 살림 못 하겠어요? 호호호!"

"그렇긴 하겠지. 참······ 미스 홍, 우리 저녁이나 먹으러 가지."

그렇지 않아도 퇴근이 늦어진 것을 기화로 장수읍을 나가 모처럼 그녀를 위해 식사를 사려 했었다. 그녀는 택시를 잡아타려는 그에게 행선지만 물었을 뿐 군소리 없이 따라나섰다. 택시 기사에게 물으니 군청 옆에 한식

집이 하나 있는데, 여기에서는 제일로 친다는 것이었다.

식당은 그런 대로 괜찮았다. 오랜만에 밖에 나왔다는 기분도 있고 해서, 로스를 안주로 해서 맥주도 두어 병 마셨다. 첨에는 술을 극구 사양했으나, 그가 한사코 권하는 바람에 그녀 역시 한두 잔 받아 마셨다. 10시 직후 식당을 나와 택시로 그녀의 집이 있다는 장계를 경유하여 그녀를 내려준 후 그는 천천면으로 돌아왔다.

그 후로도 가끔씩 그녀가 준비해 온 반찬으로 점심을 해결하기도 했는데, 말 그대로 그건 항상 별미였다. 시간이 가면서 함께 점심을 먹게 되는 일도 많아졌다. 그래서 처음에 느꼈던 거북살스런 감정이라든가 야릇한 감정도 점차 소실되었으며, 오히려 오붓한 느낌이 들기도 했다.

어떤 때에는 '결혼해서 살아간다는 것이 이런 것이겠지.' 하는 생각이 들기도 했고, 철저히 금욕하면서 임의의 상대와 결혼 연습을 하고 있다는 생각까지 들었다. 여하튼지 그렇게 시간이 가면서 그녀와 차츰 가까워지기 시작했고, 그녀와 결혼해서 이런 식으로 살아도 괜찮겠다는 생각까지 가끔씩 들기도 했다.

그러다가 시골에 온 지 한 달쯤 되는 어느 날, 그녀는 인천 병원에 갈 일이 있다면서 혹시 뭘 부탁할 일이 있으면 말하라는 것이었다. 그렇지 않아도 책이 몇 가지 더 필요했으므로 휴일을 이용해서 한번 갔다 올까 하고 마음먹고 있던 참인데, 그녀의 말이 몹시 반가웠다.

"그럼, 예전에 내가 쓰던 투석실의 당직실 있잖아? 그 방 아니면, 심전도실에 있을 건데 말이야…… 책을 몇 가지 가져오면 좋겠는데……."

일부러 바쁜 장날을 피해서 간 것이긴 했으나 그녀가 갑자기 자리를 비우는 바람에 당장 진료에 차질이 생겼다. 손에 익지 않은 주사 일과, 투약, 접수 일까지 혼자서 하면서 돈까지 받아야 했으므로 그다지 환자 수가 많지 않은 날이었음에도 불구하고 하루 종일 정신이 없었고, 그녀가 없는 3일간이 얼마나 긴지 몰랐다.

물론 환자들은 환자들대로 불만이었다. 민우 혼자 동분서주해 보아야 얼른 차례가 돌아오지도 않을 뿐더러, 모든 것이 예전 같지 않기 때문이다. 그가 주사를 놓아주려고 해도, 여자들은 엉덩이를 내비치기 싫다는 이유로, 남자들은 숙련된 손이 아닐까 봐, 그렇지 않아도 바빠 죽겠는데, 미적거리기만 하는 것이라서 당혹스럽기 짝이 없었다.

그녀가 오기만 눈 빠지게 기다리고 있는 판인데, 마침내 기다리고 기다리던 사람이 3일째 되는 날 오후 2시쯤 생글거리며 나타났다.

시간을 역산해 본다면 그녀는 인천이나 서울을 새벽같이 출발해서 점심도 거른 채로 한달음에 달려왔음이 분명했고, 그녀는 버스에서 내리자마자 자기 집에도 들르지 않고 지소부터 먼저 찾았을 것이었다.

인천 병원에서 얻어왔다며 그 귀한 1cc짜리 주사기와, 탄력붕대, 그리고 아무리해도 구하지 못하고 쩔쩔맸던 두어 가지 주사약 등, 선물을 한 보따리 내놓으며 그녀는 자랑스럽게 말했다.

"ER(응급실) 미스 강 언니가요, 얼마나 고맙게 잘해주는지…… 친정집 아니면 누가 도와주겠느냐면서 뭐든지 부족하면 언제든 전화만 하래요. 자기가 소포로 꾸려 죄다 부쳐주겠다고."

그녀가 도착하자 보건지소의 분위기가 일순간에 되살아났다. 민우는 민우대로 일을 분담할 수가 있어서 한 짐 벗은 기분이었고, 환자들은 환자들대로 약 짓는 시간이나, 주사가 척척이라서 마음이 놓이는 모양이었다. 그래서 그녀가 도착하고 나서 한 시간도 채 안 되어 대기실에 가득 차 있던 환자들을 모조리 다 만족스럽게 해결해서 돌려보냈다.

"참! 점심도 못했을 터인데…… 식사하구 와야지?"

"오면서 간단하게 뭘 조금 먹긴 했는데……."

배가 고프기도 하는 모양이었다. 잠시 후 부엌 쪽에서 구수한 냄새가 난다는 것을 느끼는 순간, 그녀가 진찰실 문을 빼꼼히 열면서 말했다.

"이 선생님도 아직 점심 못했죠? 라면을 두 개 끓였는데……."

척하면 3천리였다. 사실 밀려드는 환자들 때문에 점심은커녕, 속수무책으로 담배까지 참고 있었다. 함께 방으로 들어가 예전에 그녀가 가져다놓은 작은 소반 위에 라면 그릇을 얹어놓고 나란히 앉아서 먹었다.

"많이 좋아졌대?"

틀림없이 약도 타고 검사를 받을 요량으로 인천 병원을 들렀을 것이었다. 그녀는 입안에 음식이 들어있어서 대답할 수 없었던지 환하게 웃으며 고개만 끄덕였다.

"강 선생도 만나보았어? 투석실 가 봤어?"

그녀는 여전히 미소를 짓고 있었으나. 이번에는 고개를 흔들었다. 민우야 투석실 일이 궁금하겠지만 그녀에게야 무슨 관계가 있겠는가.

"ER(응급실) 미스 강이 여간 고마운데……."

그녀는 그의 말에 기다렸다는 듯이 반색하며 말했다.

"그렇죠? 진짜 그래요. 나중에 고맙다는 인사나 직접 해 주세요."

물론 미스 홍의 얼굴을 보고 그렇게 고맙게 해주는 것이겠지만, 여하튼 결과는 그게 그거였다.

10월 초가 되자 해발 500미터가 넘는 고랭지라서 벌써 아침저녁으로는 제법 쌀쌀해졌고, 어느새 코앞 산이나, 길가 가로수의 잎사귀들이 붉게 물들기 시작했다. 아침에 보건소 담당 직원에게서 전화가 오는데, 10월 10일 안으로 9월분 의료 보호 환자들의 진료비 청구 내역서를 보내주어야 한다는 말과 함께, 수당이 나왔으니 도장을 가지고 보건소로 나오라는 것이었다. 그의 수당이 나왔다면 당연히 미스 홍에게도 수고비를 건네주어야 할 일이었다. 미스 홍더러 다음 날 아침에는 출근하기 전에 보건소를 먼저 들러 수당도 타오고, 진료비 청구 내역서를 어떻게 쓰는 것인지 알아오도록 했다.

그러나 수당이라고 해보았자, 3만 몇천 원에 불과해서, 한 달 식사비도 안 될 돈이었으나 작성해서 바쳐야 할 서류는 태산이었다.

"처음엔 왜 본인이 안 왔느냐면서 돈을 주지 않으려 하더라고요. 그래서 상관없으니까 달라고 우겼죠."

"그랬더니?"

"어떻게 되는 사이냐면서 꼬치꼬치 캐물으면서 영 기분 나쁘게 구는 거죠."

"그래서 뭐라고 했어?"

"집안 오빠 된다고 하고 말았죠, 뭐. 근데, 세상에…… 한 달 봉급이라고 주는 게……"

돈의 액수가 워낙 형편없다 보니 당사자보다 미스 홍이 더 열을 냈다.

"일반 환자를 보니까 거기서도 돈이 나오지 않겠느냐는 것이겠지."

"그렇긴 해도 만약에 일반 환자들이 오지 않는다면 어떻게 해요? 도대체 이걸로 밥값이나 하겠어요? 안 그래요? 그러면서도 자기네들 돈 되는 진료비 청구 내역서는 빨리 해서 보내라고 성화인 것 있죠?"

"그걸 어떻게 하는 거래?"

"사용한 약품과 양을 계산하고 진찰료와 합산해서 환자별로 한 건씩, 이 서식에 맞추어 적어 넣어야 한대요."

그녀의 설명을 들으면서 복잡다단한 서식을 눈여겨보고 있자니, 생머리가 아팠다. 환자나 볼 줄 알았지, 서류 작성하는 것이라거나, 더구나 이처럼 환자별로 그 달에 사용했던 약 이름과 개수까지 하나하나 적어 넣고,

약값을 합산해서, 가로세로로 빈칸을 완벽하게 다 채워야 하는 서류를 만드는 일이란 그로서는 불가능한 일이라고까지 느껴졌다. 결국 그 서류도 미스 홍 차지였다.

그동안 수납했던 돈과 환자 이름을 적은 진료일지를 검토해보니, 지난 한 달 동안 들어온 총액은 거의 100만 원이 다 되었다. 도매상에 갚을 약 값을 제외하더라도 50만 원 정도는 남을 것이었다. 보건소에서 받아온 돈 만으로는 턱도 없었으므로 그가 보관하고 있던 돈을 합해서 20만 원 봉투를 만들고는 미스 홍의 책상 앞으로 다가갔다.

차트를 수북이 쌓아놓고 환자 보는 틈틈이 진료비 청구 내역서 작성에 여념이 없는 그녀는 그가 다가서는 것조차 몰랐다. 희고 조금은 긴 그녀의 가느다란 손가락이 서류 위에서 주판과 함께 바쁘게 움직이고 있었다. 그녀가 작성하고 있는 서류 위에 돈 봉투를 슬며시 올려놓았다. 그러자 그녀는 그때서야 비로소 깨닫고는 깜짝 놀라며 반문했다.

"뭐예요, 이게?"

"미스 홍 수고비. 나도 수당을 받았으니까 미스 홍도 당연히 받아야지."

그녀는 봉투를 집어 들고 뭔가를 잠시 생각하는 눈치더니 봉투를 다시 그에게 돌려주며 말했다.

"이 선생님이 보관해 줄래요? 시골 생활이라서 난 어디 돈쓸 데도 없거든요."

"내가? 그보다 어디…… 은행에 맡겨두면 되지 않을까? 이자도 붙을 테고."

"이런 시골에 은행이 어디 있다고……."

"왜, 우체국이나 농협이 있잖아?"

"싫어요. 그냥 이 선생님이 갖고 계세요."

한사코 봉투를 막무가내로 되돌려주는 것이라서 하는 수 없었다. 물론 언제든지 반환해줄 수 있도록 그의 우체국 통장에 그녀의 몫까지 고스란히 입금을 했다.

일요일에는 현관 입구에 〈금일 휴진〉이라는 팻말을 내걸고 문을 닫았으나, 급하게 찾아온 환자가 있으면 어쩔 수 없이 문을 열어주어야 했다. 밤 시간과 일요일에는 빨래도 하고, 책도 보면서 그런 대로 혼자서 시간을 보낼 수 있었던 처음과 달리, 웬걸 시간이 갈수록 그게 아니었다. 천천면뿐만 아니라, 그 근동이나 읍에서까지도 그를 찾아오는 사람이 생겼을 정도니까……. 그러다 보니 야간이나 휴일까지도 예전처럼 개인적인 일만 하면서 지낼 수는 없게 되고 말았다. 돈은 조금 더 생기겠지만 시간 때문에 도통 공부할 수 없는 것이 탈이었다. 생각다 못해 미스 홍에게 어떻게 했으면 좋을지 물어보았다.

"큰일이야. 도대체 일주일 내내, 밤 시간까지도 환자들 때문에 도통 책을 볼 수가 없어. 이제는 일요일까지 빼앗기게 생겼어."

"좋은 일 아니에요? 환자들이 이 선생님 실력을 믿고 일부러 명의를 찾아오는 건데 그게 왜 나쁜 일이겠어요?"

"명의? 명의 같은 소리 하네. 진짜 걱정이야!"

걱정으로 가득 차서 촌시라도 아끼려고 다시 책으로 눈을 가져가는데, 그녀가 한 가지 제안을 했다.

"그럼, 이렇게 하면 어떨까요? 당분가 내가 집에 가지 말고 밤 진료를 도와드리면……. 일요일도 완전 휴진하지 말고 오전이랄지, 오후랄지, 차라리 시간을 정해 몇 시간이라도 정식 진료를 하고요. 그렇게 시간을 정해두면 환자들도 자연히 그 시간에 맞추어 올 텐데……."

그럴듯한 아이디어이긴 했으나 그렇게 하면 그녀가 너무 힘들 것이었다.

"좋은 생각이지만…… 그러면 미스 홍이 너무 힘들지 않을까? 괜찮겠어?"

그러나 그녀는 고개를 끄덕이며 미소만 지을 뿐이었다. 그리고 나서 그녀는 그 다음 날 보건지소로 자기 짐을 몽땅 옮겨왔고, 창고처럼 쓰고 있는 작은 방에 둥지를 틀었다. 여러 가지 사정으로 보아 현재 그가 쓰고 있는 방을 그녀에게 양보하고 그 편에서 창고 방을 쓰려 했으나, 그녀가 한사코 거절해버리는 바람에 도리가 없었다.

"누구 손님이라도 와 봐요. 진찰실보다 방으로 맞아야 할 경우도 있을 거잖아요? 그리고 사실 난 그 방이 더 편하고 좋아요."

그녀에게 안방을 내주겠다고는 했으나, 사실 걱정되는 부분도 있었다. 속 모르는 사람들이 그녀와 살림이라도 차린 것으로 오해할지 몰라서였다. 못 이긴 척 입을 다물어 버렸다.

그녀가 지소로 들어오자 이제는 진짜 만고강산이었다. 저녁 시간에 환자가 오더라도 책을 펴놓고 공부하고 있다가, 잠시 눈길을 돌려 진찰하고 처방만 해주면, 그녀가 주사 놓고 약 짓고 수납까지 죄다 해주었기 때문에, 곧바로 다시 책으로 눈을 옮길 수 있었다.

그리고 무엇보다도 집 안에 여자가 있다는 것은 대단한 일이었다. 와이셔츠나 겉옷은 한꺼번에 세탁소에 맡길 요량으로 방 안에 걸어두고, 속내의만 샤워 도중에 스스로 빨아 널었으나, 그녀가 온 후로는 그가 널어둔 속내의와 수건 등을 다시 빨아 삶아내는 것은 물론이고, 와이셔츠는 입은 지 하루만 지나도 빨아서 세탁소에 보내 다림질을 시켜다가 언제라도 다시 입을 수 있게 방 안에 걸어 놓아주었다. 그래서 수건이나 속옷에서 더 이상 기분 나쁜 이상한 냄새도 나지 않았다.

그뿐이 아니었다. 날씨가 쌀쌀해지면서 방에 군불을 조금씩 넣어야만 방바닥에 습기도 안 차고 퀴퀴한 냄새도 없앨 수 있는데, 이것 또한 그녀는 자기 몫이라는 듯이 아궁이에 연탄불을 피워 방을 따뜻하게 해주었다. 그래서 예전에는 여름철에도 온기가 없이 썰렁하고 눅눅한 습기와 퀴퀴한 곰 팡이 냄새로 가득 찬 방 안이었지만, 아궁이에 연탄불이 피워지자 냄새는 물론이고, 제법 온기가 돌아 사람 사는 방처럼 변했다.

그녀가 오고 나서는 이런 식으로 한 가지 한 가지씩 마치 살림하는 모양 새로 급변해갔다. 그러다가 나중에는 군불용으로만 피워지던 아궁이에서 구수한 냄새를 풍기며 된장국까지 끓게 되었다. 아직 몸만 섞지 않았지, 이 제는 누가 보아도 완전한 남편과 아내의 모습이었다.

'뭐지? 냄새가 구수하네.' 하고 묻자, 그녀는 신이 나서 말했다.

"이아기 할머니라는 환자분 계시잖아요? 그 할머니가 아까 다슬기를 가 져오셨는데요. 그러면서 뭐라는 줄 아세요? 호호! 서로 어떤 관계네요. 사촌 오빠라고 했더니, 홋홋, 첨엔 우리가 부부 사이인 줄로 알았대요. 그 러면서 자기 딸만 있다면 어떻게든 이 선생님께 시집을 보내겠대요. 호호 호! 이걸 꼭 이 선생님께 맛을 보게 해 달래요. 호호호! 그래서 할머니 소 원대로 끓인 거죠. 다슬기는요, 된장만 풀어서 삶아도 얼마나 맛있는지 몰라요."

그렇게 해서 그날 저녁에는 그녀가 손수 준비해준 밥에다 맛있는 다슬기 국물을 말아먹었는데, 그녀의 말마따나 맛이 진짜 기가 막혔다. 아마도 그 동안 먹어본 음식 중에서 이보다 더 맛있었던 것은 가히 전무했을 것이었 다. 원래부터 식사를 잘하는 것이 그의 주특기였으나 맛이 그만인 다슬기 국물 때문에 그는 밥을 두 그릇씩이나 비우는 기염을 토했다.

밤 9시쯤 진료실에서 공부를 하고 있는데, 이번에는 삶은 다슬기 알맹이 를 가져왔다.

"이렇게 먹는 거예요."

단단한 껍질 속에 들어 있는 다슬기의 입 부분에 바늘을 꼽고 몸체를 뱅

그르르 돌리면 살이 바늘에 꿰힌 채로 빠져 나왔다. 살이 너무 작았으므로 적어도 서너 개 이상을 까서 입에 털어 넣어야만 씹히는 맛이 날 정도라서 귀찮기는 했으나, 그럼에도 워낙 맛이 좋았으므로 쉽게 중단할 수 없었다.

모기향을 새것으로 다시 바꾸어 불을 붙이고는, 공부는 둘째 치고 그녀와 진찰실 책상을 마주보고 앉은 채로 열심히 손을 놀려 다슬기를 까먹는 일에 골몰하다가 마침내 개인적인 이야기를 물어보게 되었다.

"참! 미스 홍은 형제가 몇이야?"

그녀가 더없이 가깝게 느껴져서 그동안 한 번도 묻지 않았던 그녀의 식구들에 대해서 문득 물어본 것이다.

"위로 언니만 둘요."

"그럼 부모님은 두 분 다 살아계시고?"

"아뇨, 엄마만요. 아빠는 작년에 돌아가셨어요."

"저런! 연세가 어떻게 되셨는데?"

"살아 계신다면 금년에 52세가 되셨을 거예요."

"그럼 엄마 혼자 농사를 지으시는 건가?"

그녀는 알 수 없는 표정을 지으며 고개만 흔들었는데, 나중에 안 사실이었지만 그녀의 엄마는 시골 무당 점쟁이였다.

"그럼, 언니들은?"

"다 시집갔어요. 큰언니는 인천에서 살고 있고, 작은언니는 서울에서 살죠. 인천에서 근무할 때는 물론 그 큰언니 집에서 함께 살았고요."

"그럼…… 엄마 혼자 사시는 셈이네……."

혼자 사는 엄마를 젖혀두고 함께 지내고 있는 그녀가 여간 고맙고 미안하기도 했다. 그러다가 언젠가 동생이 천렵해온 거라면서 민물고기 요리를 해왔던 일이 생각나서 다시 물어보았다.

"그럼, 엄마 혼자 두고 여기 와서 지내서는 안 되겠네. 참! 그런데 지난번에 동생이 천렵을 해다 주었다지 않았어?"

"걘 사촌 동생인데요, 날 얼마나 따르는지 몰라요."

"사촌 동생이었군 그래. 여하튼 미스 홍은 엄마한테 자주 가 봐야겠는걸."

그렇게 서로 마주보고 앉아 다슬기를 까먹다 보니 어느새 12시가 넘은 깊은 밤이 되어버렸다.

"이 선생님은 언제부터 혼자였어요?"

"내 이야긴 조금 길지……. 왜? 알고 싶어?"

깊은 밤 시간에 둘이서만 애인처럼 호젓하게 함께 하기 때문일까, 문득 얼마 전 부탁이 있다면서 무릎 위로 냉큼 올라 앉아버리던 일이 새삼스럽게 생각났다. 안타깝기도 하고, 부담스럽기도 했다. 그러나 그녀가 하고 있는 노고의 10분지 1만 생각해보더라도 그냥 말 수는 없었다.

그녀는 고개를 끄덕이며 몹시 호기심 어린 눈으로 쳐다보았다. 이 여자에게 무슨 이야기를 먼저 해 주어야 할까? 이미 은교가 마음속 깊이 자리잡고 있다는 이야기? 제발 큰 실망을 하지 않고 적당한 순간에 스스로 마음을 돌렸으면……

"참! 그보다 다른 이야기가 하나 있는데 말이야……."

"말해 보세요."

그녀는 호기심에 찬 눈으로 그를 그윽하게 쳐다보며 말했다.

"난 왜 그런지 미스 홍이 꼭 누이동생 같다는 생각이 들어……."

그러자 그녀는 다소 심드렁한 표정이 되며, 뭔가 깊이 생각해 보는 눈치였다. 그러더니만 곧장 추궁하듯 물었다.

"왜 그렇죠?"

"글쎄…… 미스 홍이 나에게 너무 잘해주기 때문이 아닐까?"

"피곤하지 않으세요? 나 때매 공부도 못했을 거고. 먼저 들어갈게요."

그녀는 갑자기 어두운 표정으로 바뀌며 자리를 털고 일어서버렸다. 일껏 좋은 분위기를 배은망덕한 말 한마디로 망쳐버린 것이 분명했으나, 그렇다고 해서 달리 반전시킬 좋은 방도도 없었다. 그녀가 일어서고 나서 조금 있다가 샤워하는 소리가 들려왔다. 이제 넉넉잡고 한 시간 후쯤이면 그녀가 자기 방으로 들어갈 것이라는 생각을 하며 그도 책을 덮고 자리에서 일어섰다.

고랭지라서 겨울도 빨랐다. 아직 11월 초순임에도 어느새 단풍조차 다 져버리고 스산한 가지들만 앙상하게 보였다. 결국 1개월 사이로 가을은 시늉만 내고 지나갔고, 여름에서 훌쩍 초겨울로 옮아온 셈이었다.

최근 들어 그는 새벽마다 연평리까지 조깅을 다니기 시작했는데, 그건 옛날 H면에서 근무할 때 축산 해안으로 해바라기를 다니던 것과 똑 같은 식이었다. 천천면 보건지소에서 장계리 쪽으로 조금만 나오면 금강 상류에 해당되는 유리 같이 맑고 투명한 시내가 흘렀고, 그 시내를 따라 나있는 농로를 뛰다 보면 연평리였다. 그 시내 이름 또한 면 명칭과 똑같이 천천, 또는 하늬천이라고 불렸다. 해발 500미터가 넘는 고랭지를 흐르는 개천이라서, 터무니없이 과장된 말도 아니었다.

보건지소에서 연평리까지는 대략 4킬로미터 정도의 거리였고, 그래서 그는 매일 아침 8킬로미터 정도를 달리게 되는 셈이었다. 처음에는 그 혼자서만 다녔는데 어느 날엔가 갑자기 미스 홍도 함께 가겠다며 따라나섰다.

"어디까지 가시는 거예요?"

"개울이 합쳐지는 곳까지……."

"어머나! 그럼, 연평리까지 간단 말예요?"

그녀는 다소 멀다는 생각이었던지 잠시 주춤하더니만 결심하듯 말했다.

"조금 천천히 가면 안 돼요?"

혼자서 하는 것보다 둘이 하면 우선 덜 심심해서 좋을 거고, 동무가 있다 보면 아무래도 게으름도 덜 피울지 몰랐다. 그녀가 합류하고부터는 코스를 반으로 줄여 2킬로미터 정도 되는 연평리 입구까지만 갔다가 되돌아왔고, 대신에 남는 시간만큼 그녀와 보건지소 앞마당에서 배드민턴을 치거나 책을 폈다. 아직 결핵이 완치된 상태도 아닐 것이고, 그렇다면 8km는 무리일 듯싶어서였다.

바람 부는 날이 많아서 배드민턴 치기도 쉽지 않았다. 셔틀콕이 바람에 날리기 일쑤였고, 바람을 마주보고 서서 치기도 여간 힘들었다. 그러나 달리 더 좋은 운동이 있는 것도 아니라서 그런 날은 조금 더 먼 거리까지 조깅 대신 속보로 걸어갔다 오기도 했다.

미스 홍 역시, 은교만큼은 아니더라도 무척 부지런했다. 새벽에 일어나보면 그녀는 벌써 준비를 마치고 그를 기다리고 있었다. 새벽 조깅을 시작하고부터는 아침에 했던 기구나 주사기 소독, 청소 일을 아예 밤중에 다 끝내고, 아침시간은 운동으로 이용하는 모양이었다. 앓고 있는 결핵 질환도 있고 해서 아침 운동이 너무 무리가 될까 봐, 그것이 늘 걱정이었지만, 그녀는 그런 것에 상관없이 그를 열심히 따라다녔다.

갑자기 날씨가 추워진 어느 날이었다. 항상 하던 대로 새벽 운동을 나가려고 대기실에서 그녀를 기다리고 있는데 그날은 안 가겠다는 것이었다.

"오늘은 쉬어야겠어요. 다녀오세요."

"왜? 어디 아파?"

"아프긴요? 그냥 오늘은 쉬고 싶어요⋯⋯."

그녀가 배시시 웃었다. 무슨 일인가 싶어 그녀의 낯빛을 살펴보려 하자, 그녀는 재빨리 돌아서서 자기 방으로 들어가 버렸다. 특별히 창백하다거나 병색 낀 얼굴색은 아닌 것 같았다. 아마도 컨디션이 좋지 않기 때문일 거라고 짐작하고는 혼자서 연평리 쪽으로 달려가기 시작했다.

조깅이란 정말로 멍청하고 맹목적인 운동이었다. 미친놈처럼 혼자서 무작정 달리기만 하는 것이 아니겠는가? 스스로도 웃음이 나왔다.

미스 홍이 따라나서지 않은 것을 기화로 모처럼 연평리까지 가 보기로 마음을 먹고는 보건지소를 나섰다. 2킬로미터쯤 달리기 시작했을까, 연평리 갈림길 앞에 택시가 한 대 서있는 것이 보였다. 새벽 시간이고, 동네도 없는 곳이라서 몹시 의아한 생각이 들었는데, 연평리 쪽으로 들어서는 그를 천천히 뒤따라오기 시작했다. 괜히 기분이 나쁘고, 불길한 생각이 들었다. 시골에 온 지 얼마 되지도 않았을 뿐더러, 누구에게 원한 살만한 일을 하지도 않았지만, 아무래도 예감이 좋지 않았다.

산굽이를 두 번 더 돌아 대략 2킬로미터 정도 더 들어가야 연평리 동네가 나올 것이고, 마찬가지로 그의 근무지인 보건지소가 있는 면 소재지 마을까지도 산모롱이를 두세 번 돌아야 하는 으슥한 곳이었다. 턱없이 겁부터 났다. 달리면서 고개를 돌려 택시 안을 살펴보았다. 그보다 조금 나이가 들어 보이는 30대 초반이 아니면 중반쯤으로 보이는 기분 나쁜 인상의 남자가 혼자서 운전하며 뒤따라오고 있었다.

연평리를 1킬로미터 정도 남긴, 마지막 산모랭이 쯤에서 달리던 동작을 멈추고서, 길가에 선 채, 냇물을 바라보며 체조를 하기 시작했다. 그러자 택시 기사 역시 차를 세우고 차에 탄 그대로 그를 유심히 살피고 있었다. 그를 겨냥해서 무언가 할 일이 있는 것이 분명했다.

"날 아십니까?"

마침내 그를 향해서 단도직입적으로 물었다. 그러나 그는 여전히 험상궂은 표정을 한 채 말없이 쳐다보고만 있었다. 그래서 그에게 바짝 다가가서 다시 물었다.

"날 왜 따라온 겁니까?"

그러자 마침내 그가 차 문을 열고 나왔다. 역시 몸집으로 보나 표정으로 보나, 주먹 세계에서 놀아먹는 사람이 분명했다.

"천천면 보건소 의사?"

"그렇소."

"내가 왜 따라왔는지 알겠지?"

그는 그렇지 않아도 험상궂은 표정을 더욱 험상궂게 만들더니 민우에게 바짝 다가와서 따지듯이 물었다.

승산이 있는 건 아니지만, 그렇다고 도망가거나 물러설 수 있는 상황도 아니었다. 살아온 방식 그대로 최후 결전에 임하는 자세로 그를 흘겨보며 씹어뱉듯 발음하며 대답했다.

"몰라서 묻질 않소?"

"그래요?"

그러자 그는 조소처럼 보이는 가느다란 미소를 입가에 흘리면서 말했다.

"그럼…… 잘 알아두시오……. 난 별이 셋인 장수군 명물이오. 아마 이 근처에서 나를 모르는 사람은 없을 거요. 그건 그렇고…… 내가 하고 싶은 말은…… 애경이를 데리고 있는 건 상관없지만 만약 손끝 하나만 건들었다가는 그날로 골로 갈 줄 아쇼. 알겠소? 그리고…… 그 여자 웬만큼 데리고 다니쇼. 제 계집도 아니면서 몸종처럼 아무 데나 끌고 다니지 말고 말이요. 알겠소?"

미스 홍의 애인 아니면 짝사랑을 하는 놈팽이었다. 전혀 상관도 없는 일로, 진짜 말 그대로 전혀 쓸데없이 신경을 쓰는 그가 희극적으로도, 딱하게도 보였다.

"미스 홍 애인이오?"

자기 태도에 주눅이 들어 숨도 크게 못 쉴 줄로 알았으나, 꿀리지 않은 기세로 대범하게 되묻는 민우의 태도에 난감한 모양이었다. 그래서인지 그는 대답 대신 더욱 험상궂은 표정을 만들며 쳐다보기만 했다.

"대답하기 싫으면 굳이 할 건 없소만…… 하지만 이것만은 잘 알아두시오. 나도 하마터면 별을 붙일 뻔했던 놈이오. 그래서 별이 셋이든, 넷이든, 다섯이든 사람 차별할 생각은 없소. 그렇지만 미스 홍은 안 그럴 거요. 사실 미스 홍은 내 누이나 다름이 없으니까. 잘 아는 거지만, 별 붙었다고 자랑하고 다니는 사람을 그닥 좋아하지는 않을 거란 말이오. 그리고 나도 미스 홍을 별 붙은 남자와 친하게 지내게 할 순 없소. 그러니 미스 홍과 친해보려면 먼저 별부터 떼고 오시는 게 좋겠소."

민우의 태도가 너무나 당당했고, 훈계조로까지 말이 나오자, 그는 거의 민우의 얼굴에 맞닿을 만하게 다가와, 한 대 갈겨버릴 듯 붉으락푸르락한 얼굴로 한참이나 쏘아보더니만 가래침을 땅에 탁 한번 내뱉고 차로 돌아갔다. 그러고는 거칠게 엔진 음을 올리면서 차의 방향을 바꾸고는 유리문을 열며 '씨팔! 잘난 척하지 말고 앞으로 조심해! 내 말대로 안 했다간 넌 여기서 곧바로 황천길이야!' 하고 경고를 준 후 쏜살같이 달려가 버렸다.

첫새벽부터 같잖은 친구를 만났으니 아무래도 오늘 일진이 좋지 않을 일이었다. 조심해야겠다는 생각으로 처음 계획과는 달리 더 이상 연평리 쪽으로 가지 않고 지소로 돌아와 버렸다. 미스 홍은 그에 대해서는 전혀 모르고 있는 모양으로 그가 도착하자 배드민턴을 할 것인지 물었다.

"이젠 괜찮아? 그럼, 한번 뛰어 볼까?"

하지만 바람이 세서 공도 맞지 않았다. 10분도 채 되기 전에 끝내버렸다. 땀을 씻고 아침식사를 해야 할 것이라서 화장실로 들어가 샤워를 하고 있는데 진찰실 쪽에서 갑자기 짧고 날카로운 여자의 비명소리가 들려왔다. 미스 홍의 목소리 같아서 귀를 곤두세웠으나 단 한 차례 그것으로 끝이었다. 급한 마음에 물기조차 덜 닦은 상태로 나왔다. 그런데 이상하게도 정작 당사자인 미스 홍은 태연하게 주사실에서 당일 쓸 주사약을 조제하고 있는 중이었다.

"무슨 소리가 났던 것 같던데…… 못 들었어?"

"글쎄, 무슨 소리였나……?"

도깨비에 홀린 듯 이상한 일이긴 했으나 미스 홍은 의외로 태연했다.

"여자 비명소리가 났었는데? 진찰실 쪽에서……."

"잘못 들었겠죠. 진찰실엔 나 혼자 계속 있었는데, 뭐……. 가서 식사나 하고 오세요."

당사자가 너무나 태연했으므로 자기 귀를 의심할 수밖에 없는 일이었다. 하지만 그녀의 말이 사실이 아니라는 것이 즉시 증명되고 말았다. 식당을 가려고 보건지소를 나오자마자 별 세 개가 지소 앞마당을 어정거리고 있었기 때문이다.

자기가 없는 사이에 그가 또 보건지소로 들어가 미스 홍을 성가시게 할까 봐 아침식사를 포기해버리고 지소 건물로 다시 들어왔다.

"식사는요? 왜 식사를 안 하고?"

밥이라면 기가 막히게 잘 찾아먹는 그의 성격을 누구보다 잘 알고 있는 미스 홍이라서, 식당을 가려다가 말고 다시 들어온 이유가 궁금한 모양이었다.

"미스 홍이랑 같이 가려고."

"난 원래 아침 안 먹잖아요?"

"그러니까 안 되지…… 맨날 아프기만 하고."

"난…… 안 아픈데?"

"왜, 오늘 아침에도 아프다고 그랬잖아?"

그러나 그녀는 난처한 표정을 지으며 말했다.

"난 아침을 먹으면 소화가 잘 안 되는데……."

"그럼, 낼부터 가지 뭐. 나도 한 끼 굶어 볼까?"

"가요, 그럼."

그녀는 옷을 갈아입으려 자기 방으로 건너갔다. 민우가 먼저 지소 건물을 나와 그녀를 기다리고 있는데 '별 셋'은 아직도 먼발치에서 어정거리고 있었다. 현관문을 잠그고 뒤따라 나서려던 그녀 역시 '별 셋'을 본 모양으로, 갑자기 표정이 굳어지며 민우에게 바짝 다가와 팔을 붙잡았다. 태연하게 미스 홍에게 팔짱을 허락한 채로 '별 셋'을 유유히 쳐다보면서 식당으로 가서 아침을 먹고 돌아왔다.

그날은 장날이었으므로 유난히 환자가 많았다. 그래서 식당에도 못 가고 점심은 미스 홍과 함께 라면으로 때웠고, 정규 진료 시간이 끝나자마자 그녀와 함께 식당에서 이른 저녁을 하고 돌아왔다. 지소 건물로 막 들어서려는데 '별 셋'이 잠긴 현관 앞에서 또 다시 얼쩡거리고 있었다. 질겁하는 미스 홍을 먼저 지소 안으로 들여보내놓고 그에게 말했다.

"피차에 할 말도 있을 거고…… 우리 술이나 한잔합시다."

'별 셋'과 함께 다시 식당으로 되돌아가서 삼겹살 안주에 소주를 시켰다.

"자! 드시오."

기선을 잡아야 할 것이라서 그에게 술을 부어주며 말했다. 그러나 그는 민우의 행동을 말없이 바라보고만 있다가, 술을 아예 큰 대포 잔으로 옮긴 후, 병에서 술을 다시 더 채우고는 한 입에 모두 마셔버렸다. 코끼리가 접시 물 받아 마시게 되었느냐는 식이었다.

민우는 감정의 동요를 보이지 않으려 애쓰며, 그의 대포 잔에 술을 즉시 채워주며 물었다.

"미스 홍과 사귀신 지는 오래 되셨습니까?"

그러나 그는 너무나 공손하게 묻는 민우가 오히려 고깝다는 듯, 붉으락푸르락한 얼굴로, 부어주는 쪽쪽, 술을 아주 물마시듯 마셔버리고, 그리고도 다시 자작으로 연달아 잔을 채운 후 그것마저 들이마셔 버렸다. 순식간에 술이 4병째였다.

술잔이나 술병도 탕탕 소리를 내며 거칠게 상에 내려놓았다. 성질을 참고 있는 거니까 민우더러 그리 알라는 경고였다. 하지만 그렇다고 해서 이제야 발을 빼고 도망칠 수도 없었다.

"아줌마! 여기 술 한 병 더요!"

"아줌씨, 글지 말고 그냥 쐬주 한 박스 일루 다 가져오슈."

술을 한 병씩 시키는 민우를 흘겨보며, 그는 아예 소주를 박스로 대령시켰다. 하지만 그 역시 민우를 아주 호락호락한 상대로는 보지 않는 것 같았고, 그 사실 하나만으로도 조금은 마음의 여유를 가질 수 있었다.

"형씨께서 잘 모르고 계실까 싶어 우선 내 이야기를 조금 해드리겠습니다. 혹시 K시…… 보통 땅꼬마라고 하면 더 잘 아실지 모르겠습니다만, 김명술 씨라구 아십니까? 그분이 내 집안 형입니다……."

깡패에게는 깡패 보스를, 공무원에게는 공무원 상급자를 먼저 내세워야 한다는 것은 누구나 아는 진리였다. 땅꼬마라는 별명을 가진 깡패가 최근 서울을 무대로 한참 세력을 키우고 있다는 신문 기사를 생각해 내고, 그의 이름을 팔아먹었던 것인데, 기실 그와 전혀 모르는 사이도 아니었다. 그의 어렵고 힘들었던 고교 시절, 땅꼬마는 K시 기차역 근처를 휘어잡고 있었고, 실제로 그의 도움을 더러 받기도 했기 때문이다.

그렇지만 그건 이미 15년도 더 지난 옛날이야기였다. 하지만 시골 깡패에게는 그의 이름이 절대적으로 필요할 것이라서 그렇게 서두를 꺼낸 것이다.

"지금도 가끔씩 소식은 더러 전하고 있죠. 아십니까?"

효과가 당장 나타났다. 그의 기세가 확실히 다르게 누그러지며 고개만 좌우로 흔들었다.

"모르세요? 왜, 신문에도 더러 자주 나오잖습니까? 아, 그럼 실례했습니다. 난 그 형과 꼭 무슨 관계가 있을 것 같아서…… 여하튼 좋습니다. 그렇다면 그건 그렇고…… 단도직입적으로 간단히 내가 하고 싶은 말씀을 해드리죠."

이왕 코를 납작하게 해줄 바에야 철저하게 해 주어야 할 것이었다. 그렇지 않고서 어정쩡하게 대했다가는 두고두고 보통 낭패가 아닐 것이고, 잘못하다가는 곤욕을 치를지도 모를 일이었다.

"형씨가 걱정하시는 것은 나와 미스 홍과의 문제인 듯싶은데…… 솔직히 난 미스 홍과 아무런 상관도 없습니다."

순간 그의 표정이 밝아지며 아연 긴장하는 기색이 역력해졌다.

"K그룹이라고 아시죠? 그 K그룹 회장님 아드님인 강철 씨를 잘 알고 있고, 형씨에게 밝힐 건 못됩니다만 그 따님과도 잘 지내고 있는 사입니다. 그래서 그 땅꼬마 형님도 제가 직접 K그룹에 소개해 드렸죠. 그건 그렇고 갑자기 긴 이야길 줄이려다 보니 이야기가 자꾸만 옆으로 새는데…… 여하간 그 K그룹 따님 때문에라도 미스 홍과 무슨 관계를 만들고 싶진 않다

이거죠. 털끝만큼도…… 이제 조금 이해가 가세요?"

잠시 말을 끊고는 그의 표정을 살피며 반쯤 남아있는 술을 한 입에 털어 넣었다. 그러자 그가 단박에 민우의 잔에 술을 따라주었다. 약효가 금시 나타나고 있다는 증좌가 분명했다.

"아이구…… 됐습니다. 고맙습니다. 난 요사이 술을 자제하구 있어요."

한술 더 떠서, 술에 약하다는 것도 감추고 호기도 부릴 겸, 과잉으로 너스레를 떨어보았다.

"솔직히 여기 오기 전날까지도 난 그 댁 따님과 함께 지냈습니다. 아마 그건 미스 홍도 잘 알 것입니다. 어쨌든지 내 결론은 미스 홍과 손톱만큼 이라도 무슨 관계를 맺고 싶은 생각은 없다 이겁니다. 이해가 가십니까?"

다소 미심쩍다는 표정이긴 했으나 그가 고개를 주억거렸다.

"난 공부를 해야 할 입장입니다. 그런데 환자들이 밤낮으로 찾아오니까 도통 책을 볼 수 있어야죠. 그래서 미스 홍이 절대적으로 필요한 겁니다. 물론 까짓 거 상관 말고 오늘이래도 올라가버릴 수도 있어요. 하지만 솔직히 말해서 그렇게 책임의식이 없이 산다는 것을 혹시라도 K그룹 왕 회장께서 아시게 된다면 어떻게 되겠어요? 그리고 또 사실 그런 걸 다 떠나서 나 역시 세상을 적당히 살아가고 싶은 생각은 추호도 없습니다. 여하간 그래서 미스 홍이 필요한 거고. 그리고……."

그가 따라준 술을 반쯤 마시고는 일부러 그를 되도록 방자한 표정으로 쳐다보며 말했다. 이왕 내킨 김이었다.

"미스 홍은 지금 공적인 위치에 있습니다. 내가 형씨에게 부탁드릴 일도 바로 그 점인데…… 보건지소 안이나 보건지소가 있는 천천면 소재지 내에 서는 절대로 미스 홍과 불미스런 일이 없도록 해주세요. 다만 근무시간이 아니고 다른 곳이라면 물론 상관하지 않겠습니다. 그러나 내 책임 하에 있는 보건지소나 천천면 소재지 내, 그리고 내년 2월 말일, 즉 내가 그만 두는 시기까지는 나와 상관되는 일이니만큼 형씨 하고 싶은 대로 하도록 내버려두지는 않겠습니다. 어때요? 내 말대로 협조를 해주시겠지요?"

그가 하듯 술잔을 들어 절반쯤 남은 술을 거칠게 입안에 털어 넣고는 도전적으로 그를 쳐다보았다. 그러고는 그의 빈 잔을 채워주며 다시 말했다.

"협조를 해주시겠습니까?"

민우가 워낙 거창하고 배짱 좋게 나오는 것이라서 다소 주눅이 들긴 든 모양이었다. 그는 고개를 조금 떨구며 고개를 끄덕였다.

"그럼 형씨가 나에게 무슨 다른 하실 말씀은 없습니까?"

그러나 그는 고개를 좌우로 내젓기만 했다. 쇠뿔도 단김에 빼라고 하더라고, 보건지소로 전화를 해서 미스 홍을 식당으로 불러내었다. 대략 10분쯤 걸렸을까, 그녀가 쭈뼛거리며 식당 안으로 들어섰다. 그녀를 합석시킨 후 다시 말했다.

"미스 홍이 이분과 어떤 사이인지는 난 잘 모르겠지만, 내가 지소장으로 근무하고, 미스 홍이 우리 지소에서 근무하고 있는 동안에는, 이분이 절대 사적인 일로 미스 홍을 만나러 오시지는 않을 것입니다. 그러므로 만약 이분을 만나고 싶다면 미스 홍 편에서 장수든, 장계든, 여하간 자기 근무지인 천천면 소재지가 아닌 다른 곳에서 만나야 할 것입니다. 잘 아시겠죠."

그러자 미스 홍은 미스 홍대로 사태가 왜 이렇게 변한 것인지 몹시 의아한 눈초리로 두 남자를 관찰했고, '별 셋'은 '별 셋'대로 미스 홍의 눈치를 살피느라 바쁘게 눈알을 굴렸다.

"그럼 두 분이 더 이야길 하실 게 있다면 지금 이 자리에서 끝내주시오. 난 먼저 가겠습니다. 참! 계산은 내가 하고 갑니다."

식당 아줌마에게 계산이 더 추가된다 해도 자기가 부담하겠으니 절대로 돈을 받지 말라고 하고서는 두 사람을 그대로 둔 채 식당을 나왔다.

다행히 시골 깡패라서 조금은 순진한 것 같았다. 아마도 땅꼬마와 K그룹을 들먹이는 통에 주눅이 들어서 더 그랬을지도 몰랐다. 어쨌거나 작전이 척척 들어맞은 것에 대해서 쾌재를 불렀다. 하지만 두 사람 사이에 별할 말도 없었던지 미스 홍은 금방 그를 뒤따라왔다. 의외였다.

두 사람 모두 언제 그런 일이 있었느냐는 듯싶게, '별 셋'에 대해서 더 이상 상관하지 않고, 밤 시간에 찾아온 환자들을 보아주었고, 그는 그대로 진찰실에서 책을 보다가, 그녀는 그녀대로 청소와 기구 소독을 하다가 각자 자기 방으로 들어가서 잠이 들었다.

6. 부부연습-친밀과 사랑 차이

천천면에 온 지도 어언 3개월째가 되어가는 11월 중순으로 접어들었다. 옛날 H면에서는 바닷가라서 그랬던지 바람만 불었을 뿐, 11월이라 해도 그렇게 추운 줄 몰랐는데, 천천은 같은 남부지방이라 해도 완전 달랐다. 벌써 밤 시간에는 진찰실에 앉아있으려면 두꺼운 옷이 필요했다. 방에는 진작부터 불을 지피고 있었다.

기흉 부분을 공부하면서 새삼스럽게 은교 생각이 났다. 처음 그녀를 보았던 순간에서부터, 가장 최근 일로서 K관광호텔에 동숙하면서 그녀의 입술을 가져보았던 일, 그리고 이정우라는 미지의 인물까지도 한꺼번에 생각났다.

생각이 이정우라는 사람에게 미치자, 갑자기 격렬한 질투심과 함께 지금 이 순간 혹시 그들은 결혼을 기다리며 사랑에 몰두하고 있는 중은 아닐까 하는 엉뚱한 생각까지 들었다.

책을 덮고 긴 한숨을 내쉬면서, 담배를 붙여 물고는, 묘지 터의 등기 서류와 함께 넣어두었던 그녀의 편지를 꺼내 읽어보았다. 하지만 그건 편지라기보다, 보통 겉봉투에 쓰는 주소보다 더 짧은 단 세 줄의 문장이었고, 일부러 꺼내 읽을 필요도 없었다. 하지만 그것은 마치도 무슨 증서라거나 부적처럼 생각되어, 그녀에 대한 자신감이 없어질 때마다 버릇처럼 꺼내보는 것이었다.

'너무 감사해요…… 오래도록 잊지 않을래요…… 강은교 드림'

'야이, 시발 놈아! 그 오래도록 잊지 않을 년은 요새 왜 안 만나는 거냐?'

은교의 편지를 읽으며 난데없이 박뚱이 생각도 났다. 밤 10시쯤이라서 방에 붙어있을지는 알 수 없었으나 일단 한번 전화를 해보았다. 그러나 그는 진즉 서울 S대 병원으로 합숙을 들어갔다는 전언이었다.

심란한 마음에서 그러는지 자꾸만 술 생각이 났다. 시골이라서 갈만한 술집도 없었지만, 설령 그런 데가 있다고 해도 좁은 바닥이라서 금방 좋지 않은 소문이 날 것이었다.

길 건너 가게에서 맥주 세 병과 안주 겸해서 과자를 사왔다. 안방에 든 후 혼자서 맥주를 한 병이나 마셨을까?, 환자가 왔다며 미스 홍이 문을 두드리는 소리가 났다.

"술 드신 거예요?"

"응. 얼굴이 붉진 않아?"

"조금요……."

배가 아파서 찾아온 소아과 환자였다. 특별한 이상은 발견할 수가 없었고, 소화불량인 것 같아서 진통제를 놓아주고 관장을 시켰더니 곧 좋아졌다. 환자를 보내고 나서 방으로 돌아와 술을 하고 있는데 또 다시 노크 소리가 났다.

"환자?"

"아뇨."

난데없이 혼자서 술을 마시고 있는 품이 예사롭지 않게 보였던지, 그녀는 방문 앞에 망설이듯 서 있었다.

"술 생각 있으면 들어오고."

그녀는 잠시 뭔가를 생각하는 눈치이더니 쭈뼛거리며 방안으로 들어왔다.

"잔을 돌리기도 그렇고. 미안하지만 컵 하나 가져올 테야?"

그녀는 고개만 좌우로 흔들었다.

"그럼 과자라도 들어봐."

"무슨 일 있으세요?"

"무슨 일은! 갑자기 술을 마시고 싶어서……. 여자들 변덕이 심하다는데 나도 그에 못지않은가 봐."

혼자서 자작하면서 그녀를 쳐다보았다. 그녀는 먹는 시늉이나 하겠다는 듯, 과자를 가끔 한 번씩 입에 넣고 오물거릴 뿐이었다. 일부러 친구가 되어 주려고 억지로 앉아 있는 그녀가 감사하고 애잔했다.

한잔 더 자작으로 마신 후 천장으로 눈을 돌리고 은교의 눈과 코, 그리고 입술을 머릿속으로 그려보다가 자기 앞에 다소곳이 현실적으로 앉아있는 미스 홍을 쳐다보며 생각했다. '별 셋'은 미스 홍이고…… 난 은교고…… 미스 홍의 매력은 무엇일까? 표준적인 적당한 얼굴? 여성적인 순종성? 아님 과묵성? 그러다가 결국 그녀에게 '별 셋'에 대해서 묻고 말았다.

"참 지난번 그 남자는 어떤 사이야?"

그녀의 표정이 순간적으로 흔들렸다. 그러나 자기 할 말을 반드시 하는 성미였으므로 곧 서슴없이 말했다.

"자기 혼자 괜스레 그랬던 거예요. 나하곤 아무 상관도 없어요."

"그래? 글쎄, 그랬을 것 같기도 하고……."

"시골에서는 색다른 여자가 하나라도 눈에 띄면 그렇게 괜스레 추근추근 성가시게 하는 촌놈들이 많아요. 도시 같으면 어림도 없을 거지만……."

"치안 문제일까?"

"것두 있고…… 우물 안 개구리라서 자기 혼자 똑똑한 거죠. 시골에서는 돈만 조금 많거나, 지위만 조금 높아도 모두 가만히 있지 않아요."

"어떻게?"

"누가 알아주지도 않는데 자기 혼자 그런 거죠, 뭐…… 반말이나 비하하는 예사고…… 어떤 사람은 아예 몸까지 만지려고 덤비는 사람도 있어요."

"미스 홍에게도?"

그녀가 난처한 얼굴로 고개를 끄덕였다.

"요사이 그가 성가시게 굴진 않아?"

그녀는 말없이 고개를 끄덕이며 겸연쩍은 듯 웃음을 흘리며 말했다.

"그 남자 집을 찾아갔어요. 그런데 그 남자가 어떤 사람인 줄 아세요? 애가 둘씩이나 딸린 유부남인데요."

"그래? 그런데도 어떻게 그럴 수 있을까?"

"그러니까 대한민국 남자들 정신 차려야 해요. 호호호! 이 선생님만 빼구요."

요는 그러니까 그가 땅꼬마라거나 K그룹을 들먹였기 때문이 아니고, 여자이고 당사자인 그녀가 직접 그를 상대했다는 이야기였다. 자기 체면이 구길세라 끝까지 다 해결해주지 못하고 적당한 선에서 물러나버린 것 같아 몹시 미안했다. 그런데도 그녀는 민우를 정신 차려야 할 남자에서 빼주는 호의를 보여주었다.

"난 왜 빼? 고맙긴 하지만……."

"이 선생님은 그래도 순정파시잖아요?"

"순정파? 왜? 하하하!"

그녀의 말이 나쁜 뜻은 아닐 것이라서 웃음을 터트리고 말았는데 그러자 그녀 역시 모처럼 깔깔거리며 웃었다.

그러나 그런 웃음에도 불구하고 허허로운 것은 역시 마찬가지였다. 술이 자꾸만 들어갔다. 그리고 아무리 미스 홍이 앞에 앉아 있어도 외롭기는 마찬가지였다. 민우가 쉬지 않고 자작으로 술을 따라 마시면서 벌써 두 병째 비우는 것을 보고 있던 그녀가 마침내 말문을 열었다.

"은교 씨…… 편지에 무슨 좋잖은 이야기가 있었어요?"

"은교 편지?"

"책상 위에 올려놓았는데…… 아직 못 보셨어요?"

그녀는 편지를 가져올 모양으로 일어섰다.

"그래? 난 미처 못 봤는데…… 관둬, 됐어. 이따 내가 가 볼게."

말은 그랬으나 궁금하기 짝이 없었다. 영리한 미스 홍은 금시 민우 눈치를 채고 손목시계를 들여다보며 자리에서 일어서버렸다.

장날이라서 몹시 바빴던 나머지, 정신없이 지내다가 편지를 못 본 모양이었다. 진찰실로 가서 책상 위를 살펴보았더니 아닌 게 아니라 처방전 용지를 넣어두는 함 위에 붉고 푸른 테를 두른 봉함 항공엽서가 놓여 있었다. 파란색 볼펜으로 그의 주소만 달랑 적혀 있을 뿐, 발신인 란에는 주소도 없이 그냥 〈강은교 드림〉이라고만 적혀 있었다.

미스 홍이나 주리의 서체가 학교 때 선생님들처럼 예쁘고 멋진 달필이라면, 혜진은 그 중간쯤 되고, 은교는 전혀 다듬어지지 않은 다소 난필에 가까운 글씨였다. 그리고 주리의 글씨가 깨알 같다면 혜진은 중간쯤 되고 은교는 남자들 글씨처럼 조금 크다고 할까, 여하간 줄을 대충 맞추어서 쓴 그런 글씨였다.

'민우 씨 보세요.' 그는 침을 꿀꺽 삼키고 나서 계속해서 읽어 내려갔다.

'잘 있겠죠? 나도 그래요. 시카고는 지금 추위가 대단해요. 한국이 아니라서, 더 그렇게 느껴지는지 모르겠지만, 어쨌든 이런 추위는 평생 처음이에요. 자동차 유리는 물론이고 구두가 다 얼어버릴 지경이에요. 한국은 어때요? 참, 민우 씨는 별일 없죠? 나도 그래요. 한 가지만 빼면 말예요.'

그러면서 본론이 시작되고 있었는데, 부모들, 특히 엄마가 결혼식은 미루더라도 금년 안에 약혼식이라도 올리자며 하루 빨리 귀국하라고 매일같이 전화라든가, 아니면 회사 직원들을 통해서 성화를 부린다는 것이었고, 물론 상대는 S대 이정우라는 외과 의사이며, 이러다가는 부대낌 때문에 제명에 살지 못할 것이라는 투정이었다. 그렇지만 너무 걱정하지 말라는 충고였다. 이정우라는 사람이 첨에는 그저 그랬는데, 엄마의 성화를 받고부터는 갈수록 싫어진다는 것이었다. 그리고 웃기려고 조금 과장해서 그렇지, 실제로 자기네 엄마 성화쯤은 아직 견딜 만하다는 것이었다. 하지만 아무래도 이정우가 출국한다는 내년에나 귀국할까, 금년에는 미국에 그대로 있을 예정이라는 것이었고, 따라서 당분간 서로 만나보기는 어려울 것이라는 내용이었다. 끝으로 마음 같아서는 오늘이라도 한국으로 달려가 민우를 만나보고 싶지만 그녀 편에서 가끔 연락하는 것으로 만족하자는 이야기였다.

　그녀의 편지를 몇 번이고 다시 읽어 보았으나, 결론은 확실했다. 비록 아직 은교 본인의 마음은 변함없지만, 집안에서는 금년 안에 이정우와 결혼시키려고 하므로 그와의 관계는 풍전등화 같이 위태롭다는 것, 그리고 은교의 마음이 조금만 달라진다 해도 상황은 알 수 없게 될 것이라는 점이었다. 술을 나머지 마지막 한 병까지 죄다 따라 마시고 나서, 다시 은교의 편지를 읽어보았다. 사리가 분명하고 합리적이며 현실적인 은교의 성격을 미루어 본다면 희망적인 면과 비관적인 면이 반반이었다. 하지만 어쨌거나 그녀 생각에 모든 일이 다 달려있을 일이었고, 그녀 생각이란 결국 그의 운명일 것이었다.

　오랜만에 폭음을 했고, 은교의 편지만큼 마음도 복잡해서인지 그 편지를 책상 위에 개봉된 채 그대로 놓아두었다는 것을 아침에 눈을 뜨면서야 퍼뜩 깨달았다. 혹시 미스 홍이 보았을까 싶어 재빨리 진찰실로 가보았는데, 그녀의 눈을 거쳤는지 어쩐지는 알 수는 없었으나 책상 위에 어젯밤 놓아둔 그대로 놓여 있었다. 서둘러 챙겨 넣은 후 그날 내내 미스 홍의 눈치를 살폈다.

　세월은 잘 갔다. 어떻게, 어떻게 또 지내다 보니 연말이 가까운 12월 중순이었다. 민우는 여전히 지소를 찾아오는 환자들을 돌보는 한편, 전문의 시험 준비와 혈액투석에 관한 공부를 하면서 딱 그만큼의 생활을 하고 있었다. 은교는 단 한차례 편지를 보낸 후 그 후로는 계속 종무소식이었다. 그래서 그녀에 대한 생각은 되도록 하지 않으려고 애쓰면서, 유일한 피난처가 될 수 있는 책에다만 눈을 박고 살았다.

　미스 홍은 1주일에 한번 꼴로 자기 집을 잠시 들렀을 뿐, 잠시도 지소를 비우지 않고 그를 도와주었다. 겨울이 깊어갈수록 그녀의 일도 많아졌다. 눈이 많은 고장이라서, 마당에 한발씩이나 쌓인 눈을 치우고 길을 내는 일은 당연히 민우의 몫이었으나, 방마다 불을 피우는 일은 그녀의 몫이었다. 방 아궁이 둘에, 대기실과 진찰실의 난로 둘을 합하면 네 군데나 되는데, 하루에 두 번씩만 연탄을 간다고 치더라도 도합 여덟 번의 수고였다. 그래서 너무 미안했던 나머지, 책을 보다가 늦은 밤 시간에 불을 갈려고 하면, 그녀는 어떻게 그렇게 잘 알고 나오는 것인지 즉시 나타나서 일을 가로채 버렸다.

　"자지 않구선…… 피곤할 터인데……."

　"내가 한다고 그랬잖아요. 시골에서는 의사선생님 체통도 중요한 거예요."

　"지금은 뭐…… 누구 보는 사람도 없잖아?"

"그래도요…… 자! 이리 주시고 가서 공부나 하세요."

그렇게 말하면서 연탄집게를 재빨리 빼앗아들고 민우를 내쫓아버리는 데에는 할 말이 없었다.

연말이 다가오자, 시골의 분위기 역시 어수선했다. 서울이나 도시에서처럼 요란한 캐럴 송이라거나, 잔뜩 붙어서 껴안고 다니는 연인들의 군상들은 보기 힘들다고는 해도, 삼삼오오 떼를 지어 다니는 학생들이라거나, 분위기를 돋우는 라디오 방송, 그리고 부쩍 잦아진 하얀 은세계는 마음을 무척이나 침잠시키는 것이었다. 눈이 많이 오는 날은 교통이 두절되어 자연히 환자도 없었고, 하루 종일 책만 보다가 끝났다.

한번은 아침에 일어나 보니 온통 땅을 눈으로 다 덮어버릴 듯 폭설이 내리고 있었고, 이미 간밤에 내린 눈만 해도 무릎을 넘을 정도라서 가까운 이웃집조차 오가기 어려울 정도였다. 미스 홍의 권고도 있고 해서 11월 말에 이미 연탄을 500장 가량 확보해두었으므로, 연료는 상관없을 일이었으나, 이런 날은 식사가 문제였다. 지척에 있는 식당이지만 눈길을 뚫고 갈 재간이 없기 때문이다.

고랭지 산간 지대라서 그런지 눈이 한번 왔다 하면 워낙 폭설이었다. 그래서 눈을 치울 수도 없었다. 쉬지 않고 내리는 눈이라서, 눈을 치우더라도 다시 곧바로 또 그만큼 쌓여버리기 때문이다.

그날도 이른 아침부터 두세 번도 더 눈을 치우다가 결국 포기하고 말았다. 아마 이런 날에는 제 아무리 죽게 생긴 환자라 하더라도, 동서남북도 알 수 없는 눈길을 뚫고 의사를 찾아올 수도 없을 것이었다.

식당에서의 아침 식사는 벌써 틀렸고, 대신에 뜨거운 커피나 한 잔 마시고 끝내려고 진찰실로 들어와 버렸는데 뜻밖에도 미스 홍이 식사를 하라며 그를 불렀다.

"눈 때문에 식당에도 못 가실 거구, 아침은 라면으로 때우는 게 어때요?"

"거 좋지."

미스 홍이 끓여준 라면으로 아침을 해결하고 현관 입구에 서서 하늘과 땅 전체가 온통 눈으로 덮여가는 눈 구경을 했다. 눈만 쉴 새 없이 퍼붓고 있을 뿐, 세상은 해조차 사라진 채, 완전한 적막과 으스름으로 덮여있었다. 지척에 있을 이웃이 아예 시야에서 사라져서 보이지도 않았고, 10미터도 안 될 앞이 몇백 광년이나 떨어진 먼 우주나 되는 양 싶었다.

진찰실로 들어가 담배를 피워 물고 다시 밖으로 나와 보았다. 담배 연기 조차 하늘에서 쏟아져 내리는 눈발에 갇혀 공중으로 흩어지지 못하고 얼굴 주위로만 맴돌았다.

눈이 심하게 내리는 날이라서, 바람도 없고 포근했다. 언제 왔었는지 미스 홍도 그의 곁에 서 있었다.

"세상에나! 세상이 꼭 수채화 속 같네요. 그쵸?"

"그렇게 보니 또 그러네. 진짜 수채화 그림 속 같은 세상이네!"

"그쵸? 세상이 완전히 달라 보이고, 꼭 동화 속 같죠?"

그녀는 발까지 동동거리며 좋아서 어쩔 줄 몰랐다.

"정말 멋있다……. 난 눈 오면 너무 너무 좋아요."

마침내 그녀는 선채로 폴짝폴짝 뛰며 두 팔을 벌리고 하늘을 향해 양 손바닥을 펴서 손에 눈을 가득 담았다. 그동안 눈여겨보지 않았었는데, 그녀의 손은 볼수록 복스러웠다. 포동포동하고 탐스러운 손이 눈에 새빨개져 있었다. 마침내 그녀는 제멋에 겨워 민우의 팔을 두 손으로 붙잡으며 매달렸다.

"보세요! 어쩜 이렇게 세상이 다 바뀐 것일까? 우리 조금만 걸어요."

그녀의 소원대로 현관 앞 눈 속을 몇 발짝 걸어갔다. 그러나 조금 전 그가 길을 내느라고 눈을 치운 4-5미터가 고작이었고, 허벅지가 차게 쌓인 눈 때문에 더 이상 진행할 수도 없었다. 워낙 많이 내리는 눈이라서 금시 두 사람의 몸도 하얗게 변해 버렸다. 머리칼에서부터 어깨, 가슴, 등, 그리고 얼굴까지 온통 하얀 눈 투성이었다. 그런데도 그녀는 언제까지라도 그렇게 하고 싶은 모양으로, 그의 팔에 매달려서 연신 탄성만 연발했다.

"세상에나…… 너무 멋있다! 진짜 멋있다!"

그녀가 하얗게 눈으로 치장을 한 채, 고개를 들고 그를 올려다보았다. 만약 천사의 모습을 보게 된다면 지금 그녀와 같을까? 순한 눈매에 안타까움이랄까, 조금은 슬픈 듯한, 그늘지고 예쁜 눈망울을 하고서, 코끝과 입술이 추위로 새빨개진 채로 올려다보고 있는 그녀의 얼굴은 단연코 천사의 얼굴이었다. 두 손바닥을 그녀의 양쪽 귀에 대고 얼굴을 감싸 안았다. 그러고는 마치도 곧바로 입을 맞추어줄 것처럼 얼굴을 가깝게 가져와서 그녀의 눈을 들여다보았다.

그렇다고 해서, 뭘 어떻게 하겠다는 것도 아니었다. 새하얀 눈으로 치장하고 있는 검고 윤기 흐르는 머리결과, 새빨간 코, 입술이 무척이나 예쁘고, 너무도 청순하게 느껴졌으므로, 다만 그것을 보다 확실하게 확인해보려 했을 따름이었다.

그녀는 바짝 긴장하는 표정이었으나 그렇다고 거부하거나 싫어하는 눈빛도 아니었다. 따스하고 부드러운 그녀의 뺨이 그의 양 손바닥의 감각을 통해서 한달음에 그의 가슴속으로 달려 들어왔다.

그녀의 곱고 새빨개진 이마에 입술을 가져다 대었다. 그러자 참을 수 없다는 듯이 순식간에 그녀가 그의 품속으로 안겨왔다. 눈이 오지 않는 날이었다거나, 설령 눈이 오더라도 만약 한치 앞만 보였더라면 둘은 한길까지 나와서 결코 그런 식으로 포옹하지는 않았을 것이다.

오래도록 잊고 지냈던 여자의 육체와 살내음이 되살아나면서, 안겨 있는 그녀의 가슴에서 부드럽고 따스한 느낌으로 풍성한 감촉이 삽시간에 달려왔다. 여린 듯, 부드럽고 발갛게 물들고 촉촉하게 젖어있는 그녀의 입술에 무의식적으로 입술을 가져가려는 순간, 그는 퍼뜩 은교를 떠올리며 지금 죄를 짓는다는 생각을 했다.

하지만 그건 생각뿐으로, 이미 시위를 벗어난 화살처럼, 도저히 어찌 할 수 없었다. 눈에 들어오는 것은 오로지 발갛게 젖은 채로 갈구하는 듯이 열기를 내뿜고 있는, 그러면서도 한없이 순결하고 여린 그녀의 입술뿐……

안고 있는 자세 그대로 그녀의 얼굴에 자신의 얼굴을 가져갔다. 흰 눈을 듬뿍 인 채 촉촉하게 젖어 있고, 가늘고 부드럽게 말린 그녀의 교태스러운 머리칼이 너무나 여성적이었다. 뿐만 아니었다. 빨간 입술, 코, 진홍빛 뺨, 이마……. 그녀의 얼굴은 온통 다 보석 투성이었다.

혼란스럽기 그지없었다. 그는 자기 코가 그녀의 코끝에 닿는다고 느낀 순간, 황급히 그녀의 이마 쪽으로 입술을 옮기고는 한숨과 함께 자신의 뜨거운 입김을 토해내었다. 그러고는 눈을 털어 쓸어내리려는 듯 손가락으로 그녀의 입술을 부드럽게 문질렀다. 눈으로 본 느낌 그대로, 여리고 부드럽고 조금은 차가운 느낌으로 그녀의 입술이 손끝으로 다가왔다. 입술 바깥쪽 차가움과 달리 입안에서는 뜨거운 열기가 쉴 새 없이 올라왔다. 어떻게 하다가 열기를 쫓아간 손가락 끝이 그녀의 입안으로 조금 들어갔다. 그러자 곧 일련의 연쇄반응처럼 입술이 스르르 열리면서 새하얀 이가 모조리 다 드러났다.

하늘에서 내리는 눈은 그녀의 맑은 눈을 통해 머릿속까지 들어가고 싶은 모양이었으나, 그녀의 아름답고 긴 속눈썹이 결코 그것을 허락하지 않았다. 그녀의 눈썹에 닿자마자 눈은 순식간에 작은 물방울로 변해버렸다.

그 바람에 그녀의 눈길은 더욱 부드럽게 반짝였다.

"다 젖겠어. 이젠 들어가야지……."

품 안에 안겨 있던 미스 홍을 떼어놓으며, 그녀의 머리칼에 수북이 쌓인 눈을 손으로 털어주며 말했다. 품에서 떨어지며 그녀가 작게 고개를 끄덕였다.

보통 때 같으면 환자들 틈바구니 속에서 정신없을 시간이겠지만, 폭설로 세상이 온통 절해고도가 되어버린 이상, 자동으로 휴무였다. 편안하고 느긋한 마음으로 샤워를 하러 들어갔다. 뜨거운 물을 수시로 사용할 수 있도록 아궁이마다 물통을 올려두고 있었으므로, 데워진 물통만 화장실로 들고 가서 물을 끼얹으면 그만이었다.

샤워를 끝내고 다시 밖을 내다보니 여전히 눈이 내리면서 온 세상을 백설로 뒤덮고 있었다. 어떻게든 길을 내볼까 하고 다시 삽을 쥐었다가는 그만두고 말았다. 그래보았자, 금시 또 그만큼 쌓여서 흔적도 없이 사라져 버릴 것이기 때문이다.

진찰실로 돌아와 공부나 하려고 책을 폈으나 도대체 눈에 들어오지 않았다. 대신에 미스 홍이 샤워를 하면서 내는 물소리만 턱없이 크게 들려왔다. 책을 덮어버리고 다시 현관 밖으로 나와 담배를 꺼내 물었다. 의지와 달리 자꾸만 미스 홍이 내는 물소리로 두 귀가 쫓아가고 있었다. 담배 연기와 함께 긴 한숨을 토해내며 고개를 흔들었다.

하지만 그럴수록 뜨겁고 풍만하고 부드러운 질감 그대로 그에게 바짝 밀착되어 안겨 오던 감각이 자꾸만 되살아났다. 또한 촉촉이 젖은 긴 속눈썹 속에서 그를 올려다보던 눈길…… 그리고 손가락 끝이 닿자마자 벙긋 벌어지며 새하얀 이를 드러내주던 여리고 빨간 입술에 이르기까지…… 부드럽고, 황홀한 여체의 느낌이 한사코 눈앞을 어지럽게 맴돌았다.

진찰실로 들어와 보니, 그녀는 뜨거운 난로 뚜껑 위에 가래떡을 굽고 있는 중이었다. 떡국을 끓일 수 있도록 얇게 썬 가래떡이었는데, 뜨거운 난로 위에 올려놓으면 금시 부풀어 오르면서 노릇노릇하게 익었다. 냄새도 구수할 뿐 아니라 무료하고 궁금한 시간에 먹는 맛 또한 일품이었다.

"냄새가 좋죠? 드셔보세요. 진짜 맛있어요."

신체적 접촉 때문이었을까, 그녀가 턱없이 다정하고 가깝게 다가왔다. 그녀의 얼굴 역시 뜨거운 물로 샤워했기 때문만은 아닐 발그레한 장밋빛이었다.

"어디서 난 거야? 환자에게서 수탈?"

그녀는 방그레 미소를 지으며 고개만 살래살래 흔들다가 말했다.

"집에서 일부러 가져왔어요. 오늘 같은 날 구워 먹으려고……."

"그래? 그런데…… 눈이 오니까 더 맛있는 건가? 자꾸만 손이 가네."

"그죠? 어릴 때도 이렇게 눈이 많이 오는 날에는 나가지도 못하고 방 안 화롯불에서 구워 먹었어요."

"엄청 낭만적이었겠는데?"

"지금 생각하니까 그러네요. 호호호!"

그녀는 떡 조각이 부풀어 오르면 곧바로 젓가락으로 집어 민우 앞에 놓아주었다.

"같이 먹어야지…… 나만 주면 어떻게? 자! 그러지 말구 미스 홍도 들어봐! 오늘은 눈 때문에 아무도 못 오겠어."

그러자 그녀는 아무도 없는 대기실 쪽을 잽싸게 돌아보고 나서 말했다.

"이렇게 한 달만 눈이 계속 왔으면 좋겠어요."

"왜?"

하지만 그녀는 대답도 없이 발그레하게 얼굴을 물들인 채 고개만 좌우로 내저으며, 노릇노릇하게 익은 가래떡을 젓가락으로 집어 한사코 그의 앞에 놓아줄 뿐이었다.

세상을 모조리 다 파묻어버릴 듯이 내리던 눈도 오후로 들어서자 소강 상태에 들기 시작했다. 삽으로 눈을 치우고 우선 오솔길 같은 좁다란 길을 냈다. 동네 사람들도 모두가 다 밖으로 나와 눈을 치우고 길을 내느라고 정신들이 없었다. 오후 3시가 될 때까지 열심히 일했지만, 겨우 지소건물에서 면사무소 앞 신작로까지만 사람 하나 겨우 다닐 수 있을 정도 좁다란 길을 내는데 성공했을 뿐이었다. 그러자 겨울의 짧은 해는 어느새 서산에 설핏 기울었다.

미스 홍과 함께 마치 눈 터널처럼 난 길을 따라서 식당을 가서 이른 저녁을 마쳤다. 저녁을 마치고 나자, 그녀는 아무래도 비상식량을 준비해두는 것이 좋겠다면서, 쌀과 몇 가지 반찬거리를 사가지고 들어가자고 제안했다.

가게에서 쌀과 돼지고기, 꽁치통조림, 계란, 두부 등을 샀고, 식당에서 김치와 된장도 조금 얻어서 둘이서 사이좋게 나누어들고, 마치도 신접살림을 갓 시작한 신혼부부처럼 지소로 돌아왔는데, 그녀의 예상은 그날로 적중했다. 다음 날 아침에 일어나서 현관문을 열려다보니 밤사이에 눈이 또 얼마나 더 내렸는지 도대체 문이 열리지 않았다. 만약 그녀의 말대로 식료품을 사다 놓지 않았더라면 길이 뚫릴 때까지 꼼짝없이 라면만 끓여먹고 견뎌야 할 판이었다.

첫 새벽부터 그녀는 동동거리며 부산하게 서둘렀다. 기구 소독하랴, 밥 지으랴, 국 끓이랴 정신이 없는 모양이었다. 환자가 올 것 같지도 않았으나 어쨌든 기구 소독을 해놓아야 마음이 편할 것이었다.

눈 때문에 현관문도 열 수 없는 상황이 되고 보니 영락없는 절해고도였다. 설령 집 안에서 누가 죽는다 치더라도 가까운 이웃집조차 갈 수 없는 이상, 이야기책에서처럼 길이 뚫리는 때까지 별수 없이 시체를 안고 살아야 할 판이었다.

잠시도 그치지 않고 내리는 그야말로 폭설이었다. 아침 9시가 넘은 시간임에도 밤처럼 어두웠다. 이처럼 심한 폭설에도 다행히 전기가 끊기지 않고 들어온다는 것이 참으로 신통방통한 일이었다.

그녀가 준비한 아침상을 놓고 안방에서 사이좋게 마주 앉아 먹었다. 그녀는 생각보다 음식 솜씨가 좋았다. 이 바쁜 와중에도 꽁치찜과 계란찜까지 해놓았다. 식사를 마친 후 방 안에서 그대로 커피까지 마셨으나, 환자가 없는 이상 공부나 할까, 따로 할 일이 없었다. 그러나 눈도 오고 날씨조차 음침하고 어두컴컴해서 그런지, 마음이 영 싱숭생숭해서 도무지 책을 보고 싶은 생각이 없었다. 양치만 하고는 밥도 내려가기 전에 아랫목 이불 속으로 들어가 잠을 청했다.

정말 오랜만에 은교를 만났다. 그가 미스 홍과 포옹 중인데 하필이면 그때 은교가 나타났다. 그러나 은교는 화나고 못마땅한 표정이 아닌, 오히려 미소 띤 얼굴이었다. 그리고 보니 그녀는 혼자가 아니었고, 하얀 드레스를 입고 옛날 J대 병원 내과 유 선생과 어깨동무를 하고 있었다. 다 좋은데 그녀가 유 선생과 어깨동무하고 있다는 것이 너무 못마땅했다. 그렇지만 여러 사람이 있었으므로, 그녀에게 버릇처럼 반말조로 투정부릴 수도 없었다.

미스 홍과의 포옹을 재빨리 풀고 그녀에게 다가가서 말했다.

"할 말이 있어요. 은교 씨!"

그러자 갑자기 유 선생의 표정이 험악해지며 한 대 먹일 듯이 덤벼들었다. 은교는 두 남자를 우두커니 바라보기만 했다. 유 선생과 격돌 직전인데, 미스 홍이 자꾸만 그를 만류하며 붙잡았다. 미스 홍을 밀쳐내며 다시 유 선생에게 달려들었다. 그러자 한순간에 정전이 되듯 갑자기 시야가 어두워지며 결국 아무 것도 보이지 않게 되었다. 그러나 그만둘 수도 없었다. 어둠 속에서 미스 홍이 그를 애타게 부르고 있었으나, 그런 건 상관없이 아무것도 보이지 않는 전후 사방으로 주먹을 날리며 유 선생을 가격하려 애를 썼다. 그러나 그럴수록 미스 홍은 그를 계속해서 간절히 불렀다. 결국 소스라치게 놀라서 잠을 깼는데, 물론 모두가 다 꿈속의 일이었다.

"이 선생님! 이 선생님! 전화예요. 무슨 잠을 그렇게 깊게 자는 거예요?"

은교의 꿈을 꾸었기 때문에 은교일 것이라는 직감으로 진찰실로 뛰어들어가 전화를 받았는데, 그게 아니고 박똥이 새끼였다.

"야이, 시발놈아! 형님께 가끔 문안 전화라도 해얄 것 아냐?"

"왜? 무슨 일 있는 거냐?"

"무슨 일은 무슨 일이냐! 시발! 동생새끼 챙기시려는 자상하신 형님의 배려이시다. 얌마! 그런데…… 너 형님께 문안 전화도 없이 지내는 걸 보면…… 또 거기 시골에서 미스 홍인가 하는 년하고 살림 차린 거 아니냐?"

"야가 아침나절에 못 먹을 걸 처먹었냐? 쌀디(쓸데) 없는 소릴 하게."

"얌마! 멍청한 대가리로 뭉쓰려 말고 묻는 말씀에 솔직히 이실직고 해."

"형님께서는 이 눈 속에서도 아직 굳건하게 거재하시니 걱정하지 말거라."

"그래? 아니면 말고……. 근데, 오늘은 좆도, 창밖에 눈은 오고, 돈국 생각, 갈치 생각…… 시발, 눈 딱 감고 하루만 나갔다 왔으면 소원도 없겠다."

"그럼, 나가면 되지. 누가 뭐래냐? 어딘데 그래?"

"어디긴? 시발, 서울 S대 병원 15층 좆무늬(전문의) 연습장이다."

"정신 차려, 새꺄! 헛소리 말고. 돌대가리 새끼가 딴 생각 말고 공부라도 열심히 해야 할 거 아니냐? 셤(시험)은 언제냐?"

"1월 14일인데…… 시발, 하루가 천년 같다."

이웃집도 오갈 수 없을 만큼 폭설이었으나, 한양 천리에 있는 박뚱이 새끼 목소리를 듣기는 쉬운 일이었다. 꿈속의 일을 생각하면서 시계를 보았다. 벌써 12시였다. 눈이 그친 것인지 다시 창문에 햇살이 비추고 있었고, 밖에서는 사람들이 길을 내고 눈을 치우는 소리가 부산하게 들렸다.

미스 홍의 기지로 간신히 현관문을 열었다. 먼저 미닫이 식으로 되어 있는 현관 옆 유리 창문부터 열고, 그 유리창 앞에서부터 삽으로 눈을 파 들어가 현관 앞을 막고 있는 눈을 제거하자, 마침내 문이 열릴 만한 공간이 겨우 생겨났다.

거의 가슴 높이로 쌓여있는 눈을 헤치면서 어제처럼 면사무소 앞의 신작로 길까지 간신히 터널을 뚫었다. 이제 눈의 터널을 따라가면 면사무소와 식당, 가게 등으로 간신히 몸뚱이 하나쯤은 옮길 수가 있게 되었다. 길을 내고 보니 벌써 오후 2시가 넘은 시간이었다. 길을 내놓은 자랑도 할 겸, 미스 홍에게 식당으로 식사하러 가자고 하려고 지소로 들어왔으나, 그녀는 벌써 점심을 준비해두고 있었다.

"시장하지? 이제 길도 뚫어놨으니 함께 나가볼까?"

"점심을 방에 다 차려놓았는데요?"

"그래? 귀찮았을 터인데?"

"귀찮긴요. 하루 종일 놀잖아요? 할 일도 없는데, 뭐……"

할 일이 없기는! 그가 눈을 치우는 동안 그녀는 밥 짓고 빨래까지 했던 모양으로, 방 안 빨랫줄에는 그의 옷들이 줄줄이 가득 널어져있었다.

"미안해서 어떻게 해? 내 빨래가 이렇게 많았었나? 이젠 내건 내가 해야 되겠어. 이러다간 미스 홍 부업이 본업보다 많게 생겼는걸."

미안하기도 했고 겸연쩍기도 한 게 사실이었다.

"부업이든 본업이든 무슨 상관이에요? 눈에 보이는 대로 하면 됐지. 참! 국이 간이나 맞나 모르겠네."

점심 역시 꽁치조림과 두부와 돼지고기, 김치를 넣어서 끓인 얼큰한 국물이었는데, 여러 재료가 어우러졌기 때문인지 상큼하고 맛이 좋았다. 이제는 내외를 할 생각조차 없는지 그녀는 주저하지 않고 민우와 함께 밥상을 마주보고 앉았다.

오랜만에 잡탕 김칫국을 아무 생각 없이 맛있게 먹다가, 불현듯 미스 홍과 새로 살림 차린 게 아니냐던 박뚱 말이 떠올랐다. 그녀 손으로 빨아 널어놓은 빨래하며, 그녀 손으로 만든 음식하며, 그리고 둘만의 호젓한 식사하며…… 이제 영락없이 미스 홍과 살림을 차린 꼴이었다.

이제부터라도 자기 빨래는 자기가 하고, 되도록 식사도 식당에서 해야 할 것 같았다. 이런 저런 무거운 생각 때문인지 맛있게 먹던 음식이 갑자기 부담스러워졌다. 미스 홍이 그의 눈치를 살피기 시작했다.

그녀는 예전과 달리 혈색도 좋아졌고 살도 포동포동해 보였다. 또한 인천에서는 가깝게 지내지 않아서 잘 몰랐었는데, 착하고 생각이 깊은데다, 성격도 서글서글했다. 그리고 이제 깨닫고 보니 전에 없이 화장도 짙어졌고, 늘 꽃향기도 났다. 그런 그녀가 야하다기보다 몹시 예쁘다는 생각뿐이었다.

그녀는 이제 그의 성격을 포함해서 모든 것을 꿰뚫고 있을 것이었다. 어제도 솔직히 그녀를 안아보거나 입맞춤하려는 생각은 추호도 없었다. 다만 눈으로 치장한 채, 상기된 얼굴에 촉촉하게 젖은 눈망울을 본 순간, 자기도 모르게 천사 같은 아름다움에 경배의 입맞춤을 했을 뿐이고, 그녀 편에서 스스로 안겨왔을 따름이었다.

그러나 이상한 말 같지만 그런 그녀가 싫다거나 일이 잘못되었다는 생각은 전혀 들지 않았다. 다만 은교가 있는 한, 그녀가 부담스럽다는 것일 뿐……

눈을 내리깔고 말없이 느린 젓가락질만 하는 민우를 보며 그녀 역시 표정이 굳어졌다. 무거운 침묵과 함께 식사가 끝났다. 전에 없던 일이었다. 식사가 끝나자 그녀 역시 심각한 얼굴이 되어 말없이 밥상을 들고 나가버렸다.

2시가 다된 시간에 늦은 점심을 먹었기 때문에 금방 저녁때가 되었다. 물론 어제처럼 하루 종일 환자는 단 한 명도 없었다. 점심식사 후 그는 진찰실에 앉아 책을 보고 있었으나, 그녀는 평소와 달리 설거지가 끝난 후에도 자기 자리로 나와 보지 않았다.

보통 개인의원 식으로 환자 대기실 쪽에 출입문이 있고, 그 곁에 또 하나의 작은 창구가 있는 접수 투약실이 있었는데, 사실은 따로 격리가 된 방이 아니고, 진찰실로 들어와 보면 방 하나에 대기실 쪽으로 문이 두 개 있는 셈이었다.

그래서 진찰이 끝난 환자는 그녀가 있는 곳으로 가서 천으로 된 가리개 뒤에 놓인 침대에서 주사를 맞고 약을 타서 나갔고, 접수 투약구는 접수 시에만 이용하는 창구였다.

여하간 방의 구조가 그렇게 되어 있었으므로 민우와 미스 홍은 고개만 쳐들면 상대가 보였고, 거리 또한 진찰대 하나 사이라서 무척이나 가깝게 앉아 있는 셈이었다. 환자가 뜸하면 그는 버릇처럼 책으로 눈을 돌렸고, 그녀는 자리에 앉은 채로 장부 정리를 하거나 주사약 준비를 하면서 커피를 마시겠느냐고 묻는 것이 예사였다.

미스 홍도 커피를 즐겨했다. 그래서 그가 커피를 원할 때마다 꼭 두 잔씩 타왔고, 대체로 환자 의자에 앉아 그의 책상에서 서로 마주보며 마셨다. 그러나 그날은 예외적으로 설거지를 끝내고 자기 방에 들어가서는 종무소식이었다. 물론 환자도 없으므로 접수실에 앉아 있을 필요도 없겠으나, 여하튼 평소와는 완전히 다른 행동이었다.

겨울 산간이라서 5시만 되어도 어두웠다. 그래서 대체로 보통 때는 진료가 끝나는 5시 직후 일찌감치 저녁을 먹으러 식당으로 가곤 했었는데, 오늘은 웬일인지 5시 반이 되어도 그녀가 방에서 나오지 않았다. 하는 수 없이 보던 책을 덮고 그녀의 방문 앞으로 가서 그녀를 불렀다.

"저녁 먹어야지?"

분명히 그녀의 낯익은 신발은 있는데 그녀의 목소리는 없었다. 다시 한번 그녀를 불렀다.

"어디 아픈 거야? 저녁식사를 해야잖겠어?"

그러자 마지못한 듯 문도 열어보지 않고 방안에서 대답 소리만 들려왔다.

"난…… 점심을 늦게 먹어서 생각이 없네요. 이 선생님만 다녀오세요."

"밤이 긴데……."

"괜찮아요……."

보통 때와 달리 조금 잠긴 목소리였다. 아무래도 심상치 않았다. 울었을까?

"그럼, 나두 관두지, 뭐……."

다시 진찰실 책상으로 돌아왔으나 책이 눈에 들어올 리 없었다. 그녀는 그가 부담스러워 함을 이심전심 고스란히 전해 받고서 슬퍼하고 있음이 분명했다. 난감하기만 했다. 그녀는 분명 그를 좋아하고 있을 것이다. 아니, 좋아하는 정도가 아니라 사랑하고 있을지 몰랐다. 그렇지 않은데 아무려면 총각 혼자 기거하는 지소 건물에 짐까지 싸들고 들어올 처녀가 어디 있겠는가? 더구나 온갖 병원 잡일이라거나, 끼니뿐만이 아니라 옷까지 빨아주며 갖은 고생을 다 해줄 사람이 세상 천지에 어디 또 있단 말인가? 얼굴도 그만하면 되었고, 성격도 좋은, 정말로 괜찮은 여자인데 그렇지 않고서야 미쳤다고 그렇게 하겠는가?

'야! 참! 좋다. 진짜 좋으네요! 정말이지, 이 선생님 무릎은 생각보다 훨씬 따뜻하고 포근하네요? 나, 무거워요? 괜찮죠?' 언젠가 인천 병원에서 근무복을 입은 채 그의 무릎 위에 사뿐히 제 엉덩이를 올려놓으며 하던 말이 생각났다. 책을 펴고 앉아 두 손바닥으로 얼굴을 감싼 채 그녀에 대한 생각을 거듭해보았다.

은교와 비교했을 때 가진 패가 다소 부족하달 뿐, 은교 못지않을 것이고, 오히려 은교보다 그녀 쪽이 훨씬 더 그에게 현실적일 지도 몰랐다. 그것뿐만이 아니었다. 무엇보다도 은교가 조금은 고집스럽고 제 마음대로 하려는 경향이 있는 반면, 미스 홍은 늘 순종적이었다. 그녀는 항상 본인보다 민우가 더 우선이라고 생각하며 행동했다. 편안하다고 해야 할까, 오누이만큼 포근하고 미덥고 다정스러웠다.

어쨌든 그의 달라진 태도에 슬퍼하고 있음이 분명했다. 그런 그녀가 가여워서 견딜 수가 없었다. 둘 다 패를 잘못 쥐고 나온 동료의 처지가 아닌가? 은교와 상관없이 그녀에게 더욱 더 따뜻하게 대해주어야 할 것이었다. 더구나 은교 역시도 혜진이가 그랬던 것처럼 결국 떠나갈 사람일지도 모를 일 아니겠는가?

갑자기 담배 생각이 났다. 고뇌에 찬 얼굴을 감싸 쥐었던 두 손바닥을 턱 쪽으로 내리며 얼굴을 처들고 눈을 떴다. 갑자기 눈앞에서 쓸쓸한 표정으로 그를 건너다보고 서 있는 미스 홍의 모습이 시야 가득 들어왔다.

"가요. 식당 문 닫기 전에……."

그녀는 그를 한참 동안이나 지켜보았던 모양이었다. 그녀가 몹시 쓸쓸하게 보였다. 예견했던 대로 울었던지 슬픈 표정에 갈라지고 습기 찬 목소리였다.

"이리 와 봐!"

의자에 앉은 채로 그녀를 불렀다. 그러나 그녀는 가볍게 고개를 내저으며 의미도 없이 사방의 벽만 휘둘러 볼뿐이었다. 그가 다시 말했다.

"부탁이야! 이리 와 봐!"

그녀는 망설이다가 결국 그에게 다가왔다. 그녀를 잠시 올려다보고 있던 민우는 그녀를 억지로 끌어 자기 무릎 위에 올려놓으며 말했다.

"다시 한 번 말해 봐."

그의 의도대로 무릎에 앉긴 했으나, 어쩐지 지난번과는 달리 몹시 불편한 태도였다. 엉덩이 표면적을 한껏 줄이며 불안스러운 기색이 역력했다.

예전에 그랬었지? '야! 참! 좋다. 진짜 좋으네요! 정말이지, 이 선생님 무릎은 생각보다 훨씬 따뜻하고 포근하네요? 나, 무거워요? 괜찮죠?' 하고 말이야. 그러나 그 말을 그녀 앞에서 다시 리바이벌할 수는 없었다. 그녀의 어깨를 만지다가 결국 손이 그녀의 가슴께로 가고 말았다. 비록 옷 위로 가져보는 느낌이긴 했으나, 풍만하고 부드럽고 따스했다.

처음에 그녀는 그가 하는 대로 잠자코 있었으나 그가 유방을 느끼는 순간, 곧 가만히 그의 손길을 뿌리치며 그의 무릎에서 일어서버렸다.

"가요. 오늘은 식당도 일찍 문 닫을지 몰라요."

엉거주춤 일어서려는 그녀를 다시 끌어다가 무릎에 앉히고는 순식간에 가슴과 입술을 탐하고 말았다. 슬픔 때문이었는지 그녀의 입안은 몹시 까칠했다. 그러나 곧 미끈한 타액이 돌며 젖어왔다.

"용서해, 미스 홍! 난 지금 미스 홍에게 죄를 짓고 있어."

그녀의 가슴을 손바닥으로 옷 위에서 부드럽게 매만지며 작게 속삭여 주었다. 그녀의 가슴 안쪽에서는 심장이 무섭게 고동치고 있었다.

"정말이야! 내가 왜 이러는지 모르겠어."

그녀는 그의 눈길을 외면한 채 말 없이 그대로 앉아 있기만 했다. 따스한 체온과 부드러운 살의 감촉, 그리고 은은한 꽃향기만 없다면 마치도 돌부처를 안고 있는 것과 똑 같을 것이었다. 그녀는 굳이 반항하고 싶은 생각도 없는 모양이었으나, 그렇다고 협조적인 태도도 아니었다.

"울었던 거야?"

모처럼 그녀가 작게 고개를 끄덕이며 반응을 보였다.

"왜?"

아직도 그녀의 가슴은 뜨거웠으나 처음보다는 한결 편안한 느낌으로 심장의 고동소리가 전해왔다. 그러나 그녀는 대답 대신 하나도 낯설 리 없는 진찰실 벽면으로만 눈길을 주고 있었다.

"말해 봐! 왜 그랬던 거야? 나 때문에?"

그녀가 고개를 끄덕였다.

"그래. 그랬을 거야. 미안해! 나도 나 자신에게 화가 났었어…… 사실은 미스 홍과 이렇게 지내게 될 줄은 꿈에도 생각하지 못했어."

여전히 그녀는 아무런 말도 없었다. 강제로 그의 무릎 위에 올려진 그대로, 엉덩이와 가슴을 잔뜩 움츠리며 방 한구석에 시선을 고정시키고 있었다.

"우리는 서로 사랑하고 있다고 생각해…… 다만 둘 다 자신이 없기 때문에 행동으로 옮기지 못하고 있을 따름이지…… 내 말이 맞을 거야. 미스 홍도 나도 첨서부터 마음에 있었던 거야. 서로 다가설 만한 계기가 없었을 따름이지. 사실 난 인천에 있을 때만 해도 눈여겨보지 않아서였겠지만, 아무런 감정도 없었어. 그런데 지금은 아니야. 아니, 이젠 그렇게 할 수가 없는 거야. 미스 홍을 안아보니 참 좋군. 언젠가 나에게 그랬지? '야! 참!

좋다. 진짜 좋으네요! 정말이지, 이 선생님 무릎은 생각보다 훨씬 따뜻하고 포근하네요? 나, 무거워요? 괜찮죠?' 하고 말이야. 나도 지금 똑같이 그렇게 말하고 싶어…… 미스 홍!, 아니, 애경이! 내말 잘 들어봐!"

그녀가 몸의 긴장을 다소 풀었다. 무릎 위에 놓인 그녀의 엉덩이와 그의 손이 닿아있는 가슴 쪽이 부드럽게 풀리면서 보다 자연스럽게 안겨 왔다.

"야! 참! 좋다! 너무 좋다! 정말이지, 애경인 생각보다 훨씬 멋진 여자네."

그녀의 얼굴에 모처럼 미소가 돋아났다. 그녀를 힘주어 꼭 안으며, 그녀의 둥근 어깨를 만지다가 등으로 손을 가져가며 말했다.

"물론…… 그렇게 지금 당장 말하고 싶지만…… 아직 그럴 순 없어. 그 전에 해결해야 할 게 있는 거야…… 애경이도 잘 알고 있다시피 은교와의 일도 아직 미지수야…… 미안해…… 애경이에게 은교 말을 해서…… 참! 은교가 보냈던 편지 읽어봤어?"

그녀는 다시 어두운 표정이 되면서 약간 고개를 숙인 채 몸을 긴장시키고 대답 대신 작게 고개만 흔들었다.

"그럼, 다 말해줄게…… 대충 이런 거야. 은교도 나를 좋아하고 있어. 물론 그건 나도 마찬가지야. 그렇지만 그녀와 나는 너무도 다른 세계에서 살아왔고 현재 역시 너무 달라. 그래서 둘 다 아직 확신이 없는 거야. 시간만 보내고 있는 셈이랄까? 서로를 잘 알고 있으면서도, 아직 잘 모르고 있는 부분이 너무 많을 거라고 느끼는 거야. 내 말을 이해할 수 있겠어?"

충분히 알아들었을 것으로 생각했으나 그녀는 고개만 흔들었다.

"그래? 그럼, 다시 말해줄게. 무슨 말이냐 하면, 은교를 자기네 집에서는 금년 안에 결혼시키려 하고 있대. S의대 교수라더군…… 의사라는 점이나 같을까, 나와는 천지 차이겠지. 그런데…… 은교는 어쨌든 그와 선뜻 결혼할 생각이 없나 봐. 물론 이건 어디까지나 그녀 말만 듣고 하는 이야기일 뿐, 나도 더 이상 자세한 것은 몰라. 그렇지만 어쨌든 이건 내 판단이기도 해. 하지만 옳을 거야. 이젠 알겠어?"

그러나 여전히 그녀는 자동인형처럼 고개만 좌우로 흔들었다. 입이 닳도록 설명했는데도 고개만 흔들고 있었으므로 난감하기 짝이 없었다.

"잘 몰라? 아직도 무얼 잘 몰라?"

"그게 아니고……"

첨으로 그녀 입에서 말이 나왔다. 아직도 음습하고 갈라진 목소리였다.

"그럼?"

"그게 아니고…… 모든 걸 다 떠나서…… 잘 모르겠어요. 지금 내 마음도, 그리고 이 선생님 마음도……."

"내 마음? 어떤 마음?"

"모르겠어요. 난 아무것도 모르겠어요. 내가 왜 이렇게 하고 있는 것인지, 그러면서도 왜 이상하다는 생각도 들지 않는지……. 이 선생님이 심란해하면 왜 내가 덩달아서 심란하고 슬픈 것인지……."

그녀는 그가 하는 말을 전혀 알아듣지 않으면서 안겨 있기만 했던 것일까? 고개만 내젓는 그녀를 새삼스러운 눈으로 쳐다보았다. 마침내 그녀가 무릎에서 일어나 조금 떨어져 서며 말했다.

"식당은 늦었을 거고…… 저녁 준비를 해야겠어요."

낮때와 비슷한 반찬을 올린 밥상이었으나, 낮때와 달리 그의 몫만 차려져 있었다.

"왜, 미스 홍은?"

"먼저 드세요. 난 생각이 없네요."

함께 먹을 게 아니라면 그 역시 굶겠다며 밥상을 거절하고 싶었으나, 일껏 수고스럽게 상을 차려준 성의를 보아서라도 그럴 수는 없었다. 묵묵히 저녁을 마치고 상을 물렸다. 그녀는 간단히 설거지를 마치고는 곧바로 자기 방으로 들어가 버렸다. 그러고는 다시는 얼굴도 내비치지 않았다.

다음 날은 해가 나고, 날씨가 좋아졌다. 대체로 길이 뚫렸던 모양으로 점심때가 지나자, 근처 사는 사람들부터 한사람씩 지소를 찾아오기 시작했다.

평소와 다름없이 고맙게도 그녀는 여전하게 자기 자리를 지켜주었고, 그역시 예전처럼 환자 보는 틈틈이 자기 공부를 했다. 다만 달라진 점이 있다면, 그녀는 수심에 가득 찬 얼굴로 말없이 근무한다는 점과, 예전과 달리 커피를 타오더라도 환자용 의자에 앉아 민우와 함께 마시지 않고 반드시 자기 자리로 가서 따로 마신다는 점, 그리고 아! 참, 또 한 가지는 진료가 끝난 저녁 시간에도 절대로 함께 식사하러 가지 않고, 점심때처럼 교대로 식당을 간다는 점이었다.

7. 은교의 계략

그가 시골로 와서 미스 홍과 함께 지낸 지도 어느새 5개월째가 되는 1월 중순께가 되었다.

겨울이 되면서부터 야간 환자가 거의 없게 되었을 뿐만 아니라, 눈이 녹고 차가 운행하기 시작하자, 미스 홍은 자기 집에 가서 자고 오는 날이 부쩍 많아졌다. 전주에서 장계를 가는 마지막 버스가 천천에 도착하는 시간은 저녁 7시쯤이었는데, 그녀는 대체로 그 차를 타고 자기 집으로 돌아갔다.

사람이 얼마나 간사한 것인지 혼자서 하룻밤 지내기가 얼마나 적막하고 쓸쓸한지 몰랐다. 진료 중인 낮 시간 때에는 엄벙덤벙 지내다가 그녀조차 가버린 저녁 시간이 되어버리면 세상이 완전 적막강산이 되어버리는 것이라서 외롭고 쓸쓸하기가 이루 말할 수 없었다. 원래 들고양이처럼 혼자서 지내는 일에 익숙하다고 생각했으나, 솔직히 꼭 그랬던 것만도 아니었다. 병원에서는 항상 사람들 틈바구니에서 지냈고, 또 그녀가 최근 들어 밤에 거의 자기 방에 틀어박혀 있기는 했지만, 함께 누군가가 있다는 생각에서 그런 줄을 모르고 지냈던 것이다.

우선 대화할 수 있는 사람이 아무도 없다는 것이 가장 큰 문제였다. 라디오라도 틀어놓으면 조금 낫기는 했으나, 기계는 기계일 따름이었고.

그날은 모처럼 날씨가 좋은 날이었다. 그녀를 안아보았던 날 이후로 그녀는 아직 단 한 번도 얼굴을 펴지 않고 있었으므로, 어떻게든 마음을 돌려보려고 데이트 신청을 했다. 점심을 먼저 먹고 와서 쪽지를 써서 그녀의 책상 위에 놓아두었다.

'오늘 밤엔 함께 저녁이나 하러 가면 어떨까? 애경이가 화를 내고 있으니까, 도대체 말을 걸 수가 있어야지. 어때? 갈 거지?'

쪽지를 보았을 터인데도 그녀는 오후 내내 묵묵부답이었다. 그녀가 함께 저녁을 하러가지 않게 된 이후로는 그 혼자서 5시경 먼저 저녁식사를 하러 갔다. 물론 저녁 식사 후로도 그녀가 퇴근할 때까지는 환자들을 보아주었다. 그러나 그날은 그녀와 저녁을 하겠다는 생각이었으므로, 5시 반쯤 일찍 문을 닫을 요량으로 식당을 가지 않고 계속해서 앉아 있었다.

"저, 오늘 집에 일찍 들어가면 안 될까요?"

환자가 뜸해진 5시 직후, 그녀는 민우의 책상 앞으로 다가와 그렇게 운을 뗐다.

"쪽지 못 봤어?"

자신의 성의까지 무시해버리는 그녀가 무척이나 섭섭하게 느껴졌다. 그건 사랑스럽다는 말과 정반대로 어쩌면 미워하고 있다는 느낌이었다. 그러나 그녀는 눈을 마주친 채 말없이 고개만 좌우로 흔들었다. 쪽지를 못 보았을 리는 없고, 그리고 싶지 않다는 뜻으로 받아드릴 수밖에 없었다.

"오늘 미스 홍과 저녁이나 하려 했는데…… 집에 무슨 일이 있는 거야?"

그녀가 가볍게 고개를 끄덕이며 말했다.

"넬이 아버지 탈상이에요. 넬은 조금 늦게 올지 몰라요. 그럼, 먼저 갈게요. 미안해요. 일찍 가서……."

그녀는 말을 마치자마자 쏜살같이 자기 방으로 들어가 버렸다. 재빨리 옷을 갈아입고 5시 25분 버스를 탈 모양이었다.

탈상이라? 초상 때라면 당연히 조문을 가야할 것이었으나, 탈상은 어떻게 해야 할지 헷갈렸다. 옷을 갈아입고 쏜살같이 나가려는 그녀를 불러 세웠다.

"나도 따라가 볼까? 조문도 할 겸."

순간 그녀의 얼굴에서 오랜만에 미소가 흘렀다.

"조문은 초상 때 하는 거잖아요? 이번은 탈상인데……."

모처럼 얼굴을 푸는 김에 하고 싶었던 말을 조금 더 하고 싶었으나, 그녀는 차 시간이 바빴던지 줄달음을 쳐버렸다. 오늘 저녁 식사 역시 어차피 그 혼자서 해야 할 팔자였다. 현관 유리문에 식사 중이라는 팻말을 내건 후 터벅터벅 식당을 찾아갔다.

이런저런 생각을 하며 혼자서 식사를 하던 중, 갑자기 은교 생각이 났다. 어떻게 되었을까? 지난 12월 중순쯤 편지가 한 번 온 후로는 종무소식인 그녀가 무엇보다 보고 싶기도, 그 사이에 별 다른 일은 없는지, 걱정스럽기도 했다. 심란한 마음에 술 생각도 났다. 그러나 초저녁이라서 혹시 환자를 더 보아주어야 할지 몰라 식사만 하고 일어섰는데, 아닌 게 아니라, 지소로 돌아오자 그날사 말고 저녁 환자들이 여러 사람 기다리고 있었다. 미스 홍이 함께 있었더라면 문제도 아닐 것이지만, 혼자서 진찰 하랴, 주사 놔주랴, 약 지어 주랴 정신이 없었다. 만약 그동안 미스 홍이 도와주지 않았더라면 어땠을까, 아주 실감이 났다.

마음이 바빴던 나머지, 되도록 주사는 생략하고 약만 주려 했으나, 환자들은 그게 아니었다. 약만 타려면 약방을 가지, 뭐 하러 보건소로 오겠느냐면서 모두가 다 주사 타령이었다. 식후에 꼭 한 대씩 피우는 담배조차 거른 채, 정신없이 7-8명을 보아주었는데도, 아직 또 그만큼의 환자들이 대기 중이었다.

어찌 일부러야 그랬겠는가마는, 일도 없는 겨울철 낮 시간 내내 필필 놀다가, 하필이면 미스 홍도 없는 저녁때를 맞추어 온 60대 중반쯤의 노인 환자를 보자 공연히 심술부터 났다.

"할아버님. 낮에 일 없으시잖아요? 이담엔 낮에 오세요. 저녁때는 바쁘거든요."

"나야 뭐, 언제 와도 되제. 그란디 바쁘기는 바쁘구만. 이번 이사년(의사는) 밤에도 봐준닥캐서 왔제. 그란디 그 젊은 간호부가 이사 부인네 맞소?"

노인네의 헛소리가 몹시 언짢았지만 아무래도 미스 홍과 함께 지내므로 그렇게 말하나싶어 다시 캐물어 보았다.

"누가 그런 엉뚱한 소리를 해요? 홍선생은 처녀에요. 아직 시집도 안 간."

"앵? 그려? 소문이 파다헌 모앵이던디? 그라면 둘이 살림 장만허느라고 밤에도 일허는 거이 아닝 개벼. 그라면 그 처자(처녀)는 우째서 남에 외간 남자 집에서 낮이고 밤이고 항께(함께) 붙어살꼬?"

기가 막혔다. 하지만 다시 생각해보니 그럴 만도 했다. 통상적인 눈으로 본다면 그런 오해를 불러일으킬 만한 소지가 충분했다. 더구나 화제 거리가 궁한 시골 벽촌이다 보니, 다분히 입가심감이 될 수 있었을 것이고…….

물론 그녀를 한 번 안아보기는 했다. 그러나 그렇더라도 이건 해도 너무하고 정말로 터무니없는 소문이 아닐 수 없었다.

영감의 말을 듣고 보니, 마침내 잠겨 있던 생각의 자물쇠가 풀리듯, 최근 들어 사람이 달라진 것같이 그녀가 변한 이유를 알 것 같았다. 사실 그녀는 자기 고향인 데다가, 그따위 소문이 나게 되었으니 얼마나 심란한 일이었겠는가? 그런데도 그는 그런 사실을 까마득하게 모른 채, 갑자기 태도를 바꾼 듯이 구는 그녀를 섭섭하고 야속하다고만 생각했던 것이다.

한사코 주사를 원하는 영감에게 소원대로 주사를 놓아주고 있는 참인데 전화벨이 울렸다. 전화 받는 것도 귀찮았으나, 혼자서 근무하는 이상,

하는 수 없는 일이었다. 주사를 놓은 엉덩이를 문지르라고 영감 손에 알코올 솜을 쥐어주며 수화기를 집어 들었다. 뜻밖에도 미스 홍이었다.

"전데요…… 어디 가시진 않죠?"

"응, 특별히…… 근데 갑자기 웬일?"

"그럼 잘됐네요. 집에 환자가 생겨서…… 금방 택시 타고 갈게요."

한 30분쯤이나 지났을까, 대기실에 있던 환자들을 겨우겨우 처리해서 모두 내보낸 후, 현관 밖에서 굵은 담배를 피우고 있는데, 택시가 입구에서 다급하게 섰다. 물론 미스 홍이었다. 그녀는 다른 두 여자와 함께 차에서 내렸다.

환자는 50대 초반으로 보였는데, 첫눈에 미스 홍의 모친이라는 것을 알 수 있었다. 그리고 또 다른 여자는 28-29세쯤으로 보였고, 미스 홍과 닮아서 그런지, 초면일 텐데도 이상하게 전에 꼭 한번 만났던 사람 같기만 했다.

"엄마고요, 언니예요."

짤막하게 인사를 시켜주는 미스 홍의 소개를 받으면서, 어디서 보았을까 하고 기억을 더듬다가 마침내 가까스로 생각이 났다. 김이대 씨의 급한 연락을 받고 묘소 일로 시골 갈 때 열차를 함께 탔던 바로 그 가족들이었다.

세상에! 세상은 그래서 넓고도 좁은 거였다. 그러고 보니 그때 그 중년의 부부는 미스 홍의 부모들이었고, 선을 보러 간다면서 열차의 유리창에 얼굴을 고정하고 있었던 여자는 바로 지금 대면하고 있는 미스 홍의 언니였다.

민우가 샀던 술을 마시면서 자기네 딸도 병원에서 근무하고 있지만, 자기가 연구해낸 비방이 훨씬 더 잘 치료가 된다면서 말도 안 되는 처방을 말하던 것도 한꺼번에 다 생각이 났다.

환자는 급성 히스테리 반응으로 보였다. 다른 증상은 아무것도 없고,

다만 손발이 뒤틀리면서 굳어진 채로 펴지지 않는 것이 전부였다. 혈압도 120/80으로 정상이었고 열도 없었다. 아마 최근 과로를 했거나 정신적 스트레스를 많이 받았을 것이었다.

환자를 미스 홍의 방으로 옮기고 수액에 진정제를 타서 놓게 했더니, 절반도 들어가기 전에 곧 말짱해졌다. 미스 홍과 그녀의 언니에게 다 좋아졌다고 걱정하지 말라고 말하고는 그를 기억하고 있는지 물어 보았다. 미스홍 언니 역시 이미 다 알고 있었다는 듯, 미소를 지으며 고개를 끄덕였다. 궁금한 건 미스 홍 혼자뿐이었다.

"우리 언니를 어떻게 아세요? 어쩜, 세상이 넓고도 좁다더니…… 이 선생님께 치료를 받았어?"

그런 그녀를 보며 두 사람 다 웃으며 고개를 내젓기만 했다. 그녀는 더욱 궁금해진 모양으로 다시 물었다.

"어떻게 아는 거야?"

대답은 민우가 했다.

"뭐, 어떻게 아는 건 아니구, 우연히 한 번 만났던 적이 있었지."

그러면서 그 때의 일을 설명하자 이해가 가는 모양이었다.

"그땐 아버님이 건강하게 뵈던데……."

"헤파틱씨에이(간암)였어요. 당신이 곧 가실 걸 알았던지 언니를 그렇게 결혼시키려고 서두르셨던가 봐요."

말을 하면서 두 여자는 눈시울을 붉혔다.

"오늘 저녁엔 유난히 환자가 많았었나 봐요? 그럴 줄 알았으면 조금 늦게 갈 건데……."

그녀는 자기 자리에 설치된 약장 구석에 쌓여 있던 처방전을 손가락으로 어림짐작해보며 미안한 듯이 말했다. 그러자 그녀의 언니가 말했다.

"그래도 일찍 오길 잘했지, 늦게 왔으면 엄마까지 죽으면 어쩌려고?"

"그런다고 뭐, 사람이 죽나?"

"너네 병원에 있는 사람들이나 알지, 아까 난 꼭 엄마가 돌아가시는 줄로만 알았다."

"언니는 별소리 다하네."

세 여자를 보낸 후 진찰실 책상에 앉아 담배를 피우며 생각했다. 세상이란 참 좁구나! 미스 홍의 가족들이 구면이라는 생각을 하다가는, 문득 미스 홍과 결혼해서 살고 있다는 뜬소문을 생각해 보았다. 미스 홍을 위해서라도 필요 없이 너무 가깝게 굴어서도 안 될 일이었다.

늦겠다던 다음 날 아침에도 그녀는 보통 때처럼 일찍 왔다. 장날이라서 아무래도 바쁠 건 뻔한 일이고, 불안해서 일찍 나왔다는 대답이었다.

아닌 게 아니라 9시 반이 넘으면서 환자들이 밀어닥치기 시작하더니 계속해서 종일 정신없이 바빴다. 점심이 끝난 오후 1시쯤, 미스 홍의 언니가 다시 찾아왔다. 서울 가는 길에 어젯밤 고마웠다는 인사도 할 겸, 자기 남편이 혈압이 높은 사람이라서 진찰도 받아보고 싶어서 들렀다는 것이었다.

그녀의 남편은 예상대로 도자기 공장 안에 흙기둥 몰골로 서 있던 가족들의 묘지를 허물어뜨리려 했던 바로 그 불도저 기사였다. 그녀의 언니는 돌배기 아이까지 안고 있었다. 선보러 간다던 때가 바로 엊그제 같은데, 어느새 아이 엄마가 된 것을 보며 세월 참 빠르다는 것을 실감나게 느껴 보았다.

이젠 다 지나간 이야기일 뿐이고, 새삼스럽게 다시 생각할 필요조차 없는 일이었다. 더구나 미스 홍의 형부가 아닌가?

"제 둘째 형부예요. 이미 또 아실지 모르지만……"

미스 홍은 자기 형부로부터 예전의 일들을 이미 전해들은 모양으로, 웃으며 그렇게 이상야릇한 소개를 했는데, 물론 그 말을 들은 두 남자들 역시 악수를 나누면서 소리 내어 웃었다.

혈압이 180에 110 정도로 상당히 높았다. 묘지를 밀어버릴 듯이 하던 그가 운전석에서 내려오더니 핼쑥한 표정으로 구토를 하던 일이 떠올랐다.

"신경 쓸 때가 가장 위험합니다. 위를 올려다보면서 힘들게 하는 일은 절대 안 되고 담배나 술을 하시면 끊어야 돼요. 그리고 물론 약도 꾸준하게 드셔야 하고……. 체중은 괜찮을 것 같습니다만…… 어쨌든 싱겁게 드셔야 하고요."

검사 시설이 없는 시골 진료소라서 다른 도움을 줄 수는 없었지만, 한 달 치 혈압 약을 주면서 그에게 단단히 일렀다. 그러나 그는 옛날 기억만 더듬고 있는 것인지, 주의를 주는데도 도대체 경청하는 기색이 없어 보였으므로 재삼 설명을 해주었다.

"혈압이 올라가면 제일 위험한 상황으로는 뇌혈관이 터지는 것이죠. 갑자기 어지럽고, 구토가 난다면 흔히들 소화불량으로 생각해서 체했다고 하는데, 그게 아니죠. 그건 뇌혈관이 터진 거예요. 중요하지 않는 뇌의 부분에서 작은 혈관이 터지면, 별 증상 없이 금방 회복되므로 단순한 소화불량과 구별할 수 없지만, 만약에 큰 혈관이 터진다거나, 작은 혈관이지만 숨골이라거나 중요한 부분에서 터진다면 황천행 급행열차를 타는 거죠. 정말 조심해야 돼요. 술 담배 끊고 규칙적으로 운동도 해야 하고……."

그러자 그가 갑자기 껄껄거리고 웃었다.

"그럴 팔자만 되면 얼마나 좋게? 술, 담배 끊고 운동을 일부러 할 팔자만 된다면, 난 진짜 오늘 죽어도 여한이 없겠소."

"의사 선생님 말씀을 들어야지, 그런 말이 어디 있어요?"

열심히 설명해 주는 민우의 성의를 무시하고 자기 말만 앞세우는 남편이

민망했던지, 그녀의 언니가 통을 놓았다. 치료비를 내야 약이 된다면서 한 사코 진료비를 내려고 하는 그녀의 언니에게 말했다.

"미스 홍 봉급에서 알아서 다 공제할 테니까 걱정하지 마세요."

그들이 간 후로도 정신없이 하루를 보냈는데, 저녁식사를 마치고 오는 그를 보며 미스 홍이 말했다.

"형부가요, 이 선생님을 만나보고 싶대서 일부러 왔었는데요. 언니 이야기를 듣더니, 이 선생님을 금방 기억해 내더라고요."

"그래? 그런데, 왜 만나보고 싶어 했을까?"

"그때 일이 미안해서 그랬겠죠, 뭐."

그녀는 대수롭지 않게 대답했으나, 그보다도 두 사람이 보통 사이가 아니라고 동네에 소문이 나있는 만큼, 아마도 예비 친척의 가능성 때문에 부러 들렀을 것이었다. 미스 홍은 저녁 환자가 어제처럼 많을 지도 모르니까 7시쯤 가겠다고 고집을 피웠으나, 자기 엄마 핑계를 대서 약을 처방해주며 강제로 일찍 퇴근시켜버렸다.

그녀가 간 후로 진찰실에서 막 책을 펴고 있는데 전화가 왔다. 서울 시외 전화라는 교환원의 목소리를 들으면서 은교를 생각하고 있었는데, 그게 아니고 엉뚱하게도 주공부동산소개업소라는 것이었다. 그래서 첨에는 쓸데 없이 잘못 걸려온 전화인 줄로만 알았다.

"겨우 번호를 알아내어 전화를 드리는 겁니다요. 아파트를 장기간 비워두시면 관리상의 문제도 있고 그러지 않겠습니까요? 아, 네…… 우린 잘 모릅니다. 여하튼 명의가 선생님 앞으로 되어 있어서요. 네, 네…… 임시 연락처가 인천과 장수 두 군데로 되어 있어서…… 네, 네. 인천으로 전화를 했더니 장수에 계신다구 하더구만요. 네, 네. 요샌 이사철이 아니라서 집 내놓는 사람도 적고요, 아, 네, 물론 얻으러 다니는 사람도 적답니다. 아, 네네. 알겠습니다. 여기 전화가요, 505에 2424예요. 네, 네, 그럼 안녕히 계세~요."

부동산의 전화는 아파트가 몇 달째 비어 있으므로 도둑이나 화제 등도 문제도 있을 거고, 설령 그런 일이 없다 하더라도 집이란 사람이 거주하지 않으면 금방 망가진다면서, 당장 와서 살지 않을 거면, 마침 지금 전세를 원하는 사람이 있으니, 세를 내주면 어떻겠느냐는 것이었다.

모든 게 다 은교의 장난질 때문일 것이었다. 처음 그를 아파트로 데려가던 날, 어딜 가느냐고 묻자, '민우씨 집에요.' 하고 엉뚱한 소리를 서슴없이 지껄이던 말이 결코 빈말이 아니었던 모양이다. 물론 공짜로 그런 훌륭한 아파트가 생긴다면 그게 어디 보통 일인가? 하지만 은교의 확실한 의중을 알 수도 없고 또한 자신의 노력으로 생긴 재산도 아니라서 현실감이 없었다.

하지만 어쨌든 은교가 아파트를 그의 명의로 해두었다는 것은 그녀가 그에게 자기 재산을 맡겨놓았다는 뜻이고, 그래서 소홀하게 방치해둘 수도 없는 노릇이었다. 아무리 부자라고 하더라도 자기 재산을 길거리에 함부로 내던지는 사람이 있겠는가?

다음 날 일찍, 보건소로 전화를 해서 토요일 하루 휴무를 허가받았다. 보건소 직원 말로는 원칙적으로 토요일 오후와 일요일은 마음대로 지소를 비워도 상관없지만, 월요일은 정상 근무일이므로 되도록 일찍 와서 환자들에게 피해가 가는 일이 없도록 해달라는 주문이었다.

일이 있어서 토요일 잠시 서울을 다녀와야겠다는 말을 들은 미스 홍은 대뜸 은교를 만나러 가느냐고 물었다. 그래서 그런 건 아니지만 어쨌든 은교네 일 때문이라고 했더니 더 이상 캐묻지 않고 고개만 끄덕이며 잘 다녀오라는 대답이었다. 하지만 금시 우수의 그늘이 짙게 드리워지며 한동안 안절부절 못하는 태도라서, 사실대로 말해준 것이 얼마나 후회스러운지 몰랐다.

서울 가는 김에 인천 병원도 들르고 싶어서, 최대한의 시간 활용을 위해 금요일 막차로 전주로 나와 서울행 야간열차를 탔다. 밤 9시 반에 출발하는 무궁화호였는데, 서울에는 다음 날 새벽 5시에 도착될 예정이었다.

자리에 앉아 눈을 감은 채로 주머니에 담아온 아파트 열쇠를 만지작거리며 이런저런 상념에 젖어 있다가 곧 모든 게 다 귀찮아져서 잠이나 자려고 두 눈을 감아버렸다. 그러나 모처럼의 서울 나들이라서 잠은 오지 않고 자꾸만 쓸데없는 생각만 머릿속을 맴돌았다. 은교는 무슨 생각으로 아파트를 그의 명의로 만들어 두었을까 하는 것에서부터 최근 미스 홍과의 관계에 이르기까지 두서없이 상념에 젖어 보았으나 결론은 아무 것도 없었다.

열차는 정시에 도착되었다. 예전의 기억을 더듬으며 아파트를 찾아 들어갔다. 물론 복덕방의 말처럼 아무도 없는 아파트일 것이나, 막상 문을 열고 들어가려다 보니까 조금은 망설여졌다.

아파트 내부는 모든 것이 다 여전했다. 방문은 열어보지도 않고 우선 마루에 놓인 소파에 두터운 코트를 벗어놓고 샤워를 하러 욕실로 들어갔다. 그런데 이상했다. 예상했던 것과 달리 더운 물이 펑펑 나왔다. 들끓는 사람들의 비좁은 틈새에서 밤새 시달렸던 피곤을 뜨거운 물로 씻어내고서, 잠시라도 눈을 부치려는 생각에서 그가 썼던 방으로 들어왔다. 방 안 역시 예전 그 모습 그대로였다. 침대, 이부자리, 책상, 벽장…… 그리고 방 안에는 얼마간의 온기까지 있었다.

6시쯤 잠이 들었을까?, 눈을 떠보니 어느새 10시였다. 아침식사를 하러 아파트 상가를 나가려다가 말고 불현듯 은교가 쓰던 방문을 열어보았다. 사람이야 물론 없겠지만 그냥 말수도 없는 일이었다.

그녀가 쓰던 방도 예전 그대로인 것 같았다. 다만 특이한 점은 마치 조금 전까지 사람이 있다가 잠시 외출이라도 한 듯싶은 분위기였다. 화장대에 놓여 있는 화장품들, 온기가 있는 방바닥, 그리고 침대와 이불까지⋯⋯. 방을 한 번 휘둘러보고는 침대에 걸터앉았다.

은교의 반짝이던 눈빛과 재잘거리던 모습이 눈앞에서 어른거렸다. 그녀가 두고 썼을 화장품 뚜껑을 열고 냄새를 맡아보았다. 여성적이면서 향긋한 냄새, 곧 다름 아닌 은교의 체취였다.

그녀의 육신과 영혼이 편히 쉬었을 이부자리 안으로 들어가 누워 보고 싶었다. 오랫동안 사람의 체온이 없어서 그런지 처음에는 좀 썰렁했으나, 금시 온기가 돌아왔다. 그녀가 베었을 베개를 가슴에 안아보았다. 순간 갑자기 딱딱한 작은 물체가 손에 만져졌다. 깜짝 놀라 베개를 들치고 보니 그건 다름 아닌 카세트 테이프였다.

마루 오디오에 넣고 들어보았다. 뭔가 특별한 내용이 있으리라고 잔뜩 기대했었는데, 의외로 15분이 되도록 그녀가 좋아하던 예스터데이, 고엽, 눈물 속에 핀 꽃, 사랑의 기쁨 등 샹송만 나올 뿐이었다. 그래서 그만 꺼버리려고 오디오로 다가가다가 갑자기 〈해피버스데이투유〉라는 노래가 힘차게 터져 나오는 것이라서 폭소를 터트리고 말았다. 그건 다름 아닌 그의 양력 생일날 그녀가 틀어주었던 음악 테이프였다.

반대쪽으로 뒤집어 테이프를 넣었다. 그러고는 눈을 감은 채로 음악을 들으면서 은교와 지내던 일을 회상해보았다.

반대쪽은 모차르트의 바이올린 협주곡이었는데, 그 곡 역시 그녀가 차 안에서 늘 애청하던 곡이었다.

한 7-8분 들었을까, 갑자기 음악이 뚝 끊기면서 놀랍게도 은교의 육성이 들려오기 시작했다. 깜짝 놀라 그녀의 메시지에 귀를 곤두세웠다. '민우 씨에게!' 그녀는 마치도 자기 말이 아닌 남의 글을 읽는 식이었다.

'날 보고 싶었다면 아마 틀림없이 이 테이프를 찾아냈을 거고, 민우 씨는 지금 내 목소리를 듣고 있을 거야. 조금은 복잡한 방법이긴 하지만 일부러 이렇게 해둔 거야. 왜냐고? 건 또 숙제. 민우 씨는 시골 근무 끝나면 인천으로 다시 오게 될 거잖아? 그때는 이 아파트에서 지내도록 해. 왜냐하면 귀국하면 맨 먼저 민우 씨 보러 아파트부터 올 거니까. 알았지? 그리고 이제는 서독 동독 구별하지 않아도 되는 거니까 나 없는 동안 편하게 잘 지내길 바래. 건강하고……. 하기야, 민우 씨는 원래 차돌 같은 사람이니까, 걱정할 이유도 없겠지만. 그럼, 잘 지내……. 우린 또 금방 다시 만나게 될 거야.'

마치도 여중생이라거나, 초등학생이 장난기 가득하게 책을 읽는 어투로 그렇게 녹음되어 있긴 했으나, 그녀의 성격으로 미루어본다면 그건 아닐 것이었다. 되도록 자기 생각이 온전히 잘 전달되도록, 그렇지만 혹시 다른 사람들 손에 들어갔을 때를 생각해서 그처럼 장난질처럼 해놓은 것이 분명했다.

상가의 낯익은 식당에서 늦은 아침을 하며 그녀의 메시지를 곰곰이 다시 생각해 보았다. 결혼하고 싶을 만큼 사랑한다는 것, 그래서 아파트를 마련해두었다는 것, 귀국한다는 것은 곧 만나러 온다는 것, 변치 말고 자기를 사랑해달라는 것, 뭐 그런 뜻일 것이었다.

메시지도 그렇고 그녀를 만나지 못한 이상, 집을 세놓을 수도 없었다. 그래서 식사 후 복덕방 대신 혹시 밀린 공과금이라도 있는지 알아보려고 관리사무소를 들렀는데, 물론 명의도 복덕방 말처럼 그의 이름이고, 연락처도 인천과 장수 그의 주소로 되어 있었다. 하지만 놀랍게도 여러 달 비워두었을 터인데도 관리비, 수도 전기세 등 각종 공납금이 모조리 다 제때에 완납되어 있었다. 관리사무소 직원의 말로는 서울에 있는 친척이나 누가 그렇게 해주었을 게 아니냐면서, 어쨌든 전혀 문제없다는 말만 되풀이했다.

관리사무소를 나온 그는 인천 병원으로 직행했다. 토요일이라서 과장이나 강 선생을 만나보려면 12시 반 전까지 도착했어야 하는데 아침 시간을 낭비해버린 것이라서 몹시 후회되었다. 결국 오후 1시가 다 되어서야 인천 병원에 도착했는데, 여자 과장은 이미 퇴근해버린 후라서 만나볼 수 없었으나 다행히 김 과장과 강 선생은 그때까지도 혈액투석실에 남아 있었다.

"얼굴 좋네?"

"고맙습니다. 저 때문에 수고 많으시죠? 과장님?"

"시골에서 원장 노릇 하시니까 부러울 게 없으시나 본데요?"

"강 선생두 곧 나가 봐. 일이 그렇게 되나?"

"왜요? 한적한 시골에서 책이나 보면서 주는 봉급 받고 유유자적하다가 오면 되는 거 아닙니까?"

"시골두 시골 나름이지, 이 사람아! 가 봐! 가보면 다 알게 돼 있어. 유유자적이 되는지, 코피를 쏟게 되는지……."

"그렇게 환자가 많아요? 그럼, 석션 많이 했겠네!(돈 많이 벌었다는 뜻)"

"강 선생두! 참! 돈 되는 환자가 어째서 시골 보건지소로 오겠어. 모두들 돈 싸들고 좋은 시설에 유능한 강 선생 같은 의사가 있는 대도시 종합병원으로 가겠지. 안 그래?"

"와따메, 돼써요. 이 선생님께 누가 점심 사랄까 봐 벌써부터 난리네."

"식전이야? 그럼 잘 됐네, 뭐. 점심은 내가 살게."

김 과장, 강 선생과 함께 소주잔을 기울이며 늦은 점심을 했다. 김 과장의 말로는 강 선생이 2년차에 불과하지만, 민우가 잘 가르쳐 준 덕택에 예전처럼 혈액투석실이 잘 돌아가고 있다는 칭찬을 아끼지 않았다. 그러면서 민우더러 최근 G병원이라는 개인병원이 엄청난 규모로 병원을 확장시킬 거라는데, 수련이 끝나면 K병원이나 서울 웬만한 병원보다 오히려 그 G병원 들어가는 것이 더 장래성 있을지도 모르겠다면서, 자기도 그쪽으로 자리를 옮길까 말까 했었다는 뜻밖의 말까지 해주었다.

그래서 처음에는 절대로 자기 자리를 넘보지 말라는 뜻인 줄로 오해하고, 벌써부터 참 별 쓸데없는 말을 한다고 생각했었는데, 이야기를 다 듣고 보니 그게 아니었다. 습관처럼 매사를 그런 식으로 먼저 넘겨짚는 버릇이 있다는 것을 자각하고 몹시 부끄러웠다.

식사 후 곧바로 응급실을 들렀으나, 수간호사는 이미 퇴근해버린 뒤였다. 그래서 대신 챠지너스(수간호사 바로 아래 책임간호사)에게 너무 고마웠다는 말과 함께 회식비로 쓰라고 금일봉을 전하고는 다시 정형외과 병동으로 올라갔다. 그러나 예상대로 박뚱은 시험 준비 때문에 부재중이었다.

저녁 늦게 다시 서울 반포 아파트로 돌아왔다. 아파트에서 자고 다음날 내려가려 했기 때문이다. 그런데 놀랍게도 그 사이에 누군가가 왔었던 모양으로 방 청소가 깨끗이 되어 있고, 욕실에 벗어 던져둔 내의까지 죄다 세탁되어 베란다 빨랫대에 걸려있었다. 놀랍고도 신기한 일이었다. 방 청소뿐만이 아니라, 그의 속옷까지 세탁한 것으로 보아 그 미지의 주인공은 틀림없이 여자일 것이고, 그를 알고 있거나, 아니면 아파트 관리 책임이 있는 누구일 것이었다. 그가 누굴까? 은교는 절대로 아닐 것이고……. 그럼 누굴까? 아무래도 누군가가 은교의 지시를 받고 일하고 있다는 증좌가 확실했다.

복덕방 생각이 나서 들렀더니 벌써 문이 잠겨 있었다. 상가로 나온 김에 저녁을 간단히 해결하고 아파트 자기 방으로 돌아와 눈을 부치려는데 요란한 전화 벨소리가 났다. 뜻밖에도 은교였다.

"어디야?"

"어디긴. 태평양 너머 LA지. 잘 있었어?"

"어떻게 알고?"

"어떻게 알고? 호호호! 민우 씨는 부처님 손바닥 위에 손오공이야."

"언제쯤 오는 거야?"

"아무 때나. 민우 씨 결혼하기 전에……. 호호호!"

"은곤 뭐가 그렇게 좋아?"

"그럼 민우 씨는 내 목소리 싫어? 그럼 끊어?"

"아냐! 무슨 말이야? 끊지 마……. 지금 진짜 미국이야?"

시골과 달리 교환원이 없는 자동식 전화라서 그녀의 위치를 알 수 없었다.

"그렇대니깐…… 참, 내 방 베개 밑 살펴봤어?"

"응."

"언제?"

"어제 도착해서."

"호호호! 역시 민우 씨는 재빠르셔……. 좋아, 그럼, 국제전화라서 길게 쓸 순 없고, 인천 병원에 복귀하면 조금 멀더라도 거기에서 당분간 지내! 자세한 건 다시 편지로 할게."

"그래 알았어. 갑자기 은교가 보구 싶어지는데……."

"나도 그래. 그럼 잘 있어. 민우 씨! 안녕!"

그녀와 통화했던 것이 마치도 꿈속에서의 일처럼 느껴졌다. 난데없이 도깨비 같은 전화를 받고서, 도깨비 같은 말만 듣다가 도깨비같이 전화가 끊겼기 때문이다. 어쨌거나 조만간 해주겠다는 그녀의 편지나 기다려보는 수밖에……

다음 날 일요일 아침 일찍 서울을 출발해서 저녁때쯤 다시 낯익은 천천면 보건지소로 돌아왔는데, 모든 것이 다 여전했으나 미스 홍만 없었다.

세월은 잘 갔다. 2월 중순쯤에 박뚱이에게서 다시 전화가 왔다.

"좆무늬(전문의) 붙었냐?"

"그래, 붙었다. 시발 근데, 이제 겨우 그 일 끝나니까, 영천에서 오란다."

"영천? 영천이 뭐하는 데냐?"

"영천두 모르냐? 하기사 너 새낀 대한민국 국민두 아니니까 하는 수 없는 놈이긴 하지만 말이야."

"뭔데, 씨발, 비싼 전화해서 봉창 뜯는 소리만 중얼대는 거야?"

"영천이라는 데가, 군의학교 군발이 교육장 아니냐! 형님께서는 너 새끼 후방에서 잘 먹구 잘 살라구 낼모레 입대하신다는 말씀이시다."

"그래? 그렇담 뚱땡이 살 좀 빠지겠구나. 근데 넌 불합격 아냐?"

"왜?"

"생각해 봐라. 그 근수에 군복이 맞겠냐, 군화가 맞겠냐?"

"지금 그렇지 않아도 그게 좀 희망적인 것이긴 하다. 90킬로부턴 열외라는 말도 있으니까……. 여하튼, 시발, 건 영천 가봐야 아는 거고…… 혹시 형님께서 영천 계실 것 같으면, 너 봉급 털고, 시골에서 석션한 돈 갖고 면회 자주 와야 된다?"

"그래, 알았다. 돈만 있으면 되냐? 주색(여자와 술)은?"

"눈치껏 코치껏, 얌마! 다 가져와."

"너 없어져버리면 병원이 좀 넓어지겠다!"

"박 선생님 군댈 가신대요?"

전화의 내용을 곁에서 다 듣고 있었던 모양으로, 미스 홍이 아는 척을 했다.

"그렇대. 그 친구 말은 워낙 종잡을 수 없기는 하지만."

그녀는 불과 앞으로 십 여일 남은 퇴임 날짜를 가늠해보는지, 달력에 한참 동안이나 눈을 주었다.

"세월 참 빠르지? 금시 6개월이 한순간에 지나가버렸어. 정말 그동안 미스 홍 고생 많았어. 만약 미스 홍이 없었더라면 난 어떻게 했을까 싶어……"

그녀의 얼굴에서 미소가 번지는 듯했으나 잠시였고 금방 그늘이 졌다.

"근데, 미스 홍은 언제 복귀하는 거야?"

"저도 이번에 올라갈까 해요."

"그래, 잘됐군."

장부를 달래서 그녀가 퇴근한 후로 그동안의 수지 타산을 계산해보았다. 사용하지 않아 반품 가능한 약값을 계상하지 않고도 대략 200만 원이 조금 넘은 돈이 벌렸다. 그래서 다음 날에는 장수읍에 그녀를 보내서 통장의 돈을 모두 찾아오게 한 뒤, 100만 원을 봉투에 넣어 그녀에게 건네주었다.

"뭐예요, 이게?"

"그동안 밀린 계산."

"이게 얼만데요?"

"100만 원…… 공평하게 절반씩 나눴어."

"너무 많잖아요? 식대도 있고……. 지출은 다 뗀 거예요?"

"응, 이달 예상분까지 죄다 다 떨었어."

"남은 약값은요?"

"남은 약값이 더 있었나?"

"아니, 내 말은 그게 아니고 반품할 약값요."

"건 미스 홍이 알아서 해."

"그럼 이렇게 하세요. 내 몫은 월 10만 원이면 충분할 거구요…… 대충 반품할 약값도 있으니까, 그냥 50만 원만 가져갈게요. 이건 도로 가져가세요."

"무슨 소리야? 섭섭하게? 똑같이 고생해서 번 돈이잖아?"

"그래도 이치에 맞는 게 아니잖아요. 그리고 또 나 자신이 그러고 싶지 않아요. 사실 첨엔 상황이나 보려고 왔었는데 일이 이렇게 된 거고…… 무슨 월급 받을 일이라곤 생각치도 않았어요."

"그래도 여하간 함께 일한 거잖아?"

"그렇긴 해도……."

"그럼 된 거야. 아무 소리 말고 넣어둬. 그동안 애경이 덕분에 공부도 많이 했어. 그러니 그것만 생각해도 애경인 고생도 많았고 일 엄청 해준 거야. 그 돈 받아도 돼."

마침내 2월 26일이 되었다. 오전 11시쯤 보건소 담당 직원이 지소로 찾아왔다. 비치물품이 제대로 있는지, 보건소에서 의료 시혜 환자용으로 지급했던 약품이 장부와 일치하는지 알아보기 위함이었다. 한 알에 2원에 불과한 아스피린에 이르기까지 일일이 알약의 개수를 세어 모두 확인해 보며 말했다.

"뭐, 오핸 마시오. 법이 그런 거니까. 그리고 또 이렇게 해놓아야 다음 근무자가 피해를 보지 않을 거고……."

수불장부는 보건소 직원이, 실제 약의 개수는 보건요원들이 꼼꼼하게 세고 계산을 해서 맞추어보았다. 아무튼 부족한 약은 반품 예정인 개인 약에서 충당해 주면 되었고, 1시쯤 해서 모든 절차가 다 끝났다.

그동안 열심히 근무해 주어서 고맙다는 공무원들을 그냥 보낼 수도 없어서 점심 값이나 하라고 2만 원을 주어서 보내고는 마지막 짐을 꾸리기 시작했다. 아파트로 갈 예정이었으므로 옷과 책이나 가져갈까, 나머지는 쓸 만하면 아무나 가져가라는 뜻으로 지소 건물 밖에다가 내어놓았다. 짐을 다 꾸리고 나자 어느새 오후 3시쯤이었다.

　처음 그가 이사 왔을 때처럼 휑뎅그렁하게 변해버린 방 안을 둘러보며, 그동안의 일들을 생각해 보았다. 그런 대로 보람도 있었고 예상했던 것보다 훨씬 잘 지냈었는데, 그건 말할 나위 없이 오로지 미스 홍 덕분이었다.

　"어떻게 하실래요?"

　"택시로 먼저 애경이 집 들렀다가 짐 내리는 걸 거들어 줄게……."

　"그 담에는요?"

　"그 담에? 음, 그 담엔…… 전주로 가야겠지. 거기서 하룻밤 자거나, 아니면 오늘 밤차로 올라가면 될 거고."

　"오늘 꼭 올라가야 돼요?"

　그녀를 안아보기까지 했으면서도 아직 이렇다 할 진전이나 결론도 없었다. 그러나 그건 그렇다 치고, 6개월 동안이나 함께 동고동락했으면서도 수입금 갈라가진 것만으로 끝내려는 처사가 다소 야속하게 느껴질지 몰랐다.

　"참! 우리 해단식(解團式)도 해야겠네? 그럼 하룻밤 더 지내고 갈까? 그런데…… 참, 연탄불이 어떻게 됐나?"

　만약 그녀와 하룻밤을 더 지내자면 부엌과 난로의 연탄불이 문제였다.

　"그럼…… 이렇게 해요. 내가 짐을 집에 갖다 두고 장계에서 막차로 나올 테니까, 그 차에서 다시 만나기로 해요. 어차피 짐은 이미 다 꾸린 거고, 새삼스럽게 풀 필요도 없잖아요. 대신 전주에서 저녁이나 함께 하죠, 뭐. 약 반품도 하고 정산도 할 겸……."

"그럼 그렇게 할까? 그런데…… 혼자서 그 짐을 다 갖고 갈 수 있겠어?"

"택시가 가지, 어디 내가 들고 가나요?"

그런 건 걱정도 말라며 그녀가 웃으며 말했다. 그녀의 짐을 택시에 실어 보내고는 그 역시 시간을 맞추어 전주행 마지막 버스를 탔다. 아닌 게 아니라, 그녀는 곁에 빈자리를 마련해두고 앉아 있었다.

나란히 앉아 있긴 했으나 전주에 도착할 때까지 둘 다 말이 없었다. 터덜거리며 험준한 고갯길을 내려가서 저녁 7시쯤 차가 전주 시외버스 터미널에 도착되었는데, 책 짐이 두 상자, 반품할 약 짐이 한 상자였으므로 먼저 약국으로 가서 반품과 정산을 마친 뒤에 거기다 짐을 맡겨두고 식사를 하기로 했다.

거래를 해준 곳은 완산약국이라는 커다란 간판이 붙은 시내 중심가의 대형약국이었다. 이왕 병을 따버린 것은 어쩔 수 없다면서 포장이 그대로 있는 것만 카운트를 했는데, 그동안 부지런히 약값을 갚은 덕분에 미수가 5만 몇천 원에 불과했다.

"여깄어요."

전혀 예상도 하지 않고 있었는데 뜻밖에 미스 홍이 약값을 계산해버렸다.

"무슨 짓이야?"

"반반씩이라고 했잖아요."

그렇다면 저녁이나 푸짐하게 사 주어야 하겠다는 생각이 들어 짐을 약국에 맡겨두고 전주에서 제일 유명하다는 한식당을 찾아갔다. 맥주를 각기 상대방의 잔에다 가득 채워주며 건배를 했다.

"그동안 수고 많았어."

"이 선생님도요……"

술을 몇 모금 마신 둘은 술잔을 내려놓으며, 서로를 마주보고 웃었다.

"미스 홍이 도와주지 않았더라면 정말 어떻게 지냈을까 싶어."

그동안 너무 고마웠다는 새삼스러운 치사에 그녀도 미소로 답했다. 음식과 술이 들어가자, 엉덩이가 무거워지기 시작했다. 늦으면 여관에서 자고 내일 가면 되는 거지, 뭐⋯⋯. 그 정도의 여유는 부려도 될 일이었다.

"참! 은교 씨와의 일은 잘 되는 거예요?"

그녀는 지나가는 말처럼 은교와의 일을 물었지만, 자기 깐에는 잔뜩 벼르고 벼르다 묻는 말일 것이었다. 자세하게 대답해 주어야 할지 아니면 지나가는 말로 가볍게 대답해야 할지 몰라 잠시 망설이다가 되물었다.

"미스 홍은 어떻게 되었으면 좋겠어?"

난데없는 질문이라고 여겼는지 그녀는 눈을 동그랗게 뜨고 그를 쳐다보며 말했다.

"어떻게 되었으면 좋겠다니요? 호호호! 글쎄⋯⋯ 잘되어야지 않겠어요?"

"그래, 그렇긴 하겠지. 하지만 바른 대로 말하자면 지금 사실 소강상태야. 그녀 편에서도, 내 편에서도⋯⋯. 그렇지만, 서로 쉽게 잊을 수는 없을 거야. 난 그렇게 생각해."

"비관 쪽이라는 뜻이네요?"

"아냐! 꼭 그렇진 않고⋯⋯ 아까 얘기했던 대로 소강상태라는 말이 더 옳을 거야."

"어째서 그렇게 된 거쥬? 그렇담 누군가가 사랑이 부족하다는 얘긴가요?"

"그럴까? 하지만 세상일이라는 게 사랑 하나만으로 되는 건 아니잖아?"

"그렇긴 하겠죠."

젓가락질을 하면서 그녀는 힘없이 대답했다.

"그리고 이건 내 생각인데 운명이라거나 팔자라는 것도 있을 거야. 왜 우리가 응급실에서 늘 봐서 잘 알잖아? 틀림없이 죽을 거라고 예상했던 사람이 멀쩡하게 살아나가는 반면, 웃으면서 자기 발로 걸어 들어온 환자가 죽어 나가기도 하잖아? 사람의 생사가 그런 것처럼 인연도 그런 건 아닐까 싶어."

"그렇긴 하겠죠."

"그래서 이것 또한 내 생각인데, 결국 우리 모두는 한 치 앞도 모른 채 어둠 속에서 일희일비하면서 살아간다고 생각해. 그게 바로 희로애락이겠지만. 뭐가 될 걸로 믿었는데, 안 되면 분노와 슬픔, 즉 로, 애가 될 거고, 반대로 예상도 못했지만 운 좋게 얻으면 희, 예상했던 그대로 얻었다면 락, 뭐 그런 것 아니겠어? 그렇게 생각해 본다면, 희로애락이란 게 별것 아냐. 개인의 소망과 노력이 예상대로 들어맞았다거나 틀어졌을 때 빚어지는 마음 상태에 불과한 거니까 말이야. 안 그래?"

그녀가 얼굴에 미소를 띠면서 고개를 끄덕였다.

"조금 어렵긴 하지만 수긍이 가는 이야기네요……."

"그래서 이야긴데…… 아 참! 그리고 말이야, 우리 모두에겐 자기가 잘 모르고 사는 어떤 호오의 조건이 있다고 봐. 어떤 사람은 주는 것 없이 미운 반면, 어떤 사람은 무조건 마음에 들거든. 정신과적으로 보면 '개체 경험의 무의식적인 발로'라고 할 수 있겠지만, 여하간 설명하기 힘든 부분들이 있을 거야."

"조금 어려운 용어네요?"

"나도, 뭐 잘 알고서 하는 말은 아니야. 왜 우리, 정신과 시간에 배웠었잖아? 과거의 특정한 경험들과 연관된 어떤 이미지가 나타난다고. 예를 들면 여자들은 어려서부터 자기가 좋아했던 이미지를 가진 남자, 즉 자기 부친과 같은 이미지를 주는 남자를 좋아하게 된다거나, 아님 큰 코가 특징적인 이미지로 남아 있는 경우, 다시 큰 코를 가진 사람을 보게 되면 예전에 경험했던 결과를 다시 당연시하며 기대한다거나 하는 것 말이야."

"이 선생님은 정신과를 했어야 하는 거네요?"

"뭐 대충 그렇다는 이야기지, 내가 뭘 아나?"

"그래도 정신과 분야에서도 여간 박식하신 게 아니네요. 우린 그렇게 자세하게 배우지는 않았어요. 모르죠, 또. 배웠는데 다 까먹었는지……. 호호호!"

그녀가 다시 까르르 웃음을 터트리긴 했으나 이번 역시 즐거운 웃음이라기보다 이상하게 공허하게만 들렸다.

"사실 나도 잘 몰라. 남들 하는 얘길 씨부렁거려본 것일 뿐. 그런데 우리가 왜 그딴 얘기를 하게 된 거지?"

"글쎄요? 은교 씨와 잘 되어 가느냐는 이야기 아니었나요?"

"맞아! 여하간 은교 씨와는 그래. 그런데 나도 뭐 하나 물어볼까?"

"뭔데요?"

"우리 둘이서만 있으니간 하는 이야기지만 어째서 날 도와주려고 그렇게 애를 썼어?"

"도와주려고 애써요? 호호호! 누가요? 내가요? 호호호! 그래서 돈 벌었잖아요? 호호호!"

그녀는 호들갑스럽게 웃음을 터트렸으나 여전히 웃음과 눈빛이 같지 않은 언밸런스였다.

"ㄱ건 결과잖아? 원인이 아니고"

"글세, 나도 잘 모르겠어요. 아마 이 선생님이 천천으로 왔기 때문 아닐까요? 가까운 곳으로 왔으니까 자연히 그렇게 되지 않았을까 싶네요?"

"물론 그렇겠지만 그건 핑계가 아닐까?"

"핑계라고요? 호호호! 그럼 핑계가 아니라면요?"

"아냐, 관두겠어. 대신 이 말 하나 할게. 그동안 덕분에 너무 잘 지냈어. 그리고 미스 홍이 나에게 직간접으로 보여준 모든 호의나 노력을 결코 잊지 않겠어. 뭐 그렇다고 해서 뭐가 어떻다는 건 아냐. 다만…… 하여간…… 어쨌든…… 고마웠어."

그는 몹시 더듬거리며 두서없는 말을 하다가 결국 입을 다물어버렸다. 그런 그를 쳐다보며 그녀가 정색을 하며 말했다.

"그건 서로 똑같지 않을까 싶어요."

"그럴지도 모르지."

어느새 9시 40분이었다. 그야 짐을 챙겨 기차만 타면 그만일 것이나, 미스 홍은 장계로 되돌아가야 한다는 것을 까마득하게 잊고 있다가 갑자기 생각이 나서 걱정스럽게 물었다.

"참, 버스는 끊겼을 거고. 어떡허지? 택시로 가면 될라나?"

"아! 그런 건 걱정하지 않으셔도 돼요. 벌써 사촌 오빠 집에 연락해 두었거든요. 대학병원에 근무하는 소아과 의사라고 예전에 말했었잖아요? 여기서 가까워요. 걸어가도 10분 거리예요."

두 사람은 다시 약국으로 가서 맡겨둔 짐을 찾아 함께 역으로 나왔다. 가까운 거리라고 했으나 늦은 밤 시간이었으므로 걱정되었던 나머지, 일찍 들어가라고 강권하다시피 했는데도 그녀는 짐을 들어다 주겠다는 핑계로 한사코 고집을 부리며 기차역까지 따라왔다.

밤 9시 30분발 용산행 열차였다. 그리고 보니 지난번 서울 올라갈 때 탔던 바로 그 열차였다. 다소 시간적 여유가 있었으므로, 자판기에서 커피를 뽑아들고 함께 대합실 의자로 가서 앉았다.

"이젠 이 선생님 인생이 많이 달라지겠네요?"

"?"

"이제 금년만 지나가면 수련도 끝나고…… 과장님이 될 것 아니에요? 더구나 은교 씨 같은 막강한 후원자가 있고. 그런데 누구 때문에 그렇게 소강상태인 거죠?"

"?"

"이런 말을 하면…… 어떻게 생각하실지 모르겠지만…… 나 같으면 은교 씨 부모님을 만나겠어요."

"그래서?"

"담판을 하는 거죠. 아무리 재벌집이긴 해도, 이 선생님도 그만하면 대한민국 국민 중에서 흔치 않는 사람이잖아요? 뭣 때문에 그렇게 그 댁 눈치만 보면서 지낼 필요가 있겠어요?"

"그렇게 해서 더욱 문제만 복잡해진다면?"

"내 생각으로는 이 선생님과 오히려 더 잘 어울릴 만한 여자는 많다고 생각해요."

마침내 9시 20분이 되었다. 그녀는 그가 열차에 오르는 것까지 보고 가겠다며 한사코 고집을 부렸으나, 소매를 붙잡고 끌어내다시피 해서 억지로 택시에 태웠다. 그녀는 마지못해 택시에 오른 후 그에게 속삭이듯 말했다.

"이 선생님이 했던 말 잘 기억하고 있을 게요. 나중에 또 만나요. 그럼 잘 가세요."

택시 뒷좌석에 앉은 그녀가 그에게 손을 흔들어 주었다. 그녀의 눈에 어쩐지 눈물이 고인 것 같았다. 서울로 오는 열차 안에서 은교를 생각해 보다가 미스 홍이 했던 말을 되씹어보았다. 〈대한민국 국민 중에서 흔치 않는 사람이잖아요?…… 눈치만 보면서 지낼 필요가 있겠어요? 오히려 더 잘 어울릴 만한 여자는 많다고 생각해요.〉

8. 되는 일, 안 되는 일

무의촌에서 돌아온 바로 그 다음 날부터 반포 아파트에서 인천으로 출퇴근을 시작했다. 이제는 명실상부한 4년차 내과 취프였다. 그러나 4년차라고 해서 한가할 수는 없었고, 바쁜 것은 매한가지였다.

그와 교대로 무의촌 파견을 나간 강선생 대신, 두 2년차들의 투석실 피어리뷰를 봐주어야 하고, 1주일에 3-4회씩 외래 진료실을 봐주어야 하는데다, 원내 학술집담회를 주재해야 하기 때문이다.

그러나 실제로 직접 환자 진료를 하는 시간은 외래 진료와 내시경 시술뿐이었고 나머지 일에서는 감독만 했기 때문에, 그는 책상에 책만 펴놓고 생활하는 것처럼 보였다.

1층의 외래 진료실에 3내과라는 명패가 붙은 그의 방이 새로 생겼으므로, 두 과장들과 나란히 방을 쓰게 되었다. 그는 주로 그 방에 들어앉아서 진료에 임하거나 아니면 책을 보았다.

그래서 하루 일이라는 것이 개미 쳇바퀴 돌듯 더욱 일정해졌다. 서울 아파트에서 출근하면, 먼저 투석실을 들러 두 2년차들과 함께 투석 환자들 회진을 했고, 그 후에는 아침식사, 그리고 과장들과 병동 회진, 그리고는 외래환자를 보러 3내과로 내려가거나, 아니면 외래 진료가 없는 날에는 내시경 시술을 하는 것으로 오전을 보냈고, 오후에도 역시 외래 환자를 보거나, 시간이 비는 요일에는 학술집담회 준비를 했다.

누구에게도 방해받지 않고 체계적으로 전문의 시험공부를 할 수 있는 시간은 오로지 퇴근 후의 밤 시간뿐이라서, 늦도록 3내과에 앉아 공부하고 있다 보면 어느새 서울로 갈 시간을 넘겨버리기 일수였다. 그래서 실제로는 이런저런 이유 때문에 서울 아파트는 1주일에 많으면 두세 번, 그것도 늦은 밤 시간에만 잠시 들렀다 나오는 것이 고작이었고 인천 병원에서 지내는 시간이 훨씬 많았다.

아파트는 여전히 미지의 누군가가 청소와 관리를 해 주고 있었다. 그의 옷이 세탁되어 있으며, 쓰레기통이 비워지고, 청소가 되어있는 것 등등으로 미루어본다면 누군가가 대략 2-3일에 한 번씩 오는 것은 확실했다.

그러던 중 기어코 미지의 사람을 만나보게 되었다. 옷을 갈아입을 겸, 낮 시간에 서울 아파트를 갔는데 마루 청소 중인 누군가와 딱 마주친 것이다.

아무리 많이 쳐주어도 30대 초반은 아직 안 되었을 젊은 여자였다. 그가 열쇠로 문을 따고 마루로 올라서자마자 그녀는 '에그머니나!' 하고 깜짝 놀라는 소리를 내질렀다. 물론 그도 누가 있으리라고는 전혀 예상도 하지 못했던 터라 똑같이 놀랐다.

"어느 분인가 하구 궁금했었는데…… 오늘 첨 뵙네요. 안녕하세요? 전, 이민우라구 합니다. 강은교 씨와는 어떤 관계시죠?"

밀폐된 공간에서 젊은 남녀만 있다는 심리적인 반응인지, 그녀는 무릎걸음으로 주방 바닥을 훔치던 동작을 계속하면서도 다른 한 손으로는 자꾸만 앞가슴의 옷깃을 여몄다. 하지만 여자는 못 들은 척 대답도 없이 하던 일만 계속했다.

"죄송합니다. 불쑥 나타나서요. 곤란하시면 말씀 안 하서도 됩니다. 여하간 고맙습니다."

아무래도 상황이 편치 않았으므로 대답을 기대하지 않고 샤워나 하려고 화장실로 들어가려는데 여자가 그를 올려다보며 말했다.

"어떤 관계는 아니구요…… 예전에 그 댁에서 일했었거든요. 아가씨가 미국으로 가시면서 말씀하셔서…… 누군가가 와서 살 거라면서 일주일에 세 번씩 와서 청소와 빨래를 하라는 분부셨거든요."

그때서야 비로소 그녀의 얼굴이 자세하게 눈에 들어왔는데, 그렇게 젊지는 않고 대략 30대 후반쯤의 주부로 보였다.

"아, 그랬군요. 전 강은교 씨에게서 자세한 내용을 아직 전달받지 못했기 때매…… 뭐, 다른 말은 없던가요?"

"네. 전 청소와 빨래밖엔……."

"그럼 언제부터 이 일을 하신 거죠?"

"작년 여름부터인 것 같은데요?"

그리고 보니 은교가 그를 데리고 아파트로 오던 때 역시 그때쯤이었다는 것도 생각났다.

"여하튼 고맙습니다. 그럼, 언제, 언제 오시나요?"

"누가요?"

"아주머님 말씀이에요."

"아주머님? 아! 저요?"

그녀가 모처럼 조금 미소를 흘렸다. 아마도 그녀가 하는 태도로 보면 아직 아주머님은 아니고 미혼인 모양이었다. 그러나 그녀는 그러면서도 한사코 앞가슴에 신경을 쓰며 한 손으로 옷깃을 여미는 동작을 계속했다.

"월, 수, 금 아니면, 토요일 오후에 와요. 참, 빨랫감 있으시면 내놓으세요."

"그러죠."

샤워를 하고 난 연후라야 빨랫감이 나올 것이라서, 그동안 그녀를 붙잡아두고 더 자세하게 물어보려고 일부러 그렇게 대답을 했다. 물론 샤워 후 빨래 감은 욕실에 두고 나왔다.

마루 탁자 위에 벌써 시원한 주스가 놓여 있었다.

"통 냉장고를 안 열어보시나 봐요?"

그녀는 그가 벗어놓은 빨래를 하려는지 욕실로 들어가며 말했다.

"왜요?"

"음료수나 술은 상관없지만 과일은 늘 내다버리게 되거든요."

"아주머님께서 사다 놓으세요?"

그러나 그녀는 이미 욕실 빨래를 시작한 모양으로, 아무런 대답도 없었고 물소리만 요란하게 들려왔다.

베란다로 나와 담배를 피워 물었다.

혹시, 충실한 몸종처럼, 은교 오더만 받으며 살아온 여자는 아닐까? 은교 때문에 생길 어떠한 박해나 고난도 두려워하지 않고 오로지 은교의 지시대로만 살아가는 사람……. 아파트를 드나드는 사람들의 행색을 내려다보며 은교에 대해 곰곰히 생각해보았다.

나는……? 그렇담, 나는 뭔가? 나 역시 은교의 충실한 애인이 되어 그녀가 마련해준 둥지나 지키면서 그녀만을 기다리며 살고 있지 않은가? 마치도 돈 많은 남자가 비윤리적으로 부인 아닌 다른 여자에게 생활에 불편이 없도록 살림을 차려주며 독점하는 것과 똑같이, 남녀의 위치만 바뀌었을 뿐, 그 역시 그런 것은 아닌지 불현 듯 혼란스러웠다.

과연 은교와 어떻게 할 생각인가? 연애? 결혼? 처음서부터 그녀는 너무 힘겨운 여자였다. 미스 홍의 말이 자꾸만 생각났다. '대한민국 국민 중에서 흔치 않는 사람이잖아요?…… 아무리 재벌 집이라고 해도 그 댁 눈치만 보면서 지낼 필요가 있겠어요? 더 잘 어울릴 만한 여자는 많다고 생각해요.'

아주 객관적이고 냉정하게 생각해본다면, 은교보다 오히려 미스 홍이 훨씬 더 현실적이고, 합리적이지 않을까 싶은 생각이 들었다. 하지만 그러면서도 은교의 반짝이는 눈빛, 사려 깊은 말과 행동, 변함없이 다정하게 대해 주던 태도를 도저히 잊을 것 같지 않았다. 또한 그녀가 시골 묘지 일을 마친 후 함께 묻힐지도 모른다고 하던 말과, 일이 잘 해결될 때까지 어떻게든 기다려주겠다고 했던 자신의 말도 생각났다.

그렇지만, 그렇지만…… 그러면서도 무의촌을 끝내고 함께 전주로 나오는 버스 안에서 야경만 말없이 바라보고 있던 미스 홍의 우울한 표정이 아직도 생생했다. 또한 그만 들어가라고 해도 열차를 타는 것을 보고 들어가겠다며 한사코 고집 부리던 일도 생각났다.

베란다로 통하는 마루문이 열렸다.

"빨래를 널려구요."

여자는 고개를 약간 숙인 채로 한 손으로는 빨래 대야를 들고, 다른 한 손으로는 여전히 자기 앞가슴의 옷깃을 여몄다. 여자가 빨래를 널고 마루로 다시 들어오는 순간을 기다렸다가 다시 물었다.

"은교 씨와 연락이 되죠?"

여자는 눈을 둥그렇게 뜨고 귀를 기울였다.

"그렇죠?"

계속되는 그의 채근에 여자는 100리 밖에서 대답을 끌어오는 듯 한동안 망설이더니 모기만큼 작게 대답했다.

"가끔요. 아주 가끔씩……."

"그래요? 그렇담 은교 씨에게 전해주시겠어요? 만약 나 때문에 하고 있는 고생이라면 이제 더 이상 할 필요는 없다구요. 두 사람 모두 이런 식으로 살 필요까지는 없지 않겠느냐고 하더라고 전해 주세요. 물론 만나서 자세한 얘기를 했으면 더 좋겠지만……."

어떻게 해서 그런 말이 나오게 되었는지 그 자신도 알 수 없었다. 무의촌 근무를 끝내고 서울로 돌아오는 열차 안에서, 수련도 이제 곧 끝날 것이고, 앞으로는 과거처럼 오로지 생존하기 위한 삶의 방식에서 확실하게 벗어나서, 자기 생각대로 적극적인 삶을 살 때가 되었다는 생각을 했다.

인천까지 출퇴근하는 일이 번거롭기도 했고, 은교도 없는데 굳이 서울 아파트를 사용할 이유도 없었다. 그래서 다음 날은 예전처럼 병원 근처에 방을 다시 얻었다. 그러고는 서울에 있는 짐을 죄다 옮겨와 버렸다.

짐이라고 해보아야 책과 옷 몇 가지뿐이어서, 옷 가방 두 개와 책 박스 하나를 택시 트렁크에 싣고 나니 그만이었다. 무의촌에서 번 돈과 그동안 봉급에서 모아둔 돈이 적잖았으므로, 이번에는 아예 아파트를 통째 전세로 얻어 볼까 하는 생각도 해보았으나 혼자 사는데 관리하기만 번거로울 것이라서 수련이 끝나기 전까지는 예전 식으로 살기로 했다.

병원 근처에 방을 얻고 보니 얼마나 편리한지 몰랐다. 뭐 하러 그 먼 서울 은교네 아파트까지 기를 쓰고 다녔던가 싶을 정도였다. 밤늦게까지 마음 놓고 병원에서 공부할 수 있다는 잇점 외에도, 먼 거리까지 출퇴근하지 않음으로서 얻게 된 시간적 여유도 엄청난 것이었다.

세상이 온통 다시 녹음 천지로 바뀐 5월 초가 되었다. 그러나 민우는 그런 것에 신경 쓸 여유조차 없었다. 박뚱에게 두어 번 면회 갔던 것을 제외하고는 병원과 숙소를 시계추처럼 오가며, 책과 환자에 파묻힌 채로 오로지 공부요, 업무였다. 하지만 그럼에도, 전문의 시험이 당장 코앞으로 다가왔다는 생각에서 마음이 늘 무겁고 불안했다. 어쨌든 시험은 시험이니까…….

오후 2시쯤 3내과에 앉아 책을 보고 있는데 노크 소리가 났다. 뜻밖에도 미스 홍이었다. 반가운 나머지 그녀의 손을 덥석 잡아 흔들며 악수를 했다.

"역전의 전우가 살아서 돌아왔군, 그래…… 다시 복귀한 거야?"

반갑게 맞아주는 그를 보며 그녀가 싱그럽게 웃었다.

"또 응급실?"

그녀는 가볍게 고개를 흔들면서 말했다.

"아뇨…… 내과 병동요."

"그래? 그럼, 위층으로 올라가니까 승진인가?"

그녀가 고개를 다시 좌우로 흔들었다.

"아뇨, 여기 말고 G병원요. 며칠 됐어요."

"그래? 그럼 진즉 연락하지 않고서?"

두어 달 사이에 그녀는 더 건강하고 예뻐 보였다.

"그럼 이제 두 사람 모두 인천으로 복귀했으니 기념식을 해야겠네? 가만, 말이 나온 김에 오늘 저녁은 어때? 근무 없어?"

그녀는 저녁때 예전의 그 방에서 그를 기다리고 있었다. 식사를 하면서 그 만저만한 화제로 이야기를 나누다가 마침내 그녀 입에서 은교 말이 나왔다.

"은교 씨는 만나보셨어요?"

"은교? 애경인 왜 그렇게 은교에게 관심이 많아?"

"관심은요!"

그녀가 무안한 듯 입을 다물어버렸다. 그래서 그편에서 다시 말했다.

"아직 만나지 못했어. 그리고 또 사실 솔직하게 말해서 난 무엇보다도 금년 1년간은 보드가 우선이야."

보드 이야기가 나오자 갑자기 눈빛을 밝히며 그녀가 물었다.

"참! 전문의 따면 어디서 근무하고 싶으세요?"

"물론 대학병원이면 더 좋겠지만…… 여건에 따라야지."

"G병원이 곧 대학병원으로 된대요."

"글쎄, 김 과장님도 그런 말을 하더군. 자기에게 컨택이 온다구. 그가 G병원으로 가버리면 아마, 이건 나 혼자 생각이긴 하지만 내가 후임으로 남게 될 가능성도 있는데…… 알 수는 없지."

"G병원이 더 낫지 않을까요?"

"그건 그때 생각해도 늦지 않을 거야. 참! 지금도 언니 집에서 다니는 거야?"

"아뇨, 기숙사에 있어요. 돈도 안 들고 훨씬 편하거든요. 이 선생님은요?"

"나? 아! 난 병원 앞에 방을 하나 얻었지. 밤에 잠만 자니까."

아파트를 얻을 수도 있지만 그럴 필요가 없었다는 자랑을 간신히 참았다.

"빨래는요?"

"혼자 사니까 빨래도 별루 없어."

"내가 가서 해 드려도 되는데…… 바쁘실 거잖아요?"

"쓸데없는 소리! 참! 내과병동에 환자 많아? 스텝은 몇 명이야?"

"여기보다 훨씬 더 많아요. 스텝도 현재는 세 사람이지만 곧 다섯 사람으로 늘어날 거래요. 이사장이 여잔데요, 대단한 분이래요."

"어떻게?"

"난 아직 잘 모르죠. 그렇지만 얼마나 의욕적이고 적극적인지, 대한민국 사람들 모두 다 그분을 본받아야 할 거라는데요?"

"대단하다는 소문은 들었지. 근데 미스 홍 포지션은 뭐야?"

"아직 나야 스텝너스(평 간호사)죠, 뭐."

"그럼 야간 근무도 있겠네? 참! 티빈(결핵) 어떻게 되었어?"

"이젠 다 말짱해졌어요. 언제 참, 사진 갖다 보여드릴게요."

"다 좋아졌다면서?"

"그래도요."

그러고 나서 한 1주일쯤 지난 오후 시간이었다. 그날사 말고 환자가 많아서 정신이 없는 판인데 외래 간호사가 전화가 왔다고 알려왔다.

뜻밖에도 은교였다. 며칠 전 귀국했다면서 당장 저녁때 만나자는 것이었다. 오랜만이라서 무척이나 반가워야 할 터인데도 이상하게도 그렇지 않고 오히려 부담스럽고 무덤덤했다.

서울시청 옆에 있는 P호텔에서 만나자는 것이라서 퇴근하고서 곧바로 서울로 갔다. 약속 장소인 맨 꼭대기 층 양식당에 도착해보니, 은교는 미소를 가득 머금은 채로 그를 기다리고 있었다.

"예뻐졌는데? 미국 물이 좋나 봐?"

5월 중순이었으나, 그녀는 은색 계통의 긴 소매 정장을 하고 있었다. 머리는 미국식인지 예전보다 훨씬 더 짧게 커트를 해서, 어떻게 보면 남자들 헤어스타일과 비슷할 정도였다. 그래서 그런지 깔끔하게 보이기는 하지만, 하나도 손해 보지 않으려는 깍쟁이 같은 인상이었고, 왠지 다소 눈에 설게 보였다. 다만 빛나는 눈빛만은 예전과 똑같았다.

"이젠 그런 단골 메뉴 인사는 바꿀 때가 되지 않았어?"

"단골 메뉴라니? 일취월장하니깐 그렇지. 미국 생활은 어땠어?"

"그렇지, 뭐."

"1주일 전에 왔었다고?"

"뭘! 그제 왔었다고 했잖아. 근데 귀국하자마자 맨 먼저 아파트로 민우 씨에게 달려갔는데 민우 씨는 야속하게도 없더라?"

"응, 불편해서 인천에 며칠 있었지."

"며칠이 아니고 두 달 이상 비웠다던데?"

"맞아, 그랬어."

"왜 그랬어?"

"어차피 은교도 없잖아? 그리고 병원 일도 바쁘고 이젠 전문의 시험 준비도 본격적으로 해야 해서 바쁘거든. 시간을 아껴야 해서."

"하긴, 전문의 시험이 어렵긴 어렵다더라."

"그걸 은교가 어떻게 알아?"

그녀와 선보았다는 S대 외과 의사가 떠올라서 기분이 언짢아졌다.

"민우 씨가 그랬던 건 아닌가? 그래서 공부는 많이 했어?"

"하는 중이야."

"근데…… 민우 씨는 내가 하나도 반갑지도 않나 봐?"

"왜?"

"그건 내가 물을 말이잖아? 혹시 나 없는 사이에 무슨 일이 생겼나?"

"쓸데없는 소리."

"그럼 왜 그래?"

"너무 반가워서 그렇겠지. 난 원래 너무 좋거나 반가울수록 더 시큰둥해지는 버릇이 있거든."

"피이! 그런 게 어딨어? 내가 연락도 잘 하지 않고 그래서 삐친 거지?"

그녀는 예민한 촉각을 곤두세우며 민우의 달라진 점이 무엇인지 알아내려고 애를 썼다. 식사를 마치고서 앉은자리에서 커피까지 다 마셨다.

"미국은? 금방 다시 나가는 거야?"

그러나 그녀는 묻는 말에 대답도 없이 뭔가 골똘히 생각하는 표정으로 고개만 끄덕이며 커피만 마셨다. 어느새 밤 9시 반이었다.

"이젠 일어서야겠어. 인천까지 가려면 아무래도……."

"인천? 아파트로 가는 게 좋잖아?"

"내일 할 일도 있고…… 아무래도 오늘은 인천으로 가는 게 좋겠어. 그리고 은교도 어차피 집으로 들어가야 할 거잖아?"

"근데…… 진짜, 민우 씨 왜 그래? 나 싫어?"

"무슨 소리야?"

"그럼, 오랜만에 만나서 하는 말이 왜 그래? 진짜…… 나 싫어서 그런 거면……."

"무슨 소리야? 어차피 은교도 집으로 가야잖아? 괜찮겠어? 아파트로 가도?"

"뭐가? 참! 무슨 문제가 있다고 그래, 갑자기? 내내 그렇게 잘 지냈었잖아? 진짜 오늘 보니 민우 씨 조금 이상하다아?"

그녀는 다소 언짢은 표정으로 민우를 바라보았다. 내키지는 않았지만 하는 수 없이 그녀를 따라 택시로 반포 아파트에 왔다.

"열쇠 있지?"

열쇠를 가져오지도 않았을 뿐더러, 이상하게도 설령 열쇠가 있다고 할지라도 그러고 싶지 않았다.

"없는데?"

"그럼 어떡하지? 혹시 내 백에 있나?"

그녀는 가방에 손을 집어넣고 새삼스럽게 열쇠를 찾아보더니 잠시 후 문을 땄다.

"먼저 샤워해?"

혹시나 그녀 손으로 들어갈까 봐 샤워 후 속옷을 빨았다. 그녀 역시 집에는 가지 않을 모양인지 샤워를 마친 후 예전에 입었던 간이복 차림으로 과일을 내왔다.

"들어봐. 얼마나 단지 몰라."

냉장고 속에 들어있던 것이라서 아닌 게 아니라 무척 차고 달았다.

"애인 생긴 건 아니지?"

"무슨 소리야?"

"근데, 왜 그래?"

"뭐가?"

"예전과 너무 달라져서 그래. 차가운 것도 같고. 왜 그래? 말해주면 안 돼? 혹시 이 아파트 일 때문에 그런 거야? 아니면……."

"그보다, 은교에게 하나 물어볼 게 있어. 확실하게 알고 싶은 게 있거든."

"뭔데?"

"은교는 이정우라는 남자와 결혼할 거야? 아니면…… 나랑 할 거야?"

"갑자기 그건 또 왜?"

"갑자기 그러는 게 아냐. 잘 들어 봐! 나도 은교도 이제 더 이상 이런 쓸 데없는 노름을 하면 안 돼. 제아무리 서로 사랑하고 좋아한다 치더라도 결혼하지 않을 바에는 이런 식으로 더 이상 만나면 안 된다고 생각해. 이게 뭐야? 마치도 신혼생활처럼 분위기를 만들어놓고서 동독이니, 서독이니 하고만 있구……. 이게 돈 많은 사람들이 즐겨하는 노름이야, 뭐야? 이건 두 사람에게 다 같이 득 될 게 하나도 없어. 그리고 그동안 은교와 지낸 게 얼마야? 그런데도 자기 입술조차 제대로 허락한 적이 있었어? 이건 말도 안 돼. 이게 어디 말이나 되는 소리야?"

"그렇게 화만 내진 말아."

"미안해. 화를 낸 것처럼 보였다면…… 어쨌든 난 지금 화가 나서 그러는 게 아냐. 현실을 이야기하고 싶어서 그래."

그녀는 과일을 입에 한 입 넣으려다가 말고 그를 쳐다보며 다시 말했다.

"내가 느끼기에 지금 민우 씨는 평소 민우 씨답지 않아. 영락없이 꼭 내가 싫어져서 그런 것 같기도 하고."

"그래! 나답지 않을 수도 있어. 하지만 이제 은교가 진실을 보여주지 않는 한 나도 그만 돌아서야겠어. 시험도 있고…… 나도 은교만큼 바빠."

"내가 그동안 진실을 보여주지 않은 게 뭐가 있어?"

"그래. 그렇담 잘 들어 봐. 이렇게 아파트에서 함께 지냈고, 시골 가기 전에도 얼마나 함께 지낸 밤이 많았어? 그런데도 동독이니 서독이니 하면서 입술이라도 제대로 한번 허락해 준 적이 있었어? 난 아마 은교가 생명을 내놓으라고 했어도 틀림없이 내놓았을 거야."

"좋아. 그렇다 쳐. 그렇지만 여자를 진실로 사랑한다면 결혼하기 전까지는 순결을 지키게 해주는 게 더 좋잖아? 우리나라에서는 남자들이야 아직도 자기네들은 상관없다고 여기면서도 여자들에게는 너그럽게 대해주지 않잖아? 안 그래?"

한경이와의 일을 그렇게 완곡하게 표현하고 있을지 몰랐다. 그의 실수만 부각되고 말 것이라서, 또 다른 설명이 필요했다.

"그렇지, 그래서 하는 말이야! 만약 우리가 결혼할 확실한 생각이 없다면 이제 이런 식으로 만나지는 말자는 거지, 안 그래? 난 그뿐이야."

"그래? 민우 씨 생각은 확실히 그런 거야?"

"그래. 난 그래. 그리고 말이야, 이 아파트만 해도 그래. 인천에서 이리로 처음 오던 날 그랬지? 어딜 가느냐니까, 내 집에 간다구……. 난 처음엔 그게 무슨 농담인 줄 알았지. 나중에 부동산 전화를 받고서야 그게 아니라는 걸 깨달았지만. 만약, 은교와 상관되는 일이 아니라면 그러거나 말거나 난 내버려두었을 거야. 하지만 은교와 관계되는 일이래서 그럴 수도 없었어."

"그게 그렇게도 싫었다는 거야?"

"그래. 난 싫었어."

"그렇담 민우 씨는 고정 관념에 박혀있어. 이건 하나 더하기 하나는 둘이라는 산술이 아니잖아? 세상살이잖아? 조크고…… 왜 말에도 농담이란 게 있잖아? 내 말은 물론 실없는 농담을 뜻하는 건 아니야. 목청껏 부르짖는 것보다 더 강렬한 농담이 있다는 것도 생각해봐."

"글쎄…… 그런 말은…… 난 아직 잘 모르겠어."

"차츰 알 수 있을 거야."

"그랬으면 좋겠어."

마루에 걸려 있던 꾀꼬리 시계가 울었다. 벌써 새벽 한 시였다.

"들어가 자야지."

"그래, 잘 자. 괜히 바쁜 사람 만나자며 오라 가라 해서 정말 미안해."

초저녁잠이 많은 사람이라서 깐에는 생각한다고 했던 말인데, 그녀는 심통이 난 듯 그렇게 쏘듯 말하고서는 제 방으로 들어가 버렸다.

인천 병원을 가려면 새벽같이 일어나야 하는데 알람을 맞추어둘 수 없어서인지 자꾸만 눈이 저절로 떠졌다. 마루 쪽에서 무슨 소리가 나는 것 같아 번쩍 눈을 떴다. 아직 새벽 4시 반이었다. 조금만 더 자려고 다시 눈을 감는 순간, 방문이 스르르 열리면서 뜻밖에도 은교가 고양이걸음으로 방안으로 들어왔다. 그녀의 의도를 알 수 없어 잠든 시늉을 하고 그대로 누워 있는데, 그녀는 구석 옷걸이에 걸어둔 그의 옷을 들추며 뭔가를 넣고 있는 눈치였다.

저게 뭘까? 그녀는 까치발로 살금살금 그의 곁으로 걸어왔다. 연극이 길면 들킬 우려가 많은 것이라서 깜짝 놀란 듯 돌아누우며 눈을 떴다.

"은교?"

그러자 그녀는 허리를 굽히고는 미소를 지으며 얼굴을 가깝게 가져왔다.

"아직도 화가 다 안 풀렸어?"

그도 웃어 보이며 가볍게 고개를 내저었다.

"됐어, 그럼……. 민우 씨 보고 싶어서, 미국에서 일부러 날아왔잖아? 근데 왜 그랬어?"

"이리 들어와 봐. 당장 말해줄게."

그녀는 조금 망설이는 듯 했으나 결국 몸을 한껏 웅크린 자세로 그의 곁으로 다가왔다. 기다렸다는 듯이 팔을 뻗치고는 순식간에 그녀를 안아버렸다. 그러고는 서슴없이 그녀의 가슴으로 손을 넣으며 말했다.

"은교가 나와 확실히 결혼할 생각이 있지만 부모님이 반대해서 문제가 되는 거라면 내가 직접 찾아뵙고 말씀드리겠어. 물론 설령 절대로 안 된다고 하시더래도 은교의 마음만 확실하다면 난 언제까지 기다릴 거고."

그녀의 입술을 찾아서 입을 맞추었다. 그러고는 입안으로 혀를 가져가서 그녀의 혀를 끌어오려고 하자, 그녀가 두 팔로 그의 가슴을 밀어내며 얼굴을 멀리 가져가 버렸다.

"출근 준비해야 하잖아?"

"그런 건 아무래도 상관없어. 이리 와 봐."

"싫어."

"그럼, 다시는 은교를 만나지 않을 거야. 그러지 말고 이리와 봐! 부탁이야!"

"출근 안 할 거야?"

"지금 난 출근보다 은교의 마음을 확인하는 게 더 급해……."

하는 수 없는지 그녀가 다시 침대로 들어왔다. 그러자 그는 갑자기 은교의 옷을 벗겨 내리기 시작했다.

"은교와 더 이상 이런 식으로 지내긴 싫어. 은교가 고통을 받는 것 이상으로 나도 마찬가지야……."

워낙 순식간의 일이라서 그녀는 너무도 깜짝 놀란 나머지, 마치 스프링처럼 순식간에 침대에서 튀어 일어나 버렸다.

"깜짝이야!"

"이리와 봐! 난 지금 은교가 필요해. 은교를 가질 거야. 그렇지 않고서는 뭐라고 해도 다 거짓말이야. 이리 와! 제발 이리 와 봐!"

"싫어. 이런 식으론 난 절대로 안 할 거야."

"그럼?"

"모든 걸 다 정식으로 격식을 갖춘 다음, 확실하게……."

"그건 그때 일이잖아? 천리 길도 한 걸음부터야. 자! 이리 와 봐!"

"싫어."

욕망이 얼마나 강하게 부풀어 올라있던지 곧바로 해결하지 않고는 도저히 살 것 같지 않았다. 그러나 그녀는 더 이상 함께 있으면 안 되겠다 싶었던지 야속하게도 방을 나가버렸다. 하지만 그녀를 강제로 어떻게 할 수도 없는 노릇이었다. 그 혼자서라도 어떻게든 자신의 욕망을 처리해야 했다.

마침내 욕망의 찌꺼기를 털어내는 순간, 그토록 다급하던 마음은 가라앉았지만, 새삼스럽게 옛날 혜진이와의 일이 순식간에 생각나서 긴 한숨이 터져 나왔다. 그녀를 가져보려 갖은 애를 다 썼으나 거절당하고, 그러고 나서 결국은 그녀와 멀어지게 되었던 것이 아닌가?

아파트를 나서며 현관에서 신발을 찾아 신고 있는데, 그녀는 어쩌면 그렇게도 옛날 혜진과 똑같은 것인지 주방 쪽에서 걸어 나오며 언제 그랬냐 싶게 아주 천연덕스럽게 물었다.

"아침 안 하고 갈 거야?"

은교는 에이프런을 두른 채 영락없는 주부 모양새였다. 그런 은교를 잠시 건너다보다가 천근이나 되는 양, 한숨을 내쉬며 어렵사리 입을 뗴었다.

"아냐, 그냥 갈게. 잘 있어……."

그러고는 뒤도 안 돌아보고 아파트를 황급히 빠져 나왔다.

인천으로 가는 새벽 전철 안에서 졸리는 눈을 감고서 간밤의 은교와의 일들을 생각해 보다가, 퍼뜩 그녀가 자기 주머니에 뭔가를 넣었다는 걸 깨닫고서 주머니를 뒤져보았다.

초등학교 시절 동무들끼리 그랬던 것처럼 꼬깃꼬깃 사각형으로 접은 쪽지 편지였다. 차마 입으로는 말할 수 없는 무척 중대하고도 심대한 내용이 있을까 해서 잔뜩 긴장을 하며 쪽지를 펴보았다. 그러나 거기에는 단지 여섯 글자만 큼지막하게 쓰어 있을 뿐이었다.

'저녁에 올 거지?'

어떻게 할까? 새벽 그녀의 태도로 보면, 그에 대해서 아직도 명확하게 결정하지 못하고 있다는 증좌가 분명했다. 그런데도 그녀를 만나러 다시 아파트로 갈 필요가 있을까? 하지만 미국에서 일부러 왔다는데……

아예 첨서부터 그녀에게 자신이 없었기 때문인지, 다행히 제주도에서 돌아오던 날 눈물 한번 쏟고 나서는 그만이었고, 옛날 혜진에게서처럼 참을 수 없이 괴로운 것은 아니었다.

여느 때처럼 병원에서 바쁜 하루를 보낸 후, 셋방으로 돌아와 초저녁부터 일찍 드러누워 버렸다. 공부할 기분도 아니었기 때문이다.

민우가 아파트를 나가고 나서 은교는 한동안 안절부절못했다. 확실히 그는 모든 면에서 놀랍도록 몇 달 전과 완전히 달라진 모습이었다.

뭐랄까, 몹시 당당해졌다고나 할까. 수련이 곧 끝나고 자기 깐에는 모든 허물을 다 벗게 된다는 생각에서인지 예전과 달리 고집스러워진 것 같았고, 늘 못마땅했던 우유부단한 성격도 없었다. 또한 워낙 강경한 태도로 자기주장까지 하는 것이라서, 마치도 그가 딴 사람이 아닌가 싶을 정도였다.

'…… 그런데도 동독이니 서독이니 하면서 입술이라도 제대로 한 번 허락해준 적이 있었어? 난 아마 은교가 생명을 내놓으라고 했어도 틀림없이 내놓았을 거야.'

'그래 이건 말도 안 되는 거야. 이게 어떻게 말이 되겠어? 난, 물론…… 은교가 더 잘 알겠지만, 혜진이 이후로는 은교에게 푹 빠져 살았어. 아마 그건 은교가 더 잘 알 거야. 은교가 없으면 죽을 것 같기도 했지. 그런데 정신을 차리고 보니까 그게 아니었어.'

'더 은교에게 빠지기 전에 확실하게 해두어야겠어. 시골 좁은 보건지소 건물 안에서 미스 홍과 단 둘이 6개월을 함께 마주 보며 지냈어. 알겠어? 그게 무슨 말인지? 오로지 난 은교의 편지나 연락만 기다리면서 극도로 자제하며 살았던 거야. 생각해 봐! 청춘 남녀가 단둘이서 밤낮을 함께 살았으니까, 무슨 일을 벌이려면 얼마든지 벌일 수 있었을 게 아니야? 그러나 그렇게 하지 않았어. 은교에게 약속한 게 있기 때문이야.'

'그게 억울해?'

'그럼! 억울하지. 난 몹시 억울해.'

한사코 파고 들어오는 것을 피해 버리자, 버럭 화를 내며 그는 억울하다고까지 말했다. 그가 그처럼 화를 내는 것은 생전 또 처음이었다. 그러나 그가 원한다고 해서 허락해줄 수도 없었다. 확실하게 그와 결혼한다고 하더라도, 뭐든지 다 제대로 뒤 정식 방법대로 치르지, 혜진 씨처럼 되고 싶은 생각은 추호도 없었다.

그뿐이 아니었다. 어쨌든 그녀의 결심이 확실히 서지 않은 상황에서는 설령 민우라 할지라도 아무렇게나 몸을 제공하고 싶지는 않았다. 아니 그것은 상대가 민우니만치 더욱 더 그렇게 하고 싶었다.

솔직히 현재로서는 민우나 이정우 모두 확신할 수 없는 상대들이었다.

우선 민우를 생각해 보면, 사람이 더없이 성실하고 자기 업무에 뚜렷한 능력이 있으며, 그만큼 좋은 성격의 남자도 드물 것이었다. 반면에 그러다 보니 고지식하고 변화에 대한 순응력이 부족하다는 점이 문제였다. 더구나 가족이 없는 사람이라서 집안 내력을 알 수 없고, 오빠를 비롯해서 집안 모두가 그만두라고 성화였다. 과거에 혜진과 썸씽이 있었다는 것 또한 심각하게 고려해 보아야 할 커다란 장애거리였다.

반면에 이정우는 엄마가 적극적으로 미는데다, 집안도 좋고 재력도 있는, 여하간 민우와는 비교할 수 없는 남자였다. 하지만 또 그만큼의 문제점들도 있었는데, 가장 결정적인 문제는 성격상 책임감과 성실성이 없어 보이는 점과 돈팡 같은 플레이보이 기질이었다. 또한 집안 내력이 여간 복잡한 듯싶었고, 특히 시어머니 될 사람이 신경이 쓰일 정도로 독단적이고 여간 깔깔한 성격이 아니었다. 남자조차 그 어머니만 보면 마마보이처럼 구는 것이라서 정나미가 떨어졌다.

하지만 정확하게 말하자면, 이제 사실 이정우는 거의 제외된 상태였다. 이정우라는 사람의 면면이 모조리 다 싫어졌기 때문이다. 그러나 사람 일을 어떻게 알 수 있겠는가? 올케 혜진 씨도 그런 말을 했었다. 처음에는 송충이보다도 더 싫던 철이 오빠와 결혼하게 될 줄은 꿈에도 몰랐었다고…….

집에서는 민우와의 관계를 보통으로 반대하고 있는 게 아니었다. 철이 오빠는 말할 것도 없고, 자세한 내용도 모르는 엄마나 아빠까지도 반대가 얼마나 심한지 몰랐다. 그래서 그와의 일은 너무도 불확실했고 난감하기 이를 데 없었다. 물론 나이가 나이인 만큼 결혼을 마냥 미룰 수도 없는 일이었다. 하지만 부모들 하자는 대로 서두를 이유도 없었다. 그래서 시간을 두고 기다보려는 것이 솔직한 심정이었다. 그런데도 최근 들어 민우가 원하는 것은 그게 아니라서 난감하기 짝이 없는 것이다.

민우랑 제주도 갔던 일이나, 아파트에서 지냈던 일, 그리고 그의 묘소까지 따라갔던 일 등등…… 모두가 다 어떻게 보면 이정우 때문이기도 했다.

양가 부모들은 해를 넘기지 말고 우선 약혼식이라도 하자고 성화였다. 하지만 본인의 확신도 서있지 않는 상황에서 집안 분위기에 맞추어 약혼이나 결혼식을 할 수 있겠는가? 서두르는 부모들이 섭섭하기만 했다. 그리고 설령 이정우와 결혼한다 치더라도, 민우를 가까이에서 더 지켜보고 싶었는데 그건 민우를 결코 쉽사리 잊을 수 없을 것 같은 강박감 때문이었다.

혜진 씨가 철이 오빠에게서처럼, 이정우와 결혼하면, 금시 그가 좋아질 수 있을까? 그러나 그건 누구에게나 다 해당되는 이야기도 아닐 것이고, 서두르면 서두를수록 나중에 두고두고 후회할 일만 더 많아질 것이었다.

어쨌든 항상 아빠가 말했던 것처럼 공격이 최선의 방어였다. 시간도 벌고, 이 기회에 오히려 다른 생각하지 말고 미국 지사 일이라도 확실하게 배우자고 미국으로 떠났던 것인데, 민우가 하는 작금의 행동이라거나 이정우 씨 댁의 독촉을 생각해 보면, 상황을 미루어두기만 했을 뿐, 문제는 결국 고스란히 원점에서 맴돌고 있는 셈이었다.

자! 어떻게 할 것인가? 아침식사로서 토스트와 커피를 준비해 놓았으나, 빵에는 손도 가지 않고 계속해서 커피만 마셨다. 몹시 어두운 표정으로 아파트를 나서던 민우의 얼굴이 자꾸만 떠올랐다.

그에게 다른 여자가 생겼을 리는 없었다. 하지만 사람 일이란 알 수 없는 일이 아닌가? 예전에 한경이라는 작부와 살림까지 차리려 했다지 않던가? 그가 언급하던 미스 홍이라는 여자도 자꾸만 신경이 쓰였다. 시골 병원의 폐쇄된 공간에서 반년 이상을 함께 지냈다면, 이미 두 사람 사이에는 상당한 친밀감과 교감이 형성되어 있을지도 몰랐다.

어떻게 할까? 퇴근해서 아파트로 오라며 어젯밤 넣어준 쪽지 편지를 그는 틀림없이 읽었을 것이다. 그가 다시 올까? 아무래도 그는 이제 제 발로 다시 걸어 들어올 것 같지 않았다.

민우는 은교와 헤어져서 인천으로 돌아온 이후로 다시 책 속에 파묻혀 살았다. 급선무인 보드 시험 준비에 온 정신을 쏟아야 할 것이기 때문이다.

7월이 되면서부터 두 2년차에게 투석실뿐 아니라, 내시경실까지도 완전히 맡겨버렸다. 그는 외래 3내과에서 시간표대로 외래 진료만 해주고, 나머지 시간에는 책 속에 파묻혀 지냈다.

물론 그 사이에 은교에게서 몇 번 전화가 왔었지만 시큰둥하게 대응해서 그랬는지, 그녀는 만나자고 하거나 인천으로 찾아오겠다는 말은 없었다. 어쨌거나 인연도 되지 않을 사람이라면 하루 빨리 잊는 게 좋을 일이었다.

혜진이나 은교나 이제는 먼 옛날의 추억처럼 가슴 한구석에다가 묻어버린 상태라면 말이 될까? 그녀들이 생각날 때마다 그는 더욱 책에만 매달렸다.

마침내 7월 말이 되었다. 전문의 시험을 응시하려면 어떻게든 대학병원으로 붙어야 했다. 내과학회의 분위기나 최근의 흐름도 모르고서 자기 혼자 교과서로만 공부한다고 해서 될 일이 아니기 때문이다.

그러려면 두 가지 방법이 있었다. 하나는 그의 모교인 C대학으로 가거나, 아니면 김 과장 친정에 해당되며 투석실 연수를 받았던 서울 T대학으로 가는 것이 곧 그것이었는데, 모교가 여러 모로 좋긴 하겠지만 멀리 시골에 있다는 것이 문제였다. 11월까지는 인천 병원에서 1주일에 3-4일은 외래를 보아주어야 하고, 그 나머지 시간에만 합숙 훈련에 합류해야 하는데, 1주에 한두 번씩 모교가 있는 K시를 오간다는 것은 현실적으로 불가능한 일이었다.

결국 김 과장의 소개로 T대학의 내과 의국장(레지던트 대표)을 찾아갔다.

"합숙에 끼워달라구요오……?"

민우는 가볍게 생각하고 갔으나 그게 아닌 모양이었다.

"왜? 어렵습니까?"

"아니, 어렵다기보다…… 이건 저 혼자 결정할 수 있는 게 아니라서. 우선 전체 회의에서 다른 의국원들 의견도 물어야 하고."

"전체 회의씩이나요? 제가 시골 C대 출신이라서요. 서울 쪽엔 연고가 전혀 없는 상황이거든요. 어떻게 좀 안 될까요?"

"그럼, 이렇게 하시죠."

문제는 또 돈이었다. 전국에 있는 16개 의과대학 간에 상호 시험 정보를 교환한다는 협정이 맺어졌는데, 의과대학으로 치면 가장 맏형격인 서울 S대와 Y대로 양분되어 있는 상황이고, T대학 외에도 H, K, P 대학이 Y대학과 연합하려 한다는 것이었다. 그래서 자기들도 Y대학에 상당한 액수의 돈을 지불하기로 한 것이니만치, 민우가 분담금을 부담할 의향이 있다면 자기 의국원들에게 먼저 의견을 묻고 다시 Y대에 협조를 요청하겠다는 이야기였다.

"그럼 비용은 얼마나 될까요?"

"기본 개별분담금은 물론 별도고, 저희가 다섯 명인데 Y대 연합에 낼 분담금이 500만 원이거든요. 한 명당 100만 원 꼴인데 거기에 개별 분담금이 매월 50만 원 정도라고 생각하시면 될 겁니다."

끝도 없는 돈이라서 난감하기만 했다.

"그렇게 많습니까?"

"호텔을 빌려야 하고, 지방대학들과도 오가야 하구, 정보가 새나가지 않게 하려면 외부에 있는 복사기에서 복사를 해올 수두 없고…… 인원이 많은 만큼 분량도 많거든요. 사무실 임대, 기계 구입비 등등, 돈이 꽤 드는 것이더라고요. 지난 번 총대 회의 때 저도 명세서를 보고 깜짝 놀랐죠."

"정말 대단하네요?"

"어떡하시겠어요? 곧 Y대에서 최종 회의가 있기 때매 하실 거래든 빨리 입금해주셔야 하는데요."

난감했다. 의국장의 말을 들어 보면 기본 100만 원에 매월 50만 원씩이면 아무리 적게 들어도 2차 시험이 끝나는 2월까지는 대충 400만 원 이상 들 것인데, 현재 가진 돈만으로는 역부족이었다.

"그럼, 더 생각해 보고 3일 내에 다시 찾아오겠습니다. 어쨌든 감사합니다."

처음에 그를 인천으로 부르면서 박뚱이가 해 주던 말이 생각났다. '과장 덜이 뭐, 네 맘 거튼 줄 알어, 새꺄?' 그걸 생각해보면 사실 어떻게든지 처음서부터 대학병원에서 수련을 시작했어야 했다. 그러나 이제 와서 어떻게 하겠는가?

심란한 생각에서 헤어나지 못한 채로 무심코 인천행 전철을 타고 한참을 가다가 중도에서 다시 서울행 상행열차로 바꾸어 탔다. 직접 S대나 Y대를 찾아가고 싶어서였다. 결국 여기에서도 돈이면 거기에서도 마찬가지로 돈이 아니겠는가? 한 다리를 거치느니 직접 부딪치는 게 훨씬 더 나을 일이었다. 아니 그것보다 치사스럽게 T대 의국원들 회의 결과를 기다릴 필요도 없었다.

먼저 S대를 가보기로 했다. 내과 병동에서부터 묻기 시작하면서 찾아다닌 S대 의국장은 가르쳐 주는 곳을 다 찾아다녀도 무엇이 그리 바쁜지 도대체 만나볼 수가 없었다. 마침내 병원이 아닌 의과대학 기생충학 교실에 있는 그를 간신히 만나볼 수 있었는데 그건 형사가 범인을 추적해가는 일보다 더 어렵고 힘든 노력의 결과였다.

"어느 병원이라구요?"

"인천 K병원인데요."

"학교는요? 우리 학교 아니시죠?"

"네, 시골 C대학 출신입니다."

"몇 년도 졸업이시죠?"

"74년도요."

"음…… 몇 사람이시죠?"

"저 혼잡니다."

"아, 그래요? 그럼, 그렇게 하시죠, 뭐……. 그런데 인천에서 오시려면 너무 멀지 않을까요?"

"끼워만 주신다면 상관없습니다."

"그러세요, 그럼. 그런데…… 혼자이시라니까…… 누구와 방을 써야지? 독방은 경비 때문에 곤란한데……."

"건 아무 상관도 없습니다."

"그래요? 그럼 제가 알아서 방 배치를 해드리도록 하죠. 그럼 지금 곧바로 내과 의국에 가서서 내 이야길 하시고 시간표를 받아가세요."

"참, 돈은 얼맙니까?"

"돈요?"

그는 잠시 더 생각해 보더니 아주 시원스럽게 말했다.

"현재 우리가 잠정적으로는 2차 시험 때 쓸 호텔 비용까지 해서 총 60만 원씩으로 계산하고 있는데요, 뭐, 그 정도면 충분할 겁니다."

"다른 비용은 없습니까?"

"다른 비용이요? 무슨 다른 비용이요?"

그는 민우가 하는 말이 무슨 말인지 알아듣지 못하겠다는 듯이 다시 반문을 했다.

"제 말은 복사 비용 등."

"아! 그런 건 거기에 이미 다 포함되어 있거든요."

"그럼 돈을 어디다 내야죠?"

"이번 목요일 새벽 모임 때 15층 1574호로 오셔서 우리 총무에게 내세요. 6시부터 시작이거든요. 그러니까 그 전에……"

"알겠습니다. 고맙습니다."

세상에! 이렇게도 간단한 일이었다. 단돈 60만 원으로 모든 것이 다 해결될 일이었고, 의국원들에게 의견 물을 일도, Y대에 협조를 요청할 일도, 400만 원이라는 거금도 필요할 일이 아니었다. 그리고 또한 무엇보다도 마음에 드는 것은 의국장이 시원시원하다는 점이었고, 솔직히 Y대보다야 S대가 한 수 위가 아니겠는가?

논문에서부터 합숙에 이르기까지 전문의 시험을 보는 데에 있어서, 과장들의 손을 빌리지 않고 자력으로 해결했다는 것은 대단한 자부심이었고 기쁨이었다. 호랑이를 잡으려면 호랑이 굴로 직접 뛰어들어야 한다는 것은 역시 만고의 진리였다. S대를 직접 찾아갔던 것은 말할 수 없는 행운이었다.

김 과장은 그를 보자마자, 눈치를 살피며 결론부터 물었다.

"네. 잘되었습니다."

민우의 시원시원한 대답에 김 과장은 얼굴을 활짝 펴며 기뻐했다.

"그래? 그럼, 이제 다 됐군. 선선히 끼워 주겠대?"

"아뇨, 거기보다 S대가 더 좋을 것 같아서요."

"S대? 왜, T댄 안 갔던 거야?"

김 과장의 얼굴 표정이 순간적으로 불만스럽게 바뀌었다.

"아뇨, 갔었는데요…… 자기네도 Y대로 붙어야 한다면서 Y대에 물어봐야 한다고 하더라고요."

돈 이야기까지 김 과장에게 해줄 필요는 물론 없었다.

"그래? 그럼 S대에 누구 아는 사람이 있었던 거야?"

"아뇨. 그냥…… 어떻게 됐어요."

스스로 해결하고 왔다는 말에 김 과장은 낭패스러운 눈치였으나, 더 이상 자세한 것은 묻지 않았다.

외래 진료 시간표와 S대 시간표를 대조해 보며 생각을 거듭해 보았다. 새벽 6시부터 강의가 시작되는데, 당일 차편이 그렇게 빠른 것은 없었다. 그렇다면 어떻게 해야 할까? 만약 외래 진료를 오전 오후로 연속해서 2일간 본다면 어차피 주당 4회는 마찬가지 아닐까?

S대 병원에 갈 필요가 없는 월요일과 수요일에 오전, 오후로 두 차례씩 연속으로 주당 4회 외래 진료를 보는 것으로 과장들과 합의를 보았다. 숙소는 반포 아파트에서 다닐까 하다가, 찜찜해서 그만두고 밤 시간에 잠만 자기로 하고 혜화동에 골방 하나를 얻어두었다. 밥이야 S대 병원 직원 식당을 이용하면 그만일 것이고, 공부도 S대 병원 도서실에서 하면 될 것이었다.

역시 대한민국에서 제일간다는 S대는 대단한 곳이었다. 일부러 새벽 5시쯤의 이른 시간에 1574호실로 들어섰는데, 상당수가 벌써부터 좋은 앞자리를 점유한 채로 책에 눈을 박고 있는 통에, 누가 총무인지 물어보고 싶어도 미안해서 말을 걸 수 없을 정도였다. 또한 수업 분위기도 매우 진지했다. 민우 역시 자기 깐에는 열심히 공부했다고 자부하고 있었으나, 그건 혼자만의 착각이었고, 완전히 우물 안 개구리였다.

수업은 교과서에 있는 내용을 강의식으로 하는 고전적인 방법이 아니라 문제해결 방식이라서, 그에게 익숙했던 교과서적인 단편적 지식만으로는 도저히 유기적인 관계를 생각하면서 답을 맞힐 수 없었다. 즉 어떤 환자의 엑스레이 필름 한 장 달랑 비추어 준다거나, 증상 몇 가지를 알려준 후 현장에서처럼 그 환자에게 어떤 검사를 할 것인지, 치료는 어떻게 시작할 것인지 주관식으로 답을 써내야 했다. 그래서 120분간의 수업 시간이 온통 시험 보는 시간이었고, 추리소설처럼 마지막에 가서야 환자의 모든 것이 밝혀지는 것이라서 각 단계별로 자기가 써냈던 답이 과연 맞는 것인지 아닌지는 그때서야 알 수 있었다.

시험과 같은 120분간의 수업 시간이 끝나면 30분 정도 수험생들의 질문과 출제자의 간단한 해설을 하는 시간이 있었고, 기타 더 자세한 것은 도서관에서 스스로 필요한 책을 찾아보며 공부를 해야 했다. 정말이지 이러한 수업은 민우로서는 그동안 단 한 번도 받아본 일이 없는 새로운 방식이었다. 그래서 인천 병원에서 외래를 보는 시간만 겨우 인천에 있었을까, 그 외의 시간에는 서울 S대학 강의실과 도서관에서 붙어살다시피 하고 있었다.

그러나 새로운 공부 방식이 버거운 만큼 한편으로는 재미도 있었다. 그리고 다행히 교과서적인 기초가 튼튼했기 때문에 적응하는 데 그렇게 많은 시간이 걸리지도 않았다.

만약에 인천에서 혼자 교과서만 붙잡고 공부하고 있었거나, 예상 시험문제라고 해서 T대 등지에서 프린트 물이나 간신히 얻어 보았더라면 어쩔 뻔했던 것일까?

그리고 더욱 놀라자빠질 일은 1, 2차 고사나 3차 면접이나 간에 모든 시험이 100% 이런 식이기 때문에, 교과서적이고 단편적인 실력으로서는 아예 1차에서부터 불합격되어 2차 고사를 볼 자격도 얻지 못했을 것이었다.

행운의 여신은 그에게 인천 병원의 수련 자리 마련에서부터 지금껏 철저하게 함께해 주고 있었다.

월요일 오전 오후 외래 진료를 위해서 일요일 밤에 인천으로 왔고, 월요일 오후 외래가 끝나면 당일 밤 다시 서울로 가야, 다음 날 화요일 강의를 들을 수 있었다. 물론 화요일 저녁 시간에는 수요일 외래를 위해 다시 인천으로 와야 했고……. 그러고서 그날 오후 진료가 끝나면 당연히 다시 서울행이었다. 그러다 보니 서울에서 지내는 시간이 월등하게 많게 되었다.

서울에 오면 강의실과 도서관에서 종일 파묻혀 지내다가 통금이 임박해서야 셋방을 찾아들어갔고, 강의가 새벽부터 있었으므로 겨우 3-4시간이나 머무르며 잠을 잤을까, 곧 다시 강의실을 찾아갔다.

그러다 보니 매일 하던 샤워라거나 면도는 물론이고 옷도 잘 갈아입지 못해서 꼴이 말이 아니었다. 그런 몰골로 어떻게 외래 진료를 할 수 있겠는가? 그래서 일요일 오후에 인천에 오면 목욕탕부터 들렀고, 목욕이 끝나면 당연히 빨래 순서였다. 그렇게 해야 다음날 외래 진료를 마친 후, 숙소에서 그동안 말라 있을 빨래를 거두어 세탁소로 들고 갈 수 있기 때문이다.

아무튼 그런 식으로 바쁘게 지내다 보니 어느새 11월 초순이었고, 두꺼운 옷이 필요해지면서 비로소 세월을 실감하게 되었다. 달력이 그렇게 많이 걸려 있었고, 외래 진료 때 환자 차트마다 날짜 도장이 찍혀 책상으로 날라져오는 것이었으나, 그럼에도 불구하고 그 혼자서만 세월 가는 줄도 모른 채 지낸 셈이었다.

그날은 외래 진료를 해야 하는 월요일이라서 오전부터 3내과에 앉아 있었는데, 오후 2시쯤 은교와 미스 홍으로부터 여속적으로 전화가 왔다.

두 사람 모두 별다른 것은 아니고, 잘 지내느냐면서 바쁘지 않으면 언제 얼굴이라도 한번 보자며 연락 방법을 물었는데, 시험 날짜가 얼마 남지 않은 이상 부담스러운 제안들이었다.

'진짜로 날 미워하고 있는 건 아니지?' 은교 말은 그랬고, '설마 날 잊어버린 건 아니죠?' 하고 미스 홍이 말했다.

'별소릴······.' 하고 말하자 그녀들은 하나같이 그럼 왜 그러냐고 물었다. '보드가 코앞이라서······ 공부할 게 얼마나 많은지······.' 하고 말하자, 두 여자 모두 의심스럽다는 듯이 공부는 그 동안 이미 다 해 놓았던 건 아니냐며 남 속 타는 줄 모르고 철없는 소리만 복창했다.

'아냐, 여하간 그게 아니더라고. 응. 나 지금 환자가 많이 밀려 있어서 그런 데······ 미안해. 이따가 내가 전화해 주면 안 될까?' 그러자 은교는 '바쁜 사람이 전화는 무슨 전화야. 내가 다시 할게.' 하고 전화를 끊었고, 미스 홍은 '알았어요. 담에 또 전화해요.' 하고 전화를 끊었다.

그러고 나서 며칠 지난 토요일 오후 인천에서 수요일 날 오후에 올라온 이후로 3-4일간이나 샤워도 면도도 못하고 옷도 갈아입지 못한 후줄근한 차림으로 도서관에서 책을 보고 있는데, 어떻게 알았는지 은교가 거기까지 찾아왔다.

"어떻게 여기까지?"

경탄스럽고 놀라웠던 나머지 도서실임을 잊고 탄성을 지를 뻔했다. 그녀 역시 분위기를 의식하는지 귀에 입을 바짝 가져와 들릴락 말락 하게 속삭이듯 물었다.

"지금 바빠?"

"아냐, 괜찮아."

"그럼, 나가서 차나 한 잔 하자."

"이런 차림으로?"

"뭐 어때. 수험생인데."

보던 책을 그대로 덮어두고 까치발로 도서실 방을 빠져나왔다. 멀리가기도 뭐해서 병원을 나오자마자 눈에 띄는 대로 아무 찻집이나 들어갔다. 조명이 어두운 지하 다방이었다.

"그러고 있으니깐, 민우 씨, 꼭 고시 공부하는 사람 같네. 하긴, 시험 전에는 누구나 다 그런 거니까. 참! 나 낼 미국 들어가."

"그래?"

"그게 전부야?"

"그럼?"

"됐어. 그리고 나 혹시 약혼할지 몰라."

"미국에서? 잘됐군. 축하해. 누구랑? 이정우 씨?"

그러나 그녀는 고개를 좌우로 흔들며 말했다.

"아니."

"그럼…… 누구 딴 사람이 또 있었어?"

그녀는 여전히 알 수 없는 미소를 띠면서 고개만 흔들었다.

"여하간 축하해. 그동안 은교 씨가 나에게 해 준 모든 일들을 난 결코 잊지 못할 거야. 진심으로 축하해……"

약혼하게 되었다는 말에 이제는 남의 여자가 될 그녀에게 은교라고 호칭할 수가 없어 오랜만에 '씨' 자를 넣고 말했다.

"아파트는 이미 민우 씨 이름으로 되어있으니까 민우 씨가 그냥 가져도 돼."

"고맙긴 하지만…… 그렇게 하고 싶지 않아."

"그래도 그렇게 해야 돼."

"왜?"

"그래야 민우 씨가 날 잊지 않을 거잖아."

"아냐, 그럴 필요 없어. 그래서두 안 될 거구. 이런 말을 지금 해서 좋을지 모르겠지만……"

"뭔데? 말해 봐."

"아냐, 그만두는 게 서로에게 좋겠어."

"말해 봐. 난 듣지 않으면 여기에서 일어서지 않을래."

"그래?…… 그렇담…… 오해하지 말구 들어. 무슨 말이냐 하면……."

그녀는 여전히 보석처럼 초롱초롱 반짝이는 눈매로 그를 바라다보았다.

"이제는 다 쓸데없는 말이겠지만…… 다른 오해는 하지 말고 그냥 들어줘. 오늘이 서로 만날 수 있는 마지막 기회일지 모르니까 말야."

자꾸만 목이 말랐다. 물을 마시려다 보니 빈 잔이라서 손을 들어 직원을 불렀다.

"여기 물 좀 갖다 주세요! 뭐냐 하면 말이야……."

곱지 않은 시선으로 레지가 물 컵을 다시 가져다주며, 잘 차려입은 은교와 후줄근한 차림에 수염투성이인 민우의 관계가 몹시 궁금했던 모양으로, 흘끔거리며 두 사람을 살펴보았다.

"그동안 할머니를 빼면 이 세상 어느 누구보다도 은교 씨랑 제일 가깝고 행복하게 지냈다고 생각해. 이상하게 들릴지 모르겠지만 앞으로도 은교 씨 아닌 다른 누군가와 그만큼 가깝고 행복하게 지낼 수 있을지 의문이야. 그러려면 아마 많은 노력이 필요하겠지. 알다시피 혜진 씨나 별이도 사랑했지. 하지만 두 사람과는 극히 단기간 동안이었어. 은교 씨와는 비교할 수도 없는 거야. 그것 말고도 시골 묘소 일이라거나 응급실 일 때문일 지도 모르지. 아니면 미지의 다른 이유 때문이라거나. 어쨌거나 헤어지기 전에 그랬다는 것을 말해주고 싶어. 하지만 그랬다는 거지, 그게 뭐 어떻다는 말도 아냐. 그건 은교와 상관없이 나 혼자만의 이야기일 수도 있으니까. 그랬다는 것만 알고 이제 다 잊어주길 바래."

그는 은교를 쳐다보지도 않고 눈을 탁자에 내리깐 채로 천천히 고통스럽게 말했다. 은교는 그의 말을 경청하며 계속 응시하고 있었다.

"그리고 이건 정말로 이상한 말 같지만 난, 그럼에도 불구하고 혜진이나, 별이 때보다 은교를 더 잊기 쉬울 거야, 그러니까 내 걱정은 말아줘. 잘 살기나 해. 내가 말하고 싶은 건…… 그래! 그것뿐이야. 은교는 조건도 좋고 현명한 사람이니까 내가 잘 살라고 하지 않아도 물론 잘 살겠지만……."

"왜? 왜 날 젤 사랑했다면서 잊기가 젤 쉽다는 거야?"

"글쎄…… 서로 너무 다른 환경이라는 것을 첨서부터 자각했기 때문일 거야. 아니면…… 지난번 제주도 다녀온 이후로 이별 연습을 여러 번 했기 때문일 지도 몰라. 잘 모르겠어. 하지만……."

그는 몹시 고통스러운 표정을 지으며 말을 계속했다. "하지만 이별식 이후로 다시 또 만났으니까…… 잘 이겨냈던 것처럼 느끼는지도 모르지. 어쨌든 잘 살기 바래."

"그래, 알았어. 그럼 민우 씨 부탁대로 잘 살게."

"그래! 그럼…… 참! 지금 일어서야 돼?"

"민우 씨가 바쁘면 일어서고."

"아냐, 괜찮아……. 이왕 나온 김에 조금 더 있다 들어가야겠어. 은교와도 이젠 마지막이라고 생각하니까…… 어쩐지…… 모든 게 다 시들해지는 군……. 술 생각도 나고……. 하지만 그래봤자 좋을 건 없겠지. 더구나 지금은 시기가 시기이니까 말야……."

관조라는 말이 있다. 아무런 애착이나 선입감을 갖지 않고 사물을 있는 그대로 순수하게 본다는 뜻인데, 지금 몸을 뒤로 젖히고 뒤통수를 의자에 잔뜩 붙인 채로 은교를 그윽하게 바라보고 있는 민우의 태도 역시 그럴 것이다.

"그럼 시험은 언제야?"

"1차는 1월 17일이구, 2차는 2월 초래. 하지만 그딴 게 은교와 무슨 상관

있겠어? 참! 미국이라니까…… 설마…… 예전에 혜진 씨 때처럼…… 나더러
거기까지 와서 은교 씨 결혼 축하해달라고 하지는 않겠지?"

"물론…… 그런 건 걱정하지 마. 그럼 2차까지 끝나면 되는 거야?"

"아냐, 3차도 있어. 3차는 구두시험이라서 2차 때 동시에 한대."

"그렇게도 시험을 여러 차례 보는 거야? 끔찍도 해라! 그럼 1차 시험 날짜
만 발표된 거네?"

"그런 셈이지. 하지만 여하간 2월 중순 안에 다 끝나기는 해. 2월 말에는
군대에서 뽑아가야 하니까."

"그럼, 민우 씨도 군대 가는 거야?"

"아냐, 그럴 팔자만 되면 얼마나 좋았게?"

"무슨 뜻이야, 그게?"

"군대도 못 가는 팔자라는 뜻이지 뭐야. 난 혼자라서 군대도 안 된대."

"그럼 더 좋잖아?"

"하지만 학교 때는 군대 갈 수 있는 사람들이 얼마나 부러웠는지 몰라. 3
년 군대 의무 기간에 5년만 더 있겠다고 등록하면 장학금에, 책값에, 하숙
비까지 거저 나왔어. 나중에 알고 보니 세상에, 수련도 사회 병원에서 군대
TO로 받을 수 있는 거야. 난 정말 그게 필요했지만, 고아래서 해당이 안 되
잖아? 고생만 실컷 했지."

"그래도 지금 생각하면 잘된 일이네, 뭐……. 참, 저녁 시간이 다 됐네. 저
녁하고 들어갈 거야?"

"저녁? 아냐, 괜찮아. 그럴 필요는 없어."

헤어지는 마당에 저녁이라니, 그건 슬픔을 넘어서 고문이나 다름없을 것
이었다. 아무래도 술도 마시고 싶을 거고.

"간단하게 해도 안 돼? 1시간 정도?"

"아냐, 여기 그냥 이대로 조금만 더 있다 일어나고 싶어."

"내가 진짜 진짜 민우 씨에게 특별히 부탁해도?"

"아냐, 여기에서 그냥 헤어지는 게 좋겠어. 행복하길 바래! 그럼……."

그는 대답 대신 난처할 때마다 버릇처럼 내보이던 쓸쓸한 웃음과 함께 손을 내밀었다. 그녀가 그의 손을 잡았다.

"잘 가. 잘 살고. 은교 씨 그동안 너무 고마웠어."

헤어지려는데 그녀가 손을 놓아주지 않았다. 그러면서 오히려 그를 자꾸만 자기 쪽으로 끌어당기며 말했다.

"민우 씨는 나와 약혼할 상대가 누군지 알고 싶지도 않아?"

"그게 무슨 상관이 있겠어? 훌륭한 상대겠지."

"하지만 민우 씨는 날 세상 어느 누구보다도 사랑한다고 하지 않았어? 자기 할머니 다음으로? 그렇다면 당연히 알고 싶어야 하는 것 아냐?"

"글쎄……."

"그 상대가 만약 민우 씨라면 어떻게 할 거야?"

"은곤 지금 무슨 소릴 하고 있는 거야?"

"민우 씨가 프러포즐 해주지 않으니까 내가 대신 하는 거잖아, 이 바보야!"

"무슨 소리야? 은교는 지금 무슨 소리를 하구 있는 거야?"

"그동안 고민 많이 했어……. 하지만 다 소용없는 일이었어. 민우 씨와 헤어져 살 수 없다는 것만 깨달았어. 민우 씨는 그렇지 않았어?"

"?"

"물론 장애는 많을 거야. 하지만 난 다 이겨낼 자신 있어. 집에서의 반대나, 모든 걸 다……. 진짜 난, 다 이겨낼 자신 있어. 민우 씨만 좋다면……. 대신…… 난 뭐든지 다 제대로 할 거야. 민우 씨 시간 조금만 내서…… 우리 저녁이나 하러 가자."

종잡을 수 없는 그녀의 말을 들으며 꿈길을 걷듯 근처 식당으로 들어갔다.

"진짜로 낼 미국 들어가는 거야? 이번에는 얼마나 있을 건데?"

"한 두어 달? 민우 씨 시험 끝날 때쯤이면 아마 충분히 돌아올 수 있을 거야. 참! 그런데…… 그땐 민우 씨 인천에 있진 않겠네?"

"글쎄…… 알 수 없지. 2월 말까지는 레지던트로서 근무하는 거고, 3월 초엔 섬에 붙든 떨어지든 수련 병원에서는 자동 사직이니까……."

"그럼 어떻게 할 거야?"

"글쎄, 아직…… 잘 모르겠어. 하지만 자린 많대. 조건이 문제지…… 서울 이든 인천이든 조건이 좋은 곳이 있으면 아무 데나 들어가야지."

"그렇담 되도록 서울 쪽으로 해."

"알았어. 그렇게 할게."

"들어가 봐야지?"

"그래, 이제 일어서야겠어. 참! 아까 했던 말은 정말로 진짜야?"

"민우 씨느은!"

"미안해. 하지만 날 늘 밀어내기만 했었잖아."

"난 뭐든지 다 정식으로 하고 싶어. 생각해 봐. 확신도 없이 욕망만 따르 다 보면 불행만 초래하게 되잖아. 그래서는 진실도 장래도 행복도 없는 거 라고 봐. 참, 전화는?"

"당분간 월, 수, 종일 외래를 보니까, 그때 하든가, 아니면…… 아주 급한 일이라면 여기 S대 병원 내과 의국으로 전화해서 메모를 남겨도 돼."

"그럼 집엔 아주 안 들어가는 거야?"

"응…… 일요일 밤과 화요일 밤은 인천 숙소에서 지내고…… 나머지 날 밤은 혜화동에서 지내."

"혜화동?"

"응, 잠시 시험 기간 동안만 있을 거라서 잠 잘 방만 하나 구했거든."

"아파트가 더 편할 텐데…… 미스 권도 있고."

"미스 권?"

"아파트에서 한 번 만났다면서?"

"응, 난 또 누구라고. 아파트는 반포라서 다니기가 조금…… 어차피 내년 2월까지는 인천 외래를 봐줘야 하니까 인천이야 어쩔 수 없지만, 서울에서는 아무래도 도서관에서 밤늦게까지 있고…… 그리고 잠만 자는 거라서……"

"불편하진 않아?"

"조금. 그래서 이 몰골이지."

"그럼, 이 근처 어디 쓸 만한 집을 구해 볼까? 아니면 단기간이니까 호텔은 어때?"

"아이구, 관둬. 됐어. 금방 끝날 텐데, 뭘. 더 불편해."

그녀와 헤어져 도서관으로 돌아오며 곰곰이 생각해 보니 그게 무슨 새로운 이야기도 아니었다. 다만 이정우와 그의 중간쯤에 어정쩡하게 서 있던 그녀가 한발 더 그쪽으로 가깝게 다가섰다는 점, 그리고 그녀가 곧 누군가와 결혼할 건 아니라는 점, 단 두 가지일 뿐.

설령 그녀가 아무리 확실하게 결정했다고 하더라도 부모들의 허락이 또 필요한 것이고, 그러자면 거푸 산 너머 사이였다. 하지만 어쨌거나 그녀가 확고하게 말을 전하고자 갑자기 도서실까지 찾아왔다는 것은 그만큼 더 확실성에 근접했다는 증좌였다. 여하튼 이 문제는 시험이나 끝나면 그때 가서 다시 또 생각해 봐야 할 일이고, 당장은 거기에 신경 쓸 여유가 없었다.

9. 춘향이 노름

12월부터는 K병원 외래도 1주일에 오직 월요일 하루만 보아주면 되었다. 시험이 얼마 남지 않았다는 이유로 과장들이 그에게 선심을 베풀어 주었기 때문이다. 그래서 12월부터는 일요일 밤에 인천으로 왔다가 다음 날인 월요일 오전, 오후 두 차례 외래를 커버해주고는 저녁 때 다시 서울로 가서 나머지 6일간을 보냈다.

인천 숙소로 돌아오는 일요일 저녁이면 면도와 목욕을 했다. 솔직히 귀찮고, 그 시간조차 아깝긴 했지만, 외래에서 의사 노릇하려면 어쩔 수 없었다. 물론 빨래도 이미 오래전에 그만 두었다. 그럴 시간이 있으면 책이라도 한 줄 더 봐야 할 터이니까.

시험이 가까워질수록 마음만 더욱 초조해졌다. 그래서 속옷은 가능한 한 여러 날 입고 지내는 걸 원칙으로 했고, 더러워지면 벗어서 숙소 방 한 구석에 쌓아두고 아예 새 옷으로 사서 입었다. 빨래야 시험 끝나면 한꺼번에 몰아서 해도 될 거니까. 아니면 싹 쓰레기통에 처넣어버리던가.

12월 22일, 토요일, 내과학회에 원서 접수를 했다.

시험보기 위한 서류도 웬만큼 많은 게 아니었다. 수련 중 직접 다룬 퇴원 환자 요약 기록지 400명 분, 본인이 주저자로 발표된 논문 1편과 부저자로 된 논문 2편, 아니면, 주저자로 된 논문 2편. 거기에 또, 수련증명서, 의사면허증 사본, 돈 20만 원까지……. 서류만 해도 한 보따리였다.

원서 접수를 끝내고 곧 바로 인천행 전철에 올라, 피곤한 눈을 감고 있으려니까 온갖 생각에 만감이 교차되었다. 처음 박똥의 전화를 받고 인천을 오던 날……. 흉부외과 과장과의 첫 수술……. 은교……. 무의촌……. 그리고 미스 홍에 이르기까지……. 의과대학을 졸업하고 새내기 의사가 되었을 때보다 감회가 훨씬 더 깊었다.

전철에서 내려 숙소를 가는 길에 병원 앞을 지나면서 건물을 올려다보았다. 특별히 대단하다거나 분에 넘치게 잘해 준 병원은 결코 아니었지만, 그가 노력할 수 있는 터전을 마련해 주었고, 4년간의 수련을 마치게 해준 곳이었다. 또한 혜진을 잊을 수 있도록 그에게 쉴 새 없이 환자들을 안겨 주었으며, 은교를 만나게 해주었던 곳이기도 했다.

고개를 숙인 채로 이런 저런 생각에 젖어 걷다 보니 어느새 숙소였다. 문을 따려고 주머니에서 열쇠를 꺼내려다 보니, 방문이 열려 있었다. 깜짝 놀라 안채 쪽을 뒤돌아보았다. 비상사태를 대비해서 집주인에게 열쇠를 맡겨 두었기 때문이다. 그러자 뜻밖에도 마당에 있는 수돗가에서 빨래에 여념이 없는 미스 홍의 모습이 보였다.

"미스 홍? 뭘 해?"

빨래를 하고 있다는 것을 눈으로 보면서도 우스운 질문부터 나왔다. 그녀는 수돗가에 쭈그리고 앉아 빨래를 계속하면서 손등으로 이마의 땀을 닦아내며 말없이 생긋 미소만 지었다.

"집은 어떻게 앉았어?"

그녀는 여전히 미소를 짓기만 했다. 문이야 주인집에서 열쇠를 받아서 열었겠지만 빨래를 할 생각은 어떻게 했을까? 냄새와 때에 찌든 속옷들이 그녀의 손에 의해 말끔하게 제 색깔과 냄새를 찾아가고 있는 중이었다.

"갈아입을 옷이 있죠? 입고 있는 것도 벗어놓으세요. 이왕 하는 김이니까."

"쓸데없이……."

"쓸데없는 건 아니에요. 저녁식사 비용을 벌고 있으니까."

"그렇게 안 하면 뭐, 저녁밥 못 먹나?"

"바빠서 전화도 제대로 못 받잖아요? 목욕 갈 거죠? 이왕 손댄 김에 다 해버리게 얼른 옷이나 벗어주세요."

"미안해서 어쩌지?"

"어쩌지 말고 저녁 살 준비나 하세요. 그리고 그 옷이나 빨리 벗어주고요. 빨아서 한꺼번에 삶아야 하니까."

어차피 자신의 치부를 다 본 이상, 머뭇거릴 것도 말 것도 없었다. 땟국이 흐르는 꾀죄죄한 속옷을 건네주고는 목욕탕으로 갔다. 피로를 푸느라고 모처럼 오랜만에 찬물과 더운물을 오가며 장시간 몸을 물에 담그며 미스 홍과 은교에 대해서 생각해 보았다.

은교가 결심을 밝힌 이상 그녀의 말을 도외시할 수는 없었다. 그렇다면 미스 홍의 접근은 결코 바람직한 것이 아니었다. 목욕탕과 이발소를 다녀오느라고 근 3시간쯤 걸렸을까, 이미 어둠이 깔린 오후 6시쯤 돌아와 보니 그녀는 온기도 없는 방 안에서 혼자 오두마니 앉아 있었다.

요사이로는 1주일에 한두 차례 숙소를 이용할 뿐이라서 아예 아궁이에 연탄불을 넣을 생각도 하지 않고, 1인용 전기장판 하나에 의지해서 새우잠을 잤었다.

"춥지 않아?"

"방에 불을 넣었어요. 빨래를 삶을 수도 없고, 빨래를 방에 널어놓아봤댔자 쉽게 마를 성싶지도 않아서 주인집에서 불을 붙여 왔죠. 아랫목 쪽으로는 금방 따뜻해지네요."

"그래, 고생 너무 많았네? 자, 그럼 우리 나갈까?"

그녀와 늘 단골로 자주 갔던 시내 한식당 2층 방으로 올라갔다.

"시험은 언제예요?"

어쩐지 그녀가 몹시 피곤하게 보였다. 공연히 날도 추운데 힘들게 빨래까지 했다는 생각에서 몸살이라도 나면 어쩌나 하고 걱정이 되었다.

"1월 17일. 근데…… 어디 아파?"

그녀는 고개를 좌우로 저으며 자기 말만 앞세웠다.

"모든 과가 다 똑같은 날 보나요?"

"음. 1차는 모두 다 똑같을걸. 근데 오늘 너무 무리한 건 아냐?"

그러나 그녀는 자기 이야기에 대해서는 한마디 대답도 없이 자꾸 묻기만 했다.

"2차까지 있어요?"

"아니, 3차까지."

"대개 다 붙죠?"

"알 수 없지. 하지만 난 다행히 운이 좋아서 S대에 붙었으니까, 정보는 확실하고 빠르거든. 아마 잘 될 거야."

"뽀드 되면 그대로 근무할 거예요?"

"그때 가봐야지. 우선 셈이 급선무니까."

"G병원에서도 내과 뽀드를 두 사람 더 구한다던데…… 자세한 걸 알아봐드릴까요?"

"놔둬. 그게 당장 급한 게 아니니까. 그리고 혹시 떨어져 봐! 애경이나 나나 웃음거리만 될 거잖아?"

"이 선생님이 떨어지면, 붙을 사람 씨도 없을걸."

"아냐, 꼭 그런 것만은……"

"난 이 선생님이 G병원에 오면 진짜 좋겠는데……"

"왜?"

"저녁 걱정은 안 해도 될 거잖아요? 호호호!"

"저녁 걱정! 하하하! 좋지!"

그녀는 갑자기 마치 꿈을 꾸는 표정이 되더니 배시시 웃으며 말했다.

"난 아무리 생각해 보아도 이 선생님과 천천에서 함께 지냈던 때가 젤 좋았던 것 같아요. 이 선생님은 그렇지 않으세요?"

"왜! 나도 똑같지."

"그렇죠? 식료품을 사러 눈 터널을 뚫고 가질 않았나⋯⋯. 참! 그보담도 그때 그 다슬기하고 가래떡 구이가 얼마나 맛있었는지 몰라요."

"그랬어. 진짜야."

"그때 일들이 진짜 영화 속처럼 생각돼요. 한 번만 더 그렇게 해봤으면 소원도 없겠어요."

갑자기 그녀의 눈에 이슬이 맺히는 것 같았다. 그렇게 좋았을까? 눈물이 날만큼? 눈이 세상을 다 뒤덮어버리던 날, 그녀를 안으면서 느꼈던 부드럽고 따스했던 유방의 감각이 새삼스럽게 다시 되살아났다.

"그렇담 애경이가 다시 한 번 아파서 내려가야지, 뭐."

"그렇다고 이 선생님이 다시 따라오시겠어요?"

"소원이라는데⋯⋯ 한 번 생각해 봐야지. 안 그래? 참! 집은 어떻게 알아낸 거야? 열쇠는?"

"다 아는 수가 있죠. 열쇠는 주인집 아줌마에게 비상용이 있을 거잖아요? 어떻게 되느냐고 자꾸 묻길래 그냥 사촌 여동생이라고 했죠, 뭐"

"그런데 갑자기 여기 올 생각은 또 어떻게 했어?"

"그건 비밀이에요. 담에 말해 줄게요."

"별게 다 비밀이네."

시기가 시기인 만큼 술은 마시지 않았다. 저녁 후로는 예전과 똑같이 근처 찻집으로 가서 잠시 더 앉아 있다가 그녀와 헤어져서 집으로 돌아왔는데, 얼굴이 전보다 못하다는 생각이 자꾸만 들었다.

숙소로 돌아오자 여자가 한 번 왔다 갔다는 것이 얼마나 대단한 것인지 몰랐다. 깨끗하게 방 안 청소가 된 것은 물론, 이부자리 속이 뜨끈뜨끈해서 모처럼 사람 사는 방처럼 느껴졌고, 덕분에 모처럼 따뜻한 방에서 편안히 잠도 잘 잤다. 다음 날 외래가 끝나고 다시 들러 보니 빨래가 다 잘 말라 있었다. 삶아낸 덕택에 때도 잘 빠졌고, 아무리 빨아도 없어지지 않던 퀴퀴한 냄새까지도 깨끗이 사라지고 없었다.

새해가 되었다. 마침내 시험을 2주 앞둔 1월 4일부터 시내 P호텔로 합숙을 들어갔다. 식사는 호텔 근처 아무 데서나 하면 되었고, 방마다 욕실이 있다 보니 아주 별천지였다.

같은 방에 룸메이트로 배정된 사람도 군소 병원 출신으로서, S대에 빌붙은 사람이었다. 눈인사나 할 뿐 별로 말이 없고 공부만 하는 성격이었다. 어쨌거나 호텔에서는 매일같이 아무 때나 샤워를 할 수 있다는 것이 가장 큰 기쁨이었다. 하지만 시험을 코앞에 둔 상황이라서 하루하루가 긴장과 불안의 연속이었다. 오직 어서 빨리 시험이 끝났으면 하는 마음뿐……

마침내 시험 전날이 되었다. 기다려도, 기다리지 않아도, 시간은 확실하게 흘러가는 법이었다. 룸메이트는 몹시 불안해하며 잠이 안 온다면서, 그에게 발륨(진정제의 한 가지) 주사까지 놓아달라고 부탁했던 반면, 그는 샤워 후 일찍 잠을 청했고, 편안하게 잘 잤다. 아침에 일어나서 프런트로 내려오니 예고되었던 대로 시험 장소로 태우고 갈 버스가 벌써 대기하고 있었다. 아침을 먹을 만한 시간적 여유는 있었으나, 혹시 속이 불편할까 봐 커피만

한 잔 마시고는 차 안으로 들어가 눈을 감았다.

아마 이번 보드 시험만 끝나면 더 이상 큰 시험은 없을 것이었다. 수험 장소는 시내 한 고등학교 교실이었다. 고사장에 들어서자 칠판에 큼지막하게 2차 시험 안내문이 적혀있었다. 1차 시험 발표는 1월 25일이고 2차 시험은 1차 합격자에 한해서 27일부터 실기 위주로 치러질 것이며, 3차는 2차가 끝난 즉시 동일 장소에서 구술시험으로 치러진다는 내용이었다.

시험이 몹시 어려울 것이라고 예상했었으나, 실제로는 생각보다 덜 어려웠다. 오전 9시부터 12시까지 3시간 동안 시험이 치러졌는데, 거의가 다 한 번씩은 풀어본 문제들이었다. 시험이 끝나자 S대 측에서 해준 안내로는 호텔 합숙 대신, 모레부터 다시 병원 15층에서 2차 준비 슬라이드 강의가 예전 시간 그대로 있을 것이라는 것과, 따라서 그동안 술을 못 마셨거나, 애인을 못 만난 사람들은 오늘과 내일을 이용해서 마음껏 잘 노시라는 전갈이었다. 모처럼 홀가분한 마음이 되어 고사장을 나오고 있는데 학교 정문 앞에서 강 선생과 의국 후배들이 그를 기다리고 있었다.

"시험은…… 잘 보셨습니까?"

"응. 뭐 그렇게 어렵진 않더라고. 2차나 3찬 어떨지 모르겠지만……."

그렇지만 다음 해에 당장 시험을 보아야 하는 강 선생은 그의 말을 신뢰할 수 없다는 표정이었다.

"이번 시험이 어렵다고들 모두 이구동성이던데요?"

"그래? 아! 맞아, 그게 문제 해결식이라서 그래. 그래서 이야긴데 교과서로 예전처럼 공부해서는 절대로 안 되겠더라고……. 정보를 얻으려면 반드시 대학에 붙어야 하겠고 말이야. 참, 강 선생은 Y대 출신이니까, 뭐 걱정할 것도 없잖아?"

"그렇긴 하죠."

모처럼 홀가분한 기분으로 술을 마시러 그를 따라 신촌을 갔다. 강 선생은 그 근처 술집은 완전 쫙 꿰고 있었다. 오후 3시부터 시작한 술을 저녁도 굶고서 밤 8시가 될 때까지 퍼마셨으니까, 생각해보면 거의 5시간 이상을 술집에서 퍼질러 있었던 셈이다.

"꺽! 미스 홍 잘 아시죠?"

모처럼 오랜만에 마시는 술에 정신이 오락가락하는 판인데, 강 선생이 난데없는 소리를 꺼냈다.

"미스 홍 누구?"

"에이! 아무리 술이 취했대도 자기 애인두 몰라서야, 어디 말이 됩니까?"

"애인?…… 아! 미스 홍애경? 홍애경이 말이야? 이 사람아! 그게 무슨 애인이야? 애인은 아니지! 사촌 누이쯤은 되더라도……. 근데?"

"그래요? 여하간 소문은 그런 식으루다 다 나있는 거니까…… 꺽! 그렇죠. 정확하게 다 아시네, 뭘……. 아직 안 취하셨구먼……. 자! 한 잔 더 마셔요. 오늘은 섬도 끝났으니 한 잔 마셔야죠? 안 그렇습니까? 꺽! 근데 진짜예요?"

"뭐가?"

"꺽! 애인이라는 게……."

"이 사람이! 무슨…… 난데없이…… 쓸데없는 소릴…… 오누이 사이래니까."

"오누이? 오누이 좋아하시네. 꺽!"

"근데, 왜?"

"걔 소식 몰라요?"

"소식? 무슨 소식?"

"걔가 류케미아로 꺽! 우리 병원에 어드미션(입원)했다는 거 아닙니까?"

"류케미아(백혈병)? 류케미아라구? 그게 무슨 말이야? 강 선생?"

"무슨 말은 무슨 말입니까? 꺽. 그렇다는 얘기지……. 차암 안 됐드라구요. 꺼억! 인생이라는 게 차암…… 별거 아니드라구요. 꺼억! 안 그렇습니까?"

술에 확 깨면서 제정신으로 돌아왔다.

"미스 홍이 류케미아라구?"

"그렇대니까요…… 꺽! 그러니 한 치 앞을 내다보고 산다면 귀신 아니면 도깨비죠. 꺼억. 제길, 술두 제대루 다 처마시기 전에 웬 딸꾹질부터 난디야"

미스 홍이 류케미아라구? 집에까지 와서 빨래해주고 간 게 바로 엊그젠데…… 류케미아라니? 도저히 이해할 수가 없는 일이었다. 술에 취해서 반쯤 눈을 감고 있는 강 선생을 억지로 택시에 태워서 이촌동에 있다는 그의 집으로 보내고 나서 인천행 전철에 올랐다.

미스 홍이 류케미아라구? 뭔가 잘못되었겠지. 그럴 리가 있나? 인천에 도착했을 때에는 술도 거의 다 깬 상태였고, 새삼 배도 고팠다. 그러나 마음이 조급한 나머지 식당에 들를 생각도 못하고 내과 병동부터 뛰어 들어갔다.

그가 붉어진 얼굴에 술 냄새까지 풍기며 병동으로 들어서고 있었는데도, 보통 때 같으면 몹시 못마땅하고 싫은 표정을 지었을 간호사들이나, 당직 퍼스트가 모두 하나같이 반갑게 맞아주었다.

"섬 잘 보셨어요?"

"응! 대충. 미스 홍이 어느 병실이야?"

퍼스트의 안내를 받아서 복도 맨 끝 쪽에 있는 2인실인 521호실에 들어갔더니만, 아닌 게 아니라 환자복을 입고 누워 있는 미스 홍이 눈앞에 나타났다.

"어떻게 알고?"

이제 그녀의 모습은 영락없는 환자였다. 누워 있던 그녀는 그가 들어서는 것을 보는 순간, 발딱 일어나서 벽에 등을 기대고 침대 위에 앉았다.

"갑자기 아팠던 거야? 언제부터 아팠던 거야?"

그녀의 두 눈에서는 금시 눈물이 고였고, 대답 대신 말없이 어두운 창밖만 멀거니 쳐다보기만 했다.

"통증은 없어?"

통증이라니? 하지만 불치병에 걸려 있는 사람에게 물어볼 말이 무엇이란 말인가? 몇 년째 책에 눈을 박고 살았지만 의사로서도 거기까지가 한계였고, 나머지는 죄다 쓸데없는 소리였다. 마침내 그녀가 간신히 표정을 바꾸고는 오히려 민우에게 실제적인 것을 물었다.

"참! 오늘이 시험 날이랬죠? 잘 봤어요?"

"셤이야 뭐 그렇고……. 언제 입원한 거야? 3일 전? 그렇담 언제부터 증상이 있었던 거야?"

그러나 그녀는 자기 말만 계속했다.

"결과는 좋을 것 같애요?"

"그래."

그녀의 방을 나온 즉시 너스 스테이션으로 가서 차트를 살펴보았다.

씨비씨(일반 혈액검사)에서는 백혈구가 45,000 정도로 증가되어 있었고, 미엘로블라스틱 영폼(과립구성 미분화세포)이 거의 90퍼센트였다. 다만 골수 검사는 정상이었다. 그렇다면 급성 과립구성 백혈병이 분명했다. 바이탈(혈압, 체온, 맥바 수)을 그려놓은 맨 첫 장으로 눈을 가져갔는데, 처음과 달리 이제는 그렇게 열이 많지 않았다. 백혈병은 난치병이지만, 급성 합병중인 감염만 잘 예방하면 금방 죽지는 않는 병이라서, 감염 예방과 치료가 급선무였다. 물론 열이 있다는 말은 감염이 합병되어 있어서 그만큼 예후가 나쁘다는 뜻이다.

놀람과 슬픔 속에서 차트를 뒤적이고 있다가 간호과장을 만나러 간호과를 찾아갔다. 그녀를 비어 있는 특실로 옮겨주기 위해서였다. 백혈병이 확실하다면 혼자 쓰는 독방으로 옮겨야만 감염의 기회도 그만큼 줄어들 것이기 때문이다. 그러나 간호과장은 휴일 밤 시간이라 부재중이었고, 대신 간호 감독이 있었는데, 그녀의 말로는 며칠간의 단기 입원이 아니라면 2인실 요금으로 독실을 쓴다는 것은 어렵다는 이야기였다. 정 그렇게 하고 싶으면 자기들은 차마 말을 못하겠으니 그더러 직접 원장에게 가서 절충해보라는 것이었는데, 물론 이 시간에 원장을 만날 수는 없는 문제였다. 내일 김 과장이 출근하면 그 편에 부탁해볼 생각으로 그곳을 나왔다.

시간을 보니 아직 11시 반 전이었다. 배가 고프기도 했고 그녀에게 뭐라도 좀 사다 줄 요량으로 병원 밖으로 나가보았으나, 거의 상가들이 문을 닫아버린 뒤였다. 간신히 구멍가게 하나를 찾아내어 라면 두 개와 계란, 그리고 얼마간의 과자를 사서 병동으로 돌아왔다.

"왜 다시 왔어요?"

"옛 동지를 잊을 수 없어서……. 자! 심심한데 이거나 먹어 봐."

그녀의 침대에 사온 과자를 늘어놓고 있는 판인데 중년이라면 다소 억울할 정도로 보이는 뚱뚱한 여자가 병실로 들어왔다.

"언니예요…… 이 선생님……."

나이는 들었지만 미스 홍과 영락없이 닮은 얼굴이었다.

"언닌 집에 들어가……. 이젠 나 혼자 있어도 돼."

시계를 보았다. 12시 10분 전이었다. 그러자 미스 홍이 설명을 했다.

"언니네 집은 바로 병원 뒤에 있거든요. 통금 넘어도 돼요."

"그럼 과자나 좀 드시구 가시죠."

그가 함께 들자며 권유하자 마지못한 듯 몇 번 손을 가져오더니 결국 일어섰다.

"그럼 아침에 다시 와도 되겠냐?"

"괜찮아. 늦게 와도……."

"그럼……."

12시 20분쯤 그녀의 언니가 눈인사를 하고 병실을 나갔다.

"시험 잘 봤어요?"

"응. 잘 봤어."

"쉬웠어요?"

"응."

"2차는 언제예요?"

"27일."

"이달? 그럼 또 2차 시험 준비해야 하는 거 아니에요?"

"그래. 낼은 상관없구 모레부터 다시 S대 병원으루 가야지 돼."

"술 마셨죠?"

"응."

"참! 어디서 잘 거예요?"

"나야 잘 덴 많지. 걱정하지 마. 참, 지난번에 집에 왔을 때도 이미 알았던 거야?"

그녀의 눈시울이 금시 촉촉해지며 고개를 떨구었다.

"어쩐지 그날도 몹시 피곤해 뵈더라고. 그런 몸으로 괜히 그런 고생까지……."

"조금이라도 건강할 때 민우 씨, 아니, 참, 이 선생님."

갑자기 이 선생님이 아닌 민우 씨라는 호칭이 튀어나왔는데, 자기 스스로도 퍽 놀란 모양이었다. 그녀는 말을 다 마치지도 못하고서 입을 순간적으로 황급히 닫아버렸다.

"괜찮아! 그냥 말해 봐. 민우 씨라구 하니까 더 다정하게 들리는데, 뭐……. 난 벌써부터 애경이라고 불렀었잖아."

"미안해요. 갑자기 생각지도 못한 말이……."

"괜찮대니까, 아니, 오히려 더 좋대니까 그러네. 앞으론 그렇게 불러도 돼. 그런데 어쨌든 그때 알았던 거야?"

그녀가 고개를 끄덕였다.

"그런데…… 왜 그렇게 무리를 했어?"

"조금이라도 건강할 때 그렇게 해보고 싶어서……. 근데 나, 류케미아라면서요?"

"글쎄…… 아직 속단할 수는 없잖아? 더 기다려보는 게 좋을 거야. 본 매로스미어(골수 검사)도 정상이구, 아직 류케미아라구 단정 짓기는 어려워……."

"류케미아도 아닌데 떠블류비씨(백혈구)가 45,000까진 올라 갈 순 없잖아요?"

"잘못되었을 수도 있겠지."

"한두 번도 아니고…… 계속 그렇게요?"

그가 대답 대신 한숨을 내쉬자 그녀가 다시 물었다.

"그럼…… 나 언제까지 살 수 있는 거예요? 차라리 일찍 죽어버렸으면 좋겠어요. 사람들 고생시키지 말고."

"무슨 쓸데없는 소리야? 뭐가 잘못되었을 거야. 애경인 죽지 않아."

며칠 사이로 그렇게 달라질 수가 있는 것인지 그녀의 손목이 무척이나 파리해 보였다. 그녀의 손목을 가져다가 두 손으로 만져 보았다. 그러고는 다소 열이 있는 느낌이 들어서 그녀의 이마로 손을 가져다가 만져 보았다. 미열이 있는 것 같았다. 자기 손과 이마를 점령해 버린 그를 쳐다보며 그녀가 배시시 웃으며 물었다.

"열이 있죠?"

"그런 것 같기도 하고……."

"이젠 가서 주무세요. 큰 시험 치르셔서 피곤할 터인데. 고마워요. 낼 일찍 가셔야죠?"

"아직 괜찮아. 참! 배 안 고파?"

"배고파요? 저녁 안 했어요? 어떻게 해요? 이 시간까지……."

"라면을 사 왔거든. 같이 먹을까?"

그녀는 고개를 좌우로 흔들면서 말했다.

"어디서 끓이시려고요?"

"병동 당직실? 아니 그러지 말고 우리 3내과로 갈까? 내게 열쇠가 있거든."

그의 주머니에 3내과 외래 열쇠가 아직 들어있다는 게 신기했다. 3내과 외래에는 간호사들이 커피 물도 끓이고, 더러 자기네들끼리 사람 없는 틈을 타서 라면도 끓여먹는다는 것이 생각났기 때문에 그녀더러 내려가자고 했던 것이다.

예상대로 진찰침대 밑에 전기 곤로와 적당한 크기의 냄비가 숨겨져 있었다. 대강 냄비 안을 헹구고 물을 부어 끓였다. 작은 냄비라서 금방 물이 끓기 시작했다. 순간 문을 가볍게 두드리는 소리가 났다. 미스 홍이었다.

"어머! 벌써 물이 끓네요."

그가 하겠다는데도 그녀가 한사코 그에게서 라면 봉지와 젓가락을 빼앗아 들었다.

"이건 내가 더 선배일 거예요."

라면을 쪼개어서 냄비에 넣고 계란도 깨트려서 넣고 보니 구수한 라면 냄새가 금방 방 안을 가득 채우며 후각을 자극했다. 젓가락으로 라면을 젓고 있던 그녀가 갑자기 몹시 고통스러운 듯 왼손바닥을 복부 쪽에 갖다 대며 상을 찡그렸다.

"왜 그래? 배가 아파?"

그러나 그녀는 대답도 하지 못하고, 찡그렸던 얼굴을 좀처럼 펴지 못한 채 한동안 그렇게 서 있기만 했다.

"왜 그래? 배가 아픈 거야? 자! 이리 와서 누워 봐!"

그녀는 마지못한 듯 진찰실 책상 위에 냄비를 간신히 올려놓은 후, 진찰 대 위에 웅크리고 엎드렸다.

"자! 한번 만져볼까? 왜 그러지. 갑자기? 자! 그러지 말구 돌아누워 봐!"

"괜찮아요, 이젠……."

그가 배를 만져보려 하자 정말로 괜찮아졌는지 그녀는 표정이 곧 밝아지며 웅크렸던 몸을 바로 펴고 일어나려 했다. 그러나 너무 검사에다만 의존해서는 안 되고, 진찰 소견 역시 매우 중요하다는 것을 너무도 잘 알고 있는 그였다.

"그래도…… 자! 한번 만져볼까?"

자꾸만 사양하는 그녀를 반듯이 눕히고는 조심스럽게 복부를 만져보았다.

"첨 시작서부터 계속 이렇게 아팠던 거야?"

"아뇨……."

"그럼?"

"최근요……."

간이나 담낭쯤일 곳에서 암종이라고 생각되는 주먹 크기의 단단한 몽우리가 만져졌다. WBC 45,000에 임매쳐셀(미성숙세포) 90%, 엡도미널 매쓰(복부 종괴)…… 이게 무슨 병이지? 만약 순수한 류키미아면, 앱도멘(복부)에서 이런 식으로 단단하고 커다란 몽우리가 만져지는 경우는 드물 것이었다.

그렇다면 뭘까? 류키미아가 스토먹씨에이(위암)나 골블래더씨에이(담낭암), 혹은 히패토우머(간암)와 겹쳐있다는 말일까? 그건 참으로 희귀한 경우일 거고……. 뭘까? 림포우머(임파종)도 아닌데……. 본매로(골수)도 정상이고……. 참! 이상도 하네.

고개를 흔들며 생각을 거듭하고 있는데, 마침내 다소 진통이 덜해졌던 모양으로, 이제는 반대로 그녀가 그를 재촉하기 시작했다.

"식으면 맛이 없잖아요. 어서 드세요."

"아무래도 이상한데 말이야……."

그녀는 그가 무슨 말을 하려는 것인지 귀담아 들으려 애썼다.

"내 생각으로는 꼭 인펙션(염증)이나 압쎄스(농양) 같거든. 순수한 류키미아래믄 말이야, 엡도멘(복부)에 매쓰가 만져지거나 복통이 있는 경우는 거의 없거든. 터미널스테이지(말기)가 아닌 다음에야."

"그럼…… 혹시 터미널 스테이지일 가능성도……."

"무슨 소리야? 아냐. 내일 다시 조사해봐야겠어. 류키미아 땐, 물론 세컨다리 인펙션(합병된 감염증)이나, 블리딩텐던시(출혈성경향)때매 엡도맨 매쓰(복부 종괴)나 페인(복통)이 초래되는 수도 있겠지만……. 인펙션(염증)만으루도 WBC가 충분히 그 정도까지 올라갈 수 있거든. 그리고 무엇보다 이상한 건 말이야, 류키미안 대개 WBC가 그보담 훨씬 더 높거든. 본매로(골수)도 정상이라는 게 너무 이상하잖아?"

"그래도 인펙션으로 45,000씩이나 올라가진 않을 거잖아요?"

"상식적이지 않는 엉뚱한 경우도 있어. 어쨌건 류키미아치고는 이상해."

그녀의 표정이 갑자기 밝아졌다.

"그럼 류키미아가 아니고 인펙션일 수도 있다는 말이죠?"

"그래…… 우선 여기에서 며칠 더 해 보고…… 내가 S대 병원에 한번 알아볼게. 거긴 초음파라는 게 있더라구. 최신 기곈데…… 간이구, 담낭이구, 췌장이구 훤히 다 보여. 엑스레이와는 완전 다르고 말이야. 그걸 알아보아야겠어. 그걸로 보면 그 앱도멘 매쓰가 뭔지 금방 알 수 있을 거야. 참! 조금 들어볼 테야?"

그녀는 그의 말에 다소 희망을 얻은 듯 얼굴이 밝아져서 그의 말을 열심히 경청하고 있었다. 그러다가 자기 배를 만져 보며 고개를 흔들더니 다시 물었다.

"그럼 그 검사를 해보면 곧 바로 알 수 있단 말이죠? 이게 뭔지?"

"그렇지."

"이 선생님이 부탁하면 금방 진찰이 될까요?"

"그럴 거야. S대에서 함께 공부를 하고 있으니까……. 모레 총대를 만나면 자세히 물어봐야겠어."

모처럼 오랜만에 빈 입원실에서 늘어지게 늦잠을 자고 있는 판인데 아침 7시쯤 미스 홍의 언니가 그를 찾아왔다.

"이른 아침부터 미안해요. 혹시 금방 서울로 가버리실까 몰라서……."

"괜찮습니다. 잠시만요. 얼른 세수라도 하고 오겠습니다."

"아유! 미안해서 어쩌나! 그러실 필요는 없고…… 잠시 몇 마디만 물어보려 했었는데요."

"그래요? 그래도 잠시만 기다리세요."

비어 있는 특실이었으므로 욕실이 있어서 세수하기는 편했다. 얼굴에 묻은 물기를 닦으면서 방으로 나오자, 그녀의 언니는 그런 민우를 보면서 조심스럽게 표정을 살폈다.

"말씀하세요."

"애경인 백혈병이라는데 그게 사실인가요?"

"아아! 그건 아직 뭐라고 단언할 수는 없고 더 조사해보아야 해요."

"더 조사를 해요? 벌써 열흘짼데……."

"그래요? 벌써 그렇게 됐나요?"

"한 달 전인가?…… 너무 피곤하고 몸이 좋지 않다고 하더라고요. 그래서 새로 들어간 병원에서 갑자기 밤일까지 해서 그런 줄로만 알았거든요. 그래도 그렁저렁 지내긴 했는데…… 그러다가 한 2주일 정도 지냈나? 아파서 도저히 일을 못하겠다면서 병원에 입원하겠다는 거예요. 그래서 무슨 병이냐고 물었더니 고개만 살래살래 흔드는 거예요. 아무려면 병원에 있는 사람이 입원한대니까, 보통 병이 아닌가 보다 하고 겁도 났지요. 그렇지만 아직 젊은 애가 병은 무슨 큰 병이 있겠냐 싶기도 했어요. 그런데 그게 아니었던가 봐요. 첨에는 저 다니는 병원에 입원할 줄로 알았는데 그게 아니고 예전에 근무하던 이 병원에 입원하겠다고 하드구만요."

"그래요? 한 달쯤 되었다는 말씀이죠?"

다시 헷갈리기 시작했다. 인펙션(염증)이라면 한 달간이나 지속될 게 뭐가 있을 수 있을까? 그렇다면 아무래도 인펙션이라기보다 류키미아? 류코사이토시스(백혈구증다증)가 콤바인(동반)된 히페토우머(간암)?

"그렇지요…… 내가 알기만 해도……."

"알겠습니다. 오늘 우리 과장님들과 의논해보구요…… 내일은 서울로 가서 알아볼게요."

"살릴 수는 있을까요?"

그녀의 언니는 두 눈에 눈물이 그렁그렁 고인 채로 민우를 쳐다보았다. 영락없이 미스 홍과 똑같은 이미지였다.

"글쎄요…… 시험만 아니라면 발 벗고 뛰겠는데……. 여하간 제가 열심히 노력해보겠습니다."

"고마워요. 우리 애경이가 이 선생님 칭찬을 어찌나 하던지 귀가 따가울 지경이었는데, 막상 만나 보니 정말 그러네요. 우린 그것도 모르고 바보 같은 춘향이 노름은 그만 하라고 핀잔만 주었는데……."

"춘향이 노름요?"

"일편단심 이 도령만 믿고 고생만 하다가 죽을 뻔한 바보 같은 춘향이 신세를 빗대서 하는 시골말이지요."

"아! 예……."

그녀는 별소리를 다 한 모양이었다. 그러나저러나…… 무슨 병이 그럴까? 정말 '씨에이(암)'라거나 '류키미아'라면 이건 보통 일이 아니었다.

"그럼…… 내가 따로 이 선생님 만났다는 말은 애경이에게 하지 말아주세요. 내가 또 무슨 쓸데없는 이야기 했다고 화를 낼지 모르니까요. 고마워요."

"네, 잘 알겠습니다."

출근한 두 과장들은 민우를 만나자마자 묻는 첫마디가 이랬다.

"어땠어요? 어렵습데까?"

"시험 잘 봤어?"

"글쎄요…… 제 깐엔 잘 본 것 같은데……."

"그럼, 됐네, 뭐. 닥터 린 워낙 샤프(영민)하니까……."

"그래? 다행이네……."

두 과장들 모두 다 그의 합격을 예상할 수 있는 모양이었다.

"참, 과장님!"

인사차, 방을 찾아갔던 걸음에 김 과장에게 미스 홍의 이야길 꺼냈다.

"뭔데?"

"홍애경이 있지 않습니까? 이알너스(응급실간호사)요."

"응, 알지. 왜?"

"어제 제가 압도멘(복부) 팰페이션(촉진)을 해 봤는데…… 류키미아(백혈병) 보담 아무래도 쏠리드오간씨에이(간, 비장, 췌장 등 암)거나, 스토막씨에이(위암), 아니라면 압쎄쓰(농양) 쪽 아닐까요?"

"글쎄? 씨에인(암) 이해가 가지만 압쎄쓴(농양은) 조금 그러네."

"물론 그렇죠. 그래도 제 생각으로는 지에스(외과)로 컨설트(의뢰)를 한번 내보는 게 어떨까 해서요."

"그럴까? 그래 보지, 뭐."

컨설트를 의뢰받은 지에스 팀들이 10시쯤 미스 홍의 병실로 올라왔다. 민우 역시 그들 곁에 함께 있었다. 지에스 과장은 세심히 미스 홍을 진찰해 보고난 후 당사자가 너스였으므로 직접 물었다.

"이 메스(종양)가 언제부터 있었어?"

"한 3개월?"

"아니, 다른 사람도 아니고 소위 너스가 돼가지고 3개월씩이나 있었단 말이야?"

그녀는 부끄러움에 얼굴이 홍당무처럼 붉어지고 난처한 표정이 되어서 고개만 끄덕였다. 그렇지 않아도 자기가 근무했던 병원 의료진들 앞에서 가슴과 복부를 내보이는 것도 보통 일이 아닌 터에 어이가 없어 하는 외과 과장의 언급 때문이었다.

병실을 나와서 지에스 과장에게 의견을 묻자, 그는 고개를 내저으며 말했다.

"글쎄…… 괜히 쓸데없이 오앤씨(open & closure: 열어보고는 수술 불가능하다는 판단에서 그냥 닫는 수술) 할 필요는 없잖아?"

"어떻게 생각하시는데요?"

"닥터 리는?"

"혹시 압쎄쓰 가능성은 없을까 해서요?"

"압쎄쓰? 글쎄……."

그는 말도 아닌 소리는 그만두자는 식으로 싹 무시해버리는 태도였다.

"한번 열어 본다고 해서 뭐 그리 나쁠 건 없지 않겠습니까?"

"한번 열어 보자고?"

"네. 제 말씀은…… 내과에서 백날 검사만 해 보아야 외과에서 다이아그노스틱 오피(diagnosstic op. 시험적 개복수술) 한번 하는 것보다 못하질 않겠습니까?"

"어째서 그렇게 생각하지?"

"네, 물론 확신이 서는 건 아니지만…… 우선 류키미아로서 압도멘매쓰(복부종괴)가 그렇게 하드(단단하게)하게 팰페이션(촉진)되는 경우는 드물지 않겠습니까? 또 떠블유비씨카운트(백혈구 수)도 유쥘케이스(usual case 보통 흔한 환자)보담 너무 낮구…… 본매로우(골수)도 정상이고요."

"그렇지만, 무슨 압쎄쓰가 석 달씩이나 가겠어? 또 본매로우(골수)는 정상이라 해도 페리포랄(말초혈액)에서 영폼(미분화세포)이 너무 많잖아? 만약 오피(op: 수술)했다가 류케믹 블리딩(백혈병으로 인한 출혈)이라도 한다면, 그걸 어떻게 감당하겠어?"

"아무리 '류키미아'라도 '비티,씨티'(지혈반응검사)나 '푸로쓰롬빈 타임'(지혈시간)만 노말(정상)이라면 오피(수술)는 상관없지 않을까요?"

"메디칼(내과) 팀들과 입씨름하면 나만 손핸데…… 뭐, 나오는 것도 없이 말이야……."

도저히 찬성할 수가 없다는 대답이었다. 물론 그렇다고 해서 민우 역시 그들과 생각이 다른 건 아니었다. 다만 혹시 고칠 수 없는 병인 백혈병이나, 암 대신에 간단히 고칠 수 있는 농양의 가능성도 있으니 만치, 한번 배를 열어보면 좋겠다는 뜻이었다. 그러나 수술을 할 외과에서는 거의 백혈병이 확실한 터에 수술하다가 출혈로 죽을 수도 있는데, 희박한 가능성을 기대하고 위험천만하게 수술할 수는 없다는 이야기였다. 양쪽 다 나름대로 일리가 있는 말이었다.

외과 팀들과 헤어져서 다시 김 과장 방에 들렀다. 그녀를 되도록 혼자 쓰는 특실로 옮겨달라고 원장에게 말을 넣어달라는 부탁을 하기 위함이었다.

"그래? 한번 말이나 해보지, 뭐…… 그런데 난 요사이 영감하구 사이가 영 좋지 않은데, 잘 먹힐지 모르겠네."

민우의 말을 다 듣고 난 김 과장이 입맛을 다시며 하는 말이었다.

"왜죠?"

"응…… 아! 그런 게 좀 있어."

그는 민우에게 굳이 밝히기 어려운 문제가 있다는 식으로 말꼬리를 흐려버렸다. 11시쯤 그녀의 방에 다시 들렀다. 그녀는 파리한 모습으로 링거를 맞으며 누워 있다가 그를 반갑게 맞았다.

"뭐래요?"

"응…… 더 기다려보자는데?"

"왜죠?"

"글쎄…… 아직 확실한 병명도 나오지 않았는데 덮어놓고 생배를 째겠느냐는 이야기겠지……."

백혈병이므로 출혈이 멈추지 않을 수가 있을 터인데 수술을 어떻게 하겠느냐고 하더라는 말을 차마 그대로 전할 수가 없었으므로, 우회적인 표현을 썼다. 그러나 그녀 역시 직업은 직업이었다. 다 아는 걸 감출 필요가 있느냐는 식으로 말했다.

"류케믹 블리딩(백혈병으로 인한 출혈)이 문제란 말씀이죠?"

"아직 류키미아 진단이 확실한 것도 아니잖아?"

그러자 그녀는 잠시 뭔가를 생각하다가 다시 물었다.

"그 초음파 말예요. 그걸 해 보면 디디(DDx: 감별진단)가 되나요?"

"글쎄에…… 완벽한 디디야 어려울지 모르지만…… 오피(수술)를 안 하려면 그 방법이 젤 좋거든. 여하간 S대 병원에 가서 알아볼게."

"그러세요. 참! 아직 시험도 끝나지 않았다면서…… 가보셔야죠?"

"그래…… 가봐야겠어. 되는 대로 즉시 다시 올게. 너무 걱정하지 마…… 하늘이 무너져도 솟아날 구멍은 있다잖아."

위로를 해준답시고 자기도 모른 사이에 그런 말이 튀어나왔는데, 그건 다름 아닌, 이 도령이 어사출두 하기 전, 감옥으로 춘향이를 찾아와서 하는 대사였다. 그걸 깨달은 순간 그는 실소를 금치 못했다. 그녀의 언니가 말하던 춘향이 노름이라는 말이 생각났기 때문이다. 다만 이 도령이야 어사출두를 해서 춘향이를 구해줄 수 있었으나, 그는 병중에 있는 그녀를 구해줄 방법이 전혀 없다는 것이 문제였다.

2차 시험이 남아 있는 이상, 1차를 치렀다고 해서 방심할 수도 없는 일이었다. 다음 날 새벽부터 다시 15층 강의실에서 3시간 정도 슬라이드 공부를 하고는 다시 도서실로 가서 미진한 부분을 공부했다. 사실은 총대고 총무고 간에 똑같은 수험생의 처지라서 그와 한 치도 다를 게 없었으나, 그들의 시간을 빼앗지 않을 수가 없었다. 미스 홍의 일이 걱정이 되는 나머지, 초음파검사를 부탁해야 했기 때문이었다. 그의 말을 다 듣고 난 총대가 말했다.

"그렇담…… 초음파실에 직접 찾아가서 물어보시죠. 난…… 잘……."

그는 자기 소관이 아니라서 잘 모르겠다는 대답이었다. 공부가 급했을 것이었다.

"그렇지만 전 이 병원 사람을 잘 몰라서…… 누구를 찾아가면 될까요?"

"아, 참, 그렇죠. 가만있자…… 외과에…… 누굴 찾아가야지? 음…… 이상현이라구 지금 써드(3년차)거든요. 취프는 우리처럼 시험 준비로 바쁠 거구. 개한테 한번 가보시죠."

바쁜 시간을 틈내어서 몇 번이고 이상현이라는 의사를 찾아갔으나, 그는 수술 중이 아니면 회진 중이었고, 회진 중이 아니면 회의 중이라는 것이어서 도대체 만나볼 수가 없었다. 그러자 은교가 약혼을 고려중이라고 하던 이정우라는 외과 의사가 생각났다. 그렇담…… 이정우라는 사람이라도 만나 볼까 하다가 그건 정말이지 말도 안 된다는 생각에서 고개를 내젓고 말았다.

하는 수 없었다. 마음이 바빴던 나머지 무턱대고 수술방 곁에 있다는 초음파실로 가보았다. 예전에 S대 총대를 무턱대고 만나서 끼워주기를 부탁했던 것처럼, 초음파실로 찾아가서 아무에게나 부탁해보는 수밖에 없다는 생각에서였다. 초음파가 새로 들여온 최신 기계라서 그런지, 검사를 받으려는 환자들이 무척 많았다. 의자에 앉아 있는 사람과 침대째 내려온 사람해서 거의 도합 열 명도 더 넘게 보였다. 닫힌 초음파실 문을 가만히 열고 안을 기웃거려보았다. 가운을 입은 사람들이 4-5명 보였는데 모두가 다 너무 바빠 보이는 나머지 말조차 걸 수 없었다.

"보호자는 나가 계세요오!"

문 앞에서 기웃거리고 있는 민우를 보고는 환자 보호자라고 생각했던 모양으로, 간호사가 나서서 그를 쫓아내더니만 야속하게도 문까지 닫아버렸다. 초음파실로 직접 가봐야 될 일도 아니었다. 부득불 어떻게 하든지 외과 이상현이라는 사람을 만나야 할 판이었다.

마침내 3일째 되던 날, 천신만고 끝에 회진을 마치고 수술실로 줄달음질쳐 가는 그를 엘리베이터 안에서 만나볼 수 있었는데, 처음에는 민우가 무슨 환자 보호자나 되는 줄 알았던 모양으로 몹시 경계를 하며 무게를 잡으려다가, 총대의 이름을 듣고서야 표정을 풀며 말했다.

"아! 내과 김민수 형이 보내셨다구요. 네, 네……"

그는 요사이 거의 수술방에서 살다시피 하므로 그처럼 만나보기가 어려웠을 것이라면서, 환자를 일단 이알(응급실)로 데려온 후 담당 간호사에게 부탁해서 자기에게 페이징(수배 방송)을 해달라는 것이었다.

"수술 중만 아니라면 즉시 달려갈 테니까요."

그렇지만 쇠뿔도 단김에 빼야 하더라고, 대체적인 시간 약속을 하고 싶었다.

"그럼…… 낼 오후 2시쯤엔 어떻습니까? 혹 예약된 수술은?"

"낼 오후 2시쯤…… 음…… 지금은 알 수 없구요. 어쨌든 페이징을 해주세요."

그는 얼마나 바쁜 것인지 엘리베이터 문이 열리기가 무섭게 돌아서서 번개처럼 다시 내달려버렸다. 어차피 강의는 새벽에만 있었으므로 미스 홍의 병세도 살피고 서울 이야기도 전할 겸 11시쯤 인천으로 달려갔다.

출퇴근 시간이 아닌 한낮에도 전철은 초만원이었다. 잠시 더 기다리다 다음 차를 타면 자리에 앉아서 갈 수 있을 것이었으나 마음이 바빴던 나머지, 만원 전철에 자리도 없이 선채로 예상 문제집을 풀어보며 인천까지 갔다. 12시 반쯤 인천 병원에 도착했으나, 미스 홍의 일이 궁금해서 점심 생각도 잊고 병실부터 찾아갔다. 그녀는 며칠 사이로 얼굴빛이 더 나빠 보였다.

"바쁘실 터인데……"

반가운 표정이 완연했으나 말은 그렇게 했다.

"좀 괜찮아졌어?"

파리한 얼굴과 초조한 듯 파르르 떨리는 눈까풀을 보이며 그녀가 힘없이 웃어 보였다. 그녀 이마에 손을 짚어보았다. 38도 이상의 고열인 듯싶었고, 그녀는 입이 타는 듯 자꾸만 까칠한 혀로 메마른 입술을 핥고 있었다.

"언니는?"

"잠시 집에 갔어요."

목소리조차 갈라지고 까칠해서 마찰음이 났다. 보조 탁자에서 물을 가져다가 빨대로 물려주었다. 며칠 사이로 완전히 반송장처럼 변해버린 그녀를 보자 새삼 눈물이 났다. 그러나 눈물을 보일 수도 없었다. 의사인 그가 눈물을 보인다면 병세가 절망적이라는 것만 암시해줄 것이기 때문이다. 이를 악물었다. 그럼에도 불구하고 자꾸만 눈앞이 흐려졌다.

"잠시 너스 스테이션에 다녀올게……."

눈물을 보이지 않으려고 차트를 조사해 보겠다는 핑계로 방을 나와, 눈물을 애써 참으며 차트를 뒤적거려 보았다. 예전에 없던 고열이 생기고 있었다. 치료는 항암제와 수액, 그리고 항생제였다. 항암제의 효과로 그런 것인지 씨비씨 결과는 오히려 많은 호전이 있었다.

Hgb 8.5 Hct 25.5 WBC 25,000 RBC 2500000…….

백혈구 감소는 검사 결과가 그렇다는 이야기이지, 병세가 호전된 것은 아닐 것이었다. 백혈병 환자들에게서 항암제를 쓴 후 일시적으로 올 수 있는 흔한 소견일 터이니까……. 배고픈 줄도 모르고 다시 병신로 와서 그녀의 복부를 만져 보았다. 그녀가 파리한 얼굴을 조금 들고 자기 배 쪽을 내려다보며 말했다.

"상당히 줄어들었죠?"

복부의 종괴가 정말이지 놀라울 만큼 줄어져 있었다. 아무리 항암제를 썼더라도 그렇지, 암종이라면 며칠 사이에 이처럼 줄어들 수는 없는 일이었다.

"맞아! 바로 이거야!"

너스 스테이션으로 달려가 챠트를 훑어보며 최근 며칠간 사용했던 약품들을 확인해보았다. 세파 계통의 고단위 항생제가 처방되어 있었다. 챠트를 들고서 그는 미친 사람모양 외과 과장 방으로 줄달음을 치며 내려갔다. 누가 보면 영락없이 미친 사람이라 했겠지만, 그 자신으로 보면 마치도 밀도와 부력을 이용해서 순금왕관이 진짠지 가짠지 구별할 방법을 찾아냈던 고대 그리스의 아르키메데스가 된 기분이었다. 아니 사실은 그런 것이 중요한 게 아니었다. 미스 홍의 병은 백혈병이라거나 암이라기보다는 염증성 농양일 가능성이 가장 크다는 결정적인 증거를 확보한 것이다. 이제는 쓸데없이 독한 항암제를 쓸 일이 아니라, 한시바삐 수술을 하거나 항생제를 써야 했다. 바꾸어 말을 하면 미스 홍은 죽지 않고 살아날 수 있는 치료 가능한 병을 앓고 있다는 뜻이었다.

마침 외과 과장은 혼자서 방에 있었다. 열을 올리며 설명하는 민우와는 달리, 그는 담담하게 챠트를 다시 훑어보다가 마침내 자리에서 일어섰다.

"좋아! 한번 가 볼까?"

미스 홍의 병실로 들어온 외과 과장은 다시 세심하게 진찰을 해보더니 민우에게 말했다.

"열어보는 것도 괜찮을 것 같은데……"

"그렇죠? 아이구, 고맙습니다."

외과 과장의 오더가 떨어진 이상 기다릴 필요도 없었다. 의아한 눈초리로 쳐다보고 있는 미스 홍에게 먼저 자기의 발견을 설명하기 시작했다.

"알겠지? 무슨 말인지……."

그러나 민우와는 달리 정작 수술을 받아야 하는 환자는 풀이 죽어 있었다.

"수술은 쉬울까요? 꼭 수술을 해야…… 항생제로 어떻게 안 될까요?"

"괜찮을 거야. 금방 끝날 거구. 미스 홍! 내 말을 들어. 내 말대로 그렇게 하자, 응! 걱정하지 말고……."

몹시 불안한 눈초리이긴 했으나 그녀가 고개를 끄덕였다. 환자를 마침내 외과로 넘겼다. 민우가 워낙 열심히 설득하는 바람에, 그녀의 언니 역시도 몹시 불안해하면서도 마침내 수술 동의서에 도장을 찍긴 했지만, 민우를 돌아보며 영 자신이 없는 목소리로 중얼거렸다. 물론 수술이 그렇게 간단한 것만은 아닐 것이었다.

"수술해서 더 나빠지지만 않는다면……."

"걱정 마세요. 한두 달 안에 옛날처럼 곧 바로 건강해질 거니까요."

수술은 다음 날 10시에 하기로 응급 스케줄이 잡혔다. 외과로 이송되었고, 물론 항암제는 올스톱이 되었다. 그녀에게 용기를 북돋아주느라고 그는 다음 날 새벽에 있을 S대 강의 시간조차 잊고 있을 정도였고, 그게 문제가 아니라, 평소에는 절대로 거르는 법이 없는 점심식사까지도 쫄쫄 굶고 있었으면서도 배고픈 줄도 몰랐다. 마침내 저녁 8시가 되었다. 그녀의 곁을 떠나 일어서야 했다. 일어서려는 그를 그녀가 나직이 불렀다.

"이 선생니임! 잠시만요……."

그녀의 곁으로 다가가 땀에 젖은 그녀의 이마를 수건으로 닦아주었다.

"낼 바쁘시면 오지 마세요."

"아냐, 아침에만 강의가 세 시간 있는 거니까…… 오후엔 바쁠 것도 없어."

"그래도 시험이 코앞인데 나 때매 인천까지 오갈 필요 없잖아요?"

"무슨 소리야? 상관없어. 미스 홍이 얼마나 소중한 사람인데……."

"진짜예요?"

"무슨 소리야? 그럼 뭐 하려고 이렇게……."

시험이 코앞인데 뭐 하려고 이렇게 신경을 쓰겠느냐는 뒷말은 생략했지만, 금방 다 알아들은 그녀의 얼굴이 모처럼 갑자기 환하게 밝아졌다.

"고마워요……. 그러엄…… 부탁 하나 해도 돼요?"

"그래, 말해 봐!"

순간 예전에 부탁이 있다면서 냉큼 그의 무릎 위로 올라앉아 버리던 일이 생각이 났다.

"무슨 일인데?"

그녀는 운을 떼긴 했으나 얼른 말을 잇지 못했다. 그러나 그가 거듭거듭 재촉을 하자, 마침내 희미한 미소와 함께 나직이 중얼거렸다.

"혹시 나 죽더라도…… 괜찮았던 여자라고 기억해주실 수 있겠어요? 천천에서 있었던 일 모두 다……."

"난 또 뭐라고? 무슨 그따위 쓸데없는 소리를 하는 거야? 수술 받고 나면 금방 좋아져서 다시 저녁 벌려고 할 텐데……."

"알았어요……."

그녀의 농담을 되풀이해서 웃음을 벌어내고 싶었으나, 그녀는 그 말에도 웃지 않았다. 방을 그냥 나가려다 말고 다시 그녀에게 다가가서 땀에 젖은 그녀의 이마에 입을 맞추어주었다. 예전에 눈이 엄청나게 오던 날 보건지소에서 그랬던 것처럼……. 그리고 그녀의 손을 힘껏 잡아주며 말했다. 그녀의 언니와 이웃 다른 환자가 지켜보고 있었지만 그런 것은 상관도 하지 않았다.

"용기를 가져야 돼. 널 다시 올게. 걱정하지 마."

물론 다음 날 강의가 끝나자마자 즉시 인천으로 달려왔다. 그녀는 이미 수술방에 들어가 있었다.

"닥터 리가 이긴 거야. 여기를 봐!"

궁금하기도 하고 걱정스럽기도 했던 나머지, 수술방까지 찾아들어간 그에게 외과 과장이 하는 말이었다.

"리버압쎄쓰(간 농양)가 터져서 온통 이 모양으로 떡을 만들어 놓아버렸어……. 여기가 어디쯤인지 알겠어?"

간과 췌장, 십이지장이 온통 떡이 되다시피 달라붙어 있었다. 원상으로 만들려고 달라붙어 있는 환부를 거즈로 살살 뜯어가고 있는 중이었는데, 그럴 때마다 누런 고름이 봇물처럼 터져 나왔다.

"역시 닥터 리는 알아줘야겠어. 도대체 뽀드(전문의)들은 뭐한 거야? 물론 나도 거기에 포함되겠지만 말이야…… 도대체 이런 압쎄쓰에다가 항암제를 썼으니, 환자에게 어서 죽으라고 쥐약 넣어준 것 밖에 더 돼?"

그가 처음에 강력하게 수술을 주장했을 때 자기 자신도 동의를 하지 않았다는 변명이겠지만, 자기 손으로 이젠 다 해결하고 있다는 자부심이기도 할 것이었다. 그러나 그런 건 아무래도 다 좋았다.

백혈병도 아니고, 암도 아니고, 단순한 농양이었다는 것은 곧 불치의 병은 아니라는 이야기였다. 그녀가 결코 죽음병에 걸린 건 아니라는 사실이 너무나도 기쁘기만 했다. 수술 부위를 보며 착잡한 생각에 잠겨있는데, 수술 칭에 눈을 준채 외과 과장이 다시 말을 걸었다.

"닥터 리! 미스 홍이 예뻐?"

"네? 무슨 말씀인지?"

"무의촌에서 둘이 함께 있었다며? 어떤 사이야?"

"아!, 네…… 그냥……."

"그냥? 이봐! 닥터 김! 내 말 잘 들어!"

닥터 김은 그의 레지던트였다. 외과 과장은 민우에게 묻다 말고, 갑자기 함께 수술하고 있는 자기 레지던트에게 말했다.

"닥터 리가 물론 샤프(영민)하기도 하지만, 그보다는 환자를 자기 몸처럼 사랑했기 때문에 진단이 가능했을 거야. 무슨 말인지 알겠지? 자기 몸처럼 환자를 사랑한다면, 환자에게 의무적인 진료가 아닌 포지티브 어프로치(전향적인 접근)를 할 거잖아. 책에서 배운 지식이나 자랑하면서 대충대충 환자를 보았더라면 절대로 이런 경우에 살릴 가능성은 없었을 거야. 즉, 내 말은 닥터 리가 의학적 지식으로서가 아니라, 오로지 사랑이라는 힘으로써 오진에서 벗어날 수 있었다는 말이지."

그 말에 갑자기 마취 과장까지 끼어들었다.

"진짜야? 닥터 리?"

"글쎄요?"

뭔가 재미있어진다는 듯이 눈을 빛내며 흥미를 보이고 있는 판인데, 민우가 시큰둥한 대답을 하자 마취 과장은 더럭 소리를 질렀다.

"이 사람아! 그러면 그렇고, 아니면 아니지, '글쎄요'가 뭐야?"

외과 과장이 다시 말했다.

"나도 젊었을 때는 내 기술과 지식이 환자를 죽이고 살린다고 생각했지. 건 사실이야. 기술과 지식이 올바르지 못하고서 어떻게 환자를 살릴 수가 있겠어? 하지만 그것보다 사실 더 중요한 건 환자를 자기 가족처럼 생각하라는 거야. 그렇지 않고서는 절대로 오진에서 벗어날 수는 없는 거야."

외과 과장의 말을 들으면서, 숙연한 마음자세가 되었다. 그렇다. 뽀드 시험에 합격해서 내과 전문의가 된다고 해서 하루아침에 명의가 될 수는 없을 것이다. 항상 환자 입장에서 연구하는 자세로, 고통을 함께하려는 마음 자세로 임하도록 노력해야 할 것이었다.

아침 10시에 시작한 수술이었지만, 얼마나 힘들었던지 거의 오후 2시가 다 되어서야 끝났다. 꼬박 4시간을 수술했던 의료진은 말할 것도 없고, 기다리던 가족들이나, 민우 역시 초조 속에서 몹시 지쳐있었다. 하물며 쓸데 없이, 아니 오히려 치료에 역행해서 독한 항암제 주사까지 맞았던 데다가, 2주일 이상이나 치료가 지연되었던 환자의 경우에는 어떠했겠는가?

환자의 상태가 나빴고 수술 시간이 오래 걸렸던 것만큼 마취에서 깨어나는 데에도 시간이 많이 걸렸다. 마취에서 깨어나면서 처음에는 엄마를 자꾸만 부르던 그녀가 나중에는 '이 선생님, 이 선생님' 하고 민우를 불렀다. 진짜 사랑했던 사람을 감추고 있다가 수술 후 의식이 돌아오는 무의식적인 과정에서 자기도 모른 사이에 불렀던 것을 남편이 새겨듣고서 이혼까지 했다는 사례가 있다지 않던가? 그는 무의식중에 자꾸만 자기 이름을 부르고 있는 그녀가 예사롭게 보이지 않았다. 정신이 돌아오면 흐느끼면서 자꾸만 민우를 부르다가 지쳐서 잠이 들었고, 다시 잠에서 깨어 의식이 돌아오면 흐느끼면서 또 다시 민우를 불러대는 것이었다.

아아! 이 여자는 정말이지 나를 얼마나 사랑하고 있었다는 말일까? 가슴이 아팠다. 그녀와 처음 만났던 것이 언제였었는지, 또 그때는 어떤 상황이었는지 전혀 생각조차 나지 않았다 다만 재벌 집 따님이 아니라 해도 만나줄 거냐고 묻던 일, 부탁이 있다면서 무릎 위로 사뿐히 올라앉던 일, 인천에서 약을 가져오던 때의 자랑스럽고 상기된 얼굴(그리고는 점심조차 굶은 채로 곧바로 환자를 보았었다.), 그리고 눈이 엄청 오던 날, 품에 안기면서 눈을 감아버리던 일, 다슬기를 가져와서 함께 먹던 일, 가래떡을 구워서 자꾸만 그의 앞으로 가져다주던 일. 커피를 타다가 진찰실 책상에서 서로 마주보고 앉아서 마시던 일, 추운 날인데도 불구하고 힘들게 빨래를 하면서 이마의 땀을 닦으며 그를 자랑스럽게 쳐다보던 일 등등…… 모두가 다 바로 엊그제 일처럼 생생하게 떠오르는 것이었다.

말을 다 하지 못해서 그렇지, 그가 그녀를 사랑했던 열 배 스무 배 이상으로 그녀는 그를 사랑하고 있었을 것이었다. 그러나 은교와의 약속 때문에 그로서는 차마 그녀를 가깝게 할 수 없었던 것이고…….

땀에 젖은 그녀의 이마를 쓸어주며 깊은 생각에 잠겨 있었다. 은교! 물론 은교도 사랑스럽고, 평생 잊을 수 없는 사람이었다. 하지만 과연 그녀와 맺어질 수 있을 것이라는 말인가? 아니, 설령 그렇게 된다고 하더라도 혹시 곧 헤어지지는 않을까? 그러자 갑자기 은교보다는 미스 홍이 훨씬 더 알맞은 상대는 아닐까 하는 생각까지 들었다. 그토록 무의식 속에서까지 잊지 못하고 있는 것이며…… 하나에서 열까지 마음 쓰는 것이며…….

오후 7시쯤이 되자, 마침내 정신이 완전히 돌아온 모양으로, 그를 올려다보면서 배가 아프다고 하소연하기 시작했다.

"배! 아아, 배 아파!"

환자의 의식이 완전히 돌아왔고, 바이탈(활력증후)이 스테이블(안정된 상태)해졌으므로, 오후 8시쯤에는 회복실을 나와 다시 병실로 옮겨졌다. 그는 병실로 올라와서야 비로소 그녀와 함께 하느라고 하루 종일 굶었다는 것과, 서울로 돌아가야 된다는 것을 동시에 깨달았다.

그녀의 언니에게 말해주었다.

"이제는 특별한 일이 없는 한, 금방 좋아질 겁니다. 전 서울로 가야 해서요……. 만약 미스 홍이 깨어나면 제가 계속해서 함께 있었다고 전해주세요."

물론 수술 다음 날도 그녀를 다시 찾아갔다. 그러나 그녀는 눈뜰 기력

조차 없는 모양이었다. 원래 항암제는 오히려 염증을 심하게 조장하는 약이기도 했다. 그토록 심한 염증에다 항암제까지 썼으니……. 시간이 약이었다.

2차 시험이 코앞에 있었고, 시간적 여유가 없었던 관계로, 그 후로는 두 번인가 더 찾아보았나? 어쨌든 날마다 찾아갈 수는 없었다. 그러나 그녀는 예상했던 대로 수술이 끝나고 나자 하루가 다르게 좋아졌고, 그는 그것이 너무도 기뻤다.

10. 여정의 끝- 행복, 행복, 또 행복.

마침내 2차 시험과 3차 면접까지 모두가 다 끝난 1월 27일 오후였다. 만족스러운 건 아니었지만 그런 대로 답은 맞춘 것 같았다. 그렇지만 이제는 그렇거나 저렇거나 이미 다 끝나버린 일이고, 최종 발표나 두고 볼 일이었다.

몸이 물먹은 솜뭉치 모양 천근만근으로 무겁고 피곤했지만 이상하게도 마음은 그게 아니었다. 모든 것을 다 털어버린 듯 새털처럼 가벼웠다. 그러나 한편으로는 빈껍데기만 남은 듯, 그지없이 허무하게만 느껴지기도 했다. 또한 그동안 신경을 곤두세우고 지냈기 때문이었을까? 피곤하긴 했지만 그렇다고 해서 잠을 자고 싶은 것도 아니었다.

시험장에서 걸어 나오면서 혜화동 골방으로 가서 짐을 챙겨 가지고 나올까, 아니면 인천 병원으로 갈까 하고 망설이다가 결국 인천행 전철에 올랐다. 그동안 들르지 못했던 미스 홍의 일이 너무 궁금했기 때문이다. 병원에 도착된 시간은 오후 6시쯤이라서 김 과장도 마침 퇴근 전이었다.

"잘 봤어? 어때? 쉬웠어?"

"쉬울 리가 있나요?"

"쉬울 리가 없지…… 참! 이 선생…… 나 말이야…… 앉아 봐……."

김 과장은 뭔가 진지한 이야기를 하려는지 그를 자기 책상 앞에 앉혔다.

"난…… 곧…… 3월부터서는 G병원으로 가기로 했거든. 원장에게두 이미 다 이야긴 끝났구 말이야. 후임으로 추천할 만한 사람이 있느냐기에 이 선생을 추천해 놓았어. 그러니까 말이야…… 시험두 끝났으니깐 말이야, 당장 내일부터 열심히 외래 근무를 해주었으면 해. 개업할 것도 아니잖아? 지금 여러 사람이 어플라이를 해오는 모양이던데…… 봉급이 좀 작은 게 흠이긴 해도 이런 수련 병원 스텝 노릇도 괜찮을 거야. 어때? 아직 특별히 딴데 갈 덴 없지?"

"네, 아직은……."

"그럼, 내일 함께 원장을 만나 볼까?"

당장 어디 갈 자리를 정해놓은 것도 아니고, 그동안 수련의로서 4년간을 보냈던 만큼 정든 곳이기도 했다. 그렇지만 되도록 서울로 자리를 알아보라던 은교의 말이 떠올랐다.

저녁이나 함께 하러 나가자는 김 과장에게 다음 기회로 미루기로 하고, 미스 홍을 만나러 외과 병동으로 올라갔다. 죽네 사네 했을 때와는 생판 아주 사람이 달라진 듯, 그녀는 이제 살도 많이 올라있는 듯했고, 만나자마자 시종일관 웃음이었다.

"언니는?"

"집에 가셨어요. 낼쯤 퇴원하라고 하는데……."

"왜 조금 더 입원해있지 그래? 그동안 놀고먹어서 신났을 텐데?"

그녀가 곱게 웃었다. 그녀는 벌써 루즈를 바르고, 화장을 한 모양으로, 입술도 볼두 붉었다. 얼굴빛이 좋아 보이는데다, 미소가 끊이지 않았으므로 예전처럼은 아니었지만, 그녀의 매력인 복스러운 얼굴이 금시 다시 살아났다.

"시험은 잘 보셨어요?"

"대충……."

"그럼 이제부터선 과장님이시네……. 축하해요! 과장니임!"

"아직은 알 수 없지. 또 설령 그렇더라도 수련 기간이 아직 남아 있잖아."

"김 과장님 후임으로 여기 그대로 계실 거잖아요?"

"누가 그래?"

"모두들 다 그렇게 알고 있던데요?"

"본인도 모르는 일인데 소문 한번 빠르네."

"사실이 아니세요?"

"그럼, 아직 원장도 만나보지 않았는데, 뭘……. 또 되도록 서울로 자릴 알아보고 싶기도 하고 말이야."

"진짜예요?"

"그럼, 아무려면 내가 미스 홍에게까지 거짓말할 사람인가? 참! 뭐 먹고 싶은 거 있음 다 말해 봐! 저녁 식사 하구서 사 올게."

"다슬기가 먹고 싶긴 하지만…… 그런 건 이런 덴 없을 거예요."

"길가에서 더러 파는 것 같던데?"

"불량 식품일까 봐……."

간농양은 대체로 비위생적인 불량식품이 주원인이라는 것을 이번 기회에 아주 실감했을 것이었다.

수술한 지 얼마 안 된 사람에게 사다줄 수 있는 것은 그리 많지 않았다. 과일이나 아이스크림도 마땅찮게 생각되었고, 빵이나 음료수도 그랬다. 고민 고민하다가는 결국 비스킷과 주스를 골라들었다.

"옛날 천천에서 눈 속에 갇혔을 때 생각나?"

그녀가 고개를 끄덕이며 작게 웃었다.

"그때 그 가래떡도 맛있고, 비스킷도 엄청 맛있었는데, 지금은 아니네."

"방금 식사를 해서 그런 거잖아요?"

비스킷을 한 입 깨물어보던 그녀가 갑자기 정색을 하며 말했다.

"정말 고마워요. 이 선생님 아니었으면 난 아마 죽었을 거예요. 응급실 근무까지 했던 간호사였으면서도 의사가 그토록 중요하다는 사실을 정말 까마득하게 모르고 있었어요. 이번에 비로소 절실히 깨달았어요. 진짜 예전엔 미처 몰랐어요. 이건 진심이에요."

"별소릴 다 하는 군. 그게 어디 의사뿐이겠어? 간호사도 그렇고, 세상 모든 사람이 다 중요하지. 이번 일은 미스 홍이 살 운이니까 그랬지, 만약 죽을 운이었어 봐? 어디 그렇게 될 수 있겠어? 안 그래? 그래서 예전엔 미처 몰랐다는 소월 시두 읊게 되는 거고."

"소월 시요? 호호호! 하지만 만약 이 선생님이 적극적으로 나서지 않았어 봐요? 진짜 난 살지 못했을 거 아니에요?"

"그러니까 다 운이라는 거 아냐? 이번에 여하간 미스 홍이 살 운이었던 것만은 틀림없어. 참! 수술 자린 어때? 많이 아물었어?"

"네, 이젠 다 괜찮아요. 걷기가 조금…… 겁날 뿐……."

"그럴 거야. 한 4주 지나면 정상으로 돌아올 거잖아."

"외과 과장님이 수술 방에서 이 선생님 칭찬을 대단하게 했다면서요?"

"칭찬보다는 미스 홍과 어떤 관계냐고 묻더군. 그래서 사촌 누이라고 말해주려는데, 갑자기 엉뚱하게 자기네 레지던트 훈계로 들어가 버리더라고. 하하하!"

"사촌 누이요?"

"미스 홍이 그랬잖아? 내 숙소에 와서 빨래 해 주던 날……. 왜 싫어?"

"싫긴요…… 사촌 오빠가 아니라 친오빠 이상인데요, 하지만 친오빠보다 더 가까운 사이가 있다면 정말 좋겠어요."

이정우라는 사람과 그 댁이 어떤 사람들이라는 것을 아는 데에는 그렇게 많은 시간이 필요하지 않았다. 이정우는 은교와 연말 안에 약혼하지 못하게 되면 어떤 식으로든 K그룹에 앙갚음을 하겠다고 공언했던 만큼, 생각보다 훨씬 집요하게 일을 꾸며둔 모양이었다. 계교가 성공하게 되면 다급해진 은교의 부모를 통해서 자연스럽게 은교를 차지하겠다는 것이 복안이었으나, 그렇다고 해서 K그룹 역시 만만하게 걸려들 정도의 기업은 아니었고, 그 때문에 오히려 전화위복이 되었다.

일이 터진 후로 그들과 가장 가까웠던 강 회장 부인부터 이정우 댁과 거리를 두기 시작했다. 그리고 시간이 갈수록 그들의 음모가 속속 드러나면서 그동안 일어났던 크고 작은 일들이 이정우 집안 때문에 생겨났음을 깨닫게 되었고, 결국 그 집을 좋게 생각하는 사람은 아무도 없게 되었다. 다만 강철이 혼자서만 유일하게 기업 관계는 감정으로 해결해서는 안 된다며, 이정우 댁을 편들고 있을 정도였다. 여하튼 일이 이런 식으로 잘 끝난 것은 정말이지 천만다행이었다.

은교의 부모는 한사코 오히려 잘된 일이라고 말했고, 그녀의 생각으로도 정말 잘된 일이었다. 사실 그녀는 처음 그를 만났을 때를 제외하고는 아무리 좋게 보아주려 해도 좋게 볼 수가 없었다. 바람둥이라도 보통 바람둥이가 아닌 것 같았고, S대를 어떻게 들어갔는지조차 의심스러울 정도였다. 외과 전문의라거나 교수도 아니었다. 외과학 교실에 이름만 걸어둔, 말이 펠로우지, 기실 의사 일은 그만둔 지 오래되었다는 소문이었다.

어쨌거나 이제는 다 지난 이야기였다. 부모들은 최근 일들이 기업 경영에 분수령이 될 만큼 기업을 오히려 탄탄하게 다지는 계기가 되었다면서 은교가 복을 부른 복둥이 딸이라며 칭찬을 서슴지 않았다.

사실 이정우 댁에서 벌였던 일들이 아니라면, 그동안 성장 일변도로만 달리던 K그룹이 내실을 갖추는 일대 전기를 마련할 수는 없을 것이었다.

은교의 정보가 아니었더라면 한순간에 자금줄이 꽁꽁 막혀 흑자 도산할 수도 있었기 때문이다.

미국에서 돌아온 직후 이정우네 사무실을 찾아갔던 것이 결정적인 계기였다. 미국에서 강제로 입술을 뺏긴 후로 그가 영 마땅치 않았으나, 엄마의 말도 있고 해서 마지못해 그의 사무실을 찾아갔던 것인데 그날 뜻밖의 일을 목격하게 되었다.

낮 11시쯤 그의 회사 사무실을 찾아갔던 때였다. 비서실이 비어 있어서 이상하다 생각하면서도 무심코 그의 방문을 조금 열어보았는데 세상에, 대낮부터 여비서와 소파에서 한참 애정 행각 중이었던 모양으로, 비서가 황급히 가슴을 추스르며 일어났고 그는 너스레를 떨었다. 대낮 근무시간부터 짐승 같은 짓을 하는 그들이 인간처럼 보이지 않았고, 그렇잖아도 싫었던 사람이라서 아주 정나미가 싹 떨어져버렸다.

그 후로 은교는 그 여비서에게서 그를 양보해주는 대가로 음모 중인 내용 하나를 제공받았고, 마침내 그 내용이 강 회장에게까지 전해졌다. 일이 역추적 되면서 한두 가지도 아니고 상당한 정도로 K그룹의 고사 작전이 광범위하게 진행되고 있다는 것이 밝혀졌다. 작은 실마리라도 미리 알았기 망정이지, 만약 그렇지 못했더라면 K그룹은 곤욕을 치를 뻔했던 것이다.

그래서 미국을 가기 전에 자신 있게 민우에게 들렸던 것이다. 그런데도 정작 본인은 시험 준비 중이라서 그러지, 그녀가 지금 얼마나 중요한 이야기를 전하고 있다는 것조차 깨닫지 못하고 있었다.

여하간 이정우와는 그렇게 해서 끝났고 그녀는 미국에서 모든 것을 다 털어버리고 일에만 열중하며 지냈다. LA에서뿐만 아니라 시카고, 그리고 얼마 전 새로 문을 연 플로리다까지 오가며, 예전 경험을 토대로 골프와 테니스와 승마가 아닌 영업 활동에서 맹렬 여성이 되어 뛰고 있었다.

하지만 언제고 머릿속을 떠나지 않는 것은 민우와의 일이었다. 곧 수련을 마칠 것이고, 그렇게 되면 그는 더 이상 혼자 살려고 하지는 않을 것이었다. 그리고 또한 그가 말하던 미스 홍도 사실 신경이 쓰였다. 어쨌든 그와 결혼하든지 아니면 그를 완전히 잊어버리든지 둘 중에 하나인데, 문제는 이제 더 이상 이런 식으로 유지해갈 수는 없고, 어떻게든 마무리를 지어야 할 단계에 도달했다는 점이었다.

솔직히 민우는 생각해 볼수록 괜찮은 남자였다. 착하고 성실하며 믿음직스럽다는 것이 가장 큰 장점이자 단점이었지만, 여린 것 같으면서도 꿋꿋하게 자기 인생을 잘 개척해나가는 것을 보면 단점만도 아니었다. 오히려 착하고 성실함으로서 세상의 모든 것을 이겨내는 쇠같이 강한 사람이었다. 그의 직업이 확실하게 따로 있는 만큼, 사업에 있어서도 어중 띄게 그녀에게 '감놔라, 배놔라.' 할 사람도 아니어서, 전혀 성가신 걸림돌이 될 일도 없었다. 하지만 집에서는 그의 집안이나 근본 내력을 알 수 없다는 이유로, 그리고 오빠는 오빠대로 혜진 새언니를 의식하기 때문에 반대가 심하다는 점이 문제였다.

그렇지만 아무래도 그가 수련이 끝나는 이 시기야말로 두 사람 모두에게 커다란 전기가 될 것이었고, 이 중요한 시기에 그를 미국에서 건너다보면서 지낼 수만은 없는 일이었다.

민우는 2차 시험이 끝난 후로는 스텝처럼 독립적으로 3내과에서 진료하면서, 김 과장이나 현 과장과는 별도로 자기 환자들을 입원시키고 관리하기 시작했다. 주로 그는 소화기 내과와 신장내과 환자를 집중적으로 보았다. 실력이 있다는 소문이 금방 병원 안에서부터 퍼지기 시작하면서 아직 전문의가 아닌데도 불구하고 특진 신청이 들어오기 시작했다. 어차피 곧 스텝으로 발령될 상황이었으므로, 수납에서도 편법이긴 했지만 그의 몫으로 특진비를 계산하고 있었다.

또한 이제는 스텝의 위치였으므로, 병원 직원들도 그의 면전에서는 함부로 닥터 리라고 부르는 사람은 없게 되었다. 이런 모든 것들이 순식간에 변했기 때문에 본인 자신조차 어리둥절할 정도였다.

예정대로 2월 15일 날 뽀드 합격자 발표가 있었고 그는 물론 합격이었다. 다음 날 오후에는 서울 의학협회를 들려서 내과학회 정회원증과 합격증을 받아왔다. 비록 증서 두 장에 불과한 것이지만 그동안 우여곡절 끝에 힘들게 성취되었다는 생각에서 새록새록 깊은 감회가 일었다.

다음 날 3내과에서 외래 진료를 마치고 퇴근 전 오후 회진을 가려는데 미스 홍이 찾아왔다. 그녀는 아직도 몸이 자유롭지 못한 걸음새였다.

"이걸 꼭 쓰셔야 해요."

네모난 길쭉한 물건이었는데, 풀어놓고 보니까 '내과전문의과장 이민우'라고 쓰고 봉황을 아로새겨 놓은 검은 색의 자개 명패였다.

"축하해요."

"꽤 비쌀 텐데. 고마워. 자! 앉아."

그녀는 가져온 명패를 제 손으로 책상 위 알맞은 위치에 올려놓았다. 옷이 사람을 만들고 명패가 지위를 만든다더니 볼수록 위엄이 있어 보였다.

"괜찮죠? 뭘 선물할까 무척 망설였어요. 그러다가 갑자기 생각났던 거예요. 다른 데서 선물 들어오더라도 당분간 이걸 쓰시면 고맙겠어요. 내 성의니까."

"그렇게. 그런데 정말 사람보다 더 건사하게 보이는데 그래……. 하하하!"

미스 홍과 자리에 앉아 잠시 환담 중인데 전화가 왔다. 은교였다. 지금 미국에서 곧바로 공항에 도착했다면서, 인천으로 곧 오겠다는 것이었다.

은교가 온다는 것을 미스 홍에게 말해주어도 될 터인데, 왠지 머뭇거려졌다. 하지만 눈치 빠른 그녀는 금시 자리에서 일어섰다.

"그럼, 전 갈게요."

"그래, 가끔 들러. 식사 잘 하구……. 그동안 너무 쇠약해졌을 거야!"

병실 회진 중이었는데 다시 전화가 왔다.

"지금 예전의 그 스카이라운지에 있어요."

"알았어. 내, 30분 안으루 글루 갈게."

그녀는 짧은 머리 대신, 다시 예전처럼 적당한 길이에 끝만 컬을 넣은 머리 모양새였다. 아무래도 남자 머리 같은 짧은 머리보다 훨씬 보기 좋았다.

"잘 있었어? 그럼 이제부터서는 전문 의산가?"

"아직도 수련 기간이지. 뽀드 봉급 받으려면 12일이나 남아 있는걸."

"피이! 그럼 그 병원에 그대로 눌러 붙어있기로 한 거야?"

"응."

"서울 쪽으로 알아보면 더 좋았을 걸……."

"이제 언제라도 옮길 수 있으니까…… 서울이 더 좋으면 서울로 가고."

간단한 음료수만 마시고는 다시 1층의 식당으로 내려왔다.

"이젠 아파트에서 다녀도 되겠네?"

"마지막 4차 시험이 끝나면……."

"3차까지라고 하지 않았어?"

"물론…… 하지만 난 은교네 부모님을 만나 뵙고 허락받아야 할 최종 4차 시험이 아직 남아 있거든. 언제쯤 초대해줄 테야?"

갑자기 은교의 얼굴에 근심의 구름이 지나갔다. 그러고는 다소 자신 없는 목소리가 되어 말했다.

"그 문제는…… 조금 더 기다려야 할 거야. 지금은 바빠서 안 돼. 금방 해결될 거지만……."

"그럼 언제쯤이면 다소 한가해지실까? 4월 초?"

"아마 4월 말쯤? 그 사이 분위기 조성도 해야 하고."

식사가 끝나자 그녀가 말했다.

"반포로 함께 갈 거지? 참! 요사이 아파트 안 갔어?"

"은교나 있으면 모를까, 나 혼자 있는 건데 아무 데면 어때?"

모처럼 온 그녀가 자꾸만 권유하는 통에 아파트로 가지 않을 수도 없었다. 호텔 입구에서 차와 기사가 대기 중이었다.

아파트에 도착한 후 그녀는 기사더러 밤 10시쯤 다시 오라며 장충동으로 짐과 차는 되돌려 보냈다. 아파트는 모든 것이 다 예전과 똑같았다. 미스 권이 규칙적으로 왔던지, 집안이 구석구석까지 깔끔하게 잘 정리되어 있었다.

"난 시간이 걸리니까 먼저 해. 그리고 제발 청승떨지 말고 옷은 그대로 벗어놔. 낼 미스 권이 올 테니까."

비누나 수건도 새것 그대로, 면도기도 매일 쓰던 것처럼 깨끗하게 그대로 놓여있었다. 새 속옷도 포장된 그대로 여러 장 놓여 있었다. 샤워를 하면서 참 오랜만에 그녀와 함께 아파트에 왔다는 생각을 했다.

귀국 첫날부터 외박할 수 없다며, 그녀가 자기네 집으로 돌아간 후로, 그는 생각을 다시 정리해 보았으나, 매양 똑 같은 결론이었다. 먼저 은교 부모를 만나볼 것, 그리고 나서 다음 일들을 결정해 나갈 것……. 하지만 너무 완강한 반대에 부닥친다면?

혼자서 아파트에서 자는 날은 이상하게도 얼른 잠이 잘 오지 않았다. 냉장고에서 맥주를 꺼내 혼자서 마시며 다시 생각해 보았다. 아무튼 일의 시작은 은교의 부모를 만나는 일이었다. 부모를 만나려면 그녀의 집을 찾아가야 할 것이라는 생각을 해보다가, 불현듯 언젠가 그녀가 자기 생일날이라며 인천 병원 사람들을 초대했던 것이 생각났다.

하마터면 깜박 잊고 있었을 판인데 불현듯 생각난 것이 얼마나 다행인지 몰랐다. 3월 5일 아니면 7일이었을 것 같아 달력을 보았다. 3월 5일은 토요일이고, 7일은 월요일이었다. 그렇다면 토요일이 좋을 것 같았다. 선물은?

두서없는 생각 끝에 수련을 마치면 맨 처음 배워야 할 것이 수영, 춤, 그리고 자동차 운전이라는 것도 기억해내었다. 춤이야 당장 급한 건 아니지만, 우선 내일부터라도 당장 수영과 운전 교습을 알아봐야겠다는 생각이 들었다.

다음 날 아침 일찍 인천으로 출근했다. 그러고는 전화로 운전 교습을 알아보았더니, 매일 한 시간씩 3개월 코스의 속성과가 있다는 것이었다. 병원에서 조금 멀긴 했으나 출근길에 한 시간씩만 짬을 내면 될 일이었다.

퇴근이 임박한 오후 시간에 원장실에서 호출이 왔다. 원장은 만면에 웃음을 지으며 그를 맞았다. 임명장이었다. 〈임. 제2내과과장, 8호봉. 명. K병원장. 연월일……〉

"이 정도면 특채 조건이야. 지금은 무슨 말인지 잘 모르겠지만…… 금방 알게 될 거야. 그런 날 봐서라도 정말 잘해야 돼! 알겠어?"

"네,, 잘 알겠습니다. 그런데…… 왜 제가 2내과가 되나요?"

"김 과장이 그만두겠대. 알고 있었잖아? 아직 모르고 있었어?"

"아! 네, 그 생각을 미처 못 했습니다."

"정신 차려! 이 사람아! 항상 수련의가 아냐! 책임이 막중하다고! 하하하!"

"아! 네……."

"그리고 말이야. 널이 18일이지…… 열흘 정도 남아 있긴 하지만…… 김 과장에게 업무 인계를 빨리 받게. 지금 당장 내려가서 김과장을 만나 봐."

그가 찾아가기도 전에 김 과장 편에서 먼저 3내과로 그를 찾아왔다.

"안녕하십니까? 이 과장님! 하하하! 2내과 과장에 임명되신 것을 진심으로 축하드립니다. 기분이 어떠십니까?"

난생처음으로 과장이라는 호칭을, 더구나 직속상관에게서 듣고 보니 영 생소하고 겸연쩍었다. 그렇지만 또 다른 한편으로는 자랑스럽고 기쁘기도 했다. 간호사의 귀까지도 걱정되는지 김 과장은 간호사를 밖으로 내보내고 입을 열었지만, 그런 보안 개념에 비해서 김 과장의 인계 사항은 별것 없었다. 그가 랜딩(사입)해 놓은 약에 대한 처리 문제와, 의국비 관리 문제가 전부였기 때문이다. 입원 환자나 투석실 운영 문제는 익히 다 알고 있는 사항이므로 새삼스럽게 인수인계가 필요할 것도 없었다. 그러나 마지막으로 장시간을 할애해서 설명해주는 현 과장에 대한 이야기를 듣게 되자, 어째서 간호사를 밖으로 내보내야 했었는지 확실하게 알 수 있었다.

한마디로 말해서 대단한 여자라는 것이었다. 앞으로는 웃고 뒤통수치는 것은 일상이고, 돈에 관계되거나 업무에 관계되는 일이면 한 치의 양보도 없고, 자기 실수가 알려지면 원장실이나 재단 사람들에게 달려가서 어떻게든 해결한다는 이야기였다. 그래서 민우가 자기 밑에서 수련 받았던 점을 절대로 그냥 지나칠 사람이 아니고, 그걸 십분 이용해서 상당히 이기적이고 불공평한 행동을 할 거라면서, 수련 시절과는 완전히 다른 봉직생활이니만큼, 공과 사에서 분명히 선을 그으라는 충고였다. 고마운 이야기이긴 했으나 당분간 상당한 시행착오가 필연적일 것이라서 한숨부터 나왔다.

퇴근 후 저녁식사도 하지 않고 곧장 운전 학원부터 찾아갔다. 이론은 혼자서 책으로 공부할 판이라서 생략하고 곧장 실습부터 들어갔는데, 처음으로 핸들을 잡긴 했으나 생각보다는 어렵지 않았다. 얼마나 자연스럽게 클러치를 떼면서 악셀을 밟을 수가 있느냐 하는 것과, 얼마나 신속하게 브레이크를 밟아서 제동을 걸 수가 있느냐 하는 것이 문제이지, 길 따라서 앞뒤로 전후진하는 것은 아무 것도 아니었다. 동승한 조교가 운전 학원을 조금 다닌 적이 있었는지 물었을 정도였다. 첫날에는 직선으로 서행으로 주행만 하며 페달 조작을 익히는 것이 원칙이지만, 예외적으로 학원 주위에 원형으로 난 길을 따라 주행시켜 준다는 설명이었다. 조교가 시키는 대로 서너 바퀴를 돌았을 뿐인데 한 시간이 다 되었다며 내리라는 것이었다. 재미가 있어서 그랬던지 마치도 한 시간이 10분도 채 안된 것처럼 짧게 느껴졌다.

은교가 아파트로 와서 함께 저녁을 하자는 것이었으므로 학원이 끝나자마자 반포로 갔다. 은교는 벌써 와서 그를 기다리고 있었다.

"우리 오늘은 밖으로 나가자."

"밖? 설마 제주도는 아니겠지?"

"호호호! 제주도? 오늘 차 가져왔거든. 팔당 안 가봤지? 거기 민물매운탕이 괜찮대……."

시가지를 벗어나는 데 시간이 조금 걸렸을 뿐, 일단 교외로 들어서자 금방이었다. 8시쯤 팔당 한 음식점으로 들어갔는데 어두운 한강을 내려다보며 먹는 저녁식사도 괜찮았다.

"오늘부터 운전 교습을 시작했지."

"재밌어?"

"응…… 얼마나 재밌던지 한 시간이 10분도 채 안 된 줄 알았지 뭐야?"

"얼마나 걸린대? 면허 따는 데……."

"속성과루 3개월이라는데……."

"그렇게나 오래 걸리나? 난 미국에서 받았거든. 물론 주마다 조금씩 다르겠지만 캘리포니아 주에선 차가 앞으로만 가면 그냥 합격이야. 우리나라는 진짜 규제가 너무 많아. 미국에서는 남자가 여자보다 더 길게 머리를 기르고 다니든, 여자가 남자처럼 머리를 짧게 깎고 다니든 규제하려는 사람도 없고, 이상하게 생각하는 사람도 없어. 사람은 누구나 자기 개성대로 살 권리가 미국 헌법에 명시되어 있다는 거지. 그게 합리적이잖아?"

얼마 전 남자 머리보다 더 짧았던 그녀의 헤어스타일이 생각나서 웃었다.

"왜 웃어? 그렇잖아? 정부에서 장발 단속한다는 게 그게 어디 말이나 돼?"

사실 바른 대로 말하자면, 은교가 남자들처럼 하고 다니는 것이라든가, 반대로 남자들이 여자처럼 머리를 길게 기르고 다니는 것이 다 꼴불견이긴 했다. 다만 그녀가 워낙 열을 올리고 있었으므로 필요 없이 반대할 생각이 없었기 때문이다. 음식이 있으면 술이 있어야 하는 법이라는 듯이 맥주 한 병을 2:1로 둘이 나누어 마셨다. 그런데 맥주 단 두 잔에도 얼굴이 붉어지는 것은 여전했다.

"한 잔 더 할까? 분위기도 좋고."

"그치? 차가 있음 진짜 편해. 조금만 시내를 벗어나도 기분부터 다르거든."

"이젠 운전면허만 따면 부지런히 싸돌아 다녀봐야겠어."

"기대해도 될까? 호호호!"

"참! 나 오늘 임명장 받았어."

"K병원?"

"응…… 8호봉의 2내과 과장에 임명한다고 씌어 있더군."

"축하해…… 그럼, 우리 기념으로 시내 나이트 한번 가 봐야 하는 거 아닌가?"

그녀가 인도해준 곳은 이태원 쪽의 남산자락에 위치한 최고급 호텔이었는데, 내국인과 외국인이 4:1 정도로 외국인들이 꽤 많은 곳이었다. 둘은 음악이 나오는 대로 계속해서 여러 가지 춤을 추었다. 물론 춤 실력이 부족한 민우가 계속적으로 여러 가지 춤을 추었다는 것은 믿기지 않은 일이긴 하겠지만, 여하튼간에 그 나름대로 기분 좋게 은교와 함께 흔든 건 사실이었다.

둘은 거의 12시가 다될 때까지 있다가 적당히 상기된 기분이 되어 아파트로 돌아왔다. 한강 다리를 완전히 다 건널 때가 정확히 12시 5분 전이었는데, 군인들과 경찰들이 다리에 바리케이드를 치고 있었다.

초저녁잠이 많은 은교는 자동차에서 내리자마자 열심히 하품을 하기 시작했다. 하품 때문에 시차가 바뀌어 그렇다는 설명조차 제대로 못 끝내고 욕실로 들어갔다. 베란다로 나와서 예전처럼 담배를 피워 물었다. 통금이 넘은 12시 30분쯤이었는데도, 아직도 늦은 귀가를 서두르고 있는 사람들이 내려다보였다.

그녀와 교대로 샤워를 끝낸 후 자기 방으로 들어와 누웠으나 얼른 잠이 오지 않았고, 대신에 스칠 듯 떨어질 듯하며 다가오던 그녀의 실체가 자꾸만 어른거렸다. 마침내 긴 한숨을 토해내고는 불문곡직하고 그녀의 방문을 열었다. 그러나 그녀는 이미 모든 것을 다 예상하고 있었다는 듯이 문을 굳게 잠그고 있었다.

"할 말이 있어. 문 좀 열어 봐……."

그러나 그녀는 아는지 모르는지 도무지 반응이 없었다. 베란다로 나가 담배를 피워 물다가 1시가 넘어 다시 잠자리로 돌아왔다. 아침에 일어나

보니 여전히 그녀는 아침 준비를 해두고 식탁에 앉아 있었다.

"잠꾸러기 과장님! 빨리 세수하고 와서 아침 드세요오."

커피에 토스트 두 조각을 들자 생각보다 든든했다.

"나, 갈게!"

배웅하려던 그녀가 그의 뒤쪽으로 다가와 끌어안으며 말했다.

"오늘도 올 거지? 꼭 와야 해. 일찍!"

잠시 등을 그녀에게 맡긴 채 서 있으려니 그녀의 부드러운 가슴이 턱없이 뜨겁게 다가왔다. 순간적으로 몸을 되돌려 그녀를 힘껏 끌어안아 버렸다. 안겨 있는 그녀의 아름답고 긴 속눈썹 속에서 보석처럼 영롱하게 반짝이고 있는 두 눈동자가 들여다보였다. 자기도 모르게 그녀의 입술에 자기 입술을 가져가며 말했다.

"그래! 알았어."

그녀의 얼굴이 노을처럼 붉게 불타올랐다. 보물이라도 집에 두고 나가는 듯 차마 떨어지지 않는 발걸음으로 현관을 나섰다.

그날도 여전히 퇴근한 후 곧장 운전 학원을 갔다. 핸들의 감각이 어제와는 비교도 되지 않을 만큼 손에 익어서 놀라웠다. 주행 연습으로 정확하게 세 바퀴를 돌고 나서, 코스 연습을 했는데, 코스는 물론 주행보다 훨씬 더 어려웠다. 그렇지만 조종하는 대로 차가 움직여주는 것이라서 여간 재미있고 신기한 것이 아니었다.

교습 후 은교가 기다리고 있을 반포로 줄달음을 쳤다. 오늘도 어제처럼 7시 빈 직전이었다. 이제와 달리 그녀는 미스 권과 함께 있었는데, 그가 샤워를 마치고 나와 보자 미스 권은 이미 가고 없었다.

"오늘은 우리, 집에서 식사하자."

저녁은 불고기와 상치, 그리고 갈비국과 야채샐러드였다.

"이걸 다…… 언제 다 장만했던 거야?"

"오후 내내 장만했었나 봐. 자! 우리 건배하자."

그녀는 샴페인을 그에게 따라주며 말했다.

"오늘이 무슨 날인가?"

그러나 그녀는 웃기만 할 뿐이었다. 식사를 마치고 나자 그 다음엔 당연히 커피였다.

"자! 설거지는 내가 할게."

"해 봤어?"

"무슨 소리야. 그동안 갈고 닦은 실력인데……."

"그럼, 자기가 해봐!"

그가 앞치마를 두르고 설거지를 열심히 하고 있는데, 그녀는 식탁에 앉아서 만족스러운 표정으로 쳐다보면서 과일을 깎았다. 한 손에 다 쥐어지지 않을 만큼 커다랗고 탐스러운 사과와 배였다. 물론 다음은 마루에서 과일을 먹을 차례였다.

"자! 아! 해 봐!"

그녀가 민우의 입 가까이 과일 포크를 들이대고 말했다. 입으로 받아먹은 그가 똑같이 그녀의 입에 넣어주었다.

텔레비전에서는 그만그만한 내용의 코미디극이었는데도, 그녀는 우습다는 듯 자꾸만 깔깔거렸다. 밤 10시나 되었을까, 그녀가 샤워 후 예전에 보던 잠옷이 아닌 아주 화려하고 고급스러운 새 잠옷으로 갈아입고서 방을 나오더니 그에게 말했다.

"어때? 나 예뻐?"

공주처럼 차려입은 그녀를 꼭 껴안았다. 그녀는 잠깐 사이로 화장까지 다시 했던 모양으로 라일락 꽃향기가 났다.

"민우 씨 옷도 방에 있어."

그녀를 꼭 껴안은 채로 방문을 열고 들어갔다. 그녀를 안은 채로 침대로 가서 입술을 탐하기 시작했는데, 거짓말 같은 사실이지만 그녀는 조금치도 반항하지 않고 아주 나긋나긋하게 안겨 왔다. 입에서는 낮은 신음까지 새어 나왔다. 그녀가 쓰는 침대는 원래가 더블이라서 둘이 누워도 만경창파였다.

"은교를 언제쯤 가질 수 있을까?"

복숭아처럼 희고 미끈한 피부를 쓸어보다가 긴 한숨을 토해내며 말했다.

"그렇게도 힘들어?"

"웅, 정말 힘들어. 가슴과 모든 게 다 터질 것만 같애…… 은교는 여자라서 잘 모를 수 있을 거야. 하지만 남자에게는 고문이나 다름없어."

그가 낙심한 얼굴로 다시 한숨을 토해내었다. 그런 그를 눈여겨보며 그녀가 물었다.

"민우 씨! 나 정말 좋아? 홍애경 씨보다 더?"

"그런 바보 같은 말이 어디 있어? 애경인 누이나 같애……."

원피스 식으로 길게 입은 잠옷이라서 다소 불편했다. 측면으로 돌아누운 자세를 바르게 눕히고 그녀의 잠옷을 풀기 시작했다. 물론 예상과 달리 그녀는 조금도 반항하지 않고 한숨처럼 나직하게 숨만 내쉴 뿐이었다.

가슴에서부터 손을 점차 아래쪽으로 가져가다가 허리께에서 잠시 망설이긴 했으나, 마침내 그녀의 여성이 있는 곳까지 굴곡을 따라 내려갔다. 고전적으로 여체를 악기라고 상징적인 표현을 썼던 것이 얼마나 정확한 비유인지 혀가 내둘러질 정도였다. 은교 입에서는 그의 손길을 따라 곧바로 첼로나 바이올린의 음색보다 훨씬 더 아름다운 소리가 새어나왔다.

그녀의 몸에서 조심스럽게 한 꺼풀씩 옷을 벗겨내었다. 불을 꺼달라는 그녀의 말에 일어서서 벽의 스위치를 내리자, 환한 달빛이 방 안으로 거침

없이 들어왔다. 그녀의 피부는 희고 부드럽고 미끈거렸다. 달빛과 침실의 붉은 조명등 덕택에 단발머리 아래로, 깨물어주고 싶을 만큼 깜찍하게 생긴 귓바퀴, 하얀 목덜미, 둥근 어깨, 육감적인 두 유방과 배꼽, 가느다란 허리, 둥그런 골반 부위, 그리고 거기에서부터 발끝까지 쭉 뻗은 미끈한 두 다리까지 그녀의 실체가 고스란히 다 드러나 보였다.

그녀는 미동도 없이 그가 하는 대로 지켜보기만 했다. 어두운 조명 속에서도 그를 뚫어지게 바라보고 있는 그녀의 타는 듯한 눈동자가 뚜렷이 보였다.

그는 그녀의 입술을 자기 입술로 덮으면서 그녀의 몸을 가리고 있던 마지막 단 한 가지까지 모조리 다 벗겨내었다. 완전한 태초의 이브였다. 그러고는 그 역시도 자기 껍질을 죄다 벗어버렸다. 마침내…… 마침내 둘 다 완전한 나신이 되었다.

두 사람은 서로를 향하여 천천히 다가갔다. 그녀는 그동안 한 번도 들어보지 못했던 거칠고 다급한 숨소리를 내며 순식간에 안겨 왔다. 그동안 그가 경험했던 어떤 여자에게서도 아직 느껴보지 못했던 아주 신선한 감각이었다. 그녀의 품은 무척이나 달착지근했고, 더 없이 편안했다. 그래서 그런 건지도 몰랐다. 아마도 말도 안 되는 이야기이겠지만, 이상하게도 그녀의 육체는 모든 점에서 다른 여자들과는 판이하게 다르다는 생각이 들었다.

부드럽고 매끈하고 풍만한 유방의 감각, 다소 토실한 아랫배, 굴곡진 허리, 완벽하게 묘약을 쏟아내고 있는 여성, 그의 다리를 감싸 안고 싶어 하는 그녀의 미끈한 두 다리, 아니 그녀의 머리칼, 입술, 길고 검은 속눈썹 속에서 찬연히 빛을 내는 두 눈동자까지! 그 모든 것이 어떤 여자에게도 다 있을 만할 터인데도 다른 여자들과 완전히 다르게만 느껴지는 것이었다.

마침내…… 마침내…… 두 사람은 둘이 아닌 하나가 되었다. 그는 무아

경이 되어 마치도 그녀가 깨지거나 부서질지 모른다는 듯이 극도로 조심스럽게 그 자신을 그녀의 몸과 합일하기 시작했다.

그렇게 해서 그토록 갈망하던 마지막 일이 시작되었다. 그가 일으키는 동작 하나하나마다 그녀는 낮은 신음소리를 내며 몸을 떨었다. 일을 마친 후 그녀의 몸 위 자세 그대로 머리칼을 쓰다듬어주며 말했다.

"미안해, 도저히 기다릴 수 없었어. 정말 미안해. 정말이지 난 더 이상 도저히 기다릴 수 없었어…… 터질 것 같았어. 은교에게 자신이 너무 없었고."

"난, 사실 이번 내 생일 때까지라도 기다리려 했었는데……."

촉촉하게 젖고 갈라진 더없이 다정한 목소리로 그녀가 말했다.

그녀가 다시 안겨 왔다. 이번에도 역시 그녀와 되도록이면 오랫동안 함께 하고 싶었던 나머지, 자신의 무의식적인 욕망을 참으며 천천히, 아주 천천히 그녀와 함께 하려 애썼다. 그녀 역시 마찬가지였다. 조심스럽게 그의 동작을 옮겨 받으며, 한없이 사랑스러운 신뢰의 눈빛으로 그를 지켜보았다.

깜짝 놀라 눈을 떠보니 어느새 아침이었다. 은교는 일찍 일어나는 것이 버릇처럼 되어 있는지 벌써 일어나서 음악을 틀어놓고 아침 준비 중이었다.

"일찍 들어올게. 기다려."

현관 마루에서 그녀를 안은 채로 입을 맞추며 재빨리 말하고는, 오늘 역시 보물을 두고 가는 듯 떨어지지 않는 발걸음으로 집을 나섰다.

그녀는 여전히 어제처럼 미스 권과 함께 있다가 퇴근해 오는 그를 맞아주었다. 서로의 신뢰가 확고하고 완전하며, 서로에게 자기를 완벽하게 내어주고 있다는 생각에서 더 이상 바랄 것도 없었고, 세상사 모두가 다 장밋빛뿐이었다. 전문의로서 새 과장이 되었고, 퇴근하고 돌아오면 아내나 다름없는 사랑스러운 은교가 기다리고 있는 것이 아니겠는가?

그래서 그런 것인지 운전 학원도 단 3일째밖에 되지 않았는데도 은교를 태우고 어디까지라도 갈 것 같은 용기가 생겼고, 신혼의 아파트 은은한 불빛이 비추는 식탁에 마주앉아 둘만의 정담을 나누며 호화로운 저녁식사를 한다는 것도 실로 꿈같기만 했다.

병원 업무가 취프(레지던트 4년차) 때와 하나도 다를 게 없었지만, 똑같은 일을 해도 그 때와는 기분도, 생각도 완전히 달랐다. 더구나 은교와 행복한 시간을 보내고 있기 때문에 그런지 모든 일이 다 즐거웠고 누구에게도 다 잘해주고 싶었다. 원래부터 성실하고 친절하기로 정평이 나있던 그였지만, 스텝(과장)이 되고 나서 더욱 사람이 달라졌다는 소문이 나돌 정도였다. 그리고 무엇보다 놀라운 것은 항상 그의 얼굴에서 미소가 떠나지 않는다는 점이었다.

오전 진료를 거의 다 마친 점심 직전이었는데, 시골 양평우 씨라면서 전화가 왔다.

양평우? 아무리 생각해도 도무지 알 수 없는 이름이었다. '누구시라구요?' '아, 천천에 계실 때 한 번 술도 함께 하시고…….' 별 셋'이었다. 그에게 미스 홍을 더 이상 집적거리지 말라고 하던 때가 바로 엊그제 같기만 했다.

"그런데요?"

"아, 별일은 아니고요, 뭘 여쭤볼 일두 있구, 인천 온 김에 잠시 얼굴이나 뵙고 가려고요……. 혹시 오후에 잠시 시간이 있을지……."

무슨 일 때문에 '별 셋'이 인천까지 찾아온 것인지 전혀 감을 잡을 수가 없었고, 아무튼지 만나보아야 알 일이었다. 운전 학원이 끝날 즈음인 5시 50분쯤 지하철 근처의 다방에서 만나기로 했다.

운전은 이제 겨우 4일째에 불과했으나 조교에게서 타고난 소질이 있다는 말을 들을 정도로 주행이나 코스에서 모두 잘 풀려주었다. 운전 학원이 끝나자마자, 은교가 기다리는 아파트를 되도록 빨리 가려고 일부러 택시로 전철역을 가는데 불현듯 '별 셋'과의 약속이 생각났다. 약속이고 뭐고 그대로 반포 아파트를 직행하고 싶었지만 시골에서 올라온 성의를 생각하면 그럴 수도 없는 일이었다.

다방에 들어서자마자 아파트로 전화를 해보았다. 혹시 은교가 와 있을까 보아서였다. 그러나 아무도 전화를 받지 않았다. '별 셋'은 카운터 쪽을 바라보고 앉아 있었다.

"바쁘실 터인데…… 죄송합니다. 별고 없으셨지요? 여전하신데요."

'별 셋'은 몹시 피곤하게 보이는 얼굴이었다. 커피가 탁자에 날라져왔는데도 그는 마실 생각도 않고 말없이 앉아 뜸만 들였다. 은교에게 가야 한다는 생각에서 마음이 조급하기만 했다.

"뭔데 그러세요? 저도 조금 바쁘거든요."

"아, 네……."

아무래도 말을 얼른 시작할 수가 없는 모양으로, 이번에는 커피만 홀짝였다. 그는 아마도 커피를 마시면서 생각을 정리할 요량인 듯 했으나 바쁜 마음에 민우는 속이 탔다. 줄곧 시계에다가 눈을 박고 있는 것을 보며 그가 마침내 말을 꺼냈다.

"죄송한 말씀인데요…… 제가 여쭈어 볼 말씀은…… 다름이 아니라…… 거 뭐시냐……."

마침내 인내의 한계를 느낀 민우가 그의 말을 대신 물었다.

"미스 홍에 관계되는 일인가요?"

"아, 네, 그게 그러니까…… 결국 그런 셈이죠."

결국 미스 홍에 관한 이야기였다.

"잠시만 실례해요. 집으로 전화 좀 해 보고요."

6시 반쯤이라서 이때쯤이면 은교가 아파트로 돌아 올 시간일 성싶었다. 〈한 30분 정도 늦을 거야. 금방 갈게.〉 이렇게 단 두 마디 말만 전하면 될 일인데도 통화가 되지 않는 건 마찬가지였다. 그렇다면 오늘은 무슨 일이 있어 조금 늦는 모양이었고, 그 역시 '별 셋'에게 붙잡혀 있는 이상 어쩌면 때맞추어 잘된 일일지도 몰랐다. 다시 자리로 돌아와서 곤혹스럽게 보이는 그의 얼굴을 쳐다보며 물었다.

"말씀해 보세요…… 미스 홍, 뭐죠?"

"아니, 뭐 별다른 건 아니고…… 요사이도 애경이를 만나시나 해서 요……."

"요사이요?"

"네……. 사실은…… 걔네 엄마에겐 이미 허락을 받아둔 거나 다름없지만…… 본인 마음이 아무래도……."

"무슨 말씀이신데요? 난 도대체 하나도 못 알아듣겠는데요?"

"아, 그러실 겁니다. 그게…… 당연하죠."

그의 말은 이랬다. 그가 별을 붙이게 되자 조바심이 난 그의 부모는 그에게 결혼을 강권했고, 결국 지금 아이들을 낳은 여자와 결혼했는데 불행하게도 2년 전에 사별했다는 것이었고, 나이도 있고 해서 재혼하려 했지만 어린아이들이 딸려 있다 보니 쉽지 않더라는 이야기였다. 그런데 어느 날 시골로 내려온 미스 홍이 엄마가 되어주고 싶다고 아이들에게 말했다는 것이라서, 여간 고맙고 기뻐서 자기 힘껏 미스 홍네 집안 살림도 도왔고, 그런 후로 미스 홍과 가깝게 지내려고 하던 중에 난데없이 민우가 시골로 오게 되자 이야기가 싹 달라져버렸다는 것이다.

그러나 그는 한번 결혼했던 사람이고 아이까지 딸려 있으니까 뭐라고 말할 수도 없었지만, 민우와 그녀가 살림을 차렸다는 소문이 나기도 해서 솔직히 민우를 죽이고 싶었고, 미스 홍이 야속하기도 했으나, 민우를 만나 보자 절대로 미스 홍과 잠시 연애를 했으면 했지, 결혼까지는 안 할 것으로 느껴졌다는 것이고, 눈이 와서 동네가 고립이 될 때에는 눈앞에서 민우와 미스 홍이 정사를 벌리고 있는 환상만 보여서 눈길만 아니라면 쫓아가서 죽이고 싶기까지 했다는 것이었다. 결국 '별 셋'의 이야기는 민우가 미스 홍과 헤어지지 못할 사연만 없는 것이라면 그녀에게 다소 매정하게 대해서 자기에게 돌아올 수 있게 해달라는 부탁이었다. 그러면서 그의 끝맺는 말은 이랬다.

"염치도 없고, 여간 부끄럽습니다마는 난 세상에서 미스 홍을 젤 사랑해 줄 자신이 있습니다. 아무쪼록 제발 도와만 주신다면 평생 그 은혜는 잊지 않겠습니다요."

어떻게 보면 연적이 되는 민우에게 자기 체면조차 접어두고 너무도 절절하게 애원하는 것이라서, 미스 홍이 얼마나 좋으면 저럴까 싶어 같은 남자 입장으로서 안쓰럽고 애잔하기까지 했다.

"알겠습니다. 난 그런 속사정은 전혀 모르고 있었습니다. 그럼 구체적으로 어떻게 해 드릴까요?"

시간도 없고 마음도 바쁜 나머지 은교에게만 정신이 가 있었으므로 빨리 일어설 요량으로 그렇게 단도직입적으로 결론부터 물었다. 그러나 그는 아직도 할 이야기가 많은 듯 만고강산이었다.

"저녁을 아직 안 하셨을 테고…… 저녁이나 하면서 좀 더 말씀을……"

"그게 아니고 난 이미 저녁 선약이 있어서 지금 일어서야 하는데요."

"아, 그러세요? 그럼 하는 수 없죠. 사실 아이가 셋이나 딸린 홀아빕니다마는 아이들은 모두 할머니가 데리고 살고 있습니다. 어떻게든 미스 홍이 마음 편하게 시집오게 하려는 의도죠. 그리고 저희 집이, 혹시 아실지 모르겠으나, 군에서 양조장을 하고 있고 절대로 미스 홍에게 경제적으로 불편함은 없을 겁니다. 그리고 또 별을 단 아이들과는 이미 오래 전에 손을 끊었고요……."

마치도 민우의 허락만 받는다면 미스 홍과 결혼할 수 있기라도 한다는 듯이 계속되는 설명이었다. 마침내 짜증이 일기 시작했다.

"약속 시간 때문에…… 미안하지만 이젠 일어서야겠어요."

한도 끝도 없이 구체적으로 무엇을 어떻게 해 달라는 이야기도 없이 사람만 길게 붙잡고 있는 것이라서 여간 성가신 게 아니었다.

"그럼…… 한 가지만 더……."

자리를 차고 일어서려는데 그가 다시 애걸을 했다. 시계에 눈을 주면서 엉거주춤 다시 앉았다. 벌써 7시 10분 전이었다. 만약 그를 만나서 쓸데없이 시간을 뺏기지만 않았더라면 지금쯤 지하철에서 내려서 좌석버스 안이거나, 아니면 반포로 가는 택시 안에 앉아 있을 판이었다.

"아이들은 모두 할머니가 데리고 살고 있고…… 어떻게든 미스 홍이 마음 편하게 시집오게 하려는 의도죠. 그리고 저희 집이, 양조장을 하고 있으니까 절대로 미스 홍에게 경제적으로 불편함은 없을 겁니다. 그리고 또 별을 단 아이들과는 이미 오래 전에 손을 끊었고요…… 그러니까요."

결국 그 이야기가 그 이야기였다.

"알겠습니다. 미스 홍에게 잘 말해 드릴게요."

마침내 자리에서 일어섰다. 그러자 그 역시 어쩔 수 없다는 듯이 따라서 일어섰다. 그러면서도 거듭 거듭 부탁이었다.

"내가 의사 선생님을 찾아왔더라는 말은 미스 홍에게 절대로 말하지 말아 주세요. 부탁입니다."

휴! 간신히 그와 헤어져 역 구내로 줄달음을 치며 들어갔다. 그러고는 단숨에 플랫폼으로 들어서려다가 생각을 바꾸고는 다시 전화부터 했다. 일이 있어서 조금 늦을 뿐이니까 딴 생각하지 말고 조금만 더 기다리라는 말을 먼저 전해 줄 의도였다. 그러나 벨소리만 났지 전화를 받지 않았다. 때마침 열차가 들어오고 있다는 방송이 흘러나왔으므로 서둘러 몇 계단씩 뛰어 올라가서 간신히 열차를 탔다.

영등포역에 도착한 건 8시 15분쯤이었다. 하필이면 그날사 말고 사고가 있어서 열차가 서행했기 때문이다. 영등포역에서 내리자마자 다시 전화를 했다. 그러나 전화가 안 되기는 마찬가지였다.

"별일이네…… 피곤해서 자기 방에서 자고 있는 것인가? 아님 뭐 바쁜 일이 생겼나?"

좌석버스가 코앞에 있었지만 마음이 바쁜 나머지 택시를 탔다. 무슨 일이지? 역시 아파트는 굳게 잠겨 있었다. 그녀는 아직 오지 않은 것이다.

우선 마루의 불을 켜고 그녀와 함께 지냈던 안방으로 들어가 보았다. 그러나 메모라든가 특별한 건 전혀 없었고 그건 식탁에도 마찬가지였다.

9시 반이 되고 10시가 되도록 그녀는 종무소식이었다. 나가서 라면이나 사다가 저녁을 해결할까 하다가 혹시 그 사이에라도 전화가 올지 몰라 그럴 수도 없었다. 마루에서 이리저리 텔레비전 채널만 돌리다가 뒤통수를 의자 뒤로 붙이고는 눈을 감았다. 마침내 10시 반이 되었다. 더 이상 기다린다는 것은 무의미한 일이었다. 뭔가 피치 못할 사연이 있었을 것이라는 짐작이 들긴 했지만 아무런 연락도 없는 그녀가 섭섭하기 그지없었다. 몸도 섞었고, 이제 다시는 떨어지지 않을 것처럼 하지 않았던가?

상가로 뛰어가서 라면을 사왔다. 그러고선 두 개를 한꺼번에 끓였다. 냉장고를 열어보았다. 김치와 빵 등 몇 가지 식품이 있긴 했으나, 라면을 먹는 데에는 김치 한 가지면 족할 일이었다.

다음 날 출근해서 여일하게 지내고 있었으나 그녀의 일이 몹시 궁금했다. 하지만 그렇다고 해서 그녀의 집으로 연락을 해 보자니, 공인 받지 못한 관계라서 방정을 떨다가 혹시 될 일도 안 될까 싶어 그럴 수도 없었다. 마음이 심란해서 그런지 칭찬만 받던 운전 교습조차도 생각처럼 잘 되지 않았다.

서울로 오기 전에 아파트로 전화를 했으나 신호는 가는데 통화가 안 되기는 어제와 똑같았다. 낙심천만이었다. 아무래도 오늘 밤에도 은교는 오지 못할 거고…… 그렇다면 아예 저녁이나 먹고 들어갈까 어쩔까 하다가는, 천근처럼 무거운 몸을 끌고 아파트로 먼저 들어섰다. 식당엘 가더라도 일단 집에 들어갔다 나오려고 했던 것이다. 그런데 열쇠로 문을 따고 들어서는데 웬걸, 은교가 생글거리면서 부엌에서 나왔다.

"어젠…… 많이 기다렸지?"

〈그걸 말이라고 해?〉 마음고생 했던 일을 생각하면 싫은 소리라도 한마디 해 주어야 했으나, 그보다는 다행이라는 생각과 반가운 마음이 앞섰다. 선 채로 그녀를 안으며 입술부터 찾았다. 그러고는 볼이 부은 소리를 냈다.

"전화라도 해 주지 않고서."

"어제 밤엔 라면 먹었지? 미안해. 그럴 만한 사정이 있었어. 오늘은 미스 권도 못 왔고 우리 밖으로 나가자."

둘은 몇 번 가본 일이 있는 아파트 상가의 한식당으로 들어갔다.

"오늘이 2월 21일이지? 그럼 딱 1주일 후네. 3월 1일부터는 정식 과장님이 되는 거잖아."

날짜 말이 나오자 갑자기 그녀의 생일이 생각났다.

"참, 자기 생일이 3월 5일이었어, 7일이었어?"

"세상에…… 자기 생일을 몇 번씩이나 차려주었는데 이제야 내 생일을 묻는 건 또 뭐야?"

"글쎄, 아리까리해서…… 언제였지?"

"럭키세븐이잖아."

"그럼 월요일이네…… 그날 은교네 집에 가서 그참저참 해서 부모님을 만나 뵈면 안 될까?"

"그건 좀…… 아직."

난감한 표정으로 극구 반대라서 더 이상 졸라댈 수는 없었다. 그러나 언제고 한 번은 만나보아야 할 일이라서 마음이 무거웠다. 식사가 끝나자 둘은 상가를 들러 빵과 아이스크림 등 빙과류와 과일을 사서 들고 다정하게 손까지 잡고서 아파트로 돌아왔다. 단 하루 그녀와 헤어져 있었을 뿐이었는데도 그녀를 한동안 못 만났던 것 같았다. 단 1미터도 떨어지지 못하게끔 한동안 그녀를 무릎에 앉혀 두고 있다가 잠자리에 들었다. 사랑이 끝난 늦은 밤 시간에 결국 집에 가는 일에 대해 다시 물었다.

"집에 가서 부모님을 만나는 게 왜 아직 안 돼?"

"지금 시기가 좋지 않아. 민우 씨가 알고 있어봐야 좋을 일도 아니야. 여차든 좀 복잡해. 어제도 그 때문에 아빠한테 꼼짝없이 갇혀 있었어."

"대충 우리 일에 관계되는 일이야?"

그녀가 품에 안긴 채로 고개를 끄덕였다.

"아주 반대가 심해?"

그러자 그녀가 갑자기 뭔가 조금 생각을 하는 듯하더니 품에서 고개를 빼내며 말했다.

"참!, 민우 씨! 혹시 최근 우리 오빠 만났어?"

"아니. 왜?"

"아냐, 됐어…… 안 만났음 된 거고."

"만났으면?"

"안 만났다고 했잖아?"

"만나진 않았지……."

"그렇담 얘기할 게 없지만…… 사실 난 요사이 오빠 만나기도 겁이 나. 아빠나 엄마도 모두 다."

"나 때문에 그런 거야?"

"그런 것두 있고. 하지만 꼭 그것만은 아니야."

"이정우 씨와 아직도 해결이 안 된 거야?"

"아냐, 그건 이미 다 끝난 일이야. 그 문제보담……."

"내가 알고 있으면 더 좋지 않을까? 혼자서보다 두 사람 생각이 더 나을 거니까 말이야."

결국 마지못한 듯 그녀는 현재의 상황을 대충 설명하기 시작했다. 이정우와는 물론 완전히 끝났지만 다시 여기 저기 다른 곳에서 선이 들어온다는 이야기였다. 모두가 다 하나같이 재벌급이고, 마치도 그녀는 정략적으로 결혼을 해야 하는 도구쯤으로 여겨지는 것이 너무 싫다는 것이었다.

"하지만 내 인생은 내가 결정할 거야. 난 절대로 정략적인 도구가 될 수는 없어. 난 민우 씨가 좋아. 집에서는 부모나 가정보다 제 생각대로 하려한다고 할지도 몰라. 하지만 사랑도 없이 정략적으로 결혼한다는 건 난 도저히 참을 수 없어. 이정우만 해도 그래. 이젠 다 끝났지만 모두가 다 그런 부류야."

"그런 부류?"

"2세들이라는 게 다 그렇잖아?"

"재벌집과 친교가 있었어야 뭘 알지."

"너무 재벌, 재벌 하지 마! 우리 집은 사실 재벌집에 끼지도 못해. 진짜 재벌집에 비하면 우린 중소기업도 안 돼. 내 말이 무슨 말인 줄 알겠어? 그래서 결국 여자인 내가 정략에 이용되어야 하는 건지도 모르지만 말이야……. 정말 여자라는 게 이렇게 싫을 수가 없어……."

그녀에게 모처럼 여러 가지 내부적인 이야기를 듣다 보니 벌써 3시였다. 다음 날을 위해서 조금이라도 잠을 자두어야 했다.

아침까지 3시간도 못 잤을 것인데도, 6시쯤 눈을 떠보니 은교는 벌써 일어나서 자리에 없었다. 정말이지 부지런한 면에서는 둘째가라면 서러울 사람이었다.

"오늘 저녁엔 아마 못 올 거고. 며칠간 못 올 거야. 꼬리가 길면 붙잡힐 가능성도 있으니까."

아침식사를 하면서 그녀가 하는 말이었다.

"하지만 민우 씨는 꼭 여길 지키고 있어야 돼. 누가 무슨 말을 하던 절대 곧이듣지 말고. 나한테 직접 듣는 말이 아니라면 어떤 말도 믿어선 안 돼! 자기 내 말 잘 알아듣겠지? 그리고 이 아파트는 그동안 내가 모은 돈으로 샀던 거야. 진짜야! 우리 집과는 아무런 상관도 없어. 내 돈으로 내가 사서 내가 사랑하는 민우 씨를 준 거야. 등기도 그렇게 되어 있어. 참, 그 등기 여기 있어."

그녀는 빵을 씹다 말고 방으로 들어가서 등기 서류를 봉투째 가져다가 식탁에 올려놓고 말했다.

"그러니까 말이야, 이건 민우 씨가 자기 돈으로 산 거나 마찬가지야. 아빠나 엄마, 오빠, 누구의 돈도 아니야. 자기가 구입한 게 아니라고 혹시 그런 바보 같은 소리를 하면 안 돼. 그리고 혜진 씨는 이제 잊어버려. 오빠가 자기 생각만 하려는 것 이상으로 아마 혜진 씨도 그럴 거야. 혜진 씨에겐 오빠 한 사람으로 충분해. 민우 씨는 이젠 필요 없는 사람이야. 그렇잖아? 이젠 민우 씨에게는 오직 강은교만 있는 거야. 맞아?"

그가 고개를 끄덕였다.

"울 아빠가 그랬어. 몸을 허락했으면 마음도 허락한 거라고 말이야. 아냐, 그게 아니라 마음을 허락했으니까 몸을 허락한 거야. 내 말 알 수 있지?"

"그래."

아침이 끝난 시간이 6시 반쯤이었지만, 당분간 만날 수 없다는 그녀와 그냥 헤어질 수도 없었다. 출근이 늦지 않겠느냐고 걱정하는 그녀를 불끈 안아다가 침대에 눕히고는 다시 일을 시작했다. 그러면서 확실하게 말했다.

"난 이제 자기를 위해서라면 목숨까지 기꺼이 바칠 각오를 했어. 이제 누구에게도 은교를 양보할 수 없어! 은교나 잘해. 내 걱정은 하지도 마."

그녀가 보석같이 영롱한 눈동자를 들어 그를 올려다보며 고개를 끄덕였다.

11. 대단원

　아닌 게 아니라 그러고 나서 며칠 후인 2월 26일 인천 병원에서 한참 열심히 오후 진료를 하고 있는데 은교네 오빠 강철에게서 만나자는 전화가 왔다. 은교에게서 사정이 좋지 않다는 말을 전해들은 뒤라서, 시간을 좀 버는 것이 어떨까 하는 생각도 들긴 했으나, 언젠가는 한 번 부닥칠 일, 쇠뿔도 단김에 빼야하더라고, 흔쾌히 허락을 했다.

　다행히 서울에서 밤 9시쯤 만나자는 것이라서 예전대로 운전 학원과 아파트를 들렀다가 저녁을 하고 나가기로 했다.

　그런데 그러고 나서 또 얼마 안 있다가 미스 홍한테서도 전화가 왔다.

　"저녁이나 사달라면 이상한 말이겠죠? 축 합격 턱이라면 어때요?"

　"좋지. 그런데…… 오늘은 선약이 하나 있네. 어쩌지?"

　"그럼, 뭐 하는 수 없죠. 여자예요?"

　"아니, 남자. 낼은 어때?"

　"그러죠, 뭐."

　"그래, 그럼 낸 5시 반, 아니 6시 반쯤 거기에서……"

　"5시쯤 끝나지 않으세요?"

　"그렇긴 하지만 퇴근 후에 뭘 좀 하는 게 있거든."

　그가 지정해준 대로 남산자락에 있는 H호텔 커피숍에 도착한 시간은 저녁 8시 45분쯤이었는데, 그는 벌써 나와서 자리에 앉아 있었다.

　"안녕하셨습니까? 의사 선생님! 하하하!"

그를 보더니 박뚱이처럼 우람한 체구를 일으켜서 자리에서 일어나며 악수를 청해왔다. 체구에 비해서 손이 너무 작았으므로 다소 기이하다는 느낌이 들었다.

"어때요? 잘 지내시죠? 연락이 안 되면 어쩌나 하구서 걱정을 했었죠."

용건은 말하지 않고 마치 사람을 떠보려는 듯이 한동안 신문 기사나 운동 경기 이야기만 계속하는 것이라서, 본론이 몹시 궁금했다. 불안하기도 했다.

은교와의 일은 어느 정도까지라고 말해 줄까? 사실대로 다 말해 버릴까, 아니면 당분간 오리발을 내미는 게 더 좋을까?

거의 9시 반이 넘도록 지루하게 쓸데없는 말만 잔뜩 늘어놓고 있는 그에게, 귀가 따가운 나머지 하는 수 없이 정중하게 물었다.

"만나자는 용건을 알고 싶군요."

그러자 그는 그런 민우의 말에 조금 눈살을 찌푸리더니 시계를 보며 말했다.

"아, 사실은 내가 직접 무슨 용건이 있는 건 아니고…… 누가 의사 선생을 만나보고 싶다구 해서…… 잠시만 기다립시다. 진즉 도착할 시간인데?"

무슨 내용인지 도통 알 수 없어서 헷갈리기 시작했다. 누굴까? 설마 은교네 부모는 아니겠지?

"누구시죠, 그분이?"

"잠시 나갔다 와야겠소. 전화라두 해봐야지, 이거 원……."

체구가 큰 사람들은 걸음걸이조차 비슷한 것인지, 기뚱기뚱 걷고 있는 뒷모습이 영락없는 박뚱이었다.

누굴까? 강철을 통해서 그를 만나야 할 사람이라면, 얼굴을 잘 모르는 사람이거나 아니면 직접 나타나기 곤란한 사람이겠지만…… 눈을 감은 채로 아무리 생각해 보아도 도저히 생각나는 사람이 없었다.

그러다가 누군가가 다가와서 앞자리에 앉는 것을 느끼고는 번쩍 눈을 떴다.

"이민우 씨?"

"그렇습니다."

키도 크고 풍채도 좋은 30대 초반쯤의 처음 보는 남자였는데, 첨서부터 대뜸 턱없는 반말로 내깔기기 시작했다. 이정우일 것이라는 직감이 들었다.

"난 이정우라는 사람인데…… 더러 내 이야기를 들었을지 모르겠지만……."

그는 의자에 뒤통수를 가져다 붙인 채 실눈으로 깔보듯이 쳐다보았다. 마치 목에 깁스라도 한 듯 잔뜩 힘을 주고 있는 꼴이 첨서부터 영 기분이 나빴다.

"인천에 있다구 들었는데?"

대답 대신 그런 그의 눈빛에 대항해서 똑같이 표정을 굳히며 고개만 끄덕여 주었다.

"내과 수련의라구?"

취조하는 식의 반말 짓거리라거나 사람을 깔아뭉개려는 교만한 태도, 그리고 뱀눈처럼 교활하게 빛나는 눈빛……. 하지만 그런 것보다 일단 인간 자체가 기분 나빴다.

"용건이 무엇인지 알구 싶은데?"

민우 역시 자기도 모르는 사이에 그와 맞대응하려 혀가 짧아졌다.

"용건? 하하, 용건이란 게 뭐 특별한 건 아니구…… 상판이나 한번 보고 싶었기 때문이지, 어떻게 생겼나 하구 말야. 하하하!"

"그렇담 일어서겠소. 이제 상판은 다 봤을 테구…… 피차 바쁠 테니까."

자리에서 일어서며 정중한 말투로 사정없이 쏘아주었다.

"잠시 앉으시지…… 상판을 보려구 했을 땐 용건두 있는 법이니까……."

그의 말을 무시해버리고 그대로 일어서 버리려다 생각을 바꾸었다. 이

친구도 언제고 한 번은 부딪쳐야 될 상대라는 생각에서였다. 그에게서 시선을 거두지 않은 채 노려보듯 쳐다보면서 도로 자리에 앉았다.

"말씀하시죠."

"그럼, 거두절미하구 이야기하지. 강은교 씨를 더 이상 성가시게 하지 말아."

"성가시게?"

"그렇지. 좋은 집안의 정상적인 사람이 뭣 때매 거렁뱅이를 만나려구 하겠어? 안 그래? 내 생각으로는 아마도 거렁뱅이 주제에 강은교 씨를 협박할 만한 뭐가 있었던 모양인데……."

"말 다했소?"

"앉으셔. 아직 말씀 도중이시잖아."

어이가 없을 정도로 무뢰배 같은 말투였다. 너무나 화가 나고 흥분되었던 나머지, 또 순간적으로 주먹이 올라가려 했으나 그건 안 될 일이었다. 옛날 J대 병원에서도 얼마나 톡톡한 대가를 치렀던가? 더구나 지금은 레지던트 자리 정도가 아닌 인생 일대의 은교에 관한 문제였다.

"말이 너무 지나치신 건 아니오?"

"말이 지나치다구? 하하하! 지렁이두 밟으면 꿈틀한다더니…… 입은 아직 살아 있군 그래……."

"뭐라구?"

너무나 깔보는 행투요, 일방적인 악담이었다. 세상이 끝나는 한이 있더라도 사생결단을 내고 싶었다. 하지만 그래서는 안 될 일. 참고, 참고 또 참았다. 그러나 마음속에서는 여전히 일촉즉발의 순간이었다.

마침내 그가 벌떡 자리에서 일어서더니 대들듯 쏘아보는 민우를 기분 나쁜 실뱀 눈으로 잔뜩 흘겨보며 말했다.

"야이, 거렁뱅이 새끼야! 내 말 잘 들어. 너 뒈지고 싶지 않으면 오늘서부터 당장 강은교 씨 근처에 얼씬두 하지 말아. 알았어? 이쯤 말해주었으면 아무리 멍청한 새끼래두 다 잘 알아들었겠지. 난 보통 이렇게 친절하게 경고해주는 성미가 아니야. 부러 확실하게 해두는 거니까, 네 목숨 너 결정해."

말을 마친 그는 민우를 거들떠보지도 않은 채 주머니에 두 손을 쑤셔 넣고 냉큼 일어서서 호기 찬 걸음으로 성큼성큼 걸어가 버렸다.

생각 같아서는 그의 뒤통수에 냅다 발길질을 해서 쓰러트리고는 주먹으로 북이라도 치고 싶었다. 억울하기 짝이 없고 이가 갈리는 일이었으나 인내가 최선이었다. 코를 씩씩 불며 그의 뒷모습만 지켜보았다. 미친개에게 물리지 않으려면 피하는 게 상수라는 생각만 계속하면서…….

그러나 그는 그의 생각을 비웃기라도 하듯 카운터 앞에 선채, 민우를 힐끗 뒤돌아보며 조소를 보냈다. 그리고는 하얀 수표 한 장을 꺼내 손바닥으로 카운터 책상 위에다가 꽝 소리가 나게 올려붙였다.

"잔돈은 필요 없어!"

그의 뒷모습에다 대고 카운터 여자와 서빙 하는 남자 둘이서 극진하게 90도로 허리를 꺾는 깊은 절을 하면서 군인들 복창처럼 커다란 소리로 합창을 했다. 마치 왕이라도 나간다는 태도였다.

"잘 쓰겠습니다. 회장님! 감사합니다. 회장님! 안녕히 가십시오."

하지만 붉으락푸르락하는 얼굴로 일어선 민우에게는 누구 하나 인사하는 사람이 없었다. 오히려 잔뜩 째려보고 있다는 느낌까지 들었다.

몹시 기분 나쁘고 열불이 나서 택시 탈 생각도 못하고 가로등이 밝혀진 길을 따라 큰길 쪽으로 걸어서 내려갔다. 2월 말의 추운 날씨이고, 시간도 10시쯤이라서 가끔 택시나 자가용 승용차들만 씽씽 지날 뿐, 남산자락 길은 고즈넉하고 인적이 끊긴 지 오래였다.

붉은 조명을 이고 서 있는 남산타워가 저 멀리에서 건너다 보였다. 언젠가 묘소 일로 해서 은교와 함께 시골을 다녀오던 날, 비행기에서 내려서 곧장 남산타워에 가서 피자를 먹었던 일이 바로 엊그제 일처럼 떠올랐다.

그때 은교에게 처음으로 사랑을 고백했던 일도 생각났다. 그리고 바로 그 일 때문에 지금 이정우라는 사람에게서 생각지도 않은 폭언을 들은 것이다.

"잠깐, 거렁뱅이 아저씨!"

갑자기 우락부락하게 생긴 세 사람이 다가서며 앞을 가로막았다. 거렁뱅이 아저씨라는 호칭이 아니라도 이정우가 보낸 깡패들이라는 것을 금시 알 수 있었다. 도망갈 틈도 없이 순식간에 두 사람에게 양쪽 어깨에 깍지를 끼인 채 어두운 숲 쪽의 나무 그늘로 끌려갔다. 밤인데도 어두운 선글라스로 얼굴을 감춘 청년이 앞으로 다가서며 말했다.

"형님이 아무리 말린대두 말이야…… 우린 존경하는 우리 형님께 불손한 태도를 보이는 놈들을 보면 그냥 지나칠 수 없어. 천지분간 못 허구 날뛰는 미친개는 우선 몽둥이찜질부터 해야 정신이 나겠지?"

말이 채 끝나기도 전에 갑자기 복부에 강한 훅이 들어왔다.

"우리 동방예의지국에서는 예전부터 법도라는 게 있었어. 물론 너 같은 거렁뱅이 종놈 새끼 애비 에미는 개 씹하듯 붙어먹을 줄이나 알았지, 무식해서 새끼 교육이나 시켰겠냐마는…… 그래서 우리가 이 고생 아니냐?"

다시 한 번 강한 펀치가 복부를 강타했다.

"어디서 굴러먹다 온 개뼈다귀 같은 거렁뱅이 종놈 새끼가 감히 상전 따님을 넘봐? 시대가 좋아져서 그렇지, 옛날 같으면 너 같은 건 그대루 사형감이야, 이 개 새끼야."

그러면서 또 다시 강한 훅이 복부를 강타했다. 이제는 이미 정신을 차릴 수도 없었다. 깍지를 끼고 있던 놈들까지 주먹질과 발길질을 하는 것인지 갑자기 양측 가슴에 깨질 듯 통증이 왔고, 다시 등에 바위가 떨어져 내리는 통증이 왔다. 순간 정신을 잃고 말았다.

"모지방 기스(얼굴상처)는 내지마. 됐어. 그만해. 가자!"

얼마나 지났을까, 춥고 선뜩한 기운에 깜짝 놀라 눈을 떴으나 얻어맞은 복부와 가슴이 결려오는 통에 도대체 몸을 추스르기는커녕, 숨조차 쉴 수 없었다.

엉금엉금 숲을 기어 나와 길가에 쭈그리고 앉아 있다가 간신히 통금 직전에 택시를 탔다. 기사는 처음에 그가 술이 취해서 그런 줄 알고 있었던 모양으로 쓸데없는 헛소리를 했다.

"쯧쯧! 무슨 술을 그렇게 마셨소? 내가 태워드렸으니까 망정이지, 그런 데서는 동사하기 십상일 거요."

가슴이 결려서 숨 쉬기도 어렵고, 배가 쑤셨다. 차가 요철을 지날 때마다 사느니 차라리 죽는 게 나을 정도로 고통스러워서 앞 의자를 붙든 채 몸을 잔뜩 구부리고 간신히 앉아 있었다. 룸미러로 그를 흘끔거리며 쳐다보던 기사가 다시 물었다.

"토하구 싶소?"

말도 못 하고 머리를 숙인 채 고개만 내저었다. 기사는 여전히 미심쩍은 눈초리로 룸미러를 통해 흘끔거리면서 행선지를 다시 확인했다.

"반포 주공이라구 했죠? 진짜 토하면 안 돼요. 좋은 일 한 번 해보려구 태워 준 거니까……."

차에서 내린 후 계단을 올라와 아파트 마루까지는 어떻게든 몸을 옮겨 왔으나, 더 이상 움직일 수 없어 그대로 쓰러져 누워 버렸다.

샤워도 하고 흙 범벅이 된 옷도 갈아입어야 했으나, 몸을 전혀 움직일 수조차 없었다. 아파트 안이라서 한길 가에서처럼 심한 오한은 없었으나, 자꾸만 목이 타고 여전히 한기가 들었다.

한 두 시간 그렇게 쓰러져 있었을까, 간신히 기다시피 몸을 움직여 부엌에서 물을 두 잔째 거푸 마시고는, 부엌과 마루에 아무렇게나 옷을 벗어 내던져버린 후, 작은 방으로 엉금엉금 기어 들어가 침대에 누워 버렸다.

양쪽 가슴과 등이 타는 듯 통증이 계속되는데다가, 다친 기억조차 없는 허리와 양쪽 엉덩이까지 결리고 아파서 움직일 수조차 없었고, 조금만 몸을 틀어도 악! 소리가 절로 나왔다. 돌아누울 수도 없었다. 아무래도 갈비나 등뼈가 몇 대 부러졌거나 금이 갔음이 분명했다.

다음 날 진료도 해야 할 것이고, 저녁때 미스 홍과 저녁식사까지 약속했던 것이라서 난감해진 나머지 한숨부터 나왔다. 그러나 가슴이 결려오는 통에 한숨도 맘대로 쉴 수 없었다.

교활하고 거만스러운 뱀눈으로 쳐다보던 이정우의 상판대기가 자꾸만 떠올랐다. 개 같은 자식! 갈아 마셔버려도 시원치 않을 자식! 이를 갈며 증오의 화살을 퍼붓고 있었으나 한 번 당한 이상 어쩔 수 없는 일이었다.

그리고 사실, 지난 일이 문제가 아니라 앞으로가 더 걱정이었다. 막대한 자금력으로 깡패들을 부리고 있을 그가 두려워졌기 때문이다. 죽으면 죽었지 물론 그렇다고 해서 그 따위 불량배 새끼에게 굴복하고 은교를 내어줄 생각은 추호도 없었다. 그건 그의 욕심 때문만도 아니고 은교 때문이기도 했다. 돈도 좋지만 그따위 인간과 만에 하나 결혼한다면 은교 신세 또한 뻔할 것이 아니겠는가?

뜬눈으로 끙끙 앓으며 긴 밤을 지새우다 새벽녘이 되어서야 간신히 눈을 부쳤는데 눈을 떠보니 아침 7시였다. 어떻게든 출근을 해보려 했으나, 어지럽고 가슴과 등허리가 여전히 결려오는 통에 도통 일어설 수가 없었다.

아무리 해도 출근은 불가능한 일이었다. 일어선 김에 물을 두어 컵 더 마시고는 자리로 돌아와서 다시 누워 버렸다. 이제 김 과장도 없는 터에 당장 외래가 걱정이었다. 이러지도 저러지도 못할 난감한 상황이었다.

생각 끝에 간신히 전화로 강 선생을 불러내서 외래를 부탁했다. 그러나 이제는 스텝의 위치나 다름없는 처지라서 아무래도 그런 식으로 해서는 안 될 것 같았다. 8시쯤 출근 시간을 맞추어서 현경애 과장에게 다시 전화를 했다.

"아프다구요? 그럼 병원에 와서 치료를 받아야지."

"움직일 수도 없어서 말이죠."

"어제는 감쪽같던 사람이 하룻밤 사이에 어떻게 그렇게 아파요?"

"과음을 하고…… 아파트 계단에서 굴렀거든요."

"이제는 레지던트두 아닌데, 책임 있게 술두 마셔야지. 나 혼자서 외래를 다 카바할 수두 없구…… 어떡허지?"

"강 선생에게 말을 해두었습니다."

"알았어요."

"죄송합니다. 원장님이 물으시면 말씀이나 잘해주세요."

간밤에 잠을 설친 덕분에 하루 종일 혼수상태로 잠만 잤다. 저녁 5시쯤 눈을 떴는데, 한결 운신하기는 편해졌지만, 기운이 없고 배고픈 게 문제였다.

집에서 라면을 끓이든 외식을 하든 아무래도 상가를 다녀와야 할 것이라는 생각을 하다가, 불현듯 미스 홍과의 저녁 약속이 생각났다. 모처럼 약속한 식사라서 그녀가 속도 모르고 마냥 기다릴까 봐, 인천 114에서 식당 전화번호를 알아내고 부탁을 해놓았다.

몸을 움직이기가 조금 나았다. 간밤의 악몽을 씻어내려고 조심스럽게 샤워를 했다. 그러고는 베란다로 나와 모처럼 담배를 피워 물었다. 항상 피우는 담배지만 하루만 쉬었다가 피워도 첫 모금에서는 늘 아찔하고 정신이 팽 돌았다. 힘껏 담배 연기를 들이마시려다가 가슴에 통증이 오는 바람에 깜짝 놀라 숨을 멈추었다. 아파트로 난 길을 따라서 젊은 여자가 걸어오고 있는 것이 불빛에 드러나 보였다.

은교라면 얼마나 좋을 것인가? 꼬리가 길면 잡힌다면서 당분간 오지 않을 거라고 했던 것이 바로 엊그제인데도, 몇 달이나 되는 것처럼 아득하게 느껴졌다. 전화벨 소리에 아마도 강 선생이나, 2년차들이 문병 겸해서 하는 전화인 줄로 알았더니 그게 아니라 뜻밖에도 미스 홍이었다.

"아! 미안해…… 사실은 사정이 조금 있어서 말이야……. 정말 미안해."

"많이 다쳤어요?"

"응? 아니? 조금……. 어떻게 알았어?"

"오늘 외과 들른 김에 2내과에 들렀었죠오…… 확인도 할 겸, 이 선생님께 혹시 변동 사항이 있을까 봐."

"아, 그렇게 알았군. 괜찮아. 근데 오늘은 정말 미안해. 다음에 다시 근사하게 살게. 잘 있어."

말하기조차 힘들어서 서둘러 전화를 끊으려는데 그게 아니었다.

"잠깐만요! 이 선생님! 저, 지금 여기 아파트 입구에 와있거든요. 정 바쁘시면 그냥 가고요."

"무슨 소리야? 근데 여기까지 어떻게 알고 왔어? 하여간 올라와. 동 호수는 알아?"

"알죠. 그런데 지금…… 진짜 안 바쁘세요?"

"바쁘다니? 그게 무슨 소리야? 어서 올라와."

"알았어요. 그럼 금방 올라갈게요."

아마도 그녀는 그가 은교와 함께 있을까 봐 아파트 입구에서 거듭 거듭 확인하는 모양이었다. 5분도 채 안되어 벨 소리가 났다. 이젠 수술에서 거지반 회복된 듯 안색도 좋아보였고 몸도 자유스러워 보였다. 그녀는 어깨에 가방을 걸머메고, 가슴에는 붉은색 장미와 하얀 안개꽃을 한 무더기 안은 채 대문 밖에 서 있었다.

"들어가도 돼요?"

"무슨 소리야? 어서 들어와."

쭈뼛거리며 얼른 현관 안으로 들어오지 못하고 있는 그녀를 재촉해서 맞아들였다.

"아무도 없어요?"

마루에서부터 주방까지 이곳저곳 두리번거리며 살피고 있던 그녀가 권해주는 대로 마루 소파에 앉으며 말했다.

"집 안이 여간 깔끔하지 않네요?"

여자 손이 많이 가 있다는 뜻일 것이었고, 은교를 의식하고 하는 말일 것이었다. 그녀를 쳐다보며 미소로 대답을 대신했다.

"그래도 얼굴에는 전혀 상처가 없어서 다행이네요? 여기 계단에서 그랬던 거예요? 어딜 다쳤어요?"

"가슴과 등을 조금……."

"심해요?"

"아니, 조금……."

"어떻게 해요, 그러엄?…… 혹시 몰라서 주사와 약을 가져오긴 했는데……."

그러면서 그녀는 부엌 쪽을 다시 흘끔거리며 물었다.

"참, 저녁은 하신 거예요?"

"응…… 아니, 아직."

그녀를 귀찮게 할까 봐, 다른 한편으로는 일부러 서울에까지 온 거니까, 식사 대접을 해야 된다는 양 극단적인 생각에서 헷갈리는 대답이 나왔다.

"아직 안 했단 말이죠? 그럼 부엌에 한번 가 볼까?"

그녀는 마치 자기 집 부엌이나 되는 것처럼 냉장고 안과 수납장 등 여기
저기를 열어보며 조사해보더니만 그에게 말했다.

"집에서는 식사를 잘 안 하시나 봐요? 상가에 나가서 죽거릴 조금 사 올
까요?"

"아냐, 됐어. 그러지 말고…… 미스 홍도 식전이지? 그럼…… 간단하게 중
국집에서 뭘 좀 시켜먹는 게 어때?"

"환자가 중국식을 해도 되겠어요?"

"환자는 무슨 환자? 가슴이 조금 결려서 그렇지, 위장은 성성해."

국물이 있는 음식이 편할까 싶어 그는 우동을 시킨 반면, 그녀는 짜장면
을 시켰다.

"결국 함께 식사를 하는 거네요?"

그녀를 따라서 무심코 웃다가 가슴이 몹시 결려오는 통에 상을 찡그리
며 웃음을 그쳤다. 그동안 환자들에게나 처방했었지, 실제로 본인이 경험
해보지 않아 잘 몰랐었는데 식사가 끝나고 나서 그녀가 가져온 약도 먹고
주사도 맞았더니 한결 편해졌다.

"진짠 아니죠? 계단에서 굴렀다는 거."

그녀의 직감에 새삼 혀를 내둘렀다. 불현듯 그녀와 결혼할 수 있도록 도
와달라던 '별 셋'이 생각났다.

"참! 미스 홍은 이제 시골 안 가? 당분간 쉬는 게 좋잖을까?"

"글쎄, 집에선 내려오라고 난리예요."

"그럼 내려가지, 그래? 한 6개월만이래도 좋은 공기를 마시고 편히 쉬면
좋을 텐데."

커피까지 함께 마시고 난 8시 반쯤 마침내 그녀가 일어섰다.

"그래…… 잘 가. 와 줘서 정말 고마워. 주사 맞고 약 먹었더니 한결 낫네."

그녀가 미소를 지었다. 배웅하려고 현관을 나서는데 문을 나가려던 그녀가 갑자기 돌아서며 물었다.

"은교 씨는 언제 와요?"

"글쎄?"

"언제 한 번 만나보고 싶어요."

"왜?"

"그냥요……."

문을 열어주자 그녀는 배시시 웃으며 문 밖으로 나갔다.

"들어가세요."

"그래…… 참, 식사를 언제 다시 살까?"

"오늘 저녁에 벌써 사신 거잖아요?"

다음 날엔 기를 쓰고 일어나 출근을 했다. 그러나 등과 가슴이 결리는 통에 몸을 움직일 때마다 아직도 악! 소리가 절로 나왔다. 걱정스러워 엑스레이를 찍어보았으나 다행히도 골절상은 없었다.

몇 번 망설이다가 운전 학원에도 갔다. 그러나 기어를 집어넣을 때마다 등과 가슴이 어찌나 결리는지 눈물이 날 정도였다.

서울로 돌아온 후 상가에서 아예 저녁식사를 하고 아파트로 들어갈까, 아니면 일단 아파트부터 들를까 망설이다가 결국 후자를 택했다. 조금 귀찮기는 하겠지만 혹시 은교가 기다리고 있을지 몰랐고, 아니라면 무슨 연락 사항이 있을지도 몰라서였다.

아파트 문을 열고 들어서면서 예감이 다소 이상했는데, 아닌 게 아니라, 누군가 낯선 사람들이 그를 기다리고 있었다. 50대 초반으로 보이는 여자 한 사람과 30대 중반으로 보이는 남자 두 사람이었다. 중년의 여자는 소파에 그대로 앉은 채 마루로 들어서는 민우를 보며 물었다.

"이민우 씨?"

"네. 그렇습니다."

은교의 모친일 것이라는 직감이 들었다. 순간 마치 어른들 몰래 나쁜 일을 하다가 들켰을 때처럼 가슴이 뛰고 겁이 났다.

"앉아요."

그녀는 눈도 떼지 않고 그를 유심히 살피면서 앉으라고 명령했다.

"내가 누군 줄 알겠지?"

"네. 강은교 씨 모친이실 것으로 짐작됩니다."

"그래? 그렇다면, 내가 왜 여기까지 와있다는 것두 잘 알겠구먼, 그래."

은교 엄마는 거두절미하고 반말조로 시비부터 시작했다.

네 죄는 네놈이 알렸다 하는 식으로, 마치 판사가 피고에게 묻고 있는 듯 위엄 어린 질문이었다. 하지만 이상하게 부드럽고 적의가 없는 억양이었다.

"은교와 사귄 게 언제부터였나?"

"75년 연말쯤 응급실에서의 일 이후로 꾸준히 만나보았습니다."

"그건 나두 잘 알아. 내 말은 아주 친해진 것 말이야."

은교 엄마는 상반신을 조금 앞으로 내밀며 아주 진지하게 물었다.

"점차 시간이 가면서 가깝게 되었지, 결코 어느 한 순간에 그랬던 것은 아닙니다."

"그래? 그렇다면 대충 한 4년 조금 넘은 건가?"

은교 엄마는 다시 등을 의자에 가져다 붙이고는 눈을 감은 채로 뭔가를 생각하는 듯 잠시 침묵을 지켰다. 대화가 있을 때보다도 그 침묵이 오히려 더 힘들고 곤혹스러웠다. 곁에 함께 앉아 있는 두 남자 역시 완전한 침묵 속에서 민우를 뚫어지게 바라보고 있었다.

"이 아파트에서는 언제부터 생활했었지?"

"작년 여름부터였습니다."

"그럼, 한 1년 조금 넘은 거로구먼, 그래."

은교 엄마는 몸을 뒤로 기댄 채 눈을 조금 감은 듯 하고서 다시 침묵을 지키더니만 정말로 난데없는 말을 불쑥 물었다.

"좋아! 그런데 말이야, 그동안 우리 은교를 사귀면서 은교가 아무하고나 사귈 수 있을 거라구 믿었었나? 젊은이 생각으로서 젊은이가 은교와 사귈 만한 상대라구 믿었느냐 하는 말이야."

생각하기에 따라서 대답도 여러 가지일 상당히 어렵고 복잡한 질문이었다. 그렇지만 핵심을 피해 버리고, 적당히 물러설 수도 없었다.

"그런 생각을 해본 적은 아직 한 번도 없습니다. 죄송합니다."

"죄송하다구? 왜 죄송할 짓을 했나?…… 지금 생각은?…… 지금도 그런가?"

"물론 여러 가지로 생각할 점이 많이 있겠지만…… 제 생각으로는 사귀어서 안 될 이유는 없다고 생각합니다."

"아니, 내 말은 단순히 가볍게 사귄다는 것이 아니라 결혼까지 다 포함해서 하는 말이야."

마침내 위엄 서린 목소리가 되어 추궁을 하듯 다시 물었다.

"결혼 역시 마찬가지라고 생각합니다. 진실로 서로를 사랑한다면, 그 외에 다른 모든 것은 문제 밖일 것이니까요."

"그래? 부모두, 세상두 모두 다?"

"그런 뜻은 아닙니다. 다만 제 말은 진실하게 서로를 사랑한다는 것이 가장 중요하다는 뜻이지, 부모님들이 문제 밖이라는 뜻은 물론 아닙니다."

"그래? 그럼 부모가 반대한다면 어떻게 할 건가?"

"시간을 두고 부모님과 의논해가야 한다고 생각합니다."

"그래도 계속해서 반대를 한다면?"

"기다리며 더 생각을 해 보아야겠지요. 만약 자기 생각이 확실히 잘못되었다면 부모님의 의견을 따라야 할 것이고, 그렇지 않고 자기 생각이 확고하고 변함없다면 부모님을 설득해야 할 것입니다."

"그래? 자네가 은교에게 그렇게 시켰나?"

"제가요? 아닙니다."

"그런데도 어째서 은교 하는 짓이 젊은이 말과 똑같을까?"

다소곳이 불편한 자세로 계속 앉아 있다 보니, 타박상을 입은 부위가 심하게 결려왔다. 은교 엄마를 다시 쳐다보았다. 그러나 어투와는 달리 아직도 온화한 표정 그대로였고, 결코 역정스런 모습은 아니었다.

"그럼, 내 마지막으로 하나 더 묻지."

무슨 말이 나올까 잔뜩 긴장되어 숨을 죽이고 기다렸다.

"만약 젊은이가 은교를 포기한다면 어느 정도의 대가를 해 주면 될까?"

"네? 무슨 말씀인지?"

"만약 이 아파트를 젊은이에게 준다면 은교를 포기하겠느냐는 말일세."

난감한 질문이었다.

"왜 대답을 못하나? 그럼, 얼마가 더 필요하다는 이야긴가?"

은교 엄마는 위엄 서린 목소리로 거듭 대답을 재촉을 했다. 하지만 처음의 이미지가 변할 정도로, 정말이지 너무나 싫고 언짢은 질문이었다.

"아닙니다."

"그럼?"

"어떤 뜻으로 그렇게 물으시는지 잘 모르겠습니다마는, 저에게 있어서 은교 씨는 세상의 전부나 같고, 결코 돈이나 재산으로 은교 씨를 바꿀 수는 없습니다. 다만 만약 은교 씨가 저 때문에 자기가 좋아하는 다른 상대와 결혼하지 못하고 있다면, 그건 말이 다릅니다. 전 당장 깨끗이 물러서 겠습니다. 은교 씨를 위해서요. 저는 현재에도 제가 필요한 만큼의 돈은 있습니다."

"그래? 그렇담 다행이고……. 그렇지만 우리 체면이나 성의도 있고 하 니…… 그렇다면 이 아파트와 섭섭하지 않을 만큼 돈도 주겠네. 고맙네."

마침내 이야기가 다 끝났다는 듯이 은교 엄마는 자리에서 일어섰다. 그 러자 배석했던 두 남자도 즉시 뒤따라 일어섰다.

은교 엄마가 너무 큰 오해를 하는 것 같았다. 이젠 다 끝났다는 듯이 자 리를 털고 일어서고 있는 은교 엄마에게 서둘러서 다시 말했다.

"제 말씀은 그런 뜻이 아닙니다. 오해하지 말고 잠시만 더 들어주십시오."

자리에서 일어선 그대로 은교 엄마는 몹시 불쾌하다는 듯이 민우를 돌 아보았다.

"그럼?"

"잠시만 더 제 말을 들어주십시오. 전 결코 그런 뜻으로 말씀드린 건 아 닙니다."

마지못한 듯 그녀가 다시 앉았다. 그러자 두 남자도 다시 따라 앉았다.

"전, 아까도 말씀드렸다시피 은교 씨를 제 자신보다도 더 사랑합니다. 이 미 일찍 다 돌아가셨습니다만 저를 낳아주신 부모님들만큼 은교 씨를 사 랑하고 있습니다. 그래서 드리는 말씀입니다. 오해하지 마시고 들어주십시 오. 세상의 어느 누구보다도 은교 씨와 행복하게 잘 살아갈 자신이 있습니 다. 그렇지만 은교 씨는 그렇게 생각하지 않는데 저 혼자 그렇다면 그건 아무런 의미도 없을 것입니다. 저는 은교 씨의 진실한 말이 필요합니다. 만 약 은교 씨에게 제가 정말로 거추장스러운 존재라면, 아까도 말씀드렸다시 피 전 즉시 깨끗이 물러서겠습니다. 그것이 아니라면 다른 건 어떤 것도 저에게는 소용이 없습니다. 그리고 은교 씨가 저를 사랑하고 있는 한, 저 역시 결코 단념하지 않을 것입니다."

"하지만, 우리 은교는 기업으로 잔뼈가 굵은 집안의 외동 딸일세. 아무하고나, 더구나 기업을 전혀 모르는 병원 의사와 결혼해서 살아갈 수 있는 아이가 아니야. 기업은 일으키기도 유지하기도 보통으로 험난한 길이 아닐세. 아무나 덮어놓고 노력만 한다고 되는 게 아니라는 말이네. 자네 말은 은교를 누구보다 더 행복하게 해 줄 수 있다고 말하는 데, 구체적으로 무엇을 어떻게 해서 그렇게 할 것인가?"

"염려하시는 말씀 잘 알아들을 수 있습니다. 그에 대한 답변으로 우선 저의 생각은 이렇습니다. 우선 은교 씨와 제가 전혀 다른 길인 것 같지만, 결국은 두 사람의 최대 공약수가 반드시 존재할 것입니다. 물론 은교 씨 어머님만큼 세상에 대한 지혜가 아직 저희에게는 부족합니다. 하지만 대신에 저희에게는 보다 젊은 용기와 패기, 그리고 아직 그려지지 않은 백지와 같은 융통성과 열린 사고방식이 있을 수 있다는 점을 제발 고려해주시기 바랍니다. 은교 씨가 오로지 기업 활동에 매진할 수 있도록 저는 가깝게 지켜보겠습니다. 필요하면 필요한 만큼 반드시 힘을 합하여 나가겠습니다. 그런 의미에서는 어중간한 기업가보다 차라리 제가 더 오히려."

은교의 모친은 민우의 열띤 대답을 중도에서 갑자기 뚝 잘라버리고 말했다.

"난 내 물음에 대해 구체적인 답을 원하네. 난 자네의 이상적이고 원론적인 생각을 듣고 있을 만큼 한가하지 않아. 구체적으로 무엇을 어떻게 하겠다는 것인지 그걸 말해주게."

민우는 몹시 당황스러웠다. 하지만 내친김이었다.

"사실 이 자리에서 당장 구체적으로 제가 드릴 수 있는 말은 없습니다. 하지만."

"하지만?"

"하지만 저는 기업 운영에 있어서만큼은 은교 씨가 전문가일 것으로 생각합니다. 저는 그런 은교 씨의 능력과 판단력이 최상으로 유지될 수 있도록 은교 씨를 돕겠습니다."

"그래? 그럼, 의사 일은 어떻게 할 것인가? 의사 노릇 대신 알지도 못하는 기업 업무를 은교와 나누어 하겠다는 말인가?"

"아닙니다. 의사는 환자를 직접 진료할 수도 있지만, 질병에 대한 연구를 할 수도 있습니다. 학문과 산업은 별개로 존재하지 않을 것이라고 생각합니다. 저는 연구에, 은교 씨는 운영에 전념하면서 공통분모를 반드시 이루어 나갈 수 있습니다. 오히려 그럼으로써 저와 은교 씨는 완벽한 커플이 될 수 있을 것입니다."

어디에서 그런 논리가 갑자기 생각났는지 민우 자신도 알 수 없었다. 은교는 그가 반드시 필요하다는 강력하게 주장했다.

"현실은 현실이고, 꿈은 꿈인 거지, 우리는 그런 추상적인 생각에 동의할 수 없네. 젊은이!"

은교 엄마는 더 들을 필요도 없다는 듯이 그렇게 말하고는 자리에서 일어서서 뒤도 돌아보지 않고 나가버렸다.

은교 엄마가 나간 후로 다시 생각을 정리해 보았다. 온화한 듯싶으면서도 위엄 서린 얼굴이었고, 양보의 가능성이 있는 듯싶으면서도 너무나 확실하고 단호한 태도였다. 은교의 엄마는 실제적이고 확실한 신념을 요구했던 것 같았다. 자기 생각이 어떻게 전달되었는지 걱정스럽고 불안했다. 그리고 단 한 번의 기회였는데, 평소 생각해둔 것이 없이 감정으로만 은교를 잡고 있었다는 것을 자기 말과 행동으로 밝힌 것만 같아 마음이 무거웠다.

다음 날 오전 진료 중인 11시쯤이었는데, 은교에게서 전화가 왔다. 헤어진 지 며칠이나 되었다고, 그녀의 전화를 받으며 목소리조차 반가웠다. 용건은 저녁때 인천 호텔에서 만나자는 것이었다.

"왜 아파트로는 못 오고?"

"어차피 저녁 해야 하잖아."

"그렇긴 하지…… 그런데 자기 고생해서 일부러 인천까지 올 필요는 없잖아? 어차피 저녁때 서울로 갈 텐데."

"나도 어차피 인천에 갈 일이 생겼으니까 그렇지."

"그래? 그렇다면 몰라도."

그날은 만나자는 사람도 많았다. 조금 있다가 미스 홍에게서도 다시 전화가 왔다. 그녀 역시 저녁에 만났으면 했다. 하지만 은교와 약속이 되어 있다는 말에 그녀는 '당연히 은교 씨에게 가셔야죠.' 하고 순순히 물러서더니 은교와 어디에서 만나는지 알고 싶어 했다. 불현듯 며칠 전 아파트로 찾아왔던 그녀가 은교를 한 번 만나봤으면 좋겠다고 하던 말이 생각났다.

"은교를 만나서 뭐 할 말이 있어?"

하지만 미스홍은 '아뇨. 괜찮아요. 상관 마세요.' 하고는 전화를 끊었다.

호텔에 미리 와있던 은교는 전에 없이 그를 싱글벙글거리며 맞았다.

"엄마 없는 동안 잘 살았어?"

"그래."

덕분에 죽도록 얻어맞았다는 말은 차마 하지 못했으나, 어떻게 알았는지 그녀 편에서 먼저 물었다.

"이젠 좀 괜찮아? 나 때매 많이 다쳤다며?"

"누가 그래?"

"정말이지 아주 질이 나쁜 자식이었어. 얼마 전에 두 번 다시 만나지 않겠다고 했더니, 결국 그 앙갚음을 민우 씨에게 했나봐."

"근데 그건 어떻게 알았어?"

"조금 전 미스 홍에게서 들었어."

"미스 홍?"

"그래. 자기가 날 여기에서 만날 거라고 미리 알려주었다던데?"

"그랬지. 그런데, 왜?"

"그런 건 민우 씨는 몰라도 돼. 여자들끼리 이야기니까."

"그래도 몹시 궁금한데?"

"혼자서 열심히 궁금해 봐, 무슨 이야기를 했었는지……. 하지만 민우 씨 흉 본 건 아니니까 걱정하지 마! 그런데 참! 미스 홍도 대단하더라."

"왜?"

"훌륭한 누이를 두었더라는 이야기지……."

"훌륭한 누이?"

"자기가 먼저 누이 같다고 했다던데?"

"그래? 그런데 미스 홍이 그런 걸 어떻게 알았지? 난 입도 뻥긋 안 했는데?"

"그럼, 술 취해 계단에서 굴렀다는 말을 미스 홍이나 내가 믿을 것 같애?"

"귀신 아니면 도깨비네."

"그런 건 누구나 다 알 수 있어. 자기 성격 훤히 다 아는데 세상에 그런 거짓말이 통할 것 같애? 참, 그리고 어제 아파트에서 엄마를 만났다면서?"

"그건 또 어떻게 알았어?"

"엄마한테 혼쭐나게 얻어 들으며 알았지."

"?"

"아냐. 농담이고, 사실은 자기를 그렇게 반대하던 엄마가 오히려 새 응원자로 나섰어. 놀랍지? 그래서 오늘 자기를 일부러 만나러 온 거야. 알겠어?"

"?"

"이건 정말이지 해가 서쪽에서 뜨는 것과 같은 거야. 엄마는 오로지 '이정우'뿐이고, 민우 씨는 절대로 안 된다는 거였어. 그러다가 '이정우'고, '민우 씨'고 다 안 된다고 했어. 자세한 이야기는 할 수 없지만 지난번에 말했던 것처럼 최근에 이정우 댁과 문제가 조금 생겼거든. 그래서 그렇게 된 건데…… 그런데…… 세상에! 어떻게 된 일인지 민우 씨를 만나고 오더니 엄마가 180도로 바뀐 거야. 엄마에게 뭐라고 했어?"

"글쎄?"

"내게 뭐라고 한 줄 알아? 진짜 괜찮겠더라고 하면서 집으로 데려오라는 거야. 세상에!"

"정말?"

"무슨 남자가 이렇게 의심이 많을까? 이제 이정우고 누구고 간에 다 물 건너간 거래니까……."

시간이 늦긴 했지만 운전 학원을 빠지기가 싫어서 은교와 함께 갔다가, 그녀를 사무실에 앉혀 두고 주행과 코스를 익혔다. 약을 먹어서 그런지 이틀 사이로 무척이나 좋아져 있었고, 기어를 넣어도 어제처럼 눈물을 찔끔거릴 정도는 아니었다. 여러 가지로 다행이었다.

교습을 끝내고는 은교네 회사 차로 반포 아파트로 왔다. 이례적인 일이긴 했으나 은교는 기사를 대기시켜둔 후 아파트로 들어왔다. 얼마나 다쳤는지 궁금했던 모양으로 웃옷을 벗겨보고는 말했다.

"결국 이걸로 완전 끝장이야."

그녀를 안아보았다. 등과 가슴이 결렸지만 그런 건 아무래도 좋았다.

"오늘은 일단 집에 들어가야겠어. 엄마는 무서울 정도로 확실한 사람이야. 틀림없이 며칠 안으로 민우 씨를 집으로 부를 거야. 그러면 우리는 숙제에서 완전 해방될 거고, 모든 게 다 잘 될 거야. 민우 씨 축하해! 아마 이번 기회로 재벌 집 사위 되는 게 얼마나 어려운 일이라는 걸 톡톡히 알았겠지."

"재벌 집 사위는 상관없어. 난 은교만 있으면 돼!"

오랜만에 그녀의 입술과 혀를 가져보며 행복에 차서 말했다.

"그래도 어쨌건 난 소위 재벌 집에서 나고 자랐어. 민우 씨와 결혼하더라도 우리 집은 우리 집이야."

그녀가 달콤하게 속삭여주었다.

그녀를 보낸 후 밤 12시쯤 막 자리에 누우려는데 다시 그녀에게서 전화가 왔다.

"낼 쉬는 거지? 삼일절 아냐?"

"그건 그렇지."

"엄마가 그러는데, 내 생일날까지 기다릴 필요 없이 내일이래도 민우 씨를 당장 데려오래. 잘됐지?"

"그래."

"기뻐, 안 기뻐?"

그녀는 흥분을 감출 수가 없다는 듯이 무척이나 상기된 억양으로 아이들처럼 말했다.

"기쁘지."

"얼마큼?"

"하늘만큼, 땅만큼."

그녀가 하고 있는 아이들 말을 그대로 본떠 말해주었다.

"그치? 그럼, 쇠뿔도 단김에 뽑으랬다고, 낼 당장 10시쯤 기사를 보낼 테니까 깨끗하게 하고 집으로 와야 돼. 알겠지?"

"더 있다가는 게 좋지 않을까? 아무래도 너무 갑작스런 일이라서 영 자신이 없네. 3차까진 어떻게 합격되었지만 4차 워낙 중대한 거라서 겁도 나고."

"바보. 이번 4차는 그렇게 어렵지 않아. 내가 곁에서 거들 거잖아. 자기가 먼저 엄마 아빠 만나고 싶다고 했으면서. 용기를 내!"

"그렇지. 용기를 내야지……. 그런데 참, 오빠도 있어?"

"아냐, 오빠네는 며칠 전 마침 미국 갔어. 혜진 씨 친정이 미국에 있거든. 딴 걱정은 하지 말구 와. 알았지? 낼 오전에 차 보낼 테니까 기다려! 그래애, 그럼, 끊는다아. 좋은 꿈 많이 꾸고, 엄마 없어도 잘 자야 돼! 착한 아기, 알았지?"

"그래! 은교도……."

이처럼 쉽사리 은교와 결합할 수 있을 거라고는 솔직히 꿈에도 생각하지 못했었다. 하지만 어쨌거나 모든 게 다 잘된 것이라서 한없이 기뻤다. 너무나 기쁜 나머지 오히려 불안스럽기조차 했다. 그러나 여기까지 오기까지 사실 얼마나 어렵고 힘든 여정이었던가?

묘지를 옮기면 고단한 의사에게 시집가게 된다던 말을 전하면서, 그에게 용기가 없는 것인지 아니면 그럴 마음이 없는 것인지 따져 묻던 일이 생각났다. 열차로 시골을 내려가던 날, 은교 자기는 안중에도 없고 오로지 혜진뿐이냐 면서 따져 묻던 일도 생각났다. 처음 그녀를 응급실에서 만나던 날 혜진이가 연상될 만큼 강렬했던 눈빛도 새삼스럽게 생각났다.

박뚱이가 인천에 수련 자리를 마련해 주었기 때문에 은교를 만났을 것이지만, 역으로 생각해 보면, 은교를 만나야 할 운명이라서 수련 자리를 얻지 못하고 그토록 죽도록 고생만 했을 것이다. 그리고 혜진이를 마지막으로 만나서 힘든 절교 선언을 들어야 했던 것도 결국 은교와의 인연 때문이었고…… 결론은 모든 것이 다 피할 수 없는 인연 때문일 것이었다.

첨엔 생각지도 못했고, 전혀 기대할 수도 없었던 은교가 평생의 반려자였고…… 반면에 혜진이, 주리, 별이, 한경이, 홍애경…… 그녀들 모두는 단지 스쳐 지나가는 조우일 뿐이었다.

그런 줄도 모르고 그는 그녀들을 잃고서 차라리 세상이 끝나주기를 얼마나 바랐던 것인가? 한 치 앞도 보지 못하고 살아가야 하는 인간들의 어쩔 수 없는 운명적인 아이러니였다.

그날 밤은 잠을 어떻게 잤는지, 아니, 전혀 잠을 자지 않았는지조차 모를 정도로 흥분 속에서 하룻밤을 보내고는 이른 아침부터 서둘렀다. 옷이나 와이셔츠 등 입성은 물론이려니와, 머리와 수염도 깨끗이 손질하고, 평소와는 다르게 거울 앞에서 몇 번이나 자기 모습을 살펴보았다.

이제 가장 중요한 마지막 4차 고사가 기다리고 있다는 생각에서 아무리 애써 마음을 가라앉히려 해도 소용이 없었다.

기사는 10시 정각에 도착했다. 그리고 상상만 하던 그녀의 집을 찾아갔다. 차가 정원을 지나 현관 앞에 도착하자 은교는 기다리고 있었다는 듯이 재빨리 나와 반겨주었다. 은교에게 인도되어 현관과 반대쪽에 있는 커다란 식당으로 들어갔다. 강 회장과 어제 만났던 은교 모친이 나란히 자리에 앉은 채로 미소를 띠며 그를 반겨주었다.

강 회장은 50대 중반쯤으로 보일 만큼 주름살 하나 없이 젊고 팽팽한 얼굴이었다. 은교 엄마와 마찬가지로 위엄 서린 얼굴이었으나, 미소를 띠고 있어서 여간 온화하게 보였다.

식당에 들어서며 허리를 굽혀 선 채로 절을 하자, 강 회장이 손을 내밀며 악수를 청했다.

"자! 앉게."

11시쯤이었지만 이른 점심을 시작했다. 강 회장은 민우에 대해서 전혀 사전 지식이 있을 것 같지 않았는데도, 과거사에 대해서는 단 한마디 언급도 없었고 오로지 장래의 계획과 희망에 대해서만 물었다. 역시 큰 기업을 일으킨 회장님답게 보통 사람들과는 확실히 생각 자체가 달랐고, 전혀 예상 밖의 일이라서 그의 미래지향적인 점이 경이롭고 존경스러웠다.

"전문의사가 되었으니까, 이제 공부는 다 끝난 건가?"

"아닙니다. 이제부터 시작입니다. 조금 늦어졌지만 곧 대학원 진학을 하려 합니다."

"그래서?"

"의사란 환자를 돌보는 일이 제일의 임무이겠지만, 새로운 기술과 이론을 개발해내는 것도 그에 못지않은 중요한 일이기 때문입니다."

"그렇겠지…… 주로 어떤 것을 공부하구 싶나?"

"면역학이나, 유전공학에 대해서 공부해보고 싶습니다. 구체적인 예로 최근 미국에서 눈부시게 발전하고 있는 신장이식 환자에서의 거부반응 억제나, 암, 바이러스 질환에서 응용 가능한 면역이론, 혹은 단순한 약이 아닌 생리적이고 무해한 약제의 개발 같은 것입니다."

"그래? 그게 요새 흔히들 떠드는 만병통치약에 관한 이야기인가?"

"그렇습니다. 의학은 눈부시게 발전하고 있기 때문에 조금만 시간이 지난다면 지금으로서는 감히 상상도 하지 못할 일들이 벌어질 것입니다. 인공장기에서부터, 유전자를 이용하여 약품을 대량으로 생산해낸다거나, 특정식품까지도 모조리 다 그런 식으로 생산될 수 있을 것입니다."

"약품과 식품까지도?"

"그렇습니다. 그동안 기업들은 전통적으로 기계를 돌려서 공장을 가동하고 상품을 만들었던 것에 비해서, 앞으로는 세균이나 식물을 이용하여 우수 의약품이나 식품을 생산하는 생물공장 시대가 올 거니까요."

"그렇다면 기업 쪽에서도 의학이나 생물학을 아카데믹하게만 볼 일이 아니라는 말이 아닌가?"

"그렇습니다. 이미 국내에서도 초보적인 생물공학을 이용해 의약품들이 몇몇 제조되고 있는 것으로 알고 있습니다. 그런 우수 의약품들은 부가가 치적인 면에 있어서 일반 의약품들과는 비교할 수도 없습니다."

"그래? 그렇다면 우리도 이제 방관만 해서는 안 되겠군."

"그렇습니다. 21세기가 되기 전에 면역학, 유전공학 등이 유기적으로 관계를 맺어서 결국은 생명공학이라는 새로운 학문을 탄생시킬 것입니다. 기업을 하시는 분들이라고 해서 의학의 발전을 남의 일처럼 결코 수수방관만 하고 있을 수는 없게 될 것입니다."

사위와 장인 후보는 다가올 가까운 미래의 의학과 기업에 대한 이야기로 한동안 시간을 보내면서 식사를 마쳤다. 그러고 나서 네 사람 모두 마루로 나와 은교와 민우 사이에 그동안 있었던 일들을 화제로 이런저런 이야기를 나누었다. 결국 다 같이 공감할 수 있었던 것은 두 사람 사이에 어떤 조그만 우연이 모여서 그렇게 되었다기보다, 궁극적이고 필연적인 미지의 인연이 있었을 것이라는 점이었다.

은교가 가슴을 다친 게 어째서 하필이면 인천이었겠느냐 하는 것에서부터, 또 해당 과도 아닌데 어째서 민우가 수술을 담당했겠느냐 하는 것, 그리고 상식적으로 생각할 때 도저히 기대할 수 없는 처지일 터인데도, 만난을 무릅쓰고 4년 동안이나 꾸준하게 교제가 이루어졌다는 것에 이르기까지 어느 한 가지도 우연이라고 하기는 쉽지 않을 일들이기 때문이다.

자연스럽게 다시 두 사람의 결합에 관한 이야기로 이어졌다. 급하게 서두를 필요는 물론 없겠지만 두 사람의 나이도 있고 4년 이상이나 사귄 만큼, 이왕 결혼하겠다고 결정되었다면 굳이 오래 끌 필요도 없다는 것이 부모들의 생각이었다. 민우가 혈혈단신이라서 하객이 많을 리도 없으니, 약혼식은 생략하고 곧바로 결혼식을 하기로 앉은자리에서 결론이 났다.

그래서 앞으로 3개월 후쯤인 6월을 넘기지 않는 선에서 식을 올리자는 것과, 그렇지만 평생지대사이니만큼, 택일만큼은 은교 엄마가 다시 하겠다는 것으로 결론이 났다.

　이야기가 대충 마무리된 후, 은교 부모들은 다시 한 번 당부하는 것을 잊지 않았다. 서로의 환경이 극과 극을 달렸을 것이라서, 가치관이나 사고 방식에 많은 차이가 분명 있을 것이지만, 현재의 젊은 나이에서는 아직 서로 잘 모를 수 있을 것이라는 점에 대한 지적이었다. 그러고는 아무쪼록 초지일관해서 잘 살아야 한다는 축하 인사가 곁들여졌다.

　저녁 모임이 있다며 부모들은 외출을 했고, 둘은 지하 식당이 있는 앞뜰로 나왔다. 이제 갓 3월 초였지만 양지바른 산중턱에 지어진 집이라서 따사롭고 햇살이 여간 바르지 않았다. 구름 한 점 없이 푸르고 시린 하늘에서는 따사로운 봄의 태양이 온 누리를 비추고 있었고, 200평도 넘을 널찍한 뜰에는 갖가지 화초가 잎과 꽃을 다투어 피어내는 중이었다.

　정원수들도 어느새 꽃 몽우리 만큼 크기의 순들을 달고 있었다. 새들 또한 한껏 소란스럽게 우짖으며 봄을 부르고 있었다.

　"새들도 자기를 알아보고 환영해주나 봐! 갑자기 소란스러워졌지?"

　은교가 그를 돌아보며 말했다. 서로 마주보고 선 채로 그는 그녀의 두 손을 잡고 매혹적으로 빛나는 두 눈을 응시하며 말했다.

　"새들은 지금 봄을 부르고 있어. 진짜 봄을 말이야……. 우리가 신혼살림을 제대로 꾸미게 되면 진짜 봄이 되는 거야. 그리고 부모님들께 우리 아이들을 자랑스럽게 안겨 드릴 때쯤이면 무성한 여름이 시작되겠지…… 내가 고등학교 1학년 때쯤이니까, 대략 15년도 더 된 이야긴데…… 할머니가 그랬어. 이제 곧 완전한 봄이 올 거라고 말이야. 난 꽃이 피고 새가 울면 봄이 온 거라고 생각했어. 하지만 할머니가 했던 말은 그게 아니었어.……

할머니는 내가 결혼해서 가족을 갖게 되는 것을 봄이라고 했던 거야."

"정말 민우 씨는 그동안 너무나 힘들고 외로웠을 거야. 그걸 생각하면 난 언제고 가슴이 아파."

"물론 그랬지. 하지만 꼭 그랬던 것도 아닐 거야. 지금 생각해 봐도 너무 긴 겨울이긴 했지만…… 그렇지만 겨울이 있기 때문에, 봄도 있을 거잖아? 긴 겨울 내내 봄을 기다리는 희망 하나로 버티고 살았다고 봐야겠지."

갑자기 민우의 두 눈에서는 눈물이 주르르 흘러내렸다.

"아냐! 그것만도 아니고…… 사실은 그것보담도 훨씬 더 중요한 게 있어! 봄은 결코 자기 스스로 오지 않는댔어. 봄은 만들어가야 한댔지. 난 항상 내 가슴속에 죽은 가족들을 품고 살았어. 어렸을 때 할머니와 함께 살 때는 엄마를 가슴속에 품고 살았지만, 할머니가 돌아가신 이후로는 할머니를 품고 살았어. 그런데 가슴속에서 죽은 가족들이 쉬지 않고 말해주는 거야. '봄은 절대 제 스스로 오지 않아. 네가 봄을 차근차근 하나씩, 하나씩 만들어가야 하는 거야. 알겠니? 누구에게도 친절해야 하고 누구에게도 사랑을 베풀어야 돼. 그게 곧 봄을 만들어 가는 거야. 알겠니?' 그랬어. 그런데…… 이제 봄이 거의 다 만들어졌나 봐……."

그랬을 것이다. 그의 말을 듣고 보니 어째서 그가 그렇게 마치 먼지로 만들어진 사람처럼 자기주장도 없었던 것인지, 그리고 어째서 그렇게 혼자서 괴로워했던 것인지, 그리고 어째서 그녀에게만큼은 유독 난쟁이가 되어 있었는지, 더 이상 다른 설명이 없어도 이제는 모든 것을 다 알 수 있었다.

그를 등 뒤에서 두 팔로 감싸 안아주며 말했다.

"그래. 이제 진짜로 봄이 온 거야. 난 봄을 만들며 살았던 자기가 너무나 존경스러워. 자기를 사랑해."

그런 그녀를 그가 되돌아 안았다. 그리고는 보석같이 빛나는 그녀의 두 눈에 입술을 맞추며 말했다.

"나도 그래. 이제 정말 봄이 왔어. 봄이 어디 있는지 아주 환히 다 보여! 은교는 나에게 봄이고, 세상이고, 그리고 구원이야. 이제는 다 왔어. 모든 것이 죄다 다 한꺼번에…… 봄도, 죽은 가족들을 편안한 휴식처로 보내 드릴 때도…… 이렇게 쉬운 걸 가지고, 그동안 얼마나 절망했었는지 몰라……."

두 사람의 아름답고 황홀한 모습을 지켜보던 정원의 나무와 꽃들이 마치 폭설이 내려 온 세상을 순식간에 하얀 눈으로 덮어버리듯이, 불과 단 몇 초 사이로 꽃과 향기를 다투어 피어내면서 한순간에 온 정원을 향기로운 꽃무더기로 가득 채워버렸다. 그러고는 서로 이웃하는 꽃들끼리, 서로 가까이 서 있는 나무들끼리 봄의 노래를 부르면서 사랑을 속삭이기 시작했다.

둘은 봄 정원의 향기로운 꽃 숲 속에서 서로를 마주보며 새삼스럽게 힘껏 다시 서로를 껴안았다. 마침내, 마침내……, 태초의 에덴동산이 세상에 다시 재현되는 순간이었다.

두 연인에게서 생겨난 봄의 기운은 천지사방으로 흩어져갔다. 봄기운들은 산, 들, 마을, 강, 초원 등, 사방팔방으로 뻗어나가면서 점점 세를 불리더니 마침내는 온통 꽃과 새잎과 봄 향기와 희망과 생명의 따스함으로 세상 천지를 가득 덮어버렸다. 다시 봄이 온 것이다. 온 세상에 다시…….

에필로그

   둘은 처음 계획했던 시기보다 훨씬 앞당겨진 4월 말에 결혼식을 올렸다. 그때가 가장 좋다는 택일을 은교 엄마가 받아온 이유도 있었지만, 두 사람 모두 서둘러 미국으로 가야 했기 때문이다.

   대규모로 사세 확장이 되면서, LA와 시카고, 플로리다 외에도, 뉴욕, 디트로이트에까지 지사가 발족되어 은교의 일이 그만큼 많아지고 바빠지게 되었고, 민우 역시 시카고 대학원에 진학을 하면서 대학 부설 연구소에서 유전공학 연수를 받게 되었기 때문이다. 그래서 은교는 말할 필요도 없고, 민우 역시 미국으로 건너가야 했다.

   결혼식은 예전의 강철이 때처럼 성대하게 치러졌다. 하얀 드레스를 입은 은교는 마치도 순백의 천사가 잠시 세상에 하강한 것처럼 보일 정도로 눈부시도록 아름다웠고, 또한 곁에 나란히 선 민우 역시 물찬 제비였다. 이제는 한 가족이 된 혜진과 강철을 비롯하여, 미스 홍, 강 선생 등 모두가 다 아낌없이 축하해 주었다.

   둘은 4월 한 달간 강 회장과 함께 장충동에서 지내다가, 5월 초가 되자 미국으로 건너갔다. 처음에는 시카고 대학 부근 오피스텔에 신방을 차렸으나, 그 해 12월 중순께 은교가 출산을 하는 바람에 곧 시카고 시내 한 아파트로 이사를 했고, 다음 해 초에는 시카고로 미국 총 지사가 통합되면서 시카고 근교에 아예 살림집을 따로 지어 살았다.

   국내의 일은 오빠인 철이가 관리를 하는 반면, 미국 지사의 일은 거의 은교의 몫이었다. 물론 두 남매가 일선에 나서면서부터 사세는 더욱 크게 확장되었고, 말 그대로 일취월장이었다.

민우나 은교 두 사람 다 몹시 바쁘기는 마찬가지였지만, 금요일 오후부터 일요일까지 1주일의 절반이 되는 3일간은 오로지 함께였다. 둘은 처음에는 주말에 주로 여행을 다녔으나, 임신 후반기부터는 집안에서 오붓하고 단란한 시간을 보내는 일이 더 많아졌다.

민우의 연구 과제는 암이 발생되면서 필연적으로 생성되는 물질이 무엇인지를 규명해내는 일이었다. 만약 그 물질이 발견된다면, 아무 데서나 단지 피 한 방울만 뽑아서도 암이 있는지 없는지를 확실하게 가려내게 될 수 있게 될 것이고, 조기에 발견되는 암이라서 그만큼 경과도 좋을 것이었다. 이것은 연구가 일찍 실용화될 수 있도록 두 사람의 이름을 딴 은민(은교+민우) 연구소라는 생물공학 회사로 나중에 시카고와 서울에서 동시에 설립되는 계기가 되었다.

아, 참! 그리고 또 한 가지, 그들이 미국에 건너가서 은교를 쏙 빼닮은 첫 여자아이를 낳았던 그 해 12월 중순쯤 미스 홍으로부터 은교 앞으로 청첩장이 날아왔는데, 상대는 뜻밖에도 '별 셋'이 아니라 K병원 강 선생이라는 것이었고, 그는 인천 K병원 내과 스텝으로 남기로 했다는 이야기였다.

주리와는 소식이 끊긴 이후로 전혀 서로 연락이 없었으므로 잘 모르고 있었으나, 그가 나중에 우연히 전해들은 바로는 수원이라든가, 안양이라든가 그쪽 어디 서울 근교에서 준 종합병원을 차렸다는 후문이었다.

여건상 우선 여기에서 이야기를 줄이고, 기회가 닿는 대로 그 후의 사정에 대해서도 계속 이야기해 드리겠다. 재미있었는지, 읽을 만한 시간적 가치가 있다고 생각하시는지 걱정된다. 어쨌든 짧은 이야기도 아닌데 오래도록 경청해 주셔서 진정으로 고맙다는 인사를 드린다. 그럼 이만 총총…….